U0623874

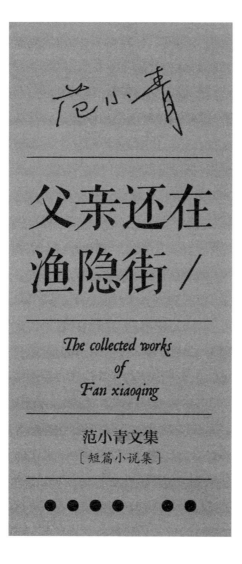

父亲还在渔隐街

The collected works
of
Fan xiaoqing

范小青文集

〔短篇小说集〕

山东人民出版社

全国百佳图书出版单位 国家一级出版社

图书在版编目（CIP）数据

父亲还在渔隐街/范小青著.—济南:山东人民出版社，2015.8（2021.1重印）

（范小青文集）

ISBN 978-7-209-08885-5

Ⅰ.①父…　Ⅱ.①范…　Ⅲ.①短篇小说－小说集－中国－当代　Ⅳ.①I247.7

中国版本图书馆CIP数据核字(2015)第049976号

父亲还在渔隐街

范小青　著

主管单位　山东出版传媒股份有限公司
出版发行　山东人民出版社
社　　址　济南市英雄山路165号
邮　　编　250002
电　　话　总编室（0531）82098914
　　　　　市场部（0531）82098027
网　　址　http://www.sd-book.com.cn
印　　装　三河市华东印刷有限公司
经　　销　新华书店

规　　格　16开（170mm×240mm）
印　　张　21
字　　数　322千字
版　　次　2015年8月第1版
印　　次　2021年1月第2次
ISBN 978-7-209-08885-5
定　　价　52.00元
　　　　　如有印装质量问题，请与出版社总编室联系调换。

目 录

回乡记

一路下着雨。

乡下的路比从前好多了，平日里看起来也和城里的路差不多了，平整的，甚至还是光滑的。但那是表面的假象。城里的路可以雨后着绣鞋，可乡下的路，就是经不得雨。这雨一下来，所有的平整光鲜都成了一团糟。

车轮蹂着泥泞，就像罗格的心情一样。

这里其实早就不是他的家了。罗格父亲那一辈就离开了农村。还是在罗格很小的时候，父亲带着他回过一趟老家，好多年前的这一点记忆早就丢失了。父亲去世以后，母亲越来越孤独，整天不出门，总是在家里找东西，因为总也找不到，所以她一直不停地找。罗格曾经动员母亲跟他们一起生活，母亲过来住了两天，把罗格家翻得底朝天，不等罗格的太太秦薇翻脸，母亲就说，没有，不在你这里，在家里，我要回去找。又搬走了。

母亲到底要找什么，一直困惑着罗格。其实罗格自己的生活也是一团糟，困惑他的东西太多了。许许多多烦心的事情像一群饿狼一样，张着血盆大口，守在他的梦边，只等他从梦中醒来，立刻向他发起攻击。

总是在那一瞬间，心头一刺，他就彻底地醒了。

母亲终于把自己找进了医院。罗格始终认为，母亲的心结就是她要寻找的东西，如果找到了，也许就能恢复。

现在轮到罗格了。罗格开始和母亲一样寻找。但他始终一无所获，因为他根本就不知道母亲需要什么。

起先秦薇一直忍耐着，看着，什么话也不说，可是有一天，她突然对罗格说，你找不到的，她拿到乡下去了。秦薇说，那天我看见了，她走的时候，背着一个很大的包。

罗格决定到乡下去找那个包。

于是，在这一个黄昏时分，罗格踩着满脚的烂泥，像个落汤鸡似的站在了婆婆家门口。

两个几乎一样老的老太太，坐在屋门口，看着雨。她们一样的眉目清秀，一样的目光清晰。

然后，其中一个老太太说，弟弟回来了。

她就是婆婆。

婆婆是罗格的曾祖母，大家叫她婆婆，是跟着罗格的奶奶叫起来的。当年罗格的奶奶是新娘子，她一进门，就喊她婆婆，这一喊就喊了五十多年。在以后的岁月里，小辈们也都跟着喊婆婆了。

婆婆和奶奶，坐在她们的旧竹椅上，看着回家来的小辈。她们有许多小辈，有许多"弟弟"，罗格只是其中普通而平常的一个。

奶奶说，弟弟，你看你婆婆，总是要跟我抢先，她抢先喊你，算是她认人比我认得快。

婆婆说，你年轻的时候就一直跟我比。

奶奶说，我年轻的时候，你已经老了，我才不跟你比。

她们没有把罗格放在眼里，没有接过他的背包，也没有让他坐下，甚至没有问他一声口渴了没有。

罗格心里有一丝丝的失落。但这不正是他所希望得到的吗？他不想被人注意，不想受到重视或不重视，甚至不想存在。现在他如愿以偿了。

罗格想尽快开始他的寻找，可是婆婆和奶奶一直只顾着她们自己说话，罗格一直等着她们问他一声，弟弟，你回来做什么？可老太太始终没有问。

这个时候落雨，是什么兆头。一个老太太说。

是好兆头，是坏兆头，另一个老太太说。

不用你说，我知道，好兆头是弟弟回来了。

坏兆头是弟弟要饿肚皮了，没有烧弟弟的粥。

把你的粥给弟弟吃。

还是把你的粥给弟弟吃。

两个老太太都不愿意把自己的粥给罗格吃，她们嘀嘀咕咕商量了一阵，最后决定每人省出半碗给罗格。

下粥菜是一块白乳腐，臭嗡嗡的，罗格有点反胃，他看了看缩在门口躲雨的鸡，说，婆婆，奶奶，你们不吃炒鸡蛋吗？

婆婆"咯咯"地笑了一声，说，鸡蛋我不吃的，鸡蛋里有鸡屎臭。

奶奶说，弟弟，你别听她的，鸡蛋里才没有鸡屎臭呢，她是吃了鸡蛋不消化，我吃鸡蛋也不消化。

罗格终于忍不住打断了她们，说，婆婆，奶奶，我娘前一阵回来时——

我今天要饿肚皮了，我给了弟弟大半碗。一个老太太比划着说。

你还不如我给得多，我给了这么多。另一个老太太也比划着说。

她们枯槁的手，在罗格面前一下一下地比划着。

天渐渐地黑了，除了风声和雨声，再也没有别的声音了，罗格看到老太太无声的比划，身上不由一阵一阵地发紧。他赶紧说，婆婆，奶奶，我娘回来的时候，是不是背了一个大包——

弟弟，早点睡吧，这里晚上什么也没有。一个老太太说。

本来就是什么也没有，你想要有什么呢。另一个老太太说。

她们拉了灯，屋里漆黑一片。罗格觉得有点怪怪的，却不知道怪在哪里。

这一个回乡的夜晚，罗格跟着两个老太太喝了一碗薄粥，他饿着肚子，听着雨声，睡在了一个无人知道的地方。

第二天早晨，迷迷糊糊中听到鸡叫，罗格眯着眼睛看了看窗外，天还没亮，他还要再睡一会，可是脑子已经迅速醒过来了。一醒过来的脑子，立刻就不听指挥地去想那些事情，即使是身在这个偏僻宁静的小村庄里。

这些事情，立刻就击中了他的心，心头一刺，就彻底地醒了。

罗格知道自己错了。人可以躲起来，但是心躲不起来，那种刺心的疼痛他永远也躲不开。

婆婆家静悄悄的，可是婆婆和奶奶都已经起来了，她们正在灶屋里做事情，婆婆烧了一锅子稀饭，等锅开了，婆婆将一碗水墩在锅里。

奶奶跟罗格说，弟弟，你不要看她，看了她她还会出更多的花样，我烧开了水，她不用，她非要用焐热的水洗脸。

罗格知道这是农村的老习惯，过去条件差，舍不得柴火烧水，热水都是借了烧饭烧粥的锅焐的，婆婆习惯了老习惯，不肯改过来。

在等水焐热的时候，婆婆也没有闲着，她把昨天晚上换下的衣衫洗了，晾到院里的晾衣绳上，扯得平平整整的，回头看看罗格，说，弟弟，你没有换洗衣服？罗格正不知怎么回答，奶奶说，弟弟，你别听她的，她不会帮你洗衣服的。婆婆也没有作声，她回到灶屋，揭开了锅，手脚麻利地端出那一碗热水，倒进脸盆，细细地洗过脸，抹了一点雪花膏，弄得满灶屋都是雪花膏的香味。

罗格惊讶地看着婆婆，他想不到婆婆九十多岁了，身子还这么健朗，脑子还这么清楚，他看着婆婆自己盛了粥，吃了，又洗干净了自己的碗。然后婆婆说，弟弟，你慢慢吃，我走了。

婆婆进了自己的房间，罗格听到她闩了门。门栓还是老式的木门栓，闩门的声音很松脆。奶奶一边吃粥一边说，她比我老，却比我吃得快。罗格朝婆婆的屋子看看，问奶奶，婆婆干什么？奶奶说，她睡回笼觉。她好福气，能睡回笼觉的人，都是好福气。

奶奶说过以后，就专心地吃粥。罗格又觉得怪怪的，也仍然不知道怪在什么地方，想了想，也没想明白。他很想和奶奶一样，专心地吃粥，但吃了两口，他又忍不住问，奶奶，你知道我娘带回来的那个包——

奶奶朝他"嘘"了一声，让他安静下来，这时候他们就听到婆婆在屋里说，我到时辰了，弟弟，我到时辰了。罗格和奶奶都听得很清楚，但是罗格不知道婆婆是什么意思，他朝奶奶看，奶奶又侧耳听了一下，放下粥碗，过去推婆婆的房门，可是房门闩死了，推不开。奶奶跟罗格说，弟弟，你去看看婆婆，她要死了，你看看她是什么样子。

门推不开，罗格不知道从哪里能够看到里边的婆婆，正在发愣，奶奶指了指墙角的一个洞口，说，弟弟，你从那个猫洞里，你去看看，我的腰弯不下去。

罗格看了看猫洞，它很低，几乎就贴在地上。罗格有点犹豫，倒不是他不愿意趴到地上去。在两个老太太面前，别说是趴到地上，就是在地上打滚，哪怕是钻狗洞，也是无所谓的。罗格只是隐隐约约地觉得，两个老太太好像在跟他玩一个什么游戏，在让他猜一个谜，或者是在挖一口井让他走过去，掉下去。他心里觉得有点悬，他犹豫着，又看了看奶奶，奶奶并没有催促他，只是在等着他。

罗格最后还是跪了下去，趴到那个猫洞口朝里看。

婆婆屋里光线很暗，但罗格的眼睛很快就适应了昏暗，他能看到婆婆躺在床上，在微弱的光线中，婆婆分明是想将身体竖起来，但她又竖不起来，身子一仰一合，一前一后的。罗格听到婆婆笑了起来，口齿清晰地说，咯咯咯，已经硬了，咯咯咯，已经硬了。

罗格爬了起来，拍了拍膝盖上的土，他不知道这是怎么回事，有些茫然。奶奶问他，是不是硬了，婆婆的身子硬了吧。罗格说，婆婆是在说，已经硬了。奶奶说，那就是硬了。

奶奶又推了推门，还是推不开，她有点生气，但仍然慢悠悠地说，知道要死了，还要栓门，弟弟，我去隔壁叫张木匠来开门。罗格有些慌张，说，那我，我怎么办？奶奶说，你吃粥，粥要凉了。

罗格哪里还吃得下粥，奶奶走后，他重新又趴到洞口朝里边望，婆婆知道他在看她，说，弟弟，我要跟你再会了。罗格说，不会的，婆婆，不会的，你身子那么健，不会的。婆婆说，等会木匠来开了门，你不要忘记给我喂两口粥，我不想当饿死鬼。罗格正不知怎么回答婆婆，奶奶已经叫来了张木匠，张木匠拿着一把菜刀，轻轻地一拨，婆婆的房门就拨开了。

婆婆听到房门开了，又笑了一声，说，张木匠你就这点本事。

奶奶过来拉住婆婆的手，摸了摸，说，手已经凉了。又摸了摸脚，说，脚还没有凉，但也快了。婆婆还在想竖起来，奶奶说，你竖起来干什么，竖起来也没有用了，奶奶虽然嘴上这么说，手里还是给婆婆的后背那里垫了一条厚棉被，又和张木匠一起，把婆婆拖起来，让她斜靠在被子上。

张木匠说，那我走了。就走了。奶奶也没送他，只顾着说婆婆，硬都硬了，你还靠起来干什么。张木匠一会儿又回进来，说，我要到镇上去，顺便帮你喊一下连生吧。奶奶说，好的，你喊他一声吧。

罗格依稀记得连生，连生是他的一个远房伯伯，是罗格父亲一辈里留在乡下的唯一的男人，现在在古镇上开一个小店卖扇子。

奶奶从婆婆的一口旧箱子里翻出了婆婆的寿衣，是一套大红色的衣裤，她把寿衣举着给罗格看了看，说，不知道今天会不会出太阳，要是没有太阳晒，穿在身上不舒服的。婆婆说，你给我看看。奶奶说，你看也是白看，你眼睛已经长翳了，红的白的你都不晓得了。婆婆说，要是不出太阳，你帮我去烘一烘，我不要潮的寿衣，我不喜欢潮。奶奶说，不用你指派的，我会做。又跟罗格说，弟弟，你不知道，我一进这个门，她就要指派我。罗格想笑，却笑不出来，心里仍然是古古怪怪的感觉，仍然觉得两个老太太在玩着什么把戏。他想，我要沉住气，看看她们的把戏。

天还没有大亮，还不知道这是一个晴天还是阴雨天，奶奶好像要去烘寿衣了，可走了两步，又回头来问罗格，弟弟，刚才我去喊张木匠，她跟你说什么了？

罗格沉不住气，心慌慌的，努力地想了想，才想起来，赶紧说，婆婆说，喂她两口粥，她不想当饿死鬼。奶奶朝婆婆翻了一个白眼，说，多嘴多舌，我会让你当饿死鬼吗，你当了饿死鬼，还是我倒霉，天天来烦我。婆婆说，可是哪里有粥，早上的粥，都被你们吃掉了。奶奶说，我的还没有吃完。婆婆说，我不要吃你吃剩的粥。奶奶说，硬都硬了，还这么疙瘩。你等着吧，我去烧起来。婆婆说，你手脚快点，不要拖泥带水，我等不及的。

现在只有罗格一个人留在婆婆屋里。照奶奶和张木匠的意思，婆婆很快就要死了，可是罗格不相信。他也不相信奶奶说的，婆婆的眼睛已经长翳了，看不清了，罗格觉得婆婆的眼睛很清亮，清亮得什么都能看见。罗格凑到婆婆跟前，说，婆婆，我娘带回来的那个包，在你屋里吗——

一个细细小小的影子出现在婆婆的屋门口，罗格愣了一下，才发现天已经大亮，太阳也升起来了，明晃晃的太阳光照到了婆婆的屋门口。地上这个小小的影子，是一个小孩子投下来的。他先是站在门口朝里看，看到罗格后，嘻嘻一笑，就跨进门来，走到婆婆床前，拉了拉婆婆的手，摸了摸，说，手凉了，婆婆，你死了。又把手伸到婆婆鼻子底下试了试，说，还没有死。

罗格惊讶地看着他，奶奶也进来了，对着小孩说，你来做什么。小孩说，婆婆要跟我说话。奶奶说，嗓子里都不出气了吧，还说什么话。小孩把耳朵凑到婆婆嘴边，刚凑上去，小孩就跳开了，捂着耳朵说，好热，好热。

奶奶朝小孩的耳朵看看，说，嘻，是没到时候呢，嘴里还有热气，呵得你的耳朵都红了，热气还不小呢。

小孩说，婆婆说，她要睡棺材，棺材是什么？

奶奶没理睬小孩，朝着婆婆说，做你的大头梦，几十年都不许睡棺材了，你现在倒想起来要睡棺材了。婆婆又"咯"地笑了一声，说，我知道的，我跟你寻寻开心。奶奶说，舌头都硬了，你就不要说话了。你要说什么，我都知道。

小孩拉了拉罗格的衣襟，说，弟弟，你带了手机吗？罗格点了点头，把手机拿出来，小孩就拿过去，拨了一通号码，说，喂，妈妈，我在婆婆家。然后又把手机交还给罗格，罗格看了看，小孩根本就没有拨打手机。

罗格有点心里发毛，虽然外面阳光灿烂，他心里却是阴森得骇人，他看到小孩蹦蹦跳跳地出去，赶紧追出来，拉住他问，婆婆真的要死了吗？小孩说，是的吧。就去追打一条小狗，小狗被他追得到处逃窜。

罗格觉得自己进入了一个更令人迷惑的游戏圈，本来只有婆婆和奶奶在跟他做游戏，现在又多了一个小孩——不，不止是一个小孩，又来了一个妇女，她走到婆婆家院子门口，看到罗格，笑了笑，说，听说婆婆要死了，我过来看看，没想到弟弟回来了。

她一边说一边就进来了，走到婆婆屋里，拉拉婆婆的手，摸摸婆婆的脚，点了点头，就退了出来，跟罗格说，弟弟，我家侄子本来要想去找你的，现在你回来了，正好，我去告诉他。

果然没一会儿一个年轻人就过来了，他说他今年要高考，想考罗格当年念过的那所大学，问罗格能不能帮他找找人，罗格说，如果没上分数线找谁也没有用。年轻人说，这个我知道，不上分数线我不会找你的。他向罗格要张名片，说到时候要联系他。又说，罗格也可以把他介绍给别人，他可以直接去找别人。罗格心里有点异样，说，我婆婆要死了，你知道吗？年轻人说，我知道的，舌头已经硬了。他和罗格一起进了婆婆的房间，拉了拉婆婆的手，没有再摸婆婆的脚，就说，婆婆你走好。有弟弟送，我就不送了。

他拿了罗格的片名就走了。

快到中午的时候，连生回来了，他手里拿着几把扇子，先对罗格说，弟弟，听说你回来了，我给你带了几把扇子。又看看床上的婆婆，说，婆婆，听说你要死了，我回来送送你。

婆婆的舌头果然硬了，说……

罗格和连生都没有听懂，奶奶说，她说，哪个要你送，我有弟弟送。

婆婆又说……

奶奶笑了笑，说，她又骂我了，我不跟她计较，她说我的粥还没烧好，存心要饿死她，其实粥已经烧好了，现在端进来，要烫着她的，真是个急性子，等什么都等不及。

婆婆真的等不及了，眼看着只有出气没有进气了。奶奶这才去把粥端进来，说，还烫呢。她想要喂婆婆吃两口，婆婆别着身子不理。奶奶说，还充老狠呢，还要自己吃呢，眼看着就老死了，不要给烫死了。就把碗放到嘴边吹了半天，感觉不太烫了，才把碗塞到婆婆僵硬的手里。婆婆的手已经接不住碗，她的身子往下滑，奶奶和连生一起把她竖起来一点，就把粥碗放在她的裤裆那里，墩平实了。

婆婆抬着手，往自己嘴里喂粥，手抬到一半，嘴张着，人就去了。

奶奶拿过粥碗和调羹，挖了一调羹粥，塞到婆婆僵硬的嘴里，婆婆居然把这口粥咽了下去。奶奶说，她知道的，她不想当饿死鬼。

奶奶放下粥碗，回头对连生说，你去发丧吧。连生说，好的，我去。就走了出去。

婆婆的眼睛还微微睁着。奶奶说，你闭上眼睛吧，你没有什么掉不下的心思。罗格以为奶奶会用手去合上婆婆的眼睛，可是奶奶并没有动。过了一会，婆婆的眼睛自己合上了。

那个妇女又来了，她和奶奶一起给婆婆换上寿衣，婆婆穿了大红的寿衣，躺在那里，连脸色也红润起来。奶奶说，总算给太阳照过了，不会潮了。妇女说，潮的穿在身上是不适意的。奶奶说，下了几天雨，今天就出太阳了，她真是福气。

罗格觉得自己是在一个梦境里，他站在一旁看着奶奶和妇女做这些事情，就像平日里烧粥洗衫一样，罗格几次想问她们，婆婆真的死了吗。可是他最终也没有问。他在自己的梦里，从来不说话的。

妇女走了之后，奶奶跟罗格说，弟弟，你明天一早就走吧，明天道士就要来了，咪里嘛啦要唱三天。罗格说，是做法事吧。奶奶说，弟弟，你会嫌闹的。

罗格说，婆婆不嫌闹吗？奶奶说，那也由不得她。

这天夜里，罗格和奶奶一起给婆婆守夜，他们坐在凳子上，有一搭没一搭地聊天。奶奶说，弟弟，你下次再回来，就送我了。罗格不知说什么好，憋了半天，只能说，奶奶，不会的。奶奶说，怎么不会呢，会的，只是看你赶不赶巧了。

罗格始终没有再问一问母亲的事情。她的回乡，她背回来的包，到底有没有，到底存在不存在，罗格都已经感到疑惑了。

天亮的时候，罗格站了起来，奶奶眯着眼睛看着罗格，说，弟弟，你好大的个子，没吃娘奶，能长这么大啊。罗格说，我没吃过我娘的奶吗？奶奶说，你怎么吃，你生下来，你娘就死了，难产死的。

罗格一阵惊愕，愣住了。

难道他走错了人家，难道婆婆和奶奶不是他的婆婆和奶奶。过了好一会，罗格慢慢回过神来，说，奶奶，我是罗格，我姓罗。奶奶说，弟弟，我知道你姓罗，这地方的人都姓罗，你怎么会不姓罗。罗格说，可是我娘没有死，我娘一直在，前不久她还回老家来了，她带着一个大包，我就是来找这个包的，这个包现在在哪里，这个包里有什么东西，奶奶你知道吗？

奶奶也站起身，捶了捶腰，说，弟弟，我去烧粥了，吃了粥你就上路吧。

罗格吃过粥就上路了。天又下雨了，又是一路的泥泞。

车子踱着泥泞，咯噔咯噔地往前走。

罗格在车上，看到一队道士正吹吹打打往婆婆家去。

罗格始终觉得这是一个游戏，是两个老太太给他做的一个游戏，一个不动声色的游戏，一个无动于衷的游戏。虽然他没有看穿她们，从头到尾都没有看穿，但罗格却知道，自己在这个看不穿的游戏中有意无意地整理了自己的心思。

罗格回到母亲所在的医院，看到母亲清亮的眼睛，罗格对母亲说，妈妈，不用找了，我回去了一趟，东西都在呢。母亲笑眯眯地点了点头，我知道的，东西都在。

右岗的茶树

一

　　二秀头一次听说玉螺茶，是她刚上初一的时候。那年学校来了一位新老师，叫周小进，是支教的老师。二秀也搞不太清什么叫支教，只知道他是班主任，教语文，还教历史和政治。他们的学校在北方的一个小镇上，小镇很小，也很落后。但二秀并不知道有多小，有多落后。她能够从乡下的村子里到镇上来上初中，在村子里的女孩子里头，她还是头一个。

　　老师很年轻，大学刚毕业，他头一次走进教室的时候，脸还红了。不过老师很快镇定下来的，因为他的学生比他更胆怯。他们过去只在自己村子里的小学见过乡下的小学老师。乡下的小学老师多半就是乡下人，就是他们同一个村或者其他村的，是民办老师或者是代课老师。就算他是公办的，但样子看起来，也像是民办的。他们粗粗糙糙，骂骂咧咧，好像教书就是骂人。二秀和她的同学们从来没有见着城里来的大学生老师。现在他们见着了，他长得很俊，很白，脾气也很好，温和得像个姑娘，说话也像在念书。

　　老师和乡村小学里的老师不一样，太不一样了，这是老师给二秀深刻印象的原因之一。还有一个重要的原因，就是老师上课的时候，讲着讲着，就离开了课本，去讲别的事情了。

　　老师讲的别的事情，其实只有一桩，那就是老师的家乡。

老师的家乡在南边一个很美丽的山村里，老师说，那里一年四季都开花，一年四季都有水果，一年四季树叶都是绿的。老师说，还有那些茶树，就种在果树下面，天上的露水滴下来，滴在果树上，再滴到茶树上，所以那个茶，既有茶香，又有果子香。每年早春清明前，村里人就把它们采下来，它们是茶树上最嫩的嫩芽，嫩得轻轻一碰它们就卷起来了，形状看上去就像是一只小小的螺，所以它的名字叫玉螺茶。

玉螺茶的产量极小，它的产地范围也极小，只有老师的家乡子盈村，才能产出真正的玉螺茶。

老师说，泡玉螺茶的过程，是一个享受的过程，因为在这个过程中，可以看到蜷曲着的螺慢慢地慢慢地舒展开来，然后又慢慢地慢慢地沉浸下去，把茶水染得嫩绿嫩绿的。

在这之前，二秀几乎没有听说过有关茶叶的事情。乡下人平时不喝茶，但家里有时候也备一点茶，偶尔来了客人，他们就抓一把泡给客人喝。从来没有人说茶好不好，看到杯里的水黄黄的，甚至黑乎乎的，大家就高兴地说，喝茶，喝茶。这一般是招待重要客人的。

二秀也不知道那些茶是什么茶，更不知道它们有什么名字，她只知道是母亲从镇上的茶叶摊上买来的，几块钱就能买一大堆，放在家里，从去年放到今年，今年喝不了，明年还可以再喝。

老师讲的茶，跟二秀知道的茶，相差太大了，起先二秀简直不敢相信，茶还有那么多的讲究。但是后来，渐渐地，二秀和班上所有的同学一样，都相信了老师的话。

老师不止一次地告诉他们，他很想念自己的家乡，做梦都梦见自己的家乡。就这样，二秀和她的同学们，他们的心思常常会跟着老师飞到那个美丽的山村里去。有一次老师又丢开了课本，跟他们说，同学们，老师说几句家乡话给你们听听吧，老师的家乡话很难听懂的，你们不一定听得懂噢。老师就说了几句，但奇怪的是大家都听懂了，老师好像有点尴尬，他挠了挠头，说，不对，我可能都不会说家乡话了。同学们都笑了。老师却有点迷惑的样子，又说，不对呀，从前说乡音未改鬓毛衰，我的鬓毛还没有衰呢，怎么乡音倒先改掉了呢？

就有一个同学叫王小毛的，举手站了起来，他说，老师，你说的不是你的家乡话，老师的家乡我去过，那里的人，说话是用舌尖说的，像鸟叫一样的，不是像老师这样说的。老师听了王小毛的话，愣了愣，又想了想，说，对的，老师家乡的人，是用舌尖说话的，或者换个说法，他们说话的时候，发音的部位靠前，不像北方，不像你们这里，发音的部位靠后，你们说着试试看。

同学们有点不知所措，因为大家都不知道用哪句话来试。老师说，你们就叫我的名字吧，叫周小进，用你们的本地话试试，是不是从嗓子里发出来的？大家就叫周小进周小进，试了试，果然气是从嗓子里出来，然后在下额那里就出了声。老师笑眯眯地点头说，对了，这就你们的家乡话，再来学老师的家乡话，刚才王小毛说了，像鸟叫，同学们想一想，鸟是怎么叫的呢，对了，撅起嘴巴，在舌尖和嘴尖这个地方发音，就这样，周小进，周小进——

同学们哄堂大笑了，老师发出的"周小进周小进"，在大家听起来，真的就像是鸟叫，唧唧唧唧唧唧——爱害羞的二秀也被感染了，她脸红红的，私下里偷偷地试了一试，没料到像鸟叫一样的声音一下子就毫无防备地从舌尖上滑了出去，把二秀自己吓了一大跳。她虽然声音很低，老师却听见了，老师赶紧说，赵二秀同学学得像，赵二秀同学，你给同学们再学一遍。二秀红着脸，不好意思说。老师又鼓励她说，赵二秀同学，你学一遍，你有语言天赋，你以后可以学外语的。二秀就鼓起勇气学说了一遍：周小进——唧唧唧。同学们笑着，都跟着学起来，教室里就有了一片鸟叫声。

校长刚好经过他们的教室，窗打开着，校长听到这些乱七八糟的鸟叫声，他在窗外停下来，怀疑地朝教室里看看，好像想说什么，但没有说，后来校长就走开了。

二秀从校长的背影里看到了一丝不解，其实二秀也觉得奇怪，老师怎么不好好上课，老讲自己的家乡呢？

老师说，采玉螺茶是有很多规矩的，采茶人的手要细柔灵巧，粗糙肮脏的手，是不能采茶的。采茶之前，手一定要洗干净，不能有杂味，不仅采茶的当天早晨不能吃大蒜或者其他味重的东西，采茶前几天就得吃得清淡些，这样才能保证人的气味不会对茶叶有丝毫的影响。再比如说，妇女的经期和孕妇，都不能去采茶的——有个女同学忍不住"扑哧"一声笑了出来。老师却很严肃地说，同学们，这不是笑话，这是真的，只有敬重茶，茶才会给我们回报。

　　后来老师回了一趟家乡，老师再来的时候，真的带来了玉螺茶。老师用一只玻璃杯泡给同学们看，二秀看着细细的嫩芽在水中一沉一浮，开始它们蜷缩着，像一只一只小小的螺，然后慢慢地舒展开来，舒展开来，二秀一直绷得紧紧的心也跟着一沉一浮，跟着慢慢地舒展，最后，又跟着茶叶渐渐都落定在杯底了。

　　这以后的好多天里，二秀老是想着茶叶在水中飘忽的美感，她像被茶叶勾了魂去似的。上课的时候，她总是不由自主地偷偷地看自己的手。

　　二秀的手不细气，因为二秀的家乡不细气。家乡的一切都是粗砺的，坚硬的，土，风，庄稼，手。但二秀的心是细气的，是柔软的，只是从来没有人知道，现在有了老师，就不一样了。

　　二秀开始小心地呵护自己的手，她烧灶的时候，不肯用手去抓柴火，就用脚踢，可是脚不如手那么听使唤，踢来踢去踢不到位，把灶膛里的火都弄灭了。母亲在灶上烧猪食，用大铲子拌着拌着，就觉得没了热气，探头朝灶下一看，看到二秀还在用脚扒拉柴火，母亲气得骂人了，她骂二秀丢了魂，又骂二秀歪了心思。母亲虽然是个不识字的农村妇女，骂人倒骂得很准。

　　还是姐姐大秀对二秀好。大秀看出了二秀很小心自己的手，她并不知道二秀为什么要这样，但她总是把粗糙的活抢着做了，还偷偷地给了二秀一点钱，让二秀去买了一瓶雪花膏擦手。

　　二秀用了雪花膏，教室里香香的，同学都知道是二秀，后来老师也知道了，老师跟二秀说，你不要用雪花膏，时间用长了，雪花膏的味道就渗透到皮肤里去了，再怎么洗也洗不掉，你的手采出来的茶，就会有雪花膏的味道，就不纯了。二秀脸通红通红的，她想不通老师怎么会知道她的心思。老师说，护手最好还是用一些民间的土方，因为民间的土方，不含化学成分，不会破坏天然的气味。老师又觉得他还没有说清楚，因为他觉得二秀好像没太听明白，老师停了停，又用启发的口气跟二秀说，赵二秀同学，你们家养鸡的吧？二秀说，养的。老师又说，你们家的鸡生蛋吧？二秀说，生的。老师高兴地说，那就行了，老师在网上查过，在蛋清里加一点醋浸手洗手是最好的护手方法。

　　二秀没有告诉老师，她家的鸡蛋不是吃的，是拿去卖钱的，卖了钱给二秀和弟弟三秀交学费。那一天二秀回家跟母亲说，以后家里吃鸡蛋，她不吃，她要省下自己的那一份。母亲根本就没有理睬她。家里很长时间没有吃鸡蛋了，自从父亲病倒后，家里就很少再开荤，母亲和姐姐大秀支撑着一个家，要是母亲知道二秀想拿蛋清洗手，母亲会气死的。

快放寒假的时候，老师又说到家乡了，他说寒假里他要回去，老师很希望能够带同学们去他的家乡，去看玉螺茶。老师说，冬天的时候，茶花已经谢了，看不到了，但如果天气暖，运气好，说不定茶的嫩芽就已经出来了。老师又说，采下来的生茶，还要经过炒制，不过你们可能不知道，炒茶不是用铲子炒的，而是用手，要手不离茶，茶不离锅，揉中带炒，炒中有揉，等等。老师说到这里，停了停，又说，其实，从前的时候，玉螺茶也不是炒出来的，是焐出来的，把嫩芽包在手帕里，贴在女孩子的胸前，一定要是未婚的女孩子，用她们胸口的热气焐熟的，所以，从前的书上写过，一抹酥胸蒸绿玉。

老师知道，他的这句话，同学都没有听懂，所以老师在黑板上写了出来。写出来后，还是有些同学不懂，但是二秀看懂了。

老师也知道，放了寒假不会有同学跟他去的，老师的家乡太远了，远到同学们都没有距离上的概念了。老师说，没事的，不去也不要紧，我回来会跟你们讲的。

天气冷起来后，二秀就一直觉得不太对劲，身上老是没来由地就打抖。她把大秀的毛衣也穿上了，还裹了厚厚的老棉袄，但还是觉得冷，冷着冷着，果然就出事情了。

大秀的未婚夫要外出打工，外出前要和大秀完婚，大秀的婚期一下子就提前来到了。家里少了大秀，母亲一个人撑不下去，便让二秀退学回家。

老师看到二秀哭肿了眼睛，心里也很难过，他跟二秀说，赵二秀同学，你别哭，老师不会让你辍学的，今天晚上老师到你家去，老师去和你爸爸妈妈商量，老师的话，他们会听的。

二秀放学回家，把家里扫得干干净净的，把乱跑的鸡鸭都关了起来，天黑下来的时候，她又觉得家里的灯泡太暗了，到隔壁人家借了一只四十支光的灯泡换上，母亲瞪着灯光说，这么亮，你要干什么？二秀没有告诉母亲老师会来，她怕母亲会洞察老师的意图，借故躲起来不见老师。

在这个冬天的夜晚，二秀等啊，等啊，她等着老师，也等着她所不知道的未来的一些事情。

二秀的脑海里，一直浮现着老师打着手电筒，走在乡间小路上的情形，老师穿的是红色的羽绒服，在黑夜里，二秀看到那一团红色，老师说过，红色是生命中的火光。二秀推测了老师出门的时间，又计算着老师走路的速度，二秀想，老师该到了，老师早该到了。

可是二秀没有等到老师，老师没有来，一直都没有来。外面始终一片寂静，连狗都没叫一声。

老师淹死了。一直到第二天早晨，村里人才发现，老师平躺在水面上，很安静，没有风，水一动也不动，老师也一动不动，老师的红色羽绒服像一面充分舒展开来的旗帜，托起了老师轻盈的身体。

二秀守在老师身边，几天几夜没说话，一直到老师的家人从家乡来了，他们要带老师走了，二秀挡住他们，她开口说话了，可她的嗓子哑了，一点声音都发不出来。二秀大声叫喊，你们不要带走老师，你们让老师留在这里吧，老师是为我死的，让我陪着老师吧，你们要把老师带到哪里去？

没有人听见她的声音，没有人回答她，四周静悄悄的，连风声也没有。他们带着老师默默地离开了这个地方，没有人回头。

过了好一会，才有一个村里人告诉二秀，人死了，要葬到自己家乡去。二秀回头看了看他，忽然出声说，老师说，玉螺茶在冬天就有嫩芽了，老师还说，采玉螺茶的头天，不能吃大蒜。

村里人吓了一跳，赶紧走开了，走了几步，他有点不放心，又回头看看，他看到二秀的泪水涂了一脸，就过来拍拍二秀的头，说，哭出来就好了，哭出来魂就回来了。

二秀退学了。一年以后，有外地的服装企业来村里招工，二秀跟母亲说，她去给弟弟挣学费，母亲同意了。二秀就跟着招工的人，跟着村里的姑娘媳妇一起走出了村子。

二秀在半路上逃走了。

二

子盈村没有姓周的人家。从古到今，除了外边嫁来的女人，子盈村全村的人都姓一个叶姓，所以一直也有图方便的人就把子盈村叫做叶家坞。

二秀死活不肯相信这个事实。二秀拿着老师的照片，在村里挨家挨户地问，可是没有人认得周小进。最后二秀找到了村长老叶，老叶说，你不是让他们都看过了吗，这个人不是我们这里的。二秀倔强地说，你是村长，你是村长。老叶说，我是村长，可村长也不可能认得一个不认得的人呀。二秀说，你是村长，你告诉我，他在哪里。村长挠头了，他不知道怎么对付这个女孩子，这个说一口北方土话的女孩子，她认定子盈村有这么一个人，她来找他，这让老叶怎么办呢？他交不出这个根本就不存在的人来。老叶看了看二秀的表情，老叶又想了想，他似乎想明白了一些事情，老叶问二秀，照片上这个人是谁。二秀不说是谁，但她的眼睛里渐渐地涌出了泪水，泪水还堵住了她的嗓子，让她说不出话来。老叶心里更清楚了，他拿过二秀手里的照片看了看，说，现在外面骗子多啊，像你这样的年轻女孩子，上当受骗很多的，骗色又骗财，是不是？小姑娘，你受骗了吧？二秀夺回照片，眼泪就掉了下来。老叶赶紧递了餐巾纸让她擦，老叶说，不急不急，他到底骗了你什么，你可以报警的，要不要我帮你打110。二秀急得一跺脚，尖声叫了起来，你才是骗子！你是大骗子！老叶莫名其妙地愣了愣，说，我是骗子？我骗你什么了？二秀说，你把老师藏起来了，你把老师还给我！老叶说，这个人是你的老师？你老师不教你们上课，跑掉了，你来找老师？二秀"哇"的一声大哭起来，边哭边说，老师死了，老师死了——老叶更摸不着头脑了，说，小姑娘，你老师死了？你还找他？小姑娘你疯了？

二秀无法再跟村长说话，她跟他说不清，二秀从老叶的办公室里跑出来，老叶想想不放心，追出来问，小姑娘，你要到哪里去？二秀说，我要找老师，他叫周小进，他就是你们村里的人，现在他死了，他就葬在他的家乡。老叶说，你要找他的坟？二秀说，你们村的人死了，都葬在哪里？老叶说，小姑娘，我们村里的坟地，不会埋外姓人的，你不用去找了，不会有姓周的。二秀说，你告诉我，在哪里？老叶直摇头，他想劝二秀，可他已经知道这个小姑娘倔，不到黄河心不死的，老叶指了指对面的山坡，说，你看到没有，那里有一片茶树，那地方叫右岗，就是我们村的坟地。

老叶喊来一个年轻人小叶，叫小叶陪二秀一起去右岗。路上小叶也跟二秀说，小姑娘，你去也是白去，子盈村的坟地是我管的，右岗这一块，我闭着眼睛都能看清楚，谁在里边谁不在里边我还能不知道？根本没有什么周小进。二秀嚷了起来，他可能不叫周小进，他可能叫叶小进。年轻人说，叶小进也没有的，我们村就没有叫小进的人。二秀又嚷，他可能不叫小进，叫大进，叫前进，叫后进，叫跃进——年轻人笑了起来，你这么一直叫下去，也没有用，我们的右岗肯定没有你要找的人。二秀又气又伤心，她不再理睬这个管坟地的小叶，自顾闷头往前走。小叶却在背后唱起歌来：哥哥呀，你上畈下畈勤插秧，妹妹呀，东山西山采茶忙……

小叶几步追上了二秀，朝二秀一看，二秀又哭起来，泪涂了一脸，真是个碰哭精，小叶赶紧收了口，说，好吧好吧，不唱就不唱。二秀说，老师就是这样唱的。小叶说，哎呀，这支歌，又不是我们村的专利，全中国的人都可以唱，外国人也可以唱。二秀却坚持说，老师就是这么唱的。小叶吐了吐舌头，他觉得老叶说得不错，这个小姑娘得小心着点，不知道是什么来路，独自一个人，千山万水跑到这里来，找一个死人，她要干什么？

二秀爬上右岗的山坡，看到了茶树，看到了嫩芽，它们细细小小地蜷曲着。二秀忍不住用手去摸那些嫩芽。小叶急着去阻挡她，小叶说，你不要碰它，你看你的手，那么粗糙。二秀收回了自己的手，下意识地朝小叶的手看了一眼。小叶说，你看我的手干什么，我的手也不细，我是男人的手嘛，你一个小姑娘，手也这么粗糙，怎么能采茶？小叶看二秀又有了哭兮兮的样子，赶紧说，不说了，不说了，反正你又不是来采茶的，手粗手细关什么事——到了到了，这就是我们村的右岗坟地，你自己看吧，你自己找吧，有没有周小进。

没有周小进，也没有叶小进，有许多其他的名字，但二秀不知道哪一个是老师。这个坟地和其他的坟地不一样，墓碑上只有名字没有照片，二秀问小叶为什么墓碑上不放照片。小叶说，人家那是公墓，葬在一起的都是陌生人，天南海北都不知道是从哪里来的，瞎碰碰就碰到一起做邻居了，你也不认得我，我也不认得你，怕以后小辈弄错了，所以要放照片，我们这里都是自己家的地，不会搞错的，放什么照片呢，怕自己家的活人不认得自己家的死人？

二秀被他问住了，张着嘴，又哭。小叶说，别哭了，面孔冻得红彤彤，眼泪水再洗一洗，要起萝卜丝了。二秀淌着泪，就觉得腿脚发软，心里发慌，一屁股坐在子盈村的坟地上。小叶赶紧说，快起来快起来，小姑娘，我们这里有风俗的，不作兴坐在坟墩头上，要烂屁股的。看二秀气得说不出话，小叶又说，周小进，周小进，你到底是个什么人，死了死了，还把小姑娘弄得伤心落眼泪。二秀听到小叶周小进周小进地叫了几遍，她盯着小叶的嘴看，小叶还在周小进周小进地叫，他的嘴像鸟嘴一样撅着，声音从舌尖尖上滚出来，二秀突然间就笑出声来，她也撅起了嘴，像鸟一样的叫起来，周小进，周小进，周小进。小叶被她搞糊涂了，说，一会儿哭一会儿笑，你干什么？二秀说，鸟叫，你们说话像鸟叫。小叶就改了口，说，我们也会说普通话的，我们的普通话，叫山坳坳普通话。二秀听了听，辨了辨滋味道，觉得不对，说，不是这样的，老师的普通话跟你们不一样。小叶说，那就对了，你们老师不是子盈村的人嘛。二秀愣住了，她闷了一会，说，我们班上的王小毛也这样说，可是，可是——小叶说，可是你在子盈村肯定找不到你老师。二秀赌气不理他，小叶去拉她起来，说，烂屁股是骗你的，不过大冬天的坐在地上，多冷啊，走吧，下去吧。

他们从右岗的山坡上往下走，小叶走在前边，二秀走在后边，二秀说，还有哪里有坟地？小叶说，你还要找啊？你不会要到那边的公墓去找吧，我告诉你，我们这座山，除了我们子盈村这个山坳坳，其他几面都做成了公墓，几十万的人住在山上，你打算到那几十万里去找你的老师？二秀说，我要到别的村子去找，老师不是你们子盈村的。小叶说，可是玉螺茶只有我们子盈村有啊。二秀不做声了。只有子盈村才出产玉螺茶，但是老师却不在子盈村，这说明什么呢？

二秀想不过来。

小叶回到老叶的办公室，把二秀交给了老叶，说，村长，我交给你了，这个小姑娘怪怪的，不关我事啊。老叶正在和另一个人谈事情，他跟小叶说，怎么不管你事呢，叫你带她找人，你找不到，怎么不管你事？老叶的话没说完，小叶就走掉了，老叶骂了小叶一声，继续和那个人谈事情。

　　二秀听出来，他们在谈一笔生意，老叶要那个人去招一批人来，马上要采茶了，村里人手不够。那个人犹犹豫豫地说，我也吃不准，你到底要什么样的，不要我辛辛苦苦招来了，你又不满意。老叶看了看二秀，说，喏，就她这样的，年纪要轻，最好都是姑娘，最好不要结过婚生过孩子的。那个人也看了看二秀，说，她也是你们招来的？老叶说，她是自己来的。老叶又跟那个人说，前些年我们自己还应付得过来，现在不行了，一方面，村子里好多人出去了，另一方面，茶叶的量也大了。那个人笑了笑，老叶也笑了笑，二秀觉得他们笑得很狡猾，也很默契，好像掌握了什么秘密似的。

　　那个人走了以后，老叶对二秀说，小姑娘，现在你怎么办呢，连小叶都不能帮你解决，我就更没办法帮你的忙了，你走吧。二秀说，我不走，除非你告诉我老师在哪里。老叶看了看她，说，老师在哪里我真的不知道，要不你就留下来，帮我们干点活，再慢慢找老师，也算是我们招来的人，我们有地方给你住。二秀这才破涕为笑了。她笑的时候，脸上的两道泪痕裂开了。

　　过了几天，子盈村招的人都到了，都是外地的女人，有年轻的，也有年纪稍大一点的，但也大不过三十岁。她们对子盈村好像熟门熟路的，不像二秀来的时候东张西望到处看新奇，她们铺了床铺就叽叽喳喳地说起话来。虽然二秀和她们不是一伙的，但她们对二秀也不排斥，她们告诉二秀，她们就是一帮人，抱成团的，一年四季在外头跑，初春的时候就来子盈村采茶，六月份就到湖对面的山上帮人家采枇杷，采杨梅，夏天她们也在外面干活，采红菱，到了秋天，活就更多了，白果啦，橘子啦，现在本地的人都懒，宁可出钱请外地人来干活，自己打麻将，孵太阳，嚼白蛆。这样也好，外地人就有钱赚了。

　　二秀说，老师说过的，老师的家乡是花果山，就是这样的。停了停，二秀又说，你们一年四季在外面干活，你们不想回家吗？她们说，开始的时候想家的，还哭呢，现在习惯了，不想家了。另一个人说，我们闯荡惯了，回家过年在家里多待几天还会闷出病来呢。还有一个媳妇说，是呀，我回家的时候，我女儿看到我喊我阿姨，我说，来，阿姨抱抱你。她们都笑成了一团，看起来真的把家忘记了。

　　夜里二秀睡不着，在床上翻来翻去，听着她们平静的呼吸声，二秀想，不知道她们有没有在梦里梦到自己的家乡。

天刚刚亮，大家就被喊起来了，村里人和从外面招来的人，都集中在子盈村的茶社。老叶给大家分配工作，分配了半天，也没有分配到二秀。眼看着采茶的姑娘媳妇领了任务，背起背篓，就要走了，二秀着急说，村长，我呢，我呢？老叶朝她看了看，说，你等等。二秀说，她们都走了，我跟谁走呢？老叶说，你不采茶，一会儿等她们茶采回来了，炒茶的时候，你烧火。二秀没听懂，愣愣地看着老叶。老叶皱了皱眉，说，烧火，烧火你不懂吗？老叶指了指灶间一字排开的七八个大灶，说，烧火就是往灶膛里塞柴火。二秀扭着身子说，我不要烧火，我不是来烧火的。老叶笑了笑，其他人也都笑了笑。老叶说，那你想干什么？二秀说，我要采玉螺茶。老叶"哈"了一声，抓起二秀的手看了看，说，你这手也能采玉螺茶？他又把二秀的手拉到村里的一群姑娘媳妇面前，叫她们也伸出手来，和二秀的手排在一起，让二秀看，他还跟她们说，你们看看，这样的手，也有资格采玉螺茶？二秀气愤地挣脱了老叶的拉扯，缩回了自己的手。

二秀一直在用心保护自己的手，即使后来她辍学回家劳动，她也没有让自己的手受过苦。在二秀的家乡，二秀的手成了大家议论的对象。但是二秀不在乎，他们越说，二秀越是要保护好自己的手。二秀的手甚至还传到别的村子去了，别的村子还有女人过来看呢，她们看了，都啧啧称赞，说没有见过这么细嫩的手。

可是这么一双细嫩的手，到了子盈村，竟变得这么粗糙，这么笨拙。二秀泪眼模糊哭着说，我的手坏了，我的手变了。村里的一个媳妇对她说，外地小姑娘，你的手粗，不是变出来的，是比出来的。

她们都走了，老叶把二秀领到灶前，说，你在这里等吧。二秀坐下来，看着自己的手，闷头伤心了一阵，就回到宿舍从包裹里拿了一副手套，再回过来时，看到采茶的人已经回来了。他们把采来的茶从背篓里倒出来，摊在匾里，然后又挑挑拣拣。二秀过去看了看，也看不出他们在挑拣什么。在二秀看起来，这都是嫩绿的茶芽，一个一个大小粗细颜色都长得一模一样，她不知道他们怎么还能从里边挑拣出不一样来。

挑拣完了，就上锅了，二秀的工作也开始了，她戴上手套去抓柴火，老叶说，你还瞧不上这些柴火，这可都是果树柴啊，你闻闻，喷喷香的。大家也都带着嘲笑的意思朝她看。二秀不理睬他们，她注意听着炒茶师傅的吩咐，把火候掌握好。炒茶师傅跟他们说，你们不要笑她，这个小姑娘很用心，火候把得比你们好。

到了这个时节，外面的人知道玉螺茶开采了，都来参观，电视台也来拍电视，大家起先闹哄哄的，但是看到炒茶师傅的手又轻又快，迅速翻动，抖松，再翻动，再抖松，就都不吭声了，屏息凝神地看着。二秀忍不住跟炒茶师傅说，老师说，这是高温杀青。炒茶师傅朝她笑笑，说，小姑娘，你也知道高温杀青啊。二秀说，我知道，老师说，还有干而不焦，脆而不碎，青而不腥，细而不断。老叶也听到了她说话，他特意走过来看了看她，又跟别人说，这个小姑娘，不知道她到底什么来路。

二秀记得老师说过，真正的玉螺茶产量很小，采几天就没了，二秀真希望采茶的日子能够延长一点，再延长一点。奇怪的是，子盈村的茶好像知道二秀的心思，不是越采越少，反而越来越多了，村里也不只是子盈茶社有炒茶的，家家户户都在炒茶。起先二秀看到茶都是从采茶女人的背篓里倒出来的，但后来的茶叶，却是装在大麻袋里来的，都是男人们一麻袋一麻袋地扛回家去，二秀忍不住跟到他们家去看，他们完全不像在茶社那么认真，挑拣得也马虎了，简简单单一弄，就上灶炒了，炒的时候，对火候的要求也不那么严格，也没有老师傅，只有几个妇女在锅里瞎翻翻瞎炒炒，一点也不认真。二秀很着急，也很不明白，小小的一个子盈村，哪来这么多的玉螺茶呢？二秀又跟着那些肩上掼着空麻袋的男人往外跑，跑到村口，就看到一辆大卡车停着，大家正从卡车上往下御麻袋，二秀知道，麻袋里的茶叶，不是子盈村的，是从外面运来的，

二秀跑到老叶家，看到老叶家也在炒茶，不过他家用的是电炒锅。二秀说，你怎么用电炒锅炒茶？老叶说，茶叶数量大了，烧火来不及，电炒锅热得快。二秀说，那你们在茶社里为什么不用电炒锅呢？老叶说，那里不是有人要来参观吗，参观的人喜欢看原生态，就让他们看原生态，原生态值钱，你懂吗？他看二秀不懂，又说，你还嫌烧火这活儿不好呢，有你烧的就不错了，要是以后都用上了电炒锅，你连烧火都烧不上了。二秀说，那些麻袋里的茶叶是从哪里来的？老叶说，这轮得着你管吗？二秀说，老师说，真正的玉螺茶产量很小的。老叶说，正因为产量太小，供不应求嘛，所有现在要扩大。二秀说，你们这是造假。老叶说，我虽然是假的，但我也没有卖真价钱呀。二秀说，那也是假，你的茶叶就是假的。老叶不屑地撇了撇嘴，说，小姑娘，外地人，不懂的，

茶叶分什么真假，只分好坏。二秀说，我都看见了，你们弄假玉螺茶，装在玉螺茶的盒子里，你们这是害玉螺茶。老叶又看了看二秀，慢慢地摇了摇头，说，小姑娘，你说的也有道理，可你以为我想这么做？我子盈村的声誉也没有了，我也不得安宁，右岗的人每天晚上都来找我骂我啊。二秀说，右岗？右岗不是你们村的坟地吗？坟地里不都是死人吗？老叶笑了笑，说，小姑娘，你别害怕，我说的不是鬼，不是鬼来找我，是鬼他们每天到我的梦里来跟我捣乱。二秀说，那是你心虚，心亏，才会做噩梦，你不要做假玉螺茶，就好了。老叶说，我不做还真不行，订货的人越来越多，有的隔了年就来订，就像现在吧，买今年的茶，就订明年的茶了。二秀说，你不怕被人家查出来？老叶说，怎么不怕，我还被人举报过，村里被罚了一大笔款呢。二秀说，那你还做。老叶说，那就更要多做，要补回损失呀。你想想，我们子盈村，几百年的玉螺茶历史，做下来，又怎么样呢，村子里家家户户破房子，这两年，一做假玉螺茶，家家户户翻新房，造楼房，我要是不让他们做，他们还不把我当茶叶给泡了。二秀说，你还算是村长呢，你一点也不顾子盈村的名誉。老叶狡猾地笑了笑，说，现在到处都出产玉螺茶，人家也不能认定假玉螺茶就是我们村出来的呀。二秀说，可是玉螺茶只有子盈村才有。老叶说，谁说只有子盈村出玉螺茶？二秀说，老师说的。老叶摇了摇头，又是老师，又是老师，你们老师到底怎么了，他乱说话，你就相信了？二秀恼了，跟老叶翻了脸，说，你才乱说，你当村长还乱说，你不配当村长。老叶不跟她计较，笑了笑说，我也不想当呢，上级非要我当，当村长有什么好，又不吃皇粮，群众炒茶，可以公开地炒，我还得偷偷地炒。二秀说，造假的人当然要偷偷地弄。老叶说，小姑娘，你冤枉我了，我没有造假，谁也不敢说只有子盈村的茶才是玉螺茶，谁也不敢说炒茶不能用电炒锅嘛。二秀气得说，你们这个村，不是子盈村，不是的。

　　二秀往回走的时候，心里很委屈，走到半山坡，她看到了小叶，小叶正在家门口劈果树柴，他看到二秀气鼓鼓的样子，就喊她，跟她打招呼，二秀起先想不理他，但看到他劈柴，二秀就问他，你劈柴干什么，人家都用电炒锅了。小叶说，人家都用，我不用的，我一直用柴火烧锅炒茶的。小叶把二秀叫进他家，果然，小叶家有一个妇女在用柴火烧锅，一个老人在炒茶。二秀说，你为什么不用电炒锅。小叶说，我不可以用的。二秀朝他看着，他又说，我不可以用的，我是管坟地的，我不可以用的。

二秀不懂小叶的话，她努力地想了想，也不知道是怎么回事。小叶却又说，不过你也别太当回事，其实，用柴火烧也好，电炒锅炒也好，子盈村也好，外地茶也好，泡出来都是差不多的，不信我泡给你看。小叶就拿了一个玻璃杯子，到隔壁人家要了一把电炒锅炒出来的外地茶，先放开水，再放茶，二秀看到的，竟然和老师当年泡的完全一样，细细的嫩芽在水中一沉一浮，开始它们蜷缩着，像一只一只小小的螺，后来它们慢慢地舒展开来，舒展开来，最后都轻轻地安静地沉下去了。但是二秀一直绷得紧紧的心，却没有跟着舒展开来，她忽然怀疑起来，为什么小叶泡的假玉螺茶和老师泡的茶是一模一样的呢？

三

二秀渐渐知道了，在子盈茶社炒制的茶，大多是真正的玉螺茶，参观的人都被领到茶社来看原生态。因为人多了，茶社还临时开出了饭店，留大家在这里品茶吃饭，等着购买新鲜出炉的玉螺茶带回去。

太阳一天比一天旺，春天一天比一天近，转眼就快到清明节了。一过了清明，玉螺茶就不如明前那样值钱了，它的嫩芽越来越少，叶子也会越来越粗，所以明前这几天，来的客人特别多。

客人是这里的常客，大概每年都来，一切都很熟悉，就像进了自己的家，他们坐下，泡茶，喝茶，说话，二秀一边烧火一边有一搭没一搭地听到他们的说话声传过来，他们先是说了说茶叶的价格，又说了说外边对玉螺茶的评价，也说了些与茶无关的话，后来他们又来到灶间，看炒茶师傅炒茶，拍了几张照，炒茶师傅说，张老师，吴老师，你们来啦。二秀在灶下说，我就知道你们是老师。老师听到二秀说话，探头到灶下看了看二秀，拍照的张老师跟二秀说，小姑娘，我也给你拍张照片吧。吴老师说，这个小姑娘，这么秀气，这么纯，放在这里烧火？张老师拍完照又朝二秀细细地看了看，说，嘿，我想起几句诗了：月出前山口，山家未掩扉。老人留客住，小妇采茶归。

二秀没等听完，忽的就从灶下站了起来，说，老师也是这么说的，后面还有几句呢。张老师挠了挠头，说，不好意思，是还有四句，但我没记住。吴老师说，没文化就别装有文化，猪鼻孔插葱——装象啊。他们都笑了笑。张老师又说，小姑娘，你是外地招来的吧，你不知道，从前这地方采玉螺茶可讲究啦，采下来不是这样烧火炒熟的，是放在姑娘的胸前捂熟的。二秀说，我知道，我知道，那是一抹酥胸蒸绿玉。两位老师惊奇地互相看看，他们大概没想到一个外地小姑娘念出这句诗来，他们还想问问二秀，知不知道这首诗还有几句是什么样的：蛾眉十五来摘时，一抹酥胸蒸绿玉。纤裙不惜春雨干，满盏真成乳花馥。可是二秀打断了他们的思路，她问他们，你们认得我老师吗，他叫周小进。不等他们回答，她抢着又说，你们一定认得他，他是老师，你们也是老师，你们一定知道他在哪里。张老师和吴老师同声说，小姑娘你搞错了，只是子盈村的人喊我们老师，我们其实不是当老师的。二秀固执地说，喊你们老师，你们就是老师，你们一定知道周小进在哪里。张老师说，小姑娘，你说谁？周小进？二秀说，他叫周小进，但也许他不叫周小进，叫叶小进，或者叫叶大进，或者叫什么什么进，你们一定知道他的。张老师说，他连一个准确的名字都没有，你凭什么说我们一定会认得他？二秀说，他就是这里的。吴老师说，既然他就是这里的，你自己找一找不就行了，怎么向我们要他呢？二秀说，虽然他们不承认，可我知道他一定就在这里，他对这里的一切，他对玉螺茶，很了解，很熟悉。张老师和吴老师说，那也不能证明他就是这里的呀。比如我们吧，就不是子盈村的人，但我们对这个山坳坳，对这里的玉螺茶，也一样的熟悉，一样的亲切，就像子盈村是我们的家乡，就像玉螺茶是从我们自家的地里长出来的。

　　二秀听到自己心里"咯噔"了一声，两位客人似乎在唤醒她，但她又不愿意从梦中醒来。张老师又说，你们老师也许和我们一样，常常来子盈村，甚至，他也可以不来子盈村，他可以从来都没有来过子盈村，他可以在很远很远的地方，从书本上看到子盈村，看到玉螺茶。一个人从书本上看到一样东西，从此就爱上它，而且爱得入骨，爱得逼真，这种事情也不是没有的。吴老师说，是呀，就像我和张老师，对子盈村的事情，也都了解得很深入很透彻的。比如子盈村叶奶奶的事情，现在子盈村的年轻人恐怕也都不知道了，我们反而都知道。张老师说，叶奶奶年轻时，被镇上的富贵人家以重金请去，采了茶叶口含胸焐，就是你说的，一抹酥胸蒸绿玉。二秀说，是老师说的。

　　客人走后，二秀满村子打听叶奶奶。老叶最反对她去找叶奶奶，但是老叶被许多买茶叶和卖茶叶的人包围了，吵得焦头烂额，也顾不上二秀了，他只是说，叫你别去你不听，你不听就不听。二秀就是不听老叶的话，最后她终于在一个山角落里找到了叶奶奶。

叶奶奶已经很老了，但她的脑子很清楚，口齿也很清楚，她有头有尾有滋有味地给二秀说起了那件事情，她告诉二秀，那一天她是特意爬到右岗山坡上去采的茶，右岗的茶树，是子盈村最好的茶树，最后，老太太眯花眼笑地晃了晃自己耳朵上的一对金耳环，说，喏，这就是大户人家送给我的，是老货，你看看，成色足的，现在的货，成色不足的。

二秀回到茶社，老叶正在找她，责怪问她不烧火就跑走了。二秀兴奋地说，村长，我找到叶奶奶了。老叶生气地说，找到叶奶奶怎么呢，有烧火炒茶重要吗？二秀说，叶奶奶告诉我了，她年轻时真的用胸口焐过茶的，还在口里含茶呢，跟老师说的一模一样。老叶皱眉说，你听她的，她老年痴呆症，人都不认得，还能说当年的事情？二秀不信，她觉得老叶总是在和她作对，二秀说，我不相信你的话，我相信叶奶奶的话。老叶说，她从十七岁嫁进叶家坳，就没有出去过，就没有离开过这个山坳坳，怎么可能去镇上帮大户人家焐茶？再说了，你看看她那个样子，长得要多丑有多丑，就算有人来请，也不会请到她。二秀说，她还有一副金耳环，就是当年人家送给她的。老叶笑了，说，你上她当了，这副耳环，是她孙子去年买了给她做九十大寿的，你不懂黄货，你不会看成色，明明是新货，老货会这么金金黄吗？

二秀气得哭起来。老叶说，哭什么呢，哭什么呢，你说是老货就老货好了，无所谓的。二秀说，怎么无所谓，怎么无所谓，有所谓的。老叶正挠头，小叶来了，他告诉老叶，村上有家人家的一个老人刚刚走了，他们要想把他埋在左岗上。老叶摆了摆手，说，我就知道有人要新出花样了，左岗上不行的。小叶说，左岗为什么不行呢？老叶说，左岗被规划了。小叶说，规划我们的左岗干什么？老叶说，你问我，我也不知道，我只知道规划了就不能动了，你去跟他们说，只能按老规矩埋在右岗上。小叶说，好，我去了。

二秀追着小叶出来，问他叶奶奶的事情到底是不是真的。小叶说，既然老奶奶说是这样的，你愿意相信，那就当它是真的吧。二秀说，我是当它真的，我也想试试。小叶说，那不行吧，老叶看不上你，不肯让你采茶，你怎么试？

二秀说，所以我求你帮帮我。小叶说，今年恐怕不行了，要不，你明年再来吧。今年你手生，明年我替你求情。二秀说，不行的，我回去就要嫁人了，明年不能来了。小叶说，嘻嘻嘻，你那么当真，现在都无所谓的，嫁了人怎么就不能采茶呢，你照样来采好了。二秀扭了身子生闷气，小叶说，怎么又生气了呢？二秀说，我不同意你的说法，老师说，结了婚不可以的。小叶说，你们这个老师，真是奇怪。

最后小叶还是被二秀说服了，他带着二秀来到山坳深处，二秀转了半天才发现，这就是小叶带她来过的坟地右岗。这里只有一小片茶树，小叶说，你是不是觉得这里阴森森的，有没有点寒毛凛凛？二秀说，为什么？小叶说，咦，你来过的嘛，这是右岗嘛，我们村的死人都埋在这里的，你一个小姑娘，倒不怕？二秀说，我不怕的，老师也在这里。小叶说，告诉过你了，你们老师不在这里。见二秀又哭逼逼的样子了，小叶赶紧说，好好好，你说在这里就在这里吧。

小叶指点着二秀，让她采一些嫩头，小叶说，别看这块茶地小，这可是我们村最好的茶叶。二秀说，叶奶奶也说右岗的茶树是子盈村最好的茶树，为什么呢？小叶不说话，只是用脚点了点地皮，又朝二秀眨了眨眼睛。二秀想了想，似乎是懂了，又似乎没懂。她采了一些茶叶，小叶就说，够了够了。拿了随身带着的袋子给二秀装茶叶，二秀却不要，掏出一块丝手帕，小心地包好嫩茶，然后转过身去，背对着小叶，将茶包揣进了胸怀。

二秀回家了。在长途汽车上，二秀碰到许多买茶的人，他们纷纷炫耀着自己买的玉螺茶是多么的好，多么的正宗，又多么的便宜。最后二秀忍不住说，你们上当了，你们买的，不是真玉螺茶。买茶客都朝二秀看，看了一会，有人说，谁说我们上当了，我们没上当，我们就是要买这样的。二秀说，你们要买假玉螺茶？他们说，那当然，假的便宜多了，差好几倍的价格呢。也有人说，我是买了送人的，托人办事情，送玉螺茶是最好的，又不犯错误，又有档次。二秀说，你买了假茶送人，人家喝出来是假的，你不是办不成事了吗？他们都哈哈大笑起来，说，小姑娘，现在谁喝得出真假噢。二秀说，有人喝得出来，一定有人喝得出来。他们说，你说谁？难道你一个外地小姑娘喝得出来？二秀说，老师喝得出来，从前，我们老师拿真正的玉螺茶泡给我们看的。他们又笑了，说，从前是从前，现在是现在，现在跟从前大不一样了，别说茶了，现在连水都不是从前的水了，就算你有真正的玉螺茶，用现在的水泡，泡出来也不是真的了。另一个人伸了伸自己的舌头，给大家看了看，说，不说水了吧，就说我们的舌头，你咂咂自己的舌头，是不是麻了，现在的人，舌头都是麻木的，真正的玉螺茶给这样麻木的舌头去品，也是糟蹋了呀。

这话一说出来，车上许多人都在品咂自己的舌头，他们果真感觉舌头麻麻的，大家七嘴八舌说，哎呀，真是的，哎呀，你不说我还没感觉呢，现在一感觉，舌头真的不对头了。

二秀无声地咂了咂自己的舌头，她没有感觉出麻木，一点也没有。她的舌头还跟从前一样，一点都没变。

二秀回到自己的家乡，来到老师失足跌落的河边，她从怀里掏出茶包，包暖暖的，茶叶被她焐熟了，就和炒茶师傅炒出来的一模一样，一根一根细细地蜷着，二秀轻轻地把茶撒在河里，茶很慢很慢地舒展着，舒展着，但是它们太轻太轻了，它们一直在河面上漂着，始终没有沉下去。

杏花仓不是最后的仓

　　卢柴根捏着一个信封，从巷口一路问进来。他一路吃了很多白眼，因为他要找的是一个看不清的地址，他拿这个信封去问人，有的人一开始也有热情，想指点他，但一看信封上的发信地址如此这样，一肚子的热心肠没处去，就给他翻白眼。

　　信封上是有发信人的详细地址的，但是被水弄湿了，也不知道是雨水，还是别的什么水。钢笔字都化开来了，只有南州两个字还稍微有点模样，加上核对邮戳，可以认定是从南州发出去的信。但到底是南州哪里，再仔细看，最后一个字似乎还有一点点模样，但卢柴根详来详去也详不出这是个什么字，问了几个路人，有的认真看，有的马虎地瞄一眼，都说看不清，最后有个人特别负责，想了半天，但看着他也是很为难、好像要摇头的样子，后来他却忽然拍了拍自己的脑袋说，对了，肯定是个"巷"字，你看，这笔划，这形状，难道不像个巷字，很像。卢柴根又拿过去看了看，确实是那个形状，但卢柴根还不敢确信。那个人说，肯定是巷，你想想，南州什么最多，就是巷子最多嘛，这肯定就是一条巷。他的分析很有道理，卢柴根就信了他的话，心服口服地认同了这个"巷"字。但是认同了"巷"字还是没有用，因为除了这个"巷"之外，其他的字一点也看不出了，完完全全被化开了，钢笔水淌下来，像一个人淌了一脸蓝色的眼泪水。

　　就这样，卢柴根捏着一封落款为的"南州巷"的信封，在南州的大街小巷到处寻找。可南州巷卢柴根是找不着的。因为南州的巷太多了，南州就是以巷出名的，南州的别称就是小巷之城，南州的小巷多得像一个人身上的经络和汗毛。卢柴根从前也曾经听到过这样的说法，但一直没有真切的感受，现在真正是身临其境了。他觉得自己是走进了一个精心设计的迷魂阵，从这条巷穿到那条巷，再穿出去，还是一条巷，他再也转不出来，也转不进去了。

卢柴根忍不住跟一个坐在家门口听收音机唱评弹的老头说，城里人有钱，为什么不造大一点宽一点的马路呢？老头朝他翻个白眼，说，城里人有钱？谁说的？有钱我就天天去书场喝茶听书了。卢柴根闷了一闷，只得再往前走。再往前走，也还是小巷子，是南州巷，但却不能确定是不是卢柴根要找的南州巷。

一个外地人，在小巷子里转来转去，而且他自己还不知道，有的巷子他已经转过几次，来过，又来，再来，他也没有认出来。就像从前乡下人走夜路，经常会遇到鬼打墙，绕来绕去也找不到出路。卢柴根大白天在城里被鬼打墙了，引起了小巷里居民的怀疑。不要说人了，连一条狗都怀疑上他了，它冲着他叫了几声。它是一条小狗，虽然它把卢柴根当成了坏人，但它的叫声也不算很凶，还是比较文明礼貌的。

可这毕竟是一条狗在冲着一个人叫呀，卢柴根脾气再好，也有点来气了，他说，狗眼看人低啊，我不是叫花子，我是来找人的。小狗被他一说，觉得理亏，不好意思再叫了，倒是狗的主人康贝妮生气了，她过来抱起小狗，朝卢柴根翻个白眼，说，谁狗眼看人低啊？卢柴根说，我又没说你，我说狗呢。康贝妮说，我们小狗，比人还懂道理。卢柴根息事宁人地说，懂道理就好，我怕它咬我一口，还得去打狂犬针呢。康贝妮说，这个你放心，我们家小狗不会咬人，它生下来就不知道什么叫咬人，你送到它嘴里，它都会吐出来。卢柴根差一点笑起来，这小姑娘，怎么说话呢，哪有人会把自己送到狗嘴里去？

虽然被狗打扰了一下，卢柴根心里还是牵挂着要找南州巷，他想把那个信封递给康贝妮看看，可是康贝妮明明看见了卢柴根的意图，却只作不知，她朝着天空翻了翻眼，抱着小狗转身走了。卢柴根伸着手，落了个没趣。看着康贝妮快乐的背影，卢柴根猜想着她抱的那条小狗值多少钱，但他猜不出来。以前他看到过新闻，有的狗能卖一万块甚至几万块钱，卢柴根有些感叹，接着他又想到自己的女儿，想到自己的老婆，这么胡乱地想了一会，他继续往前边的巷子走去。

卢柴根又转了几条巷子，觉得自己好像离目标还越走越远了。他饿了，累了，力气和信心都越来越差。天色渐渐地暗下来，巷子里的居民都在准备夜作了，收衣服，烧晚饭，喊孩子，关家门，卢柴根连个落脚处还没有呢。

其实，卢柴根多少也是有一点收获的，至少经过一整天的转战，他渐渐地有些明白，自己应该作好长期作战的思想准备和物质准备。思想的准备是现成的，就在脑子里守着呢，物质的准备呢，卢柴根倒是带了些钱出来的，但没有带足，他没有料想到南州巷这么难找，当务之急是找个地方住下。但他的钱不足以让他每天都可以住旅馆，他得找一个比旅馆更便宜的地方。

卢柴根看到巷子里有一条横幅，写着：为人民服务，有困难，请找居委会。他受到了启发，就跑到居委会来了，他跟居委会干部说，我要租房。居委会的干部正准备下班了，被一个突如其来的人挡在了办公室，说要租房，干部们笑了起来，说，你走错门了，我们不是中介公司，我们是居委会。卢柴根说，是中介公司我就不进来了，我找的就是居委会。干部说，居委会不管租房的事情。卢柴根说，你们在外面写着，有困难，请找居委会，我就来了。他这样一说，几位居委会干部倒是愣了一愣，愣了片刻，有一个干部先回过神来了，她说，你是哪里的？你属于我们居委会范围吗？卢柴根说，我是来南州巷找人的，可能不是一天两天能找到，我要找个地方暂住下来。几个干部同时"噢"了一声，然后有一个人代表大家说，外地人。卢柴根就看到他们的眼睛里冒出了一些警觉。卢柴根在心里笑了笑，他能够理解他们，但外地人又不等于就是坏人。另一个干部说，那你还是得找中介公司，我们居委会手里没有房子，我们还缺房子呢，恨不得有谁给我们提供房子呢——虽然我们写了"有困难请找居委会"，但那是针对我们这个巷区的居民而言的，你不是我们巷区的，你不在范围之内。卢柴根想不通说，你们为人民服务，还分区域啊？居委会干部说，话不是这么说的，工作总有个分工负责吧。卢柴根觉得他们说得也有道理，他看出他们都急着要下班了，就没再耽误他们时间，跟着他们一起走出了居委会。居委会干部们很快就四散走掉了，又留下卢柴根一个人，他在居委会门前站了一会，心想，怎么办呢，我还得继续往前走啊，可他又想，我这是在往前吗？还是往后呢？哪里是前，哪里是后，他根本就不知道方向，也不知道自己的位置。

　　走了几步，就听到身后好像有人在喊什么，他起先没在意，这里不会有人认得他，不会是喊他的，他仍然往前走，不料那个喊声却越来越近，追上来了，追到他身后，声音就压低了，说，喂，外地人。卢柴根回头一看，竟是刚才那几个居委会干部中的一个，是他们中唯一的一个男的。他看到卢柴根张了张嘴，好像害怕卢柴根发出的声音太大，赶紧做了个手势，说，嘘，你要租房是不是？卢柴根赶紧说，是呀，是呀，你有房子要出租吗？男干部皱了皱眉说，我哪有房子租给你——他再次压低了声音，说，但是我可以提供一个信息给你——他看到卢柴根又想说话，赶紧制止了他，就塞给他一张小纸条，说，这上面有地址，那里有房子出租，你自己找去吧。卢柴根一看，又是南州某某巷，心里有点发憷。男干部指了指方向说，离这里不远，你从这边过去，穿过那条巷子，左手拐弯就到了。他看了卢柴根迷茫的眼神，又补充说，也难怪，这里巷子多，而且大同小异，你们外地人找起来是不容易，你记住了，拐弯角上有一口三眼井，就是那条巷子，三眼井，你懂吗？卢柴根想了想，说，我懂，就是一口井上面有三个井圈，看上去像三只眼睛。

　　旁边有个居民经过，跟那男干部打招呼，男干部似乎有点慌神，文不对题地说，不是，不是，我也不认得他。就赶紧走开了，走了几步，又回头指指卢柴根手里的纸条，意思是让卢柴根去找那个地方。卢柴根明白他的意思，点了点头，但也有不明白之处，他明明是在做好事，帮助别人，却为什么要这么鬼鬼祟祟见不得人呢？

　　卢柴根正有些疑惑，男干部回头又追过来了，说，别人问起来，你不要说是我介绍的啊。卢柴根不解说，为什么？男干部这回真的有点生气了，发了点小脾气，说，你废话真多，你管那么多事干什么？虽然他说话口气很冲，但他有恩于自己，卢柴根没有跟他计较，老老实实地说，我知道了，我什么也不说。男干部这才放了点心，透了一口气，走了。

　　这一回因为方向明确，卢柴根很快就找到了南州的这条巷，他一看到拐角上的那口三眼井，就高兴地说，对了，对了，就是这里。旁边的一个路人朝他白了白眼。卢柴根觉得南州巷子里的人特别喜欢翻白眼，不知道这是什么缘故。

　　卢柴根沿着门牌号往前走，走着走着，他看到一条小狗站在他的面前，卢柴根像看到亲人一样激动地叫喊起来，咦，咦，我见过你，我来过这里。对了，这条巷子我来过，我认得。小狗嘀咕了一声，大概是承认认得他，不再朝他乱叫了。

卢柴根发现他已经到了，竟然就是小狗的这家人家，就是康贝妮的家。卢柴根朝里探了探头，没料到这一探，把他吓了一大跳。

康小萍其实早就看到卢柴根在往这边来，她虽然不知道他是谁，却有一种预感，他是来租她的房子的。她悄悄地站在窗后看着卢柴根，卢柴根果然走近了，他核对了手上的纸条，就走过来朝她家探头探脑。

康小萍从屋里出来问卢柴根，你要租房吗？卢柴根疑疑惑惑地说，是你家有房子出租吗？康小萍说，谁告诉你的？卢柴根想到那个人的再三吩咐，就紧闭了嘴，不说话。他以为康小萍会追问，可她只是朝他看了看，没再问什么，只是说，你进来看看房间吧。

她家里就是一间房，一隔为二，她要把隔出来的那半间租给别人。墙已经砌好，但工程还没全部完成，有两个工人正在用白水刷墙，这是最后一道工序了。卢柴根看了看，说，你用三级砖砌墙啊？康小萍说，你懂啊。卢柴根说，咦，城里人居然还用这种三级砖？我们村里人造房子也不用这么蹩脚的砖了。他又朝屋子望了望，说，你们是哪里的？康小萍听到卢柴根这么问，停顿了一下才说，你问我们是哪里人？我们就是本地人，南州人。卢柴根说，你骗我吧，城里人也有这么——的？他到底没有把那个"穷"字说出来。但康小萍听出来了，她说，我下岗了。稍停了一下又说，所以我把房间隔一下，另一半出租。卢柴根又朝她的半间探了探头，说，这样你们自己住得挤了。康小萍说，我们就娘儿俩，也不用多大的地方。卢柴根说，那个抱小狗的小姑娘，是你女儿？康小萍说，她要养小狗，自己不吃也要给狗吃。

卢柴根笑了笑，说，城里人和乡下人不一样。其实他还想说，这样的人家还摆这样的派。他没有说出来，这话堵得他的嗓子眼痒痒的，他干咳了一声。康小萍知道他想说什么，她既有点无奈又有点满足地说，所以我女儿坚决不许我去领低保，领低保的人，是不能养宠物的。卢柴根说，为什么？康小萍说，不知道为什么，反正就是这样规定的。卢柴根说，这有道理吗？然后又自己回答说，这好像没道理呀。康小萍的心思不在狗身上，在房子上，她尽量表现得不急，其实心里很急，她怕卢柴根远扯其他话题，赶紧言归正传说，你到底租不租我的房子？卢柴根说，没有别人来租吗？康小萍说，还没有人知道呢，我也做不起广告，做一条要二百块，找中介就更厉害。卢柴根说，不能找中介，中介是吃了买方吃卖方。他觉得自己说得不错，满意地笑了笑。两个干活的工人也跟着他笑了笑，其中一个说，天下乌鸦一般黑。康小萍说，你们是说我的吧，我跟你们抠工钱，我也是乌鸦。卢柴根说，你不能算乌鸦，哪有你这样的乌鸦。康小萍说，我是怎样的乌鸦呢？马上又把话扯回到房子上，说，那我的房子就租给你了。

卢柴根早已经觉察出康小萍的急迫心情，他是理解她的，家里要用钱的急迫，他也是经常品尝的，只是他没有想到，现在竟由他一个乡下的穷人来体会一个城里人的这种心情了，他出钱租她的房子，这等于是在帮她的忙呀，卢柴根甚至有点委屈了，我是来求助的，我怎么反过去帮助她呢？但他还是怀着委屈的心情答应了康小萍。

康小萍一步不松地说，你看你是先付后住还是先住后付？卢柴根说，我们乡下的规矩是先住后付的，你们城里是什么规矩？康小萍说，我们城里是先付后住的。卢柴根说，那，那就按照你们的规矩，先付吧，我租三天。康小萍很来气，翻了翻白眼说，你开什么玩笑，你以为你是住宾馆啊？卢柴根说，对不起，我也不知道我要住多少天。康小萍虽然很失望，但她还是克制了一下，掩饰了一下，尽量客气地说，人家租房，一般至少一年，最少也是半年，再少再少也不可能少过三个月的，不过，我这里好说话的，三天就三天，五天就五天，你先住起来。其实，等你住下了，你就不想走了，你就知道我的房子价廉物美。卢柴根想，她是言不符实的，她的房子，价虽然比较廉，美却是一点也不美。

卢柴根把钱交给康小萍，康小萍数了一下，就喊起来，康贝妮，康贝妮，拿钱去吧！

康贝妮过来拿了钱，喊了小狗，走了几步，又回头说，咦，刚才我问你要钱你还说没有，现在怎么有了？康小萍说，是这位叔叔租了我们的房子。康贝妮看了卢柴根一眼，说，外地人啊。卢柴根朝她笑笑，但她显然没有认出他来。卢柴根说，是我，刚才你的小狗就是朝我叫的。康贝妮翻了翻白眼，说，什么呀，听不懂。带着小狗跑开了。康小萍说，她要给小狗买火腿肠。又说，还有件事情要请你帮忙的，要是有人问，你就说跟我们是亲戚，就说是我表弟吧，这间房子是我让给你住的，白住的，不是租的，没有经济往来。卢柴根说，这也是租房的规矩吗？康小萍说，是的，反正你不能说是租的房子。卢柴根说，怎么会有这样的规矩？康小萍有点烦了，发了点小脾气，说，你废话真多，你管那么多事干什么。语气和用词竟然都和那个居委会男干部一样的。

康贝妮回来后，情绪好多了。康小萍让她喊卢柴根表舅，康贝妮破例没有朝卢柴根翻白眼，说，表舅你叫什么名字？卢柴根说，我叫卢柴根。康贝妮在嘴里念叨了一遍，就开始笑了，笑着笑着，就越笑越厉害，她捧着肚子说，哎哟哟，笑死我了，哎哟哟，笑死我了，卢柴根？这是什么名字，笑死人了。卢柴根不明白这个名字怎么会笑死人，说，怎么呢，卢柴根，哪里好笑呢？康贝妮说，卢柴根，卢柴根，啊哈哈，笑死我了。康小萍在一边也跟着笑，还说，我知道有首歌，好像是民歌，拔根芦柴花，那是芦柴花，你是卢柴根，像兄妹两个哎。康贝妮说，喂，你是农民工吧，人家农民工都是一拨一拨的，至少也有三四个人凑在一起，你怎么是一个人？卢柴根说，我本来就是一个人。康贝妮说，你的老乡呢？你为什么不和他们在一起？卢柴根说，我就是来找他们的——他拿出那个信封，想让她们帮着看一看，可康贝妮和康小萍都没有接他的信封，康贝妮边笑边用手指着他说，你一个人，你没有同伙，你不会是个逃犯吧？卢柴根以为康小萍会骂康贝妮几句，至少应该阻止一下，可康小萍一点也没觉得康贝妮有什么不对，她还跟着康贝妮一起笑。卢柴根觉得不可思议，康贝妮还不如她的那条小狗呢，那条小狗还有点知书达理，她却一点道理也不懂，她竟然哈哈大笑地说他，卢柴根，你慌了，你心虚了，你头上都出汗了，啊哈哈哈。

卢柴根不能跟她讲文明礼貌了，他以其人之道还治其人之身，说，你还笑话我，你不笑笑你自己，我知道你的名字，你叫背泥，啊哈哈，背泥，你怎么会叫出这样的名字？乡下人都不叫这样的名字了，乡下人都不背泥了，你还要背泥？啊哈哈——他知道康贝妮被他报复到了，十分得意，一口气往下说，背泥？背烂泥？背河泥？还是背别的什么泥？橡皮泥？康贝妮果然恼了，气得说，你才背泥呢，外地人，你不懂的，你是文盲，你字都不认得。卢柴根说，我怎么不认得字，我是小学的代课老师呢。康贝妮说，你还当老师，你当老师也是瞎教书，误，误那个什么——妈，那个成语怎么说？康小萍赶紧配合女儿说，误人子弟。康贝妮一边说，你是误人子弟。但她到底是个孩子，还是有点为自己的名字着急，她拣起一块砖，在墙上画了两个字：贝妮。说，你睁大眼睛看看，是这两个字噢。

卢柴根说，原来是这两个字，我还以为你背烂泥。康贝妮说，你不懂了吧，没文化了吧，你都没见过这两个字吧。卢柴根说，我怎么不懂，我懂，这是外国人的名字嘛。

卢柴根并没有存心挖苦她的名字，可是他的话听起来有点刺耳，康贝妮接受不了，跟她妈妈说，妈，我们别把房子租给他，把钱还给他。康小萍打圆场说，哎呀，好了好了，别闹了，钱都被你买了火腿肠，火腿肠已经被小狗吃掉了。康贝妮气哼哼说，你别以为租了我们的房子，就可以欺负我，你也别以为我们把房子租给你，我们就会把你当好人。卢柴根说，你们把我坏人？如果我是坏人，住在你们家里，你们不怕吗？康贝妮说，我们会小心提防你的。

康贝妮闹了一阵，不想闹了，又和小狗一起走了。现在卢柴根终于可以办自己的正事了，他把那个被捏得烂糟糟的信封递到康小萍面前，眼巴巴地看着她，说，大姐，你帮我看看，这是什么地址。康小萍接过去看了看，说，好像是南州什么什么。卢柴根说，是巷吧，南州巷？你看是不是？康小萍说，好像是巷，是南州巷。卢柴根说，人家都说是南州巷，可是我找了一整天也没有找到。康小萍笑了起来，说，一整天怎么可能找得到，你知道南州有多少条巷？卢柴根说，是的，是的，可是我怎么办呢？康小萍又看了看信封，说，这我也不知道该怎么办。卢柴根说，像我们乡下，一个村子，一个再大的村子，村子里有什么人，大家都知道的，你们怎么连一条小巷子的邻居都不知道？康小萍说，现在小巷子里住的人复杂了，我们都搞不清楚了，不像从前，都是本地人，都认得，现在老南州搬走了不少，外地人进来了不少。卢柴根说，居委会知道吗？康小萍摇了摇头。卢柴根不知道她是说居委会不知道，还是说她不知道居委会知道不知道。卢柴根给自己打气说，居委会肯定知道，我知道城里的居委会比乡下的村委会要负责多了。康小萍仍然泼他的冷水，说，那也不一定，要看住进来的外地人有没有进行暂住登记，不过，据我所知，只有很少的人去登记，大部分人是不会登记的，比如你，你去登记吗？卢柴根急了，说，如果他不登记，我就找不到他了？康小萍却又不泼冷水，改而鼓励他了，说，找是一定能够找到的，但是你要有耐心，慢慢来。一条巷子一条巷子找，既然是在南州巷，那就总在南州巷的。卢柴根受到鼓励，说，我也是这么想的，我要有耐心，可是我堂兄很着急，你看你看，他在信封上还写了个"急"字。康小萍说，你怎么只有信封，信呢？卢柴根说，信被我女儿弄丢了，只剩下这个看不清字的信封了。康小萍说，他叫你来做什么？卢柴根说，叫我来当老师。康小萍说，咦，你不是在乡下当老师吗？卢柴根说，乡下清退了代课老师，不许我们上课了。康小萍说，奇怪了，乡下都不能做，到城里反而能做？卢柴根说，我堂兄说，他那里根本就没有正式老师，都是临时的。康小萍，政策就是奇怪，乡下不能做，到城里反能做？

他们热烈地议论了一阵，后来发现这些都是空洞的瞎议论，根本就没有方向，没有头绪，卢柴根和康小萍都歇了下来。他们歇下来的时候，就听到外面巷子里有自行车的铃声来来去去，卢柴根立刻受到了启发，说，大姐，我想到办法了，你们这里有邮递员来吧，他每天什么时候来？他来的时候，你告诉我一声，我请邮递员看看这个信封，他对这里熟悉，又有经验，说不定能看出来。康小萍即刻撇了撇嘴说，现在邮递员也是外地人，没有经验的，也不熟悉。卢柴根愣了愣，仍然固执地说，但他毕竟是干邮递员的，我还是得问问他，他一般什么时候到？康小萍说，说不准的，有时候一大早来了，有时候到天黑也不来。卢柴根说，今天来过没有？康小萍说，早就来过了。正说着话呢，忽然就慌慌张张跑了出去。卢柴根并没有很在意，这对母女跟他印象中或者想象中的城里人不大一样，但是这跟他没关系，他只是感觉到，找堂兄的事情指望不了她们帮忙。

过一会儿康小萍回进来了，康贝妮紧跟着进来说，妈，邮递员来了，有没有我的信？康小萍说，哪里有邮递员，邮递员今天一大早就来过了。康贝妮说，骗我干什么呀，我刚刚看见他骑着车子过去了。康小萍直朝她使眼色，但她不接令子，还说，哎哟，我又不是等情书，你紧张什么呀？康小萍说，明明是你看错了，哪里有邮递员。她回头看了看目瞪口呆的卢柴根，又跟康贝妮说，要是邮递员来的话，我会帮你表舅问地址的，你表舅要找南州巷呢。

康贝妮从卢柴根手里把信封拿过去看了看，说，南州巷？这是巷吗？哪里是巷，哪里是巷——康小萍的脸一下子白了，一把把信封抢回去，说，不关你小孩子的事，找人是大人的事，你做作业去吧。康小萍把康贝妮推了出去，又回头到卢柴根跟前说，小孩子喜欢胡说八道的。卢柴根似是而非的，心里有点糊涂，又有点清醒，但又不知道清醒的什么，只是说，她说哪里是巷？"哪里是巷"是一条巷的名字吗？康小萍说，你没有被褥？你出来连行李也不带？不等卢柴根回答，她又热情地说，我给你一条被子用吧？卢柴根说，要不要租金？康小萍说，不要租金，免费给你用的。卢柴根奇怪地看看康小萍。康小萍就匆匆回自己屋里去拿被子了。

康贝妮见母亲进来，不明不白地冲她笑了笑。康小萍说，你瞎笑什么。康贝妮眼明手快地从母亲手里把那个信封拿过去，扬了扬说，什么南州巷，明明是仓嘛。康小萍赶紧抢回去，认真地看了看，说，仓？什么仓？仓库的仓？她心里一阵紧张，尖声对康贝妮说，不是的，不是仓，肯定是巷。康贝妮说，老妈你眼睛怎么长的，你睁大眼睛看看，这不明明是仓吗？康小萍见扭不过康贝妮的印象，就翻下脸来了，严厉地说，康贝妮，我告诉你，不管是巷还是仓，不许你说，听见没有？康贝妮还想还嘴，康小萍说，你要乱说这是仓，我就把小狗丢掉，你听见没有？！吊儿郎当的康贝妮一下子就被捏住了七寸，顿时脸色发白，嘀咕了一声，巷啦仓啦，管我屁事，就悄悄地走开了。

康小萍把信封凑到灯下，仔细地看了一会，仍然吃不准是巷还是仓，但她知道，如果是仓，这个地方就很容易找，南州叫什么什么仓的地名并不多，康小萍从小在这里长大，只听说过南郊有个瓣莲仓，东郊有个枣市仓，就算西郊北郊都有仓，那也只有四个仓。

卢柴根没有一直在南州巷住下去，他很快就弹尽粮绝了。不过他离开的时候，并没有死心，康小萍不在，他把那个信封留给康贝妮，康贝妮翻了翻白眼，不接。卢柴根说，我不是麻烦你的，我想请你妈再帮我留心留心南州巷。康贝妮说，怎么不麻烦我，不还是要麻烦我转吗。嘴上说着，手也懒得动，朝桌子努了努嘴。卢柴根就把信封放到桌子上了。

康小萍回来时，见卢柴根走了，那个老是紧紧捏在他手里的信封却搁在她家桌上了。康小萍问康贝妮卢柴根为什么要把信封留下。康贝妮翻个白眼说，我怎么知道，他是留给你的。康小萍说，一个破信封，你为什么要让他留下来呢？康贝妮说，一个破信封，你不想要扔掉就是了。康小萍说，算了吧，搁着就搁着吧，说不定又回来拿呢。

半间屋子被卢柴根住了几天，居然住出点人气来了。卢柴根刚走，很快就有人来租住了，还来了两个人争抢，康小萍乘机把房租提了一点价，人家也不还价，很顺利就租了出去。

卢柴根的那个信封，一直扔在桌子上，每天康小萍都看到它，就像看到卢柴根的脸、看到他巴巴的眼神似的，时间长了，弄得康小萍心里怪怪的，不自在，她不想看它，却又管不住自己的眼睛，再到后来，甚至每天早晨睁开眼睛第一件事情，就要朝桌子上看，看到信封在那里搁着，她才会踏实一点。

康小萍忍耐了几天，心里很烦，最后终于忍不下去了，把信封扔进了垃圾袋，又把垃圾袋扔到巷口的垃圾筒里。

过了一会收垃圾的人就来敲她的门了，说，康阿姨，你家的垃圾袋里有一个封信，信封上还写着个"急"字，我怕是你不留心弄丢的，再送回来给你看看，看看有没有用。他把信封递给了康小萍。康小萍鬼使神差地收下信封，还说了声谢谢。收垃圾的人说，果然是有用的东西，康阿姨，你还是粗心大意啊。

信封又回来了，它不肯走。康小萍不想看到它，随手塞到枕头底下，可它又在枕头底下作怪，康小萍头一沾枕头，就像枕着一颗定时炸弹，还能听到的答的答的响声。康小萍的心就跟着它的答的答，不得安稳，不知道它什么时候会爆炸。

康小萍终于揣上了这颗定时炸弹，决定把它扔到南州仓去。她去了瓣莲仓和枣市仓后，来到南州最后的仓——杏花仓。

杏花仓在城乡结合部，这里有许多乡镇企业，外地人很多，满街乱哄哄的。康小萍一看这情形，就觉得有了希望。果然，很快她就找到了一所民工子弟小学。康小萍进去的时候，学校正在上课，她在教室的窗口探了探头，那个上课的老师就跑了出来，站在康小萍面前，不说话，只是眼巴巴地看着康小萍。康小萍从他的眼睛里一下子就看到了卢柴根，她说，你是卢柴根的堂兄吗？老师说，谁咧谁咧，卢柴根是谁咧？他的外乡口音，跟卢柴根很像，又比卢柴根更浓重。康小萍有点发愣，她一时竟不知道该怎么回答卢柴根是谁。老师又说，我们不管卢柴根是谁，你是谁咧？康小萍也同样不知道该怎么回答我是谁。不料老师却飞红了脸，紧紧握住了康小萍的手，激动地说，我明白咧，我知道咧，其实你一进来我猜到咧——你是老师，你是来给我们当老师的。

教室里的学生都拥了出来，争先恐后上前抱住康小萍的腿，没有抱得上她腿的，急得在旁边七嘴八舌地喊，老师，老师。

康小萍被抱得站不稳，挣扎着说，对不起，你们误会了，我不是来当老师的，我是帮别人来找人的，找卢柴根的堂兄。那老师一听，眼皮子立刻就耷拉下来了，眼神也暗淡无光了。可学生们好像听不懂康小萍的话，他们仍然抱腿的抱腿，喊老师的喊老师。

老师过来把学生拉开，泄气说，算了算了，不会有人来给你们当老师的，我们还是上课去吧。康小萍说，你自己不是老师吗？老师说，我们六个年级，只有三个老师，师资力量不够，上面不许我们办学咧。康小萍说，怪不得信上写了个急字。老师说，哪个信上写了急字？康小萍说，我是说另一个人，他叫卢柴根，他就是在找民工子弟小学。老师一听，又激动起来，说，人咧？人咧？快叫他到我们学校来嘛。康小萍说，可惜他没有找到，回去了。老师急得说，唉呀呀，你怎么能让他走咧？康小萍有点不乐，说，就算他没有走，他要找的学校，也不是你这里。老师说，无所谓咧，无所谓咧，只要有人肯来当老师，我们都欢迎咧。康小萍说，可惜他弄错了地址，信封上的字，被水弄花了，看不清是巷还是仓，他一直在找南州巷。老师说，他没脑子咧，乡下人跑城里的巷子找什么咧，那里有他的地盘咧？

康小萍回家后，写了一封信给卢柴根，告诉他，杏花仓的那个人不是他的堂兄，但那里也在急等老师。她用快件寄了出去。回信很快就来了，是卢柴根的女儿写的，说她爸爸已经出来了，前几天有一个姓康的人打电话到村部，让村长转告她爸爸，信封上的那个字是仓，不是巷，南州一共只有三个仓，瓣莲仓现在是新建的花园洋房，枣市仓开了大商场，只剩下城北有一个杏花仓了。爸爸就去了，不知道爸爸现在找没找到杏花仓。

康小萍看完了信，抬头看了看康贝妮，想说什么，还没开口，康贝妮就没心思听，翻个白眼，说，我正在写作业，你别烦我啊。康小萍说，别自作聪明了，那个字根本不是仓。

小狗趴在地上嘀咕了一声，康小萍很来气，朝它翻个白眼，说，你知道是个什么字？

幸福家园

　　幸福家园是一座新建的花园住宅小区，比起那些风起云涌的超豪华超时代住宅，它算不上很高档，只是个中等而已。但是它的销售业绩不错，业主搬迁的速度也快，在较短的时间里，小区的四十几幢楼，都已经灯火通明，人气很快就上来了。

　　在楼盘销售告罄的时候，开发商曾经对幸福家园的业主作了一个大略的统计，统计出一个现象，虽然小区不顶尖，但业主的身份却蛮顶尖的。主要是两类人群，大企业的白领和高校的知识分子。对于这个统计结果，一开始开发商甚至还有些疑惑，这个小区所在的位置，并不在这个城市的教育中心区域，市里几所著名的大学，离这地方还是挺远的，而事实上最后幸福家园差不多成了高校的教授楼了。这让幸福家园的老板很自豪，自豪的同时，也引起了他的思考，为什么？

　　为什么呢？老板和负责统计的年轻小经理探讨，老板说，是不是知识分子与知识分子之间习惯互相攀比、看样，或者，同事之间热心做免费中介的比较多，互相连带着就一起来了？小经理说，不是这样的，我问过一些业主，他们回答我最多的四个字就是心旷神怡。

　　心旷神怡是肯定的。幸福家园的视觉容积率让人满意，倒不是老板舍得用许多地去做绿化，是因为规划得好，楼与楼之间，错落有致，搭配巧妙，给人的感觉就是楼距远，空间大，此外，幸福家园环境安静，小区的东南边是另一个小区，小区的西北边是一座新建的园林式宾馆，幸福家园就这样被包围在中间，远离了喧闹的马路，但又不偏僻，是个闹中取静的好地方。

知识分子，你别以为他们待在书斋里，迂，不谙市面，但他们有直觉，他们走进幸福家园，一下子就觉得心旷神怡。都心旷神怡了，还不赶紧买房。

小经理还记得有一对中年的知识分子夫妇，一走进售楼处，男的就说，就这里了，你不要我也要了。女的说，谁说不要了，你不要我还要呢。他们并不是抱着一定要买房的打算来的，但来了，就觉得这房一定要买了。

这对夫妇就是何友亭教授夫妇。

何教授夫妇就要在幸福家园度过后半辈子了，他们有一种幸福的冲动。当然，开始的时候，小区物业管理方面还有些跟不上，保安素质的良莠不齐是一个重要的原因。保安们大多是外来工，文化水平有限，有的虽然进城多年，却没有改掉从前的习惯。他们巡回在小区的大道小路和花草丛中，想吐痰就吐痰，想擤鼻涕就擤鼻涕。他们带着满口浓重的乡音，嗓门特别大，而且出口带粗，吃相又难看，明明是一句好话，从他们嘴里说出来，就像在骂人，像在吵架。

这是业主对幸福家园的整体环境略感不足的一点暇疵，改起来也不难。物业上一方面调整人员，一方面加强培训，更主要的是物业和保安们签了约，立了法，随地吐痰擤鼻涕的，说粗话的，不文明的，有问题而被业主举报的，立刻辞退。这一招是最管用的。很快的，小区的软件跟上了小区的硬件，这就是一个和谐幸福的家园了。

幸福家园的物业管理水平成了城市小区管理的一个亮点。不说管理上的种种规范和到位，就是那些保安，也个个像模像样，感觉都是选秀选出来似的，没有一个歪瓜劣枣长得像坏人的。业主们进进出出，他们都和气地点头微笑，凡是开车进出的业主，他们还立正敬礼。起先大家还有点新鲜感和优越感，也就接受了。但毕竟都是有知识有素养的人，渐渐就觉得这样太过了，反而不受用，心里不踏实，就有几个业主一起向物业上反映，希望不要再敬礼了，都是一个小区的，业主和保安就是一家人，何况天长日久，这日子且得过下去呢，不用那么讲究礼数。物业接受了业主的建议，改敬礼为微笑点头。业主坐在车上，透过车窗玻璃，也很自然地回一个微笑。大家心安理得，相处和谐融洽。

何教授经常在电视上报纸上看到其他小区业主和物业的矛盾，有的严重到动起手来，甚至闹出人命。每逢到此，何教授总是会感叹自己的幸运，买房就像重投人身，投好投不好，可是半辈子大半辈子的事情。

何教授本身就是一个喜爱和谐的人，他性格温和，不与人计较长短，在知识分子中，他还有一个比较突出的优点，就是学识高却不清高，很容易和群众打成一片。比如说，他抽烟，也喜欢给人派烟，这和一般的知识分子就有所不同。平时大家印象中的知识分子，即便抽烟，也不大会在公开的场合把烟扔来扔去，作风有些严谨。但何教授从来就没有觉得知识分子应该和其他人有什么不同，他的平等观念是与生俱来的，既然大家都抽烟，扔来扔去很正常，你抽我的，我抽你的，都一样。

在幸福家园，何教授最早和小区的保安们熟悉起来，就是因为烟。何教授下晚散步，从前门出去，后门进来，出去进来，都会给当班的保安扔一根烟。烟就是介绍信，一介绍，互相就熟悉了，进进出出，保安们喊他一声何教授，后来他们知道他不仅当教授，还在大学的历史系当副主任，就有人喊他何主任。何教授好说话，怎么喊都是好的，喊什么都一样，也有保安尊敬地喊他何老板，他也不纠正。

保安们对何教授的好，是从心底里发出来的，只要能帮上何教授，他们总是不遗余力。有时候有亲戚朋友来找何教授，或者是快递公司送快件来了，保安怕他们在四十多幢楼里找迷了路，常常会将他们引进来，一直引到何教授家门口。这不是他们工作范围之内的事，其他业主是享受不了的。也有的时候，来人声称找何教授，但保安觉得这个人可疑，不像是何教授的朋友或同事之类，也会跟过来，那就带有一些保护何教授的意思了。一直到他们看见何教授或者何教授的家人开门、认出了来人，引进门去，他们才安心地走开。在他们走开之前，何教授会吩咐家里人拿几个橘子苹果什么的，塞到他们手里。

因为住得离学校远了，何教授后来学车买车，成了都市里的有车一族。保安看到何教授的车进出，虽然不敬礼，但会从门卫室里起立立正。何教授则按一下喇叭向他致意。也有的时候，如果何教授不赶时间，他就停一停，放下车窗，扔一根烟过去，再把车开走。一切与不开车时一样。

何教授是个爱面子的人，有时候车上搭着他的朋友同事，看到何教授的待遇，无论他们有没有什么说法，何教授心里都是喜滋滋的。如果有人谈这个话题，何教授就会说，其实他们也不是贪图一根烟一个橘子，人与人相处，就是个人情往来，你心里对他们好了，他们心里也会对你好。人心和事世都是平衡的。

大家都觉得何教授的话不错，但生活中往往又有很多不平衡。比如在学校里，在系里，何教授人缘很好，和大部分同事和睦相处。但是再随和的人，恐怕一生中也难免会碰到一些烦心的事情，让他随和不起来。

何教授的烦心事情，就是和系主任的关系问题。一个系的正副主任，老是搞不好关系，老是别扭，这在同事面前是很丢人现眼的。有的同事在背后说，何教授这样的好人，谁要是跟他过不去，一定不是何教授的问题，是那个人的问题。但也有人反过来说，谁知道他们怎么回事，复杂着呢，好人坏人，脸上又没有写字。更有人说，搞不好关系，没有多么复杂的原因，只有两个字：利益。何教授了听到后边的这些议论，稍觉冤枉，但何教授为人宽厚，既没太在意两个人的矛盾，也没太在意同事当面或背后的议论，他总是抱着息事宁人的想法，最好是大事化小，小事化了。

何教授一直在努力，想和主任关系正常化，但是他越努力，心里就越憋气，越结疙瘩，这个疙瘩还越结越大，似乎真的就解不开了。何教授和系主任的关系，何教授的夫人金老师是知道的，她似乎有一点胳膊肘子往外拐，总是怪何教授心胸狭窄。何教授不服，金老师就说，你想想，你和小区保安都能打成一片，哥们似的，为什么和自己的同事倒和睦不起来。何教授说，这正是我要问他的问题，他怎么就不能像保安那样质朴憨厚一些呢？金老师说，可你跟他们，毕竟差得比较远嘛，你跟你们主任，才是差不多的人呀。何教授生起气来，说，我就是要批评你这种不平等思想，我最讨厌的就是把人分等级，什么差得多差不多，不都是人类吗？金老师懒得跟他废嘴舌，就不吭声了。

一天系里来了客人，正副主任和系办公室秘书一起陪客人吃饭，这样的场合，理应是主人一一向客人敬酒，如果客人是喜欢闹酒的，又是酒量大的，那么主人就更应该联合起来，一致对外。可这一天不知怎么弄的，喝着喝着，主任和副主任就斗起酒来，竟然完全不讲礼貌把客人撂在了一边。系秘书急得直向他们使眼色，没用，自己站起来打岔，调节气氛，说段子，讲笑话，也没有用。后来客人也看出来，就让系秘书坐下，由他们斗去，客人就成了看客。

两个人你来我去，每喝一杯，都要说很多话，句句带刺，声声含意，谁都不肯甘拜下风，酒也好，话也好，可算是发挥到了极致，把客人看得目瞪口呆。系秘书帮主任帮不得，帮副主任也帮不得，只好两边劝劝。他不劝还好，他一劝，更是火上浇油，这酒眼见着就没底没数地往下灌。结果，主任开了现场会，连厕所都来不及去，直接就吐在饭桌上了，真够丢人的。比起来何教授还算撑住了面子，但车肯定是不能开了，系秘书赶紧喊来一个年轻的老师小刘替他开回去。

何教授坐在副驾驶的位子上，一路拍着小刘的肩，一路说，哼，跟我斗，让他开现场会，哼，跟我斗，让他开现场会。小刘来系里时间不长，平时见到的何教授是一个样，现在见到的何教授又是另一个样，惊讶得很，几次忍不住侧过脸来看何教授，看他是不是何教授。何教授说，看我干什么，以为我喝醉了？他才醉了呢，他开现场会，竟然吐在桌子上，丢人啊，我们系的人都给他丢光了。你是没看到啊，他连吃的南瓜饼都吐出来，你想想，吐出来的南瓜饼像什么？斯文扫地啊，斯文扫地。说得小刘恶心得直想吐。

车到了幸福家园门口，那道红白相间的横杆照例挡着。今晚值班的保安姓江，跟何教授很熟，但他没有像平时那样立刻起立立正，因为时间已经很晚了，他有点瞌睡，正在犯迷糊。不过小江并没有睡死，他瞌睡得很警觉，刚一听到汽车的声音，就醒了。半睡半醒的小江没忘记自己的职守，从值班室的窗口伸出头来，一看是何教授的车，小江"嘻"了一声，赶紧按了横杆的按钮，横杆抬了起来，何教授的车就可以进去了。

可何教授的车却没有进去，何教授已经放下车窗，冲着值班室招了招手，说，兄弟，你过来！小江也没来得及想何教授怎么会喊他"兄弟"，"哎"了一声，就乐颠颠地从值班室里跑了过来，他是准备来接一根烟的。

小江走到何教授车边，笑眯眯地说，何教授，你今天自己不开车？话音未落，竟听得何教授一声喝骂，你狗眼看人低！骂声未落，小江脸上就挨了一拳。何教授接着再骂，我叫你刁难我，我叫你不让我走路！

小江被突如其来的打击吓坏了，又疼又吃惊，不敢相信发生的事情，只是下意识地捂着脸嘟嘟囔囔辩解说，我给你走路的，我开门的。何教授又骂，你跟我斗，你还跟我斗？挥起老拳又是一下，这一拳就把小江打得一屁股坐到地上去了。

　　何教授把小江打倒了，看到小江跌倒在地的狼狈样子，何教授哈哈大笑，一肚子的酒气和怨气也随之宣泄出去，心口顿时就畅通了。何教授舒舒服服地透了一口气，回头对小刘说，开吧开吧，进去吧。

　　可是已经迟了，他进不去了。一阵杀猪般的尖叫，从地上飞跃起来，在夜色里四散开来：杀人啦，杀人啦，快来人啊！救命啊！

　　那是小江坐在地上发出的尖叫。小江的嗓子里能够发出如此奇怪的叫声，把何教授吓了一跳，酒也吓醒了一半，他的头勾出车窗，冲着地上的小江说，兄弟，兄弟，怎么啦？

　　小江的怪叫声惊动了值班室里屋正在睡觉的另外两个保安，他们披着衣服冲了出来，看到小江坐在地上，借着灯光，他们看到小江的眼睛肿了，紫青的颜色也呈出来了，知道小江被打了，再往车上一看，竟是何教授。

　　愣了片刻，其中一个保安就嚷了起来，不会的，不会的，何教授怎么会打人？另一个也跟着说，江大红，你自己摔跟斗了吧。小江还没来得及回答，何教授已经抢先说了，是我打的，两拳，嘿嘿，我记得，两拳。

　　小刘见势不妙，赶紧下了车，绕过来跟两个保安打招呼，递了烟，替他们点上，连声说，对不起，对不起，我们领导今天，今天多喝了一点。

　　小江仍然坐在地上，但不再叫唤，他也接了一根烟，只是没有点，眼睛朝何教授的脸一瞄一瞄的，他到现在还没有弄明白是怎么回事，更不知道下一步该怎么办。

　　小刘又说，何主任跟这小伙子很熟的，他还叫他兄弟呢，喝多了有点控制不住，跟他闹着玩呢。

　　那两个保安把小江拉起来，说，算了算了，又不是别人，是何教授嘛。

　　小江就听话地站了起来，何教授也看清了小江的熊猫眼，肿得吓人，何教授惭愧说，兄弟，对不住，手重了。一边说，一边在身上摸，摸了半天，摸出包烟来，一看，只剩几根了，摇了摇头，又重新摸，摸出了手机，打到家里，跟金老师说，喂，你替我拿一条烟到门卫上来。金老师在电话里问什么事，何教授说，你拿来吧。

　　过了一会，金老师果然拿来了一条烟来，何教授接了就放到小江手里，说，兄弟，算我向你赔礼道歉了。小江不好意思接，人直往后退，另两个保安说，何教授的心意，你就领了吧。小江摸了摸自己的脸，说，好痛。那两个保安说，何教授又不是故意的，你就拿了吧。小江听了他们的话，就把烟拿了。又摸脸，说，不会残废吧？两个保安笑他，说会变成歪脸，小江自己也笑了笑。何教授又掏了一百块钱，交给小江，说，如果疼得厉害，你明天去医院看一下，我明天一早还有课，就不陪你去了。小江又接下了一百块钱。大家打过招呼，小刘就将何教授夫妇送进小区回家，自己再出来打车走。

金老师惊魂甫定，想数落何教授几句，何教授已经和衣躺上床打起呼来了，推他也不醒。金老师嫌他呼噜声太大，抱一条被子到书房睡了。一夜无话。

第二天一早，何教授经过大门，没有看到小江。小江是夜班，已经换班去休息了。何教授心存羞愧，用力按了按喇叭，向当班的保安致了意。

课上到一半，系秘书推开了教室门，也不顾何教授正在上课，就直接跑到他身边，咬着他的耳朵急切地说，不好了，金老师打电话来，你家被农民工包围了，叫你赶紧回去处理。何教授说，课还没讲完，把学生扔在这里，就走？系秘书说，改天再补课吧，你想想，一群农民工，围着你家，还带着家伙，可不是闹着玩的。何教授受到系秘书紧张情绪的影响，也有点慌了。系秘书赶紧推着何教授走。

开车上路后，何教授倒渐渐地平静下来，心情也放松了些。不就是个小江嘛，自己昨晚是打了他两下，眼睛是有点肿，但也不会有多严重，他一个知识分子，又不练武功，又不懂太极，能有多大的劲？而且昨晚也已经给了烟，又给了医疗费，态度也算可以了。小江本人也都接受了，没有表示不同意。这账，怎么倒扳也扳不到哪里去的。再说了，他和小江，本是十分熟悉友好，何况小江又很老实憨厚，应该不会有多大的事情。

何教授回到幸福家园，围在他家的农民工已经被物业经理和其他保安劝到了保安值班室，里里外外一大帮人，还有一些小区居民在看热闹。金老师被夹在中间，赔着笑脸，正点头哈腰跟人赔不是。

何教授远远地就听到一阵乱七八糟的叫喊声，混杂在一起，浓重的外乡口音，听不太分明，但总之知道是在骂人，骂狗日的，好像说什么狗日的有胆量打人没胆量出来，又说狗日的不是男人，叫一个娘们出来顶事等等。

虽然骂的是何教授，但金老师的脸实在挂不住了，毕竟为人师表几十年，受到的都是学生的爱戴和同事的尊重，哪里经历过这种丢死人的事情，她想堆笑脸也堆不出来了。孤立无助的金老师忽然从人缝里看到了何教授，脸色顿时大变，一拨拉从人群中突围出来，拽着何教授就走。何教授还不肯走，说，什么事？什么事？金老师脸色铁青说，你打了人，人家也要打你，还不快走！何教授说，可以说得清的，既然来了，就说说清楚再走。金老师愣了片刻，拔腿就走。还有人想挡住她，另一个人说，不要拉她了，人不是她打的。

场面静了下来。何教授被拱到了人群中央，看见了坐在那里的小江，小江低垂着脑袋，不看何教授。何教授过去拍拍小江的肩，说，小伙子，怎么啦？小江没抬头，只指了指值班室的桌子。何教授一看，桌子上有三包烟。小江把烟朝何教授跟前推了一推，低头说，这是你的烟，你拿回去。又说，我不知道怎么只剩三包了，我没有拿你的烟。何教授说，我送给你的。小江说，我不要，我没有拿，七包烟不知被谁拿走了。又拿出一个病历卡和十几块零钱，说，这是我看病的，用掉八十七块，剩下的都在这里了。

何教授看看这些东西，一时似乎没明白小江的意思，又看看小江，发现小江也正侧着脸偷偷看他呢。看到小江的脸和眼睛，何教授心里有几分难过，更多的是尴尬，脸不知往哪儿放，一个知书达理的知识分子变成了打手，大庭广众之下，下不了台了。何教授回想昨天晚上一路跟小刘说系主任斯文扫地，现在就知道这斯文扫地的，不是系主任，而是他自己。何教授硬着头皮，显得很轻松地再拍拍小江的肩，亲热地说，小伙子，没事吧？

何教授再一叫小伙子，有个人忍不住了，跳到何教授面前，指着何教授的鼻子，气冲冲地说，你不要叫他小伙子，他不是你的小伙子！何教授说，咦，我一直叫他小伙子的，有时候也叫他小江。他躬了躬身子，凑近低着头的小江，和颜悦色地说，小江，你自己说，是不是，是不是？他希望小江抬起头来，像平时那样冲他憨憨地一笑，说，是的。可小江就是不抬头。这个人倒已经横到了何教授和小江中间，不让何教授和小江直接对话。何教授有些不高兴，说，这是我和小江之间的事情，我们自己解决，不用别人参与进来，小江你说。小江不吭声。这个人说，我不是别人，我是他哥！

立刻就有一个女人在旁边说，我是他姐，又有一个老头说，我是他爹。接着又有一片混乱的声音，说是表哥的，二舅的，三叔的，什么都有。最后小江的哥总结说，都是我们工地上的，有亲戚，也有老乡，怎么样？现场一片哄然，看热闹的人忍不住议论起来，何教授沉不住气了，他又窘又慌，语无伦次说，你们，你们，你们干什么？

小江的爹，一个穿得破破烂烂满脸皱纹的老头，从人群里站出来，站到他面前说，我告诉你，你别以为我们家没有人，我叫大红他姐夫他嫂子他老舅他们，都从老家赶过来。何教授一口气噎着了，怎么也透不出来，脸憋得通红。小区的物业经理起先只是在一边看着，这时候出来说话了，干什么，干什么，来这么多人干什么？喝喜酒啊？他的口气明显是祖向何教授的，虽然小江是他的人，是他的人挨了打，吃了亏，他却站到了打人的人一边。小江的爹知道这个人是小江的领导，就被问住了，回答不上来。小江的哥却不怕什么经理不经理，斜昂着脖子，横着肩，瞪着眼，说，来干什么？来讨公平，凭什么你们城里人打我们乡下人，你以为你有钱就可以打人？何教授急了，连连摆手说，不是这回事，完全不是这回事。小江的哥指向旁边一个老乡的手机，说，打手机，打手机，叫电视台，记者现在都帮穷人说话，叫他们来拍，叫大家看，有钱人怎样欺负我弟弟。物业经理一听叫电视台，生气了，说，你要是叫电视台，你就叫电视台给你处理，我们退出。何教授觉得事情被他们搅复杂了，赶紧说，还是让小江说吧，还是让小江说吧。

大家总算静了静，都看着小江。何教授更是把希望全部放在小江的身上了，虽然小江始终低着头不吭声，但何教授相信小江，因为小江跟他很熟。在何教授心里，跟小江这一帮保安，都很亲的，他从来没有看不起乡下人外地人的想法，他是从心底里、从骨子里生发出来的跟他们平等的想法，不是装出来的。可事情偏偏就发生在他身上，把小江打成这样，真是跳进黄河也洗不清，只有靠小江来替他洗。小江替他洗是最好的办法，也是最简便的办法，只要说出事实就行了，他喝多了，酒能乱性，再加上小江打瞌睡，开门慢了一点。小江这么照直说了，事情也就明白了，如果小江还能再说一说何教授和他平时相处的情况，相信大家就更能够理解事情的突发性和偶然性了，和有钱没钱、欺负人不欺负人，是完全没关系的。

何教授等着小江说话，大家都等着小江说话，可小江就是不说话，他的头低得更低，差不多要埋到裤裆里去了。何教授心里着急，又把自己再放得更低一点，都有点低三下四了，说，小江你说话呀，算我求你了，这事情只要你一开口，就解决了。

何教授眼巴巴地看着小江，他在肚子里都已经替小江拟好了台词：算了算了，别吵了，何教授不是有意的，他喝多了，他平时对我很好的，经常给我烟抽，逢年过节，还买东西给我们吃，对我们很客气的，不像有些业主，瞧不起我们外地人，等等等等。何教授甚至被自己的台词感动了，眼睛都有点湿润，他迫切地等着小江，等着小江给他带来感动。

小江的头终于抬起来了，他瞄了何教授一眼，眼睛里的光鬼鬼祟祟地一闪，何教授还没来得及辨别这道光意味着什么，就听到小江带着哭腔的声音说，他打我，打得很重，你们看，我的脸，我的眼睛，都是他打的。何教授赶紧说，我承认是我打的，但你明明知道我是喝多了——你说，昨天晚上我是不是喝多了？小江可怜巴巴道，我不知道，我只知道我没犯错，是你打我。你开车回来，我给你开门，你喊我说，喂，你过来，我就跑到你的车旁边，你就打我了，把我打倒在地上。小江说着，挺了挺腰，指了指安装在值班室外的摄像头说，不信，你们可以看摄像，都录下来的。

人群一阵哄然。何教授的耳朵和大脑里都嗡嗡的，他简直不敢相信这是小江，是平时那个笑眯眯的对他恭恭敬敬的小江？简直，简直，一丁点人情味都没有，翻脸就不认人了？何教授满腔的热切的希望一下凉了，心冷起来，脸也冷起来，他直起了腰杆，不再弓着身子冲着小江讨好地笑了，改而端起了教授的架子，严谨又严正地说，但是至少，我的态度是好的，我的处理也是正确的，我给了你烟，还给了你钱，让你去医院看。小江的哥立刻说，那我也给你烟，给你钱，你让我打？！何教授气道，笑话，笑话，你这是处理问题的态度吗？小江的哥说，你是处理问题的态度吗，你处理就是给他三包烟？说着就伸手一撸，把三包烟撸在了地上。有人趁乱弯腰拣了一包，却被一个眼尖的小区保安揪住了，叫他放回去。

他们把三包烟重新放到桌上，何教授说，不是三包，是一条，一整条。小江说，我不知道，我从医院回来，就只剩三包了，我没有拿。何教授盯着小江看了看，他的思路在争吵中渐渐地清晰起来，否认自己打人的事实，不可能，指望小江放过他，看起来也不可能了。既然如此，何教授就要换一种思维方式了，没有人情，还有法律，何教授可以拿起法律的武器来保护自己。何教授的脸色越来越铁板，眼睛看都不看小江的家人，只是瞥着小江说，你不是去医院看了吗，诊断结果呢？小江说，我看不懂医生写的字。何教授更是以蔑视的语气说，你看不懂？他拿了病历看了看，医生的字龙飞凤舞，但何教授基本上能够辨认出来，眼睛没有受伤，只是皮下有点淤血。何教授慌张的心渐渐强硬起来了，口气也厉害了，说，病历上写得很清楚，你们有谁看得懂的拿去看看。小江的哥说，医生查得也不一定准。口气就明显不如先前那样强横霸道了。何教授知道自己找对了方向，立刻说，法律上是以这个为准的。小江的哥闷了闷，小江却又立出来说，可是我现在还痛，越来越痛了，肯定打坏了。何教授盯着小江，气哼哼地想，我还以为你是被他们逼了才这样的呢，我一直以为你是个老实人呢。小江目光躲躲闪闪，避开何教授的盯注，嘟囔说，我是痛嘛，很痛。何教授气得说，很痛，那就再到医院去查！小江的哥和爹也跳起来说，查，去查！小江则坐着不动。

双方顶着了，下不来台。物业经理又适时出来说话，算啦算啦，已经查过了嘛，多什么花头，浪费那个钱干什么呢，赞助医院啊？小江的哥下了台，就说，你是我弟的领导，你说不去医院，我们听你的，但事情怎么解决，你得给我们拿主意。物业经理又恰到好处地退缩了一下，说，我怎么给你们拿主意？事情得你们自己商量。

周边的凶煞气越来越浓，小江的哥，以及他的那些亲戚老乡们的急促粗砺的呼吸直喷到了何教授的脸上、头上，让何教授感受到了很大的压力，事到如此，既然小江无可指望，也只有他自打耳光了，心一横就说，打人是我不对，我向你道歉，不过我不是有意的，我喝多了酒，我的同事可以作证，你们另两个保安也可以作证——小江的哥胳膊伸出来朝他一挡，说，什么话？喝多了就可以打人？你们有钱人就是这样的？何教授说，不是喝多了就可以打人，喝多了人有点失控，是误会。小江的哥说，误会？你为什么不打别人，就拣我们乡下人打，是不是乡下人穷，打了白打？话又绕到这上面来，大家早已经听出意思来了，都在窃窃议论，物业经理更是心知肚明，又站出来说，什么叫了打了也白打，有话往明白里说嘛。小江的哥说，这还不明白？有人还"呲"地笑了一声。

连看热闹的人都看出来了，小江家的人是一个劲地往一个方向绕，何教授却朝着另一个方向绕，双方奋力地绕着两个不相干的圆圈，怎么也交织不到一起去。

其实何教授何尝不知道他们的意图，他再书呆子气，到这时候也该明白了。何教授不心疼钱，如果小江有困难，他白送钱给小江也可以，可现在这样的众目睽睽之下，要他赔偿小江，何教授面子上过不去，心里的气也下不去，可这气又怪不着别人，谁让他打人，给了别人一个敲诈侮辱他的机会？

何教授郁闷得肺都要炸了，脸色一会儿红一会儿青一会儿白，心里一会儿烫一会儿凉一会儿乱麻似的搅，物业经理用眼光征求他的意见，他硬生生地用眼光顶了回去，物业经理晃了晃脑袋，表示自己也无能为力了。

一会儿现场乱了起来，围得紧紧的人群，自觉地让开了一条道，何教授往前一看，竟是金老师带着两个民警来了。小江的哥一看到民警，一下子跳了起来，不把民警放在眼里，叫板说，警察，警察怎么啦？警察是有钱人的狗？何教授心头一喜，活该，愚蠢，自己先把警察得罪了。再看两个民警的脸色，果然不好看。小江的姐还跟着去得罪警察，说，你们别想包庇犯罪分子！小江的爹更无知，说，自古道，官官相护，城里人总是帮城里人的，天下乌鸦一般黑，我的儿，你命苦，叫人白打了。民警很生气，黑着脸，先把看热闹的人赶出了值班室，又要赶小江的哥和爹他们，小江的哥和爹不肯走，民警问清了身份，留下了小江的哥和爹，留下了何教授夫妇，再加物业经理和另两个昨天值夜班的保安，随后就关上了门。

民警让小江把事情说了一遍，又让何教授再把事情说一遍，何教授说完后，金老师补充说，可以请老何的同事小刘老师来作证。民警说，事情又不复杂，更不严重，不用那么麻烦了。然后就分开来和双方谈话，一个民警把何教授和金老师请到值班室的里间，说，两位老师，碰到这样的事情，我们也理解，谁没个喝多了的时候？谁也不能保证什么，哪怕是大学的老师，是不是？这话是好话，何教授听起来却总觉得有点刺耳，但事情是自己犯的，人家怎么说也是对的。民警又说，这情形，你们也看得出来，他们就是要诈几个钱，我呢，建议你们花钱消灾。

何教授原以为对付小江的哥这样的无赖，民警自有办法收拾他们，没想到民警拿出的竟是这样的办法。早知是这样的结果，要什么民警呢，自己一上来给钱不就得了。何教授心里不平，说，不是钱不钱的问题，事实应该讲清楚，我不是故意要打他的，我是喝多了酒。民警说，可是法律上并没有规定喝了酒可以打人呀。何教授说，民警同志，你看看他们这些人，一个工地上，一来来那么多，明明是来敲诈的，难道光天化日之下就得让他们敲？民警点了点头，说，两位老师，正因为这样，我才劝你们，还是大事化小吧。你们想想，他们是什么人，赤脚地皮光，一来来一大群，一走走得无影无踪，你们不一样，你们的家在这里，跑不掉的，万一他们那个什么，反正，我不说什么，你们心里也明白，所以，我要说什么，你们也明白。所以。民警说得含糊，但何教授夫妇听得明白。连民警都肯忍下他们给他受的气，至少也是拿他们没办法。

何教授气不过说，我赔钱活该，但要是他们狮子大开口，乘机敲诈呢？民警笑笑说，有我们在呢。

值班室外间的谈话也差不多了，两个民警碰了碰头，嘀咕了一下，又把物业经理叫到一边说了说，再过来的时候，三个人的脸上似乎都有了结果。但是何教授在自己的心里，是定了一个底线的，这个底线是一个钱的数字，但说到底，它不是钱，是一个道理。这个底线已经很低了，如果他们真的乱来，乱开价，超过了这个底线，他就不让步，不能任由他们敲，他已经丢了很大的脸，不能再让自己受太大的屈辱。

几方人马重新坐定下来，桌上的三包烟仍然搁着。小江那边，由物业经理代表小江说话，可他绕了半天，也没有把赔多少钱说出来。何教授一脸瞧不起他们的样子，不耐烦说，不要兜圈子啦，说吧说吧，要多少钱吧？物业经理说，他们的意思——何教授你先别急啊，你先听，你听了，有什么想法，可以再商量，就是买东西，也都有个讨价还价嘛，对不对？双方都着急地等待着物业经理把那个数字说出来，可物业经理不急着说，老是在绕，小江的哥站起来又坐下去，坐下去又站起来。物业经理白了他一眼说，催命啊？我得先让何教授有个思想准备嘛。何教授哼一声说，用不着，我早有思想准备，你们这架势一摆出来，我就知道。物业经理说，那，我就说了。嘴上说说了，但还是不说，伸出手来做了个手势。何教授一看是五根手指，眼前一晃，正觉得头晕心悸，就听到物业经理把那个数字说了出来。就是这样，物业经理说，何教授，他们要五百块。

何教授愣住了，他看金老师，金老师也看他，两个人心里都有点奇奇怪怪的感觉。物业经理赶紧又说，刚才我说了，你们如果有想法，也可以提出来，再商量。小江的哥已经忍了半天了，终于又忍不住了，站起来说，没商量的，五百块，一口价。民警说，你坐下，要说让你弟弟说。小江看物业经理，物业经理说，你看我干什么，是你要钱，又不是我要钱。小江支吾着说，医生说，说我要休息两天，两天的工资，还有，还有——小江的哥又抢着说，还有营养费，还有精神损失费，加起来，五百块不算多。

五百块不仅不算多，离何教授心理的那个底线也差得很远。这样的落差，让何教授一时有些茫然，他麻木而机械地按照民警的指点，掏出五百块钱。在民警代写的协议书上，何教授和小江一起签了字，小江保证以后不再纠缠这件事情。

小江的哥和爹他们高高兴兴地走了出去，小江还看着那三包烟，这一瞬间何教授突然清醒过来，他一伸手，把三包烟拢了过来，说，这不是你的。

一切就这样结束了。

幸福家园仍然幸福和谐，花照样开着，树照样长着，小江和其他保安也仍然和从前一样，认真工作，热情对待业主，只有何教授，和从前不大一样了。

小江站在老位子上，他总是伺着何教授，要想跟他说话，点头，微笑，无论何教授怎么给他脸色看，他一直都觍着脸，死守着何教授出现的方向，只等和何教授的眼睛对接上，他要和过去一样跟何教授友好。但他总也对接不上何教授的眼睛，远远地，何教授只要瞄到小江在当班，即刻就侧过脸去，决不看他。渐渐地，何教授干脆连值班室也不看了，眼睛直视前方，好像他经过的大门边根本就没有一个值班室，值班室里也根本没有人。这样一来，何教授和其他无辜的保安也有了些疙瘩。进进出出，他们再也看不到何教授的笑脸，更拿不到何教授一根烟了。保安们跟他仍然是亲热的，即使何教授扭着脸，他们也会主动喊他。何教授假装听不见，实在躲不过就勉强挤出僵硬的一笑，烟是不会再派了，何教授再也不会回到从前。他甚至为自己的从前感到奇怪，从前怎么会跟这些人打得那么火热，从前他最恨瞧不起底层劳动人民的人，现在回头想想，有些人，还真让人瞧不起，为了敲诈五百块钱，不惜牺牲许多东西，包括人的感情，包括别人的面子，包括公认的道理，什么都是不重要的，钱才最重要的。

何教授也曾反复想过，如果这件事情是反过来发生的，是小江喝醉了，打了他，他会这么对待小江吗？决不会的。人和人，真是不一样。其他那些保安，别看他们跟他客气恭敬，不仅在他跟前骂小江，据说背后也都说小江不是东西，但是万一哪一天也碰到了类似的事情，他们必定又是另一个小江和小江的哥。

一天晚上，何教授和金老师出去散步，值班的保安照例跟他们微笑点头。何教授远远地就扭开了脸。金老师不过意，说他，从前叫你别跟他们称兄道弟，你还非把他们当兄弟，现在呢，又走到另一个极端，连起码的礼貌也不讲了。何教授说，你跟他们讲礼貌，他们跟你讲什么？金老师朝他看了看，有话没有说出来。何教授知道她想说什么，主动回答说，从从前到现在，我正在慢慢提高思想认识嘛。金老师忍不住道，是提高还是降低呢？

从前幸福家园一直是比较太平的，很少有毛贼光顾。这件事发生后不久，就开始有贼进来了，守也守不住，捉更是捉不到。有人怀疑和何教授这事情有关，喝醉酒打了两拳的小事，为什么要从工地上来那么多民工，那么多民工里头，谁知道谁是怎么回事呢。小江受到了业主和物业两方面的怀疑，也是跳进黄河洗不清了。

到了该交物业费的时候，业主都不交。物业上门去收，业主说，你先赔了我的损失我再交。物业着急了，对保安下了绝杀令，谁当班时业主有东西被偷，就按比例扣谁的工资奖金，情况严重的立刻开除。保安们生怕被扣钱开除，一个个严守职责，奋勇抓贼。

小江更是比别人多怀着一份委屈和怨恨，力从中来。结果果真给他抓到了一个贼。一查，根本就不是小江的老乡，也不是小江哥哥工地上的人。小江洗了冤屈，立了功，他的照片贴在小区的布告栏里，何教授每天走过，小江都在照片上朝他笑眯眯的。何教授不想看，侧着脸，但是他摆脱不掉，小江的目光一直笑眯眯地追随着他。

一天晚上，何教授做了一个梦，梦见自己经过小区的布告栏，看到小江的照片加上了黑框，成了遗像。布告里写着，小江抓贼被贼杀害了。何教授心里一惊，急忙跑回去告诉金老师，金老师正在看电视新闻，看着看着惊叫起来，原来杀人的人竟然就是小江的哥，是小江的哥杀死了小江。

小江的哥在镜头面前泪流满面，哀求不要枪毙他，他说他弟弟小江已经死了，再枪毙了他，他家就没有男丁了。他又说，他弟弟在地底下，也一定不会要哥哥偿命的。记者说，你连你弟弟都下得了手？小江的哥号啕大哭说，我没想杀死他，我只想吓唬吓唬他，是他自己扑上来的。

何教授的心也被刀子刺中了，一阵剧痛，就惊醒了，心头怦怦乱跳。仔细回想这个梦，他被自己心底深处的念头惊得一哆嗦。

何教授闭上眼睛想了一会，打人的事情已经过去很长时间，为什么心里的疙瘩还不能解开，甚至连带其他保安都恨上了，甚至连带对这个小区的感情都发生了变化，有那么严重吗，有这个必要吗？其实，小江也是得不偿失的，为了五百块钱，把人情都丢了，不光得罪了业主，也得罪了同事，物业经理更是对他心生厌烦，一直在找机会修理他呢。那五百块钱小江自己也没到手多少，他哥他爹他姐都分掉一点，拿了就拍屁股走了，却让小江留在这里受几面夹攻。即便如此，小江还一直在讨好何教授，每天朝一张冷脸微笑。想着想着，何教授心里的死硬疙瘩似乎柔软了一些。但是，要他对小江回一个真心的微笑，何教授还是做不到。何教授想，也许，还得再等一段时间吧，不是说，时间是最好的良药吗？何教授又想，一会儿经过布告栏，他就对着小江的照片看一看，也算是一个心意了。

何教授心情好起来，起床，刷牙洗脸刮胡子。一会儿金老师惊慌失措地撞进门来，告诉何教授，昨天晚上出大事了，保安抓小偷，被小偷杀死了。何教授心里一惊，脱口说，是小江吗？金老师看了何教授一眼，说，不是的，是一个姓李的，皮肤黑黑的那个。姓江的早就被开除了，你不知道吗？何教授说，开除了？奇怪了，他不是抓贼立了功，布告栏里还有他照片呢？金老师说，照片早就换了，他抓贼后几天，另一伙贼又来了，偷了十几万的东西，小江就被开除了。何教授不信，到布告栏去看，果然才发现，上面那个笑眯眯的保安果然不是小江了。

幸福家园出了人命案后，附近的几个小偷团伙互相警告，说那地方不干净，晦气，从此干活都不往那里去，偷前偷后偷左偷右，就是不偷幸福家园。

布告栏里挂着的保安小李的遗像过了一阵就撤掉了，换上幸福家园建设平安和谐小区的图文宣传资料。但在以后很长的一段时间，何教授经过这里，总还觉得小江在那上面笑眯眯地看着他。

火车站扩建后，地下通道比原先拓宽了几倍，而且把出站和进站的人流分开了。现在所有的人都是朝着一个方向走，没有迎面逆流而来的人。就像街上的单行道，车子都往一个方向开，应该是比较有序的。不过在客流量大的时候，这地方仍然显得有些混乱，主要是因为大家都很着急，哪怕都是对号入座的火车，大家也都急着往前赶，好像后面有追兵追着，又好像前边有什么便宜等着，去迟了就捞不着了。这种性急的样子，在近些年的中国到处可见。因为见得多了，大家也不觉得这有什么不好，好像本来就是应该急的，因为要抢时间，时间就是一切，这是大家最深切的体会。只有少数有条件的中国人，到欧洲或其他什么地方看了看，才会感叹，人家那慢悠悠的日子才叫日子啊。

不过，这种混乱也算不了什么。城市的火车站大多都是这样的，大而乱。对于那些经常坐火车出门的人来说，这样的大而乱完全是可以视而不见的。他熟门熟路，就像在自己家里一样，几乎闭着眼睛也能走到他要去的那个站台、要上的那趟火车。

这是一趟直达北京的火车。从前这趟车从长洲到北京要走二十六个小时，一天一夜还多一点。再从前，肯定还需要更长的时间。后来情况不一样了，火车提速，又提速，再提速。每提一次，人们都会赞叹时代进步真快，就这么两三年提下来，到现在，火车从长洲出发，只要九个小时就到北京了，也就是一个人晚上睡一觉的时间。

从前罗建林去北京出差，都是到上海去乘飞机。他计算过时间，虽然去上海机场路途较远，路上还经常堵车，但即便如此，总的算下来，要比在长洲坐火车节省一半以上的时间。

罗建林的特长就是计算，而在罗建林的所有的计算中，一切都是以节省时间为中心的。在办公楼里，罗建林计算过各种不同情况下走楼梯和坐电梯所需的不同的时间，在家务事上，罗建林计算出去菜场买菜和去超市买菜的时间差，在外出办事、与亲友聚会甚至带孩子去游乐园等等的过程中，罗建林都会拿出一套严密的时间计算。

因为计算的精确严密，罗建林在工作和生活中很少出差错，甚至可以说，他从来都不出差错，他从来都没有出过差错。他把工作和生活安排得滴水不漏，严丝合缝。罗建林最不能忍受杂乱无章的现象，他最看不惯的，就是那些因为不知道计算时间而把自己的生活搞得一塌糊涂的人。

因为计算，他省出了很多的时间，他用这省出的很多时间去做更多的工作。于是，他在同辈人中就显得出类拔萃了。进公司不久，就当了业务经理的助手，又不久，当了业务经理，再不久，提到了分公司副总。总之，罗建林心里很明白，他现在所拥有的一切，都和他的计算有关。

火车提速后，罗建林又计算了一下，到上海乘飞机和在长洲坐火车的总体时间差不多少，但这个"时间"没有包括去机场路上可能的堵车时间，也没有包括飞机可能的晚点时间，等等。而如今，路上堵车和飞机晚点，几乎成了经常性甚至是必然性的因素了。再从时间的性质和利用率上来计算，同样的时间，晚上的时间肯定不如白天的时间值时间，火车是一个晚上的时间，晚上本来也是用来睡觉的，所以这段时间等于是白花的，或者反过来说，是白赚了。他用了睡觉的时间来出差，他省下了白天旅途所需要的时间，这是十分划算的。

从此以后罗建林就踏上了这趟从长洲直达北京的火车。这趟车是从长洲始发的，总是停在最外边的七号站台。

现在，罗建林提着他的笔记本电脑，走在火车站的地下通道。灯光昏暗的通道里，在性急的人群中，罗建林显得比较从容，因为他有时间观念，而且他的时间观念非常强，他会把时间计算得十分精确，走多少快慢的步子，多少时间能够穿过通道到达站台，多少时间能够走进豪华软卧车厢，找到自己的铺位，他都有十分的把握。

因为他走得不像别人那样急，就有许多人从他身边超越过去，有人一边气喘吁吁地超越他，一边还顾得上回头看他一眼，那是表示不理解的眼光，你为什么走这么慢呢？罗建林就会回他一个眼光，你为什么走这么快呢？火车什么时间开，现在到站台还有多少路，你怎么着也用不着这么急呀。接受了他的目光的人，有的明白，有的不明白，但不管他们明白或者不明白，他们都不会像他一样放慢脚步。

罗建林以正常的速度往前走着，他的目光直视着前方。其实我们都知道，这条通道他太熟悉了，他就是闭着眼睛也能走到的。但他不会闭着眼睛，即使有百分之一百的把握，他也不会高枕无忧。

在昏暗的灯光下，罗建林看见前方有两团巨大的模糊不清的东西逆流而动，冲着他们这伙人群过来了。这两团东西歪歪斜斜，不是走过来，是跌过来、撞过来，所以速度特别快。好在罗建林反应更快，他在一瞬间就判断出这两团东西是正面迎着他而来，罗建林飞快地往旁边一闪，躲过了可能发生的撞击。

但撞击还是发生了，只是没有发生在他身上，而是撞上了他身后的一个来不及反应更来不及躲让的妇女。妇女猝不及防，被撞得一屁股坐在地上。那两团东西互相也撞上了，都跟着妇女一起倒下了。

被撞倒的妇女并没有发出尖利或者惨烈的呼叫，她被撞闷了，撞懵了，一时间甚至都不知道发生了什么事，她呆呆地坐在地上，两眼散光，也不知道应该朝哪里张望。

但是尖叫声最后还是发了出来，是从那两团东西背后发出来的，古怪的、瘆人的喊声，咦呀哈哈——喊叫声中，两张慌张惶恐、挂满汗水的黑脸，从这两大团可疑的东西中露了出来。这两个人，也和妇女一样，跌坐在地，他们跌得离妇女很近，几乎能够听到妇女的呼吸声了。

坐倒在地上的妇女，散光的眼神一下子集中到了他们的脸上。这两张脸更惶恐更卑贱，他们无疑在等待着她的痛骂。可是妇女一看清他们的脸，"哗啦"一下就从地上爬起来，别说骂人，连个白眼也没翻，屁股上的灰土也没顾得上拍，头也不回地逃走了。

现在大家也渐渐看清楚了，这是两个浑身散发着泥土味汗酸味的农民工，他们头顶肩扛的是两个巨大的包裹。这两个包裹很古怪，既不是农民工常用的那种红白相间的蛇皮袋，也不是白底上印了黑字的化肥袋饲料袋，又不是车站码头卖的廉价的行李箱包，它们是一种颜色和材质都很奇怪的布做成的，巨大无比，差不多可以装得下偏僻乡间的一个小超市了。正是这两个巨大的包裹，使这两个农民工无法正常行走，他们在火车站的通道里，一路跌跌撞撞，艰难前行。

但这怎么能算是前行呢，他们分明是逆流而来。他们肯定不是刚下火车，下火车走的是另一条出口通道，无论如何也走不到这个入站的通道来，他们一定是走错了站台，现在正慌慌忙忙寻找自己应该去的正确的站台呢。这样说起来，他们就不是前行，而是后退，他们去错了站台，现在退回来了。

可是，这两个人好像并没有明白发生了什么，他们从两个大包裹中站起来，茫然四顾了一会，完全不知道自己在干什么，更不知道接下来要干什么。过了一会，其中年纪稍大的一个，抬手"啪"的一声，十分响亮地打了自己一个嘴巴，骂道，蠢驴，叫你又撞人，叫你又闯祸！另一个年纪稍轻一点的，看到他打自己嘴巴，幸灾乐祸地"嘿嘿"一笑。打自己嘴巴的那个，也不恼，只是说，你笑什么，我是老大，你是老二，你不能笑话我，我可以笑话你。笑的那个老二不再笑出声了，但脸上仍然含着笑，说，好的，老大。

罗建林和几个不太性急的旅客停下来看着他们。其实在火车站的过道和站台上，经常会看到扛着大包小包跑来跑去又总是跑错的农民工，他们被训斥，被胡乱地不负责任地指点。他们像失惊的小鹿，又像慌张的过街老鼠，到处乱窜。

罗建林是个对乱糟糟的现象深恶痛绝的人，看到这些慌忙奔跑的农民工，他会避开一点，再稍稍加快一点脚步，就擦肩而过了。但是今天他停了下来，而且完全没有意识到自己停在一个从来不停、也不应该停的地方。

有个和罗建林一起停下来的旅客问农民工，你们是兄弟俩？看起来不像嘛。那个打自己嘴巴的老大赶紧说，不是，不是，我们不是兄弟，我姓朱，他姓何，五百年前也不是一家。那个老二也多嘴说，八百年前也不是一家。说得大家笑了。那个旅客说，猪和猴，当然不是一家子。又说，那你们怎么叫老大老二呢？老大顿了顿，好像在考虑要不要说出来，老二就抢先了，说，村长吩咐的，我们出来的时候，村长吩咐的。老大觉得老二没说清楚，补充说，村长说，我们称老大老二老三老四，人家就知道我们有一帮人，不是一个人，就不敢欺负我们。那个问话的人又笑了，说，人家就以为你们是黑社会，你就是黑老大了。

另一个年纪稍大的旅客在一边打量了他们一会，摇了摇头，又叹息了一声，最后他关心地问他们，你们要到哪里去？打自己耳光的老大看了看老二说，我们要去——我们要去，那个什么——老二说，你不要问我，我都听你的。老大说，你嘴巴比卵凶，现在怂了。说着就在身上乱摸，说，地址是在我身上，可是，可是到哪里去了呢？关心他们的那个旅客说，咦，找什么地址呢？把你们买的车票看一看就知道了嘛。老大这才想起车票，又乱摸了一阵，没摸到。老二这才慢悠悠地说，车票在我口袋里。慢悠悠地拿了出来，旅客接过去替他们一看，说，噢，是到海州的。老大老二就同时叫了起来，对，对，海州，我们的老乡都在海州，叫我们过去工作。停了一停，老二又说，刚才我们上错了车，被赶下来了。老大和老二巴巴的眼光，将罗建林他们一一地看过来，又看过去，然后又一遍一遍地问，你们知道去海州的火车在哪里吗？你们知道去海州的火车在哪里吗？旅客中没有人知道，罗建林也不知道，他虽然经常坐火车，有时候也能听到车站的广播里广播到海州方向的火车进站了，检票了，等等，但因为跟自己没有关系，也不会去留意。那个好心的旅客跟他们说，我们不是到海州的，我们也不知道到海州是几号站台，你们听广播吧。老大说，广播里说的，我们听不懂。老二说，我听得懂，可是没有听到海州。老大说，那就是听不懂。旅客又说，你们去问一问车站工作人员吧。两个人面面相觑了一会，老大忽然明白了，又抬手打自己一个嘴巴，说，蠢驴，车站工作人员，就是，就是——他的手在额前做了做手势，他大概想说他知道车站工作人员是戴大盖帽的。老二就转着头四处张望，可是没有看到戴大盖帽的，急得说，在哪里，在哪里，我怎么看不见？旅客指点，叫他们到检票处去找车站工作人员。两个人感激不尽地朝他们鞠了鞠躬，艰难地扛起那两个巨大的包裹，两团怪物又跌跌撞撞逆流而动地朝检票处去了。

罗建林很快来到熟悉的七号站台，这趟直达北京的车，从长洲始发，但火车并没有早早地停在这里，而是在附近的一个小站等着，到差不多的时候再过来，否则就多占了一条铁路线了。罗建林一般不会在站台上等很长时间，他都是掐好了时间来的，只需要一两分钟，火车就会徐徐地过来了，车门打开，露出列车员的笑脸，罗建林不急不忙地走上车去，又一次的旅程就这样在精确的计算中开始。

就在罗建林等待这一两分钟的时间，站台上忽然混乱起来，有人在大声喝喊，站住！站住！罗建林顺着喊声朝那边看过去，发现那两团怪物竟出现在九号站台上，歪歪斜斜地奔跑着，一路上旅客们都忙不迭地给他们让路，怕被那两团怪物撞上了。两个农民工比旅客更慌忙，一边跑，一边喘气，一边还互相照应地喊着，你快点，别给抓到了。另一个说，你自己快点吧，你在我后面呢。

罗建林朝他们身后一看，果然有个警察在追他们，警察的叫喊声越来越弱，跑几步就停下来喘息一阵，他显然跑不过农民工，要不是农民工肩头扛着大包，他定准是追不上的。可是两个农民工被巨大的包裹压趴下了，现在警察哪怕踩着蚂蚁步，也定准能够抓到他们了。他们实在扛不动大包了，但是要他们扔掉大包自顾自逃跑，他们实在又舍不得，眼看着警察越来越近，老大急了，窜到站台的边沿就要跳铁路上，老二在后面喊了一声"等等我，一起跳"，有个旅客赶紧上前拉住了老大，又挡住了老二，说，不能跳，太危险了，火车马上就来了。正是这一拉一挡，给了警察时间，他终于追上来了，喘得透不过气来，脸色苍白，看起来马上就要晕倒了。

但即使警察是这个样子，两个农民工也吓得蹲了下来，双手抱头。警察并没有叫他们这么做，他们是自觉的，而且动作也是整齐的。也许以前在电视上或者在其他什么地方看见过吧。

站台上等火车的旅客都以为是警察抓到了坏人，围过来看热闹，围在后面看不清的就问前面的人，喂，喂，干什么呢？前面的回答，抓人呢？后面的问，抓什么人呢？前面的说，什么人？小偷吧。另一个说，小偷？不像吧，小偷也值得警察这么奔？是逃犯。停了一停，又有一个人自己吓自己说，像杀人犯啊！有个女人听到杀人犯，立刻尖叫了一声，这一声叫得很骇人，有人赶紧退到远一点的地方朝里边张望，也有胆子大的，又挤上前来看。

两个农民工蹲在地上，那个年轻的老二呜呜地要哭的样子。年长的老大蹲着，艰难地向警察敬了一个礼，又"啪"地打了自己一个嘴巴，说，蠢驴，你敢惹警察——说罢又赶紧低下头去。警察终于喘够了，再拍了拍自己的胸口，让它嗝出一股气来，才开了口，说，干什么的？两个人蹲在地上，不敢抬头，过了好一会，年长的老大才低声说，出来打工的。警察说，打工的？打工的跑什么跑？两个人好像没有听懂警察的话，硬是撑着胆子抬起头来偷偷地瞄了一眼警察的脸后，老大说，跑？跑？你不是在追我们吗？警察说，我追你们，是叫你们别跑，你们为什么不听？年长的和年轻的都回答不出了，重又胆怯地低垂了眼睛。警察说，说呀，跑什么呢？说呀，跑什么呢？老大被追问不过，就说，跑，跑——看见你害怕，就跑。警察说，为什么害怕？这回老二抢先说了，谁看见警察不害怕？警察有点生气，又觉得哑口无言，闷了闷，才说，看见警察害怕，难道警察是坏人吗？老大赶紧赔上笑脸，解释说，警察同志，你别生气，还是我来说吧，警察叫我们站住，肯定是我们出事情了，我们肯定是要逃跑的，我们出来的时候，村长关照过的，村长说——警察皱了皱眉，明显是嫌他啰嗦，打断他说，这么大的包，包里什么东西。老大和老二赶紧护住了各自的巨大的包裹，可怜巴巴地说，没什么东西，没什么东西。警察说，没什么东西？没什么东西包裹怎么这么大？打开来看看。两个人仍然护着包裹不动，警察就上前解他们的包，他们明明不希望警察看他们的包，但也不敢反抗。警察一边费力地解包裹一边说，检查一下，很正常嘛，你们慌什么？

　　巨大的包裹终于打开了，围观的旅客都"啊呀呀，啊呀呀"地叫了起来，包裹里，除了一大堆发了霉的窝窝头和面饼，剩下就是一大堆破烂的衣裳。大家朝着这些东西发了一会愣，谁都没说话。过了好一会，警察才说，你们两个人，带这么多吃的和衣服干什么？老大这回答得很快，说，不是两个人的，是四个人的。警察说，还有两个人呢？老大说，不见了，在火车站上茅坑不见的。老二补充老大说，他们去上茅坑，叫我们看着包，后来他们一直没有来，老大就去找他们，我看着包，后来老大回来了，他们还是没有回来。老大说，他们也许搭上别的火车走了。警察说，你们就把他们的东西也背上了？老大说，不能怪我们，火车都要开了，他们还没来。老二说，我叫你不要拿的，你偏要占便宜。老大说，你倒打一耙啊，是你先扛起来走的。警察又愣了愣，指了指窝窝头说，这都发了霉，怎么吃？老大说，不碍事的，擦一擦就不霉了。他拿起一个窝窝头，用脏兮兮的手擦了擦，窝窝头上霉点是擦掉了，但是窝窝头更黑了。老大咬了一口，说，哎，刚才光顾了逃跑，现在觉得饿了。老二说，我不饿。警察觉得有些无聊，想了想，说，你们带身份证了吗？两个人都说带了，赶紧掏出来交给警察检查。警察核对无误，把身份证还给他们，躬着腰，捂了捂自己的小肚子，说，你们既然有身份证，也没干什么坏事，你们到底跑的什么事，害我追得上气不接下气，肚子里小肠气了。老大和老二同时说，是你追我们，我们才跑的。警察无奈地摇了摇头，又把他们的车票拿过去看了看，最后挥了挥手说，走吧，走吧，这不是你们要上的车。

两个人感激不尽地谢过警察，扛着包裹歪歪斜斜走了。罗建林目送着他们再次下了地下通道，也不知他们到底搞明白自己的站台没有。

火车已经来了，罗建林不急不忙地上了车。他坐的是一节豪华软卧车厢，每个包房只住两个人，包房里设施齐全，内带卫生间，进去以后完全可以不出来，一直坐到火车到站下车。

罗建林觉得包房里有点闷，火车开动前，他习惯站在车门处，似乎要抢着这最后的一点点时间再呼吸一点新鲜空气。这节车厢的列车员是位年轻的姑娘，跟罗建林早就熟悉了，她一边守候着迟来的旅客，一边跟罗建林随随便便没头没脑地聊几句，她说，天说热就热起来了，又说，快开了。她说话时还看了一下表，然后身子往后退了一下，准备着，车门马上就要关上了。

就在列车员话音刚落，车门将关未关的那一刻，像从地底下冒出来似的，一大团东西突然拱上了车，紧接着，另一大团也拱上来了，两团包裹一起将站在前面的列车员夯到了车壁上，紧接着，那两个民工就跟着包裹一起滚了上来，趴在包裹上动不了了。

列车员被抵在车壁上，先是被这突如其来的攻击搞昏了，但也只是在片刻之间，她就反应过来了，尖叫一声后，她奋力推开抵着她的包裹，急切地朝他们伸出手说，票，票——票拿出来，你们的票！

可是哪里有票，两个人不知所措地看着列车员，又看罗建林，那个年长的老大认出了他，激动地叫起来，咦，咦，老乡，是你，就是你。列车员也来不及叫他们拿车票了，赶紧问，你们到哪里？老大看看老二，老二也看看老大，老大说，你说的，到哪里？老二说，怎么是我说的，我是跟你走的。列车员气得说，到哪里你们都不知道，还出来混什么混？但她还是够聪明的，又问说，你们是到北京吗？这两个人一听到"北京"两字，顿时眼睛发亮，精神倍增，一下子神志清醒，想起车票来了。老大在身上胡乱地掏了掏，果然就掏出两张皱巴巴的车票来，又兴奋又惶惶然地递给列车员。列车员一把夺过去，大喊起来，海州！你们怎么——她急得跳脚说，快下车，错了，你们上错车了。

可是，一切都已经迟了。自动门已经"嘁啦"一声，既缓慢又急迫、毫不留情地关了起来，铁板一块挡住了两个人的屁股。这两个人还没有回过神来，还没有搞清楚什么叫上错车。列车员冲着他们尖声喊，这是到北京的，不是到海州的！列车员尖利的声音像一块破碎的玻璃把大家的耳膜都划碎了，很痛，但这一痛，却把两个糊里糊涂的人痛醒了，他们一醒，才知道自己错了，一知道自己错了，就急了，他们转身用手去拍车门，一边冲着车门喊，开门，快开门，我们又上错车了。列车员站在他们身后，阴阁阁地说，开门？能开得了吗，这是自动门，一直要开到站才开门呢。

罗建林本来是站在接口处透透气的，现在被他们一搞，反而觉得气闷起来。好像上错车的不是那两个农民工，而是他自己。

火车一开起来，就飞速向前了，两个人慌张地看着车外迅速倒退的夜景，束手无策了。过了好一会，老二忽然说，有办法了，到下一站我们赶快下车。他总算抢在老大的前面说了一句有用的话。可是列车员立刻又给了他当头一棒，说，哪有下一站，只有一站，到北京才停。罗建林听到她说"到北京才停"，又觉得一阵更厉害的气闷胀满了心肺。

列车员也在生他们的气，责问说，你们坐火车不问问清楚就上车吗？老大说，我们问了呀，他们就是这么说的。列车员说，谁说的？谁让你们上这趟车的？老大说，那个谁我们也不认得，她指了这里，我们就上来了。列车员说，谁这么缺德，乱指点。老二说，是一个年纪不大的妇女，原来城里的妇女也会骗人啊。老大板起脸来批评老二说，闭嘴，别瞎说，妇女没有骗人，火车站太大了，可能她自己也不知道，她是热情帮助我们的。列车员说，乱七八糟，下次你们问问清楚再上车。老大和老二抢着告诉列车员，说他们问过好多人，背着大包转了好几个站台，有人这么说，有人那么说，最后就把他们说到这趟车上来了。列车员无奈地摇了摇头。她想用脚去踢开两个团包裹，可是包裹在她脚下就像两座山，她的脚踢上去，它们纹丝不动。列车员收回了脚，说，你们不能待在这里，这是豪华包厢，你们到前面普通车厢去吧。

两个人谢过列车员，扛着包裹朝普通车厢去了，他们在车厢狭窄的过道里，跌来撞去，遇到一些责问和批评，他们赶紧道着对不起，两个人又互相指责着，这些声音，后来都渐渐地消失了。

列车员看到罗建林仍然站在那里，就说，乡下人，老是搞不清时间，他们在家，是不是不用知道时间？然后她又自问自答说，也是的，反正种田，天亮了就起来种田，天黑了就回家睡觉，不用知道什么时间不时间的。她是自说自话，也不需要罗建林回答。又说，铁路上如果都像你这样的旅客，我们的工作就轻松多了。我留心过你，你的时间观念很强，每次都是掐好了时间来的，既不太早也不会太晚。

如果是以往，罗建林会毫不客气地享受这种说法，但是今天他的心情有点异样。虽然他的行动一点也没有乱，但他的心思有点乱，他不知道是不是因为这两个一再错过时间、一再上错车的农民工，因为他们把事情搞得一团糟，影响了他的心情？

其实，罗建林是不该心乱的，他的井井有条的一切，他的因为计算精确而从来不会出差错的安逸日子，在这两个错乱的农民工面前，显得格外的从容优雅。当然，这也完全符合他的白领身份。

天越来越黑了，只是偶尔有星星点点的灯光从窗外掠过去。罗建林一直坐在过道上的翻凳上，同包房的是一个微胖的笑眯眯的中年人，他几次拉开包房的门，从里边探出头来，似乎想和罗建林说说话，也似乎在奇怪，这个人怎么不进包房，包房里这么漂亮，五星级的，有香水味，还带有卫生间，空间也足够大。

罗建林该进包房了，他得抓紧时间好好睡一觉，明天车到了北京，好有精神办事。这也是他精确计算中的一部分内容。如果坐火车睡不好觉，影响工作，这就不能算是完美无缺的计算和安排了。好在罗建林身心健康，睡眠很好，也没有异床失眠的坏毛病，无论睡什么样的床，他都感觉像在自家的床上那么自在，那么舒适。许多人在火车上睡不好，尤其火车提速后，车身晃动得厉害，罗建林却反而睡得更香，他甚至感觉回到了婴儿时代，梦中还以为自己睡在摇篮里呢。

但罗建林还是没有从翻凳上起身，他似乎还是想再停留一下，似乎还没有急着进去睡觉养神，他觉得心口有些闷，又觉得自己像是在等待着什么。

有什么可等待的呢？除了那两个与他素不相识的农民工，两个一错再错的农民工。

罗建林心里隐隐约约觉得，这两个人不会就此太平的，对他们来说，普通车厢也是不普通的，又有谁知道他们会在普通车厢里闹出什么不普通的事情来呢？这时候，就像是为了印证罗建林的先见之明，豪华车厢的一头传来一阵低低哀哀的声音：老大，老大——老大你在哪里啊？

罗建林就知道，两个讨债鬼又有麻烦了。

麻烦还不小，老大不见了。老二在火车上窜来窜去，头都转晕了，也没有找到他。老二开始还是低低哀哀地叫喊，一看到罗建林，老二竟然"哇"的一声哭了起来，一把眼泪一把鼻涕地对罗建林说，我老大、我老大，没有了——像个受了委屈的孩子，好像罗建林是他的亲人，是他的爹，是他的哥，是他的老乡，至少，也是一个能够帮助他找到老大的人。

和罗建林同包房的笑眯眯的中年人拉开了包房的门，从里边探出头来说，你老大不会没有的，这个火车总共就这么大——老二抽答抽答地说，火车怎么不大，它太大了，太长了，长得我望不到底，我望不到老大的影子——罗建林和他的同房听他这么说了，一时竟然无以对答。

对罗建林来说，火车就是他出行的一个交通工具，是他熟门熟路、闭着眼睛都能上来下去的地方，可是这老大老二和他们不一样，他们活了几十年，恐怕都没有见过火车，他们对火车的恐惧，他们对火车的反应，罗建林是理解的，可是老二哭逼逼的声音让他心里很烦，怪谁呢？只能怪你们自己，不好好地把自己的行动计算好，乱跑乱闯，怎么不出事情呢？罗建林心里这么想着，但是并没有说出来。平时罗建林出门出差，都不随便和别人搭话，倒不是他这个人有多清高，主要怕碰上缠人的人，你一说上了，他就缠住你不停不歇地说，让你不得好好休息。罗建林的行程，从来都是计算好的，他要节省精力，早点入睡，明天顺利办完公务，然后准时回家，他从来不会让别人左右或者影响他对时间的安排，这也是他计算中的一部分内容。

倒是罗建林的那个同房，完全和罗建林一样的心思，他立刻把差不多的话说了出来，老二一听，又哭逼逼地冲着罗建林和他的同房乱叫说，老师，老师，火车，这么长，这么深，它是一个无底洞。

罗建林不是当老师的，但他也没有去纠正老二的叫法。他的同房是个好性子的人，他仍然身子在里，头在外，和颜悦色地安慰老二说，你放心，你老大一定还在火车上的。老二说，老板，我知道你是好心，你知道你是想叫我别难过，可是我要找老大，找不到老大，我是要一直哭下去的。罗建林的同房往后缩了一下，好像要避一避老二的眼泪和鼻涕，现在他只有半个脑袋探在包房外了。他说，你想想，车一直在开，没有停过，你老大能到哪里去，他下不了车，门和窗都是封闭的，想开也开不了，想跳也跳不出去，玻璃是特制的，想砸也砸不碎。老二朝车窗玻璃看了看，又朝挂在车壁上的一把红色小榔头看了看，说，砸不碎吗？罗建林的同房没有回音，他已经缩回了全部的脑袋，门也掩上了，但没有关死，留了一条缝。

列车员听到动静，走了过来，听说丢了一个人，她一点也不觉得奇怪，更没有着急，这样的事，在火车上太多了，她管不过来的。她过来拨了老二一下，说，你都找过了？然后指了指厕所，说，那里呢？

正好有一个乘客站在厕所门口，跟列车员说，这里边到底有没有人？列车员看了看门栓是红的，说，有人。旅客就大声地抱怨起来，说，哇，这个人怎么搞的，就算是拉屎，也用不着这么长时间吧。列车员过去敲厕所的门，门里没有声音，列车员说，喂，里边有人吗？还是没有声音，列车员掏出钥匙打开了从里边锁上的锁，又用手轻轻按了下门边的一个圆圈，门才打开了，大家朝里一探头，老二激动地大声叫了起来，老大！是我们老大！

老大正舒舒服服地躺在厕所的地上，打着呼噜。列车员把老大推醒了，还没来得及批评他，那乘客已经很气恼地说了，你在里边睡觉啊？你怎么可以在里边睡觉呢，这是厕所呀！老二又朝厕所里看了看，说，这个厕所好大啊，这么干净，像城里的咖啡厅。列车员无聊地哼了一声，懒得理他。老二又看了看厕所墙上的字，兴奋地说，哎嘿，这是残疾人厕所哎。列车员又厌烦地朝他瞥了一眼。被她一瞥，罗建林心里竟有点发虚，好像多嘴的不是这个老二，而是他自己。

老大在香喷喷的梦中被吵醒了，懵了半天才清醒了一点，朝厕所看了看，说，厕所？我睡在厕所里——可是，这个厕所一点也不臭——他看到列车员和等上厕所的乘客都唬着脸，赶紧抬手"啪"地打了自己一个嘴巴，说，蠢驴，叫你睡人家的厕所——对不起，对不起，我睡错地方了，可是我没有想睡在厕所里，我进来的时候，门还好好的，都不用我动手，它就自己关上了，可是等我蹲好了坑想出去，它就不肯开了，我怎么拉也拉不动它，就再也出不来了。我喊你们开门，你们也不开，我喊救命，你们也不救，后来，我渴了，就喝了点水，喝了水后我就困了，我就，我就睡了。

列车员重新按了一下厕所门边的圆圈，说，这是感应门，拉不开的，硬拉会拉坏的，你们不懂就别乱动，拉坏了你赔不起。

老二也去用手感应了一下，厕所门关了又开，开了又关，老二新奇地说，咦，咦，咦——老大拉扯了老二一下，说，咦个屁，又闯祸啦。抬了手，看上去他又要打自己的嘴巴了，可结果并没有打，手伸过去搂了搂老二的肩，说，老二嘿，我们坐火车了。

老二也很兴奋，他对那样一个又大又漂亮的残疾人厕所还念念不忘，又探了一次头，咂咂嘴说，早知道，我也进去睡一觉。列车员白了他们一眼，说，你们走吧，别在这里捣乱了，这是豪华包厢，都是重要客人。

老大看了看罗建林，说，我就看出来你是重要客人。顿了顿，大概觉得没有说清楚，又补充道，就冲你在这个的包厢里。老二也笑着说，我也是，我也是，我也是觉得你是了不起的人，因为你坐的是豪华车厢。罗建林张了张嘴，他本来就一直没说话，现在更是哑口无言，他们说的都是废话，但他怎么会有耐心在这里听他们说废话呢？

虽然自始至终罗建林都和往常出差时一样，没有说什么话，但不知怎么搞的，此时此刻他觉得多嘴废话的不仅是车站上的那些旅客，不仅是他的同房，也不仅是列车员，他自己也一直在多嘴。自从在地下通道碰上这两个农民工后，他就一直在多嘴，虽然他没有发出任何声音，但他心里有一张嘴，一直在说话。罗建林很不满意自己，怎么这么轻易地就受到了外界的影响。

但罗建林确确实实受到了一点影响，在他完全可以扔下老大和老二，转身走进包房的时候，他却没有走开，他心里的那张嘴还想说话。

列车员虽然对两个农民工一百个看不顺眼，但她毕竟还是一个对人负责的人，她横眉竖眼地说，你们上错了车，方向完全错了，应该朝南的，现在你们朝北了，你们不着急吗？老大立刻跺了跺脚说，着急的，着急的，我们老乡在海州等我们呢。老二也跺脚说，我们老乡说了，去晚了工作就找不到了。他们跺着脚，给人的感觉似乎是很着急，但罗建林却感觉他们心里并不着急，他注意到他们的脸皮底下，一直有笑意偷偷地跑出来，他们想掩饰这样的笑意，却掩饰不掉。

列车员打了个呵欠，不耐烦地说，我最后跟你们说一遍，记住了啊，明天火车到了北京，赶紧先到售票处去排队买票，买了票，先看清楚票上的地点对不对，再看清楚时间对不对，别搞错了，进站后再问清楚是几号站台，别再上错车。两个人领得教训，千恩万谢，再一次被列车员赶到普通车厢去了。

普通车厢也不会有铺位或者座位提供给他们的，罗建林估计他们就在两节车厢的连接处过这一夜了，最后他终于进了自己的小包房，那个和气热情的中年人等不及他进来说话，已经关灯入睡了。

罗建林一时没有入睡，就想了想明天到北京后的一些事情，线路，时间，工作安排，包括中午饭的时间和晚饭的时间，都在心里计算了一下，时间安排得既紧凑又充裕，既不浪费，又不慌忙。在他思考时间安排的间隙中，老大老二两个影子时不时地出现一下，他们像水中的两个泡泡，一会冒出来，咕嘟咕嘟一下，一会儿消失了，一会儿又冒出来咕嘟咕嘟，在罗建林面前沉沉浮浮摇摇晃晃，十分生动。罗建林始终绷紧的、不给人表情的脸，在黑暗中忽然就稀开了，他奇怪自己怎么自说自话地笑了。这么多年来，他的滴水不漏的计算、他的从来不出差错的行程，永远精确得像一台计算机，机械得像一个机器人，因为从来没有任何变化、任何意外，所以又永远是乏味的，刻板的。

后来，罗建林睡着了。在晃当晃当的车声中，他不记得自己有没有做梦。早晨醒来时，出现在罗建林脑子里的第一个念头、第一条线路，竟然和往常不一样。往常来北京出差，到这时候，他的思路就是：出站、走到地铁站，坐地铁，然后出地铁，再打一次车，只要一个起步价，就到他的目的地了。这是最经济也是最快速的行动方案。但是今天罗建林没有走这条早就设定好的思路，他首先想到，一会儿下车，在站台上会不会遇见那两个人呢。

结果他没遇见。

罗建林按原来精心设计好的计划，顺利完成了这一次到北京的工作，晚上他又准时踏上了回长洲的火车，仍然是豪华包厢，但包房里同住的乘客，不是昨晚那个人了。这个人跟昨天那个胖子性格不一样，从进包厢起，就一直板着脸，罗建林几次抬眼看他，他都是一脸的警惕，闭紧了嘴，好像罗建林是个骗子。罗建林无聊，就到卫生间洗了洗手，照镜子时候，他吓了一跳，怎么镜子里竟是那个同包房的乘客的脸呢。再定睛一看，还是他自己的脸，只是他们长得比较像，因为两张脸都是刻板着的，每一道细纹里都写满了人生的严格的规矩。

第二天早晨，火车和平时的每一天一样，准点到达长洲站。罗建林在完全没有预料的情况下，忽然就在站台上看到了慌慌张张茫然四顾的老大和老二。罗建林猝不及防地"啊呀"了一声。这一声，他自己听着竟很陌生，完全不是他的声音。平时的罗建林，是不会发出这种意外的叫声的，因为罗建林的生活中，不会出现意外，一切他都是计算好了的。

老大老二竟然也坐着这趟车回来了。罗建林脱口说，你们又回来了？

这几乎是罗建林这一趟出差以及以往无数趟出差过程中说出的第一句与工作无关、不在他的计划中的话。

老大拽着拖着包裹就往罗建林身边靠过来，激动地说，回来，回哪里来？回我老家来了吗？这是我的老家吗？老二四处看了看，怀疑地说，不像呀，我们家乡的火车站没有这么大。罗建林说，这就是长洲火车站呀。老大和老二互相用探问的眼睛看着对方，没有看出个名堂。老大努力地想了想，还是不明白，说，长洲火车站？长洲火车站是哪里？老二摇了摇头，说，我是跟你走的，我不知道的。

罗建林没有再觉得奇怪，他们确实不知道长洲是哪里，他们完全有理由忘记昨天就是从长洲上的车，因为城市太多，也太相似，对于没有出过门、没有到过城市、没有坐过火车的农民来说，他们确实搞不清楚。

罗建林不忍泼他们的冷水，但是看他们茫然不往何处去的样子，罗建林心里的那张嘴终于走了出来，走到了嘴上，他站在站台上滔滔不绝地跟他们解释了半天，老大老二才弄明白了，他们从昨天到今天是白白地走了一趟。一旦他们明白过来，两个人你看看我，我看看你，忽然就同声地大笑起来，啊哈哈，啊哈哈，又上错车了，又上错车了。罗建林看着这两个狼狈不堪的人如此不知道自己的狼狈处境，不由有点气恼，说，都叫你们问清楚了再买票，问清楚了再上车的，你们怎么又上错车了。老大说，我们是问清楚的。老二说，他们就是这样告诉我们的。老大生气地推了老二一下，说，你怎么句句都跟着我说？老二说，咦，你是老大呀。两人齐齐地笑了起来，冲着罗建林露出了他们发黑的牙齿。罗建林说，你们白白地浪费了车票钱。老大和老二仍然嘿嘿地笑，老大说，我们没有浪费钱。罗建林说，你们混上车的？老大说，我们没有混上车，他们告诉我们上这趟车，我们就上来了。老二说，我们没有票，我们是不是占便宜了，是的吧？罗建林说，人家乱指点，你们就乱相信，就算你们没浪费钱，但你们浪费了时间，本来你们早就可以到海州了，你们自己把自己搞乱了，把时间耽误了。老大说，时间？老乡，你放心，时间没事的，时间不用钱买，时间是我们自己的，想怎么用就怎么用，老乡你说对不对？老二说，他不是老乡，他是老师。老大说，噢，你是老师啊，怪不得你这么关心我们。罗建林说，你们昨天一整天都在北京，去看天安门了吗？老大说，没有哇，我们没有出去。老二纠正他说，我们没有出站。

　　当然，罗建林知道，这不能怪他们，昨天那位列车员说得不错，他们不知道时间，是因为他们不需要知道时间。虽然他们永远是慌不择路，似乎永远也没有人给他们指点正确的道路，但其实他们一点也不怕，既不怕乱，也不怕上错车，上错了可以再下来，下来了可以再重新寻找正确的道路，他们前行的路艰难曲折，他们却是百折不挠——忽然间，罗建林心里涌起了一股从来没有过的害怕，他把一切都计算得十分精确，他对时间锱铢较量，力争分毫不差，不就是因为害怕吗？怕赶不上车，怕上了错车，怕耽误了时间，怕被时代扔下，怕——

　　他始终是怀着怜悯的心情在关注和帮助这两个农民工，他感受到他们的辛酸，两个一无所有一无所知的农民，在强大而坚硬的城市面前，是那么的脆弱。可是，实事上，真正脆弱的又是谁呢。

　　罗建林要出站了，他又回头看了看他们，两个人守着两大团包裹，仍然是那种又慌乱又兴奋的样子，他们的眼睛里有茫然，但更多的是希望，是艰辛而生动的人生。

　　罗建林说，你们现在要到海州去了吧？你们一定问清楚了，别再搞错了。老大和老二同时向他挥手说，老师你放心，老板你放心。看他渐渐走远了，他们还踮起脚，双手挥舞得更夸张了。

　　罗建林最后一次回头看他们时，他们又在向人打听站台了。他们又会碰到冷眼和警觉，又会遇上胡说八道瞎指点的人，他们还会继续被误解，继续被欺负，继续被追赶，继续莫名其妙地逃跑，可他们不灰心，他们在冷眼中漠然不知地继续再找人打听，然后谢过，然后扛起包裹奔跑，很快又远去。

　　罗建林不急不慢地走出车站，排队打车，因为是早晨，队伍不长，一会儿就上了车。车平缓地开，罗建林平淡地看着车窗外的熟悉的街景，偶尔间，他想起那两个狼狈的农民工，他们和街景一样，一晃而过。

　　一路顺利，进小区，拐弯，到楼前，一切正常，一切都是程式化的。小区里巡逻的保安，花园里晨练的老太太，邻家的小狗，都是那么的自然和熟悉。进自己家的那幢楼，站到电梯前，罗建林看了一下表，时间是精确的，与预先计算的一点不差。上电梯，到自己家门口了，不用掏钥匙，这是智能锁，凭指纹开门。罗建林伸出食指，让锁识别了他的指纹，随着轻轻的一声音乐，门打开了，罗建林跨着稳健的不大不小的步子走进了自己的家。

　　罗建林愣住了。这个门里的一切，竟然都是陌生的。房间套型、装修风格，大小家具，各种摆式，他从来都没有见过，抱着玩具从儿童房跑出来的女儿，穿着睡衣从卧室里出来的太太，正在厨房忙碌、听到门声探出头来张望的钟点工，他一个都不认得。

　　罗建林愣了一会，忽然就回过神来了，他抬手"啪"地打了自己一个嘴巴，骂道，蠢驴，你走错门了。

　　老妖年轻时脾气就古怪，心胸狭窄，气量小，就因为老婆跟别的男人说笑了几句，被他撞见了，他就生了气，在家跟老婆治气，要不就摆着脸，不说话，要不就说很难听的话。老婆怎么解释也没有用，一气之下，大着肚子回了娘家。老婆走后，老妖收拾一点东西，也跟着走了。那时候老妖的父母亲都还在，他们以为老妖去丈母娘家追老婆去了。

　　哪知过了两天，老妖的老婆自己回来了，倒是老妖一直没见影子。后来才知道，那天老妖出了家门，就上了一辆开往乡村去的班车，一直往乡下走，车子走到终点，没地方去了，老妖下车一看，是乡下的一个小镇子，青山绿水，人烟稀少，老妖喜欢，就把自己留下来了。

　　老妖原来在城里当中学老师，可乡下镇上那时候还没有中学，就降下来当小学老师。老妖也想得通，是我自己要下来的，小学就小学，一样教。

　　开始乡镇上的学校拿他当个宝，哪里有城里人自愿到乡下来教书的，都以为老妖思想很好。可是后来渐渐了解了实情，也渐渐了解了老妖的为人，才知道老妖的脾气有多古怪。这个地方习惯把脾气古怪或者个性特别的人称作妖怪。老妖就是这样被叫出来的。

　　一直到儿子满月，老妖才回去了一趟，他说乡下怎么好，清静，那一座山里藏着很多宝，动员老婆带上儿子跟他走呢。老妖的老婆却不依了，她跟老妖的那点情，已经在漫长的等待中消磨完了。老妖和老婆正式办了离婚手续。

老妖结婚的时候，还跟别人吹过，至少要生三男二女，结果他只生了一个儿子。儿子判给了娘，从此他们几乎断绝了和老妖的联系，好像老妖这个人，从来就没有作为丈夫和父亲出现在他们的生活中。

对这些事情，总有人似信非信，就拿去问老妖。老妖听了，也不说是，也不说不是，被追急了，老妖就说，爱怎么说就怎么说吧。口气是很不屑的。虽然老妖表态含糊，但大家还是愿意相信这些事情，因为他们觉得，老妖这个人太妖怪，什么事情他都可能做出来。

时间一晃而过，老妖从镇上的小学退休了。他平时喜欢翻点历史旧账，所以他要和镇上的文化站打一点交道，不过也没有什么大的往来，只不过寻找一点历史资料而已。有一次他跑到这个乡镇比较偏远的一个地方，在深山腰里挖出了一块石碑，进行考证。结果什么也没有考证出来，让文化站的人空欢喜一场，还被拖累了大半年。

有一天老妖又到山上去了，看到有一个小孩也在山上，大约六七岁，蹲在地上用一根树枝扒土。老妖在他身后站了一会，他也没发现。老妖忍不住说，喂，你干什么？孩子吓得一哆嗦，扔掉树枝站了起来，胆怯地说，我没有干坏事。他嗓音尖尖的，有点阴险，老妖心里就不喜欢，朝他的个子看了看，哼哼说，你干坏事，你能干什么坏事？小孩说，偷，偷——偷自行车。老妖指了指山下，我的自行车就在那里，你去偷偷看。小孩摇了摇头，眼睛看着地皮，不看老妖。

这个小孩不是本地人，他是外来工的孩子。现在老妖他们这个乡镇，已经成了远近闻名的经济发达乡镇，企业多，本地的农民都当了工人，不够，就源源不断地有外地农民来了。他们像通讯蚂蚁一样，一个带一个，一群带一群，带了无数的老乡，还带来了他们的孩子。他们总以为工厂和农村的田头差不多，把孩子随随便便带到厂里去，结果没过多少时间，小孩的手指头已经切掉了好几个，严重的一个连一条胳膊都没了。

老妖不满地跟这个尖尖瘦瘦的孩子说，你也到了上学的年龄，怎么不去上学？这回小孩终于抬起了眼睛，他奇怪地看了看老妖。他的眼光让老妖立刻就明白了，老妖打了自己一个嘴巴，说，是我不该问，问了也白问，你没有学可上。

小孩没学可上这不关老妖的事，他只关心他的挖掘，他也不喜欢有人跟在他的屁股后面打搅他，他跟小孩说，你走吧，别跟着我，跟着我你也不懂。小孩很听话，就走了。

老妖今天收获不小，弄到了几片碎瓦片，小心包好，带下山来，才发现自己停在山坡下的自行车没了。老妖生气地喊了几声，有个镇上人走过，跟老妖说，是一个小孩骑走的。他还做了个手势，说，那小孩个子又瘦又小，跟车子差不多高，骑在上面像马戏团的小猴子。

老妖气得呸了一声，只得走回去。不过老妖不会先回家，他要先到文化站，文化站的人看到他捧着长着青苔的黑瓦片来了，脸又苦了，说，老妖，你先把瓦片放在这里，我们以后再处理，你到文教办去一下，有人找你。

老妖不想去镇文教办，他舍不得那些瓦片，老妖说，不行，得倒过来，你先帮我处理这些瓦片，我再到文教办去。文化站的人拿他没办法，说，老妖，你又不是不知道，专家也不会在这里守着你，即使开车去城里请，也不是马上就能来的。老妖说，我怕你们不懂历史，把它们弄丢了。文化站的人说，要不你先带回去，我们这里没有保险箱。老妖说，你怎么说得出这种话，你这里没有保险箱，难道我家里有保险箱。大家知道老妖难说话，文化站的人也总是让着他点，说，既然你家也没有保险箱，你又不放心瓦片，要不这样，到财务室看看，他们有保险箱，你去问问他们，肯不肯替你保管。老妖说，又亏你说得出这种话，这些东西怎么能和钱放在一起。文化站的人指了指说，这上面全是霉，它们会把钱霉烂掉吧？老妖说，你又错了，钱会把它们腐蚀掉。文化站的人说，那我就没办法了。老妖眼睛往一只长柜子上一瞄，长柜子上有许多抽屉，但只有一个抽屉是上锁的。老妖指了指这个抽屉说，就放在这里吧，你把钥匙交给我保管。文化站的人打开了抽屉，老妖放好了瓦片，揣走了钥匙，才稍稍放了点心。

老妖往文教办过来，一进门就看到主任冲着他笑，老妖说，你笑起来怎么还像个猫头鹰，这辈子也改不了了。主任从前也是老妖的学生，他不跟老妖计较，指着从沙发上立马站起来、规规矩矩立在老妖面前的两个人说，来，见过一下，这是校长，姓吕，这是——老妖瞄了他们一眼，打断主任说，不用介绍了，也姓吕。校长笑得眼睛眯成了一条线，说，还是姚老师眼尖，人家都说我儿子不像我儿子，只有姚老师一眼就看出来我儿子像我儿子。老妖说，我不是姚老师，我是妖，不是第三声，是第一声，平声，妖，妖怪的妖。校长"嘿"了一声，讨好地笑着说，还有姓妖的，我没听说过。老妖又要说话，主任赶紧挡住他说，校长的儿子叫吕小品，是当老师的。老妖朝吕小品看看，说，你浑身是嘴，怎么不说话？吕小品笑了笑，仍然不说话。校长说，他从小不爱说话。老妖又不满意，摇头说，不说话，不说话怎么当老师？当聋哑老师？校长又点头哈腰说，所以，所以，妖老师，所以我们请您出山哪。老妖想了想，说，请我出山？什么意思，要我重新去当老师，你是校长，到你的学校去？主任说，是呀是呀，吕校长是育智学校的校长——老妖不客气地说，育智？我看你长得都弱智，还育智呢。校长说，妖老师眼睛凶，我长得是弱智，但是我身体还可以。主任也说，他们师资力量不够，老妖，你闲着也是闲着，与其辛辛苦苦去山上挖泥，还不如给他们当老师。校长赶紧说，妖老师，我们是慕名来请你的。老妖说，我没听说过，哪里有这么个学校？主任说，你看看，你老是在山上挖来挖去的，落后形势了吧，育智是镇上刚成立的民工子弟小学。老妖说，没听说过，没看见过，在哪里呢？主任和校长都有些尴尬，互相看看，一时没有说话。老妖说，校址还没有呢吧，校长倒先出来了，没进洞房就有儿子呀。校长红了红脸，说，不是我要当，是他们叫我当的，小孩没地方去，老出事故，再说了，小孩子总是要念书的呀。主任也帮衬说，上面也有这个要求，要我们关心民工子弟的上学问题，可我们怎么关心，我们的小学实在挤不下了。主任这么说了，校长就过来拉老妖的手，老妖不喜欢拉拉扯扯，扔开校长的手说，我又不是女人，你不要拉我的手。校长说，你要是女的，我也不敢拉呀。老妖说，既然连校长都有了，还找我干什么？老妖这么一说，话题就有点偏，主任看看校长，校长也看看主任，他们又没话说了。老妖说，你以前也是校长吗？校长惶然摇头，不是的，不是的，我没当过校长。老妖说，那凭什么你觉得自己可以当校长？校长红着脸支吾了一下，说，妖老师，你不要误会，不是我要当校长，妖老师，你要是愿意，你当校长，我当校长助理。老妖一听，立刻生了气，说，你什么意思，你以为我要当校长？想不到你们外地人也是门缝里看人，我才不要当什么校长，我的特长是教书。校长高兴得一拍巴掌，说，是的呀，是的呀，我们就知道妖老师会教书，才来三请诸葛亮的。妖老师翻了他一个白眼，说，你还打算来烦我三次啊，我倒没这个打算接待你的打扰。校长说，不三次，就一次，妖老师，就一次，你就答应了，是不是？妖老师又朝不吭声的吕小品看了一眼，撇了撇嘴说，你们不是上阵父子兵吗，用得着我吗？校长急得说，妖老师，你听我解释，他们不相信我们——其实，其实，我在老家也当过代课老师，我们小品虽然没当过老师，但他高中毕业呢，高中毕业生难道还不能当小学老师？可他们就是不相信我们，说我们是想骗他们的钱。老妖说，他们连自己人都不相信，那他们相信什么呢？校长说，他们相信城里的老师，相信妖老师，他们非要有城里的老师，才肯把小孩送来上学。老妖说，照你这么说，我就是你们的摇钱树？校长点头说，基本上是的，基本上是的。

主任见他们纠缠没完，又忍不住插上来说，老妖啊，你就看在那些民工小孩的面子上——老妖一听就来气，我看他什么面子，小猢狲把我的自行车都偷走了，还明目张胆告诉我他要偷自行车，什么小孩？主任说，是嘛是嘛，这些小孩，放在社会上是危险的，所以要叫他们进学校。老妖说，学校呢，学校在哪里？校长又抢在主任前面说，只要妖老师答应做老师，我们立刻就办手续，赶在九月一号能开学，地址也看好了，就是原来镇上的轧花厂。老妖说，轧花厂的厂房还算是房子吗。校长和主任齐齐地说，算房子的算房子的。然后两个人同时收了声，过了一会，主任又补充了一句，请有关部门检查过了。

自始至终，吕小品没有说一句话，一直笑眯眯的，和他的又饶舌又结结巴巴的父亲相比，他简直就是个哑巴。老妖把手掌在吕小品的眼前晃了晃，说，嘴巴耳朵都不好，眼睛看得见吧。校长急了，说，他嘴巴耳朵都好的，眼睛也好的。老妖不理睬他，自顾对吕小品说，我倒不知道你怎么当老师呢。

以现有的条件，民工子弟学校只能先开三个年级，分工结果，老妖教三年级，吕小品教二年级，校长教一年级。校长问老妖有没有意见，老妖气愤说，我有意见，我不教三年级，我教一年级。校长信以为真，急得说，那不行，那不行，我和小品水平都不如你，哪有水平高的反而教低年级？老妖说，知道就好。

校长他们一阵忙乱，到了九月一号，别的学校开学了，他们这个放在轧花厂车间里的三间教室居然也开出来了。民工的孩子来上学，老妖就一心想找出那个偷他自行车的小孩，可他用又尖又凶的眼睛看来看去，也看不出到底是哪一个，他们差不多都是尖尖瘦瘦的样子，矮墩墩的个子，黑黝黝的皮肤，眼睛都不抬起来正眼看人，老是看着地皮。老妖让他们排好队，问他们，你们中间，谁骑了我的自行车，举手。

哗啦啦，所有孩子手都举起来了。老妖说，捣什么乱，只有一个人骑了我的自行车。孩子们混乱地摇头，笑，还互相推搡。老妖来气说，算了算了，下次让我抓到，饶不了你。老妖表现出大人不计小人过的脸色，转身要走了，可他忽然在小孩堆里看到了一双阴险的眼睛，老妖的眼睛和这双眼睛一搭，两根线就搭牢了，老妖一伸手就抓住这个小孩说，是你吧，是你骑走了我的自行车？小孩还没开口，校长就急了，跑过来要拉开老妖的手，嘴里说，妖老师，妖老师，你弄错了，他是我的儿子，他是吕小品的弟弟，叫吕大德，不信你问他自己。老妖说，还大德呢。校长抬手好像要打吕大德，但手下来的时候并没有打，只是和自己的另一只手搓了搓，点头哈腰地和老妖说，妖老师，你原谅他吧，他是我的老来子，我很宝贝他的。老妖说，宝贝他就应该让他偷自行车？再说了，我怎么看他都不是你的儿子，你回去拿镜子照照自己是什么嘴脸。校长说，他像我女人。老妖说，我不承认的，我没见过你女人，你说什么我都不相信的。校长说，快了快了，我女人马上就来了。

校长的女人果然来了，她在学校做杂工，打扫卫生，烧饭，看门，打下课铃，下大雨的时候还送小小孩回家。可她总是低着脑袋，或者侧着脸，忙忙碌碌，老妖想看看她的脸，总看不周全，老妖急了，一天就拦住她说，喂，你让我看看你的脸。

女人吓得一哆嗦，手里的饭盆子都吓掉了，"咣啷"一声响，惊动了教室里的校长，校长从窗里望窗外看了看，没吭声，回头继续给学生讲话。女人慌慌张张拣起盆子就要跑，老妖说，你跑什么，我虽然叫老妖，可我不吃人，我只想看看你的脸。女人忽然就"扑哧"一笑，然后又赶紧捂住了嘴。老妖说，咦，你笑起来很妖怪的。女人红着脸说，你才妖怪。老妖说，你别误会，妖怪不是骂人的话，人家也说我妖怪的，我们这里说妖怪，不是贬义，是另一种意思，就是特别的意思，你懂不懂。女人想了想，说，不懂，有什么特别的？老妖也想了想，说，反正，反正，我也说不清，反正，就是跟别人不一样。女人说，那是不一样的，我们是民工，怎么会跟你们一样呢？

现在老妖终于看清楚了校长老婆的脸长得怎么样，但他想来想去，还是没觉得吕大德像谁。他忍不住跟校长说，吕大德不像你老婆。校长说，妖老师，我们家吕小品，人家都说不像我，你却说像，我们吕大德，人家都说像我女人，怎么你看着就不像呢？老妖说，你老婆是瓜子脸，吕大德是国字脸。校长说，我女人的瓜子脸是暗瓜子，人家都看不出来，还是你眼睛凶。老妖说，要不怎么说我妖怪呢。

女人在一边听他们说话，她不吭声，只是笑，她笑了又笑，后来止住了，可过一会，想想还是好笑，于是又笑。校长说，我认得你几十年，也没见你笑这么多，你几天加起来够几十年了。老妖说，这说明什么，说明你这个人不幽默。校长闷了闷，说，我不会幽默的。校长说话的时候，就从角落里走到了老妖面前，笔直站在那里，面孔冲着老妖的面孔，离得很近。老妖说，你干什么？校长支支吾吾地说，妖老师，妖老师，没事的，没事的。停了停，好像鼓了鼓勇气，又说，妖老师，你只是跟她说说话而已，没事的。老妖说，我跟谁说话还要你批准？校长说，我知道，我知道，妖老师，你到底，到底是我们学生的老师，你还是我们的摇钱树呀。老妖说，摇钱树把钱都摇到你口袋里。校长翻出自己的几个口袋，哪里有，哪里有，他一肚子委屈说，我多少年的储蓄都花光了，要修房子，要贴学生的伙食费，我没有钱了。老妖说，你这是投资嘛。校长茫然，问，投资是什么？老妖说，投资就是先把少少的钱投下去，以后再赚很多的钱。校长听了，没太明白，还在思索老妖的话，他的女人倒笑起来了。校长不高兴说，这有什么好笑的？他不问倒也罢了，他一问，女人笑得更厉害了，笑着笑着就弯腰捂肚子。老妖盯着她看，说，你笑起来很妖怪。校长说，妖老师，你的眼睛像死鱼眼睛，翻白了，发定了。

主任叫校长去汇报工作，他跟校长说，这个老妖，所以说他妖怪，他老婆长得才漂亮呢，他倒不理老婆，跟你们外地人倒混得好。校长脸上红一阵白一阵，说，没事的，没事的，他只是吃吃豆腐而已，真的，我问过他，他自己也承认的，只是嘴巴上吃吃豆腐而已。主任说，我不管你们吃豆腐还是吃青菜。你的危房要早点修好，出事情就来不及了。校长说，你让我自己解决，我怎么解决？主任说，你又不是公办学校，我怎么给你解决？就算你是公办学校，我也没钱给你解决。校长说，这不对的，文教办怎么可以没有钱？主任说，要不，你找老妖商量商量，他妖怪，妖点子多。

老妖的妖点子才不肯给校长，他人在教室，心里惦记着碎瓦片，三天两头玩花招，不是生病就是有事，总往城里跑，可是城里没有人要看他的碎瓦片，老妖差一点气得骂他们瞎了狗眼。

校长对老妖敢怒不敢言，只好睁只眼闭只眼，老妖不上课的时候，校长帮他代课。这天老妖从城里回来，看到校长坐在校门口，愁眉苦脸说，妖老师，明天不用来上课了。老妖说，你不要怀疑我，我是真的生了病，镇上的卫生院治不好，我才进城去看医生的。校长说，不是说你，是说学校，学校关门了。

老妖看了看天，说，我知道他们要来了，雨季快到了，去年雨季的时候，里湾乡塌了一间教室，出大事情了。我就知道今年他们会提前来。校长慌慌张张说，妖老师，妖老师，我怎么办？老妖说，你上个月的工资还没有付我呢。校长喜出望外说，我付你工资，教室就不是危房了？老妖说，你不愧是校长，真会算账。

育智学校的学生被分流了，分到镇上另外两个小学，挤不下的，又分到别的镇上，路很远，他们不愿意去。分到自己镇上小学的，也没有去，因为要重交一份学费，家长不肯交，他们到了学校，学校也不让他们进教室。还有几个，家长有点钱，补交了学费，他们挤到人家的教室里，坐在墙壁那儿，没人理睬他们，坐了两天，也不去上学了。

几天以后，育智小学的学生又都到轧花厂来了，他们站在门口等着进门，家长也来了，跟校长说，你别听他们的，本地人就是妖怪，这么好的厂房，谁说是危房，在我们那里都可以当新房的。校长说，贴了封条了，谁敢撕啊？有个家长就去撕了。家长和学生哄哄地要进去。校长张开手臂挡住他们，说，我懂法的，我懂法的，不能进去的。

学生站累了，就往轧花厂门口的地上坐，一个坐了，个个都坐。吕小品拿个课本走过来，说，上课吧。他就在轧花厂门口上课。他教的是二年级，可是一年级和三年级的同学也来听。有个三年级的同学说，我三年级，我才不听二年级的课，被家长打了一巴掌，就乖乖地坐下来听吕老师上课了。

学校停课，老妖乐得有时间往城里跑，他的碎瓦片的光芒还没有被发现呢。他经过轧花厂，看到学生盘地而坐，吕小品给他们上课，镇上的人好奇，还围观他们。老妖气得说，像什么话，像什么话，这样也可以上课啊？

吕大德坐在最边上，缩在大家背后，几乎就听不到吕小品的声音了，他本来也不想听课，他是个不爱学习的小孩。老妖看到吕大德手里居然拿着一只手机，老妖一把拿过来，说，你竟然有手机，哪来的？吕大德想夺回手机，老妖的手高高举起来，吕大德够不着，就去踢老妖，老妖举着手机往后退，边退边说，你踢我，你踢我，你偷了谁的手机，快交代！

吕小品听到他们吵闹，朝他们看看，也没说话。倒是校长急了，赶紧说，你们要吵，走远点吵，我们要上课。老妖说，你儿子偷了人家手机。校长说，不是偷的，是垃圾箱里拣来的。老妖妖怪地一笑，说，垃圾箱里有手机？校长说，妖老师，你可能不了解情况，你从来不去看垃圾箱，你不知道垃圾箱里有什么，你们的垃圾箱里，什么都有，你们是富裕地区，这里的人真富裕呀，什么都舍得扔。老妖想反驳他，可他手里的手机忽然响了起来，把老妖吓了一跳，一个男人口齿清楚地唱着，告诉你，告诉你，我永远永远不再理睬你——老妖一时还没反应过来，不知道是来电话了，吕大德急得叫起来，手机，手机。老妖这才回过神来，说，我知道是手机。他似乎想关掉它的歌声，可它已经自己停了。老妖刚刚松一口气，歌声又响起来了，品大德说，又有电话了，又有电话了。老妖按了一下绿健，果然通了，有人说话了，是个男的，"喂"了一声，老妖也赶紧"喂"一声，不料对方却愣了一下，赶紧说，对不起，打错了。手机就挂断了。老妖说，乱打手机，浪费人家手机费。吕大德说，手机又不是你的。老妖说，是你的？两人正争执，手机又响了，好像还是刚才那个人，口气却完全不一样了，硬生生地问他：你是谁？手机怎么在你手里？老妖还没有回话，他的声音更加严厉了，你是小偷？你偷了我女朋友的手机？老妖把手机往吕大德手里一塞，说，你听吧。手机到了吕大德手里，老妖还听得见那个人在手机里大声叫嚷。

那个男人一慌张，以为他的女朋友被杀害了，带着警察追来，结果发现嫌疑犯是个小孩。警察看了看吕大德，又握了握他的手劲，说，以吕大德的能力，要杀一个成年的女性是不容易的。

那个大男人往地上一蹲，一把眼泪一把鼻涕地哭了起来。原来，他的女朋友是个考古学的研究生，跟着导师私奔到这里，就把手机扔掉了，断绝了和他的一切联系。

沿着垃圾筒的线索，最后大家在山头上找到了导师和女弟子，他们正满头大汗地挖泥呢。老妖说，呔，导师你来晚了，东西被我挖走了。导师大惊失色，一把抓住老妖的手，你挖到什么了，你挖到什么了？老妖说，我挖到什么，我能告诉你吗？导师就一屁股坐在地上起不来了。他的女弟子哭了起来，哀求老妖说，你让导师看一看吧，你让导师看一看吧，我们不会抢你的，哪怕让导师看一眼。老妖说，你们真是妖怪，说出话来也这么妖怪。

导师发了心脏病，住进镇上的医院，女弟子不陪护导师，却盯住了老妖。她就守在老妖的屋门口，老妖走到哪里，她跟到哪里。镇上人看见了，都说老妖找了个年轻的对象，传来传去，大家还都相信，还有人结了伴排了队来看。女弟子也不难为情，让大家尽情地看。校长的女人也看到了，她也笑，笑得很妖怪。老妖觉得不妥，跟校长的女人说，不是的，她不是的。校长女人仍然笑，老妖说，你笑得这么妖怪干什么？老妖终于吃不消了，跟女弟子说，你厉害，你厉害，就让你们导师看一眼吧。

导师看到老妖的瓦片，从病床上一跃而起，跟老妖说，你这东西，卖就不要卖了，这是无价的，谁也不知道该怎么开价。老妖说，不用你说，我知道这东西值钱。导师却摇头说，你说它值钱，它却是没有市场的东西，你说不值钱吧，但它又是有价值的东西。老妖说，你说话太妖怪，连我都听不懂。导师牛哄哄地说，听得懂就该我叫你导师了。导师自说自话把瓦片从老妖手里拿过去，小心包好，揣进自己的包里，毫无商量地跟老妖说，瓦片我带走，但它还是你的，我会写条子画押的。我只是带去研究和保管而已。老妖说，既然它是我的，为什么要让你带走。导师说，放在你这里，能有什么用，你的学校破了，盖房子把它们放在房顶上做瓦片吗？老妖心里闷了一闷，脑子里又想了一想，最后他觉得导师虽然牛哄哄，说话妖怪，但他的想法是对的。老妖说，你要是放在博物馆里，要写上是我挖来的，要写我的名字。导师说，不仅如此，我们还可以帮助你做点什么，我们有科研费用，但不能买你的东西，只能帮你用掉一点，你看有什么需要我们帮助的，我帮你一下，算是两相抵消了。老妖说，那我不肯的，我的东西是无价的，要不你就拿去，要不你就留下。校长急了，一下子竖到老妖面前，直对着他拼命眨眼睛。老妖这才发现校长一直跟着他，老妖生气说，你乱挤眼睛干什么？眼睛里进沙子了？校长说，我眼睛没进沙子，我的教室要倒了。导师一拍巴掌说，对了，我就帮你们修危房吧，也算我们支持一下农村的教育事业。老妖急得跳了起来，你们说什么呢，你们说什么呢？校长和导师都不再理睬他，他们两个紧紧握手，达成了协议。

消息轰动了全镇，天已将黑，大家点着油灯，举着蜡烛，成群结队上山去挖泥。外地的农民工下了班，也跟着往山上爬。结果本地人和外地农民工吵起来，本地人说，这是我们的山，你们不能来挖的。外地农民工说，你们的山，你叫它它答应你吗？还有一个人并不知道别人要干什么，看到大家上山，他也上山，看到大家在山上挖东西，他们手里都有家什，自己却两手空空，他就急了，问他们挖什么，没有人回答他，他更急，追着问，终于有一个人回答他说，我也不知道挖什么，大家挖，你不挖你总归会吃亏的。他听了，悔得跳脚，没有家什，就用手挖，挖得手指头都肿起来，幸好天黑，谁也看不见，他自己也不知道，一点也没觉得疼。

大家摸着黑挖泥，又不知道要挖什么，又看不清泥里有什么，就干脆用手摸，又脱下鞋袜用脚扒，混乱中就听到吕大德兴奋地大叫起来，找到了找到了！大家蜂拥过去，拿灯照着吕大德，只见吕大德蹲在地上，用手捂住不给看，有人急得上前去硬生生地扒开吕大德的手，一看，竟是一只大蛐蛐，正悠悠然地蹲在蛐蛐盆里打瞌睡呢。

那人气得骂起人来，小狲狲，外地小狲狲，你戏弄我？其他人都泄了气，气道，原来是捉蛐蛐。另一个说，那你上来干什么？这一个又气道，我又不想上来，你们都上来了，为什么我不能上来？别的人又想到了新问题，问，现在蛐蛐又值钱了吗。另一个说，你以为是从前的皇帝当朝啊？

大家气呼呼吵吵嚷嚷下山去了，那个手指像胡萝卜的人，又累又困，回家倒头睡了，第二天早上醒来一看自己的手，根根手指又红又肿，像十根胡萝卜，吓得大叫起来，以为被毒蛇咬了。

第二天育智学校就复课了，老妖跟校长说，你现在不懂法了？校长喜滋滋地说，反正下礼拜就来修屋子，不会就在这几天倒下来吧，没那么巧的事情。

可偏偏这一天大雨就来了。雨下来的时候，老妖正在给学生讲历史，听到下雨，老妖心神就有点不宁，板书时错把汉朝写成了汗朝，一个学生看出来了，举手说，妖老师，不对，不是出汗的汗。

可是老妖只看见学生的嘴巴在动，却没有听见学生说什么，他的耳朵里尽是窸窸窣窣的妖怪声音，后来又有嘎啦嘎啦的响声，老妖心里突然觉得不对劲，张嘴就大喊起来，赶快跑啊——话音未落，老妖一个箭步带头跑出了教室，学生们一阵慌乱后，也你挤我拥地跑了出来。老妖回头再往教室里一探，就看到吕大德钻在桌子底下，老妖大骂起来，你找死啊，你以为躲在这里就压不死你？吕大德不理他，他在桌子底下爬来爬去，看起来根本不在逃避，而是在追逐。原来他在捉拿逃跑的蛐蛐呢。老妖气得冲进教室，一把揪住吕大德的衣领，就听得头顶上方"嘎啦"一声，风已经刮到头顶心了，老妖来不及跑了，"啪"地推倒吕大德，自己往吕大德身上一趴，房梁就掉下来了，砸在老妖背心上，老妖"啊哟哇"大叫一声，就没有了声息。

大家在外头朝里探望，看到房梁从老妖的背心上滚下来，老妖的姿势很妖怪，两手两脚撑地，弓在那里像一条狗的姿势，以这样的姿势，他身下就空出一个空间来，吕大德从空间里爬出来，手里捧着装蛐蛐的盒子，蛐蛐在盒子里大声喧哗。吕大德看到老妖这样子，说，妖老师，你做俯卧撑啊？

老妖的事迹上了电视新闻，有一家人，老母亲和儿子媳妇一起看电视，看到老妖躺在医院的病床上，儿子说，咦，这个老头，好好的城里人不做，去做乡下人，还救民工的孩子，想当个老雷锋？母亲气得伸手戳他的脑门心子，你说什么屁话，你眼睛长翳了？那是你爸！

过了一会，老太太嘀咕说，他怎么变成姚老师了？连姓都改掉了？

厨师履历

　　王巧金虽然是女孩子，但她家里并没有重男轻女，因为无法轻她，她能干。王巧金的母亲软弱，又胆小，只要父亲不在家，她就会慌慌张张，东家借把笤帚，西家送把葱，她都拿不定主意。王巧金的爹是做木匠的，长年累月不在家，因此在王巧金的印象中，母亲永远都是一个提心吊胆、优柔寡断的女人。渐渐地，王巧金长大了，她成了这个家的核心，家中大小事情，她都能扛起来。在弟弟妹妹心里，大姐的威信比母亲还高一点。

　　王巧金不仅有主意，手也巧，她剪的鞋样，她纺的棉钱，她烧的菜，都是村里姑娘媳妇的样板。在农村里，手巧要比心灵更让人看得起。其实王巧金的手长得也没有什么特别，就是灵巧，什么东西一到她的手里，她想变成什么样子，就变成什么样子。好多年以后，村里有个老人进城去吃宴席，宴席上有萝卜花，大家都称赞雕刻得好，老人就不以为然了，说，从前我们村的王巧金，很小的时候就会做。

　　王巧金的婆家和王巧金的娘家，只隔一条河，却属不同的地区，何况河上没桥，也没有渡船，要绕几十里路才能走到，就觉得相隔的距离很遥远了。而且，这两个地方的风俗习惯也很不一样，有些事情说道起来，竟然像是两个世界的事情。比如，王巧金村子里死了人，家里人很悲痛，就关起门来哭一哭，送葬那天，相邻也只是帮着抬一抬棺材而已。而河那边的风俗却完全不一样，碰到死人的事情，他们全村子的人要大吃大喝三天，热闹得像过年一样。

这条河是大运河的一个分支，叫青木河，河面在他们这一段，比别的地方稍窄一点，两个村子的人，嗓门大一点的，隔着河也能够喊得应，但两边的方言，却也有相当的差距。比如"我们"这个词，一边叫"乌拉"，另一边叫"嗯代"，完全是风马牛不相及的。

王巧金结婚的日子确定后，双方的家长要商量一些具体的细节，比如王巧金的嫁妆有哪些，又比如婚宴的桌数是多少桌，每桌都上些什么菜，都得坐下来细细地研究，如果意见不统一，还得第二次再商量。其实最后确定的内容，也不可能有什么特殊，都是很适中的，不比别家奢侈，也不比别家简陋，到最后基本上都是按规矩办。

四冷盘，八热炒，整鱼，意见都是一致的，但是最后的一道大菜到底吃什么，有了点分歧。婆家说他们商量了用红烧猪蹄膀，这是最贵重的一道菜。可王巧金的父亲有点犹豫，因为以河那边的风俗，蹄膀并不如河这边这样贵重，河那边的人，从古到今，都觉得猪蹄是不能撑大场面的，他们办重要宴席一般都不用蹄膀。所以王巧金的父亲说，要不还是上鸡吧，一只整鸡，更体面。他是走南闯北的木匠，比较见多积广一点。其实即使王木匠不说，大家心里也清楚，一只鸡不仅仅就是一只鸡，它是王巧金娘家人的面子，也是王巧金的身价。可是婆家却说，猪蹄膀已经定下了，不能退了。这话一说，娘家人面子上就有点下不来，倒不一定因为一只鸡比一只猪蹄膀金贵多少，主要是婆家没有征得娘家的意见，就自作主张决定了，这一点弄得娘家人有点不开心。一不开心，他们就不说话了。尤其是王巧金的母亲，本来就是一个不会说话的人，一个懦弱的人，碰到这种争斗的时候，更是慌张得脸色发白，眼睛都不知道往哪儿放，只知道一个劲地朝王巧金看。

王巧金也参加了这次商量。其实像她这样的准新娘，一般是不应该参加双方家长的谈判的。她们躲在背后，耳朵竖得长长的，心吊在嗓子眼上，等待着来自谈判桌上的点点滴滴的消息。当然，这些消息，都是相对的消息。是和村里其他嫁娘的消息相比较的消息。她们就这样在焦心的等待中，等来那一场人生中最重要的宴席。

王巧金和她们不一样，她没有等待别人安排她，而是自己直接参与了安排自己，王巧金的爹娘已经习惯了王巧金的角色，好像任何事情，王巧金的意见不到，就不能拍板。哪怕一点点小事，也非得看到王巧金点了头，他们心里才踏实，又何况这是王巧金的终身大事。

僵持了一会，王巧金的爹和娘都看着王巧金，他们这一看，连带了王巧金的公公婆婆也都去看她。其实王巧金早就想发表意见了，但她毕竟念过一点书，有一点知书达理的水平，也为了在婆家面前留一个好一点的第一印象，所以她一直没开口。可是现在她不得不说话了，她就简洁明了地说，用蹄膀吧。

王巧金的话让大家都惊讶了一下。娘家觉得女儿竟然手臂肘子朝外拐，人还没嫁过去呢，就先替婆家说话了。婆家也惊讶，新娘子如此深明大义，他们不仅没见过，连听也没听说过，忍不住又多朝王巧金看了几眼。

双方的惊讶，内涵是不同的，一种是惊讶里带点埋怨，另一种是惊讶里带点感激，又带点警觉。不过王巧金并没有很在乎双方家长的表情，她解释自己的思路说，蹄膀做压台戏，能压住阵脚，大家肚子里都没有油水，蹄膀更能解馋，肥嘟嘟的，烧得通红，浇上浓浓的红汤汁，肯定比瘦刮刮的鸡肉更受欢迎更实惠。

王巧金的话惹大家都咽了一阵口水。口水咽过之后，心情就平和多了，王巧金娘家也承认了这种说法。在受欢迎和体面的问题上，最后大家统一了，要蹄膀。在这个统一的过程中，王巧金娘家还试图提出一个新的方案，能不能鸡和蹄膀一起上，婆家说没有这种可能了，就这一桌菜他们都是借债来办的。其实这也没有什么了不起，家家都一样，王巧金娘家也理解，眼下风光，以后女儿就得熬苦日子，娘家舍不得女儿一进夫家就背着沉重的债务，就让了步。

最后才议论到菜的水平问题，婆家说，那是没问题的，我们请的是方师傅。这一带的农村办宴席，要想讲究一点排场的，都请大厨方师傅。方师傅的名声倒没有受到青木河的阻隔，虽然河那边的人家办宴席并不请方师傅，但他们知道方师傅。所以，王巧金娘家的人，一听到请方师傅，脸色就好看多了。只要方师傅一到，就已经给这场宴席增添了许多分量。方师傅不是空着身体来的，他会将所有宴席上要用的锅锅盆盆都一起带来，还带着摆场子用的帐篷，甚至连油盐酱醋都会带来，东家只要将原材料像肉啦鱼啦蔬菜啦交给方师傅，方师傅端出来的，就是美味佳肴了，其他一切都不用东家操心。

一切就这么既正常又紧张地进行着，结婚的日子就这么来到了。菜一道一道地上，啧啧啧的赞叹声也一道一道地跟上，看到来宾吃得喝得满面红光，王巧金心里高兴，她招呼大家说，还有菜，还有菜，你们慢慢吃。大家就朝她笑，但他们没有听她的话，没有慢慢吃，风卷残云般地扫光了每一只盘子里的菜，感觉着肚子就渐渐地胀起来。王巧金悄悄地跟天官说，他们这么猛吃，等一会大蹄髈上来了，吃不下了。天官就是新郎，他也在吃着，他一边吃一边说，吃得下，吃得下。

压轴菜终于上来了，这是最后的也是最高的高潮。方师傅一直在锅灶边忙着，这时候他也跟着蹄髈一起露面了，大家拍起手来，却不是拍蹄髈，而是拍方师傅的。有人说，方师傅，你看看，你的蹄髈烧得多好啊。方师傅微微一笑，端了一杯酒一饮而尽，算是敬大家的，大家也都端了酒杯敬方师傅。有人开玩笑说，方师傅，你一杯酒赚了我们这么多酒。方师傅仍然微微笑，喝过酒，他又回到锅灶边去了。

肥大的红蹄髈端端正正地搁在每张桌子的中央，大家围着它端坐四周，但没有人动筷子，所有的人都笑眯眯地看着蹄髈，仍然是啧啧啧地赞叹，说，这蹄髈够火候，够工夫。或者说，都红到骨头里了，怎么会不好吃。王巧金也知道蹄髈烧得好，又红又亮，但她不知道他们怎么会看到它的骨头里，她想这可能是一种夸张的赞美。王巧金喜欢听这种夸张的赞美，她听了很舒心，一直舒服到骨头里了。

只是大家老是盯着蹄髈笑，老是不动筷子，王巧金就奇怪了，忍不住说，你们怎么不动筷子？吃呀，吃呀，烧得多好的蹄髈。其实作为新娘子，她已经太多嘴。新娘子一般只是抿着嘴笑，都不开口的。但王巧金就是这样的脾气，她改不了的。她其实也在时时提醒自己，今天和往日不一样，这不是平时在家，想说什么就说什么，今天自己的身份特殊，得忍着点。可提醒归提醒，一到有话要说，她就也忍不住，话就出来了。

听王巧金反复劝说，有人就用汤勺舀了一点汁，咂着嘴品过滋味，高声地赞叹说，啊呀，方师傅烧得太好了，汤都这么有滋有味。别的人也学着他，用汤勺舀汤汁喝。王巧金又忍不住了，说，吃呀，动筷子吃呀，别光喝汤呀。有人看着蹄髈，有人看着王巧金，大家笑眯眯，说，吃，吃。可仍然没有人动筷子。王巧金说，你们别客气，就这一道主菜，你们这么客气，我们过意不去的。可奇怪的是，任她怎么说，大家还是不动筷子子。王巧金急得说，你们不好意思动筷子，我替你们夹。

王巧金拿了筷子，朝看上去烂嘟嘟的蹄膀戳下去，可她的筷子被什么硬东西挡住了，戳不下去，王巧金心里还想着，是不是这蹄膀烧得时间太长，太硬了。一桌上婆家的人都看着她呢，他们都知道她是个能干的媳妇，她可不能连块蹄膀都对付不了，王巧金不光手上使了力，全身都带上了劲，手脚麻利地往下划蹄膀，却听得旁边有人"哎呀"了一声，就在这片刻之间，王巧金手里的筷子"咔嗒"一下就折断了，王巧金还没明白是怎么回事，就感觉自己整个身子失控，直往蹄膀上冲，筷子断了，撑不住手，手就直往蹄膀肉上撑过去，在那一瞬间王巧金还担心自己的五根手指和一块手掌心会把蹄膀揉烂了，哪知那蹄膀却硬邦邦地撑住了她的手，也撑住了她往下冲的身子，让她就那样手撑着蹄膀，身子半弯半直地站在大家面前。

随即就有人笑起来，有一个人说，新娘娘，这是木蹄膀。王巧金从来没有听说过木蹄膀，木蹄膀？木蹄膀是什么意思？她呆呆地看着那个说话的人，脑子一时转不过弯来。另有一个人说，新娘娘，你没见过木蹄膀？先前说话的那个人又抢在王巧金前面说，新娘娘肯定没见过，他们那边村子里，都不知道木蹄膀的。另一个人说，是呀，他们那边村子里，很古怪的，连木蹄膀都不知道。大家应声道，是呀，怎么会这样呢，他们那边的人，怎么会这样呢，连木蹄膀都不知道。

在大家的议论中，王巧金终于艰难地从蹄膀那里收回了自己的手，手上沾满了红彤彤的汤汁，王巧金尴尬地举着手，不知道怎么办了。有一个人说，新娘娘，去洗洗手吧。另一个却说，别洗，洗了多可惜，吮一吮手指头，方师傅的汤汁，比真蹄膀汤还香呢。他说话的时候，眼睛直往王巧金手上看，还咽着唾沫，感觉他的嘴就要凑到王巧金手上来吮汤汁了。

王巧金转身就往屋里跑，天官正在另一桌跟大家闹酒呢，忽然看到王巧金急急地奔进屋去，不知出了什么事，也紧紧地跟了进来。王巧金就呆呆地站在那里，沾满了汤汁的手还张开着，悬空着，竖着，不知道往哪里放。天官说，巧金，你怎么啦？手上怎么啦？王巧金一头火冒冲着他说，木蹄膀，木蹄膀是什么？

天官也没有听懂王巧金的意思，他皱着眉头想了想，说，木蹄膀就是木蹄膀——他忽然想明白了，赶紧补充说，木蹄膀就是木头做的蹄膀。王巧金气得一跺脚，木头做的蹄膀，怎么能让人吃？天官已经感觉到王巧金整个身子发出来的火气，但他不知道她为什么这么恼火，又赶紧解释说，不是让他们吃的，是让他们看的。王巧金说，你们这地方，太古怪了，用木蹄膀骗人？天官辩解说，不是骗人，他们都知道的。王巧金说，知道也不能用假的呀，穷就穷，没有钱就少排几道菜。天官说，少排几道菜，你爹你娘也不同意的呀。王巧金说，真丢脸，太丢脸了！天官说，不丢脸的，我们这里家家都这样，别说木蹄膀，还有木鸡木鸭木鱼，甚至还有木猪肝呢。王巧金恨恨地说，亏你想得出来。丈夫说，不是我想出来的，是从前的人想出来的，我们家已经不错了，有的人家连鱼都用假的，我们的鱼可是真鱼——天官的眼睛老是盯着王巧金的手，看起来他也很想移开自己的眼睛，可刚刚移开，眼睛又不听指挥地盯上去了，最后天官终于忍不住，指了指王巧金的手说，再说了，虽然它是木蹄膀，可你尝尝，方师傅烧得多好啊！王巧金一口气噎住了，她的一只手一直都是高高地竖着，被又红又油的汤汁涂满了，被大家看了又看，这就是大家反复强调方师傅烧得多么好的东西，王巧金看了看自己的古怪的手，最后还是把手指伸进了嘴里吮了一下。就在这一瞬间，一股奇香异味猛烈地袭击了她，从口腔到全身，顿时麻酥酥的，两行眼泪就哗哗地淌了下来。

天官又想不明白了，他在王巧金身边转来转去，说，咦，咦，好好的，你怎么哭了？王巧金的眼泪止也止不住，伤心的情绪像山洪暴发一样奔涌出来，天官居然都不知道她伤心的什么。她不想理睬天官，她想跟天官憋气，不理他，但王巧金的脾气是憋不住的，她含着两眼的泪，举着那只沾满了汤汁的红彤彤的手说，我要还他们一只真蹄膀。

我见到王巧金的时候，她早已经是青木镇"巧金蹄膀王"的店老板了。青木镇是一个古镇，自从开发了旅游，这里的一些土特产又有了市场，特别是青木镇的红烧蹄膀，在沉寂了多年以后，重又飘香了。

我是由青木镇文化站的老周带去王巧金店里的。镇上的蹄膀店，大多只是租一个店面，到别处去批发蹄膀来卖，或者在自己家里烧好了运过来卖。王巧金的店不一样，她的店面和她的加工作坊是连在一起的。老周告诉我，王巧金虽然是个农村妇女，但她很有眼光，她最早租下青木镇上的房子，开起了蹄膀店。那时候，青木镇还很冷清，只有少数几个上海人，偶尔会在星期天瞎撞撞到青木镇来走走。

其实之前我已经听说过王巧金的故事，但我还是从老周那里又听了一遍。老周的说法，和我听到的别人的说法是一样的。王巧金本来只是一个农妇，她的主要工作是种田，但她为了还大家一只真蹄膀，把自己从一个种田的农妇变成了一个专烧蹄膀的厨子。

其实开始的时候，天官并没有把王巧金的话放在心里，他知道王巧金说的是赌气的话，因为木蹄膀刺激了她，因为她是河对面的人。河这边的人，是不会对木蹄膀有这么大的反应的。等到宴席散了，婚也结了，以后就是过日常的生活了，王巧金慢慢就会把木蹄膀的事情忘记，或者和河这边的人一样，接受这个事实。因为在今后漫长的日子里，王巧金会参加别人家的各种宴席，宴席上还会有木蹄膀出现，那时候，王巧金就会和大家一样用汤勺舀一勺汤汁，品过滋味后，她会说，啊呀，方师傅烧的蹄膀真入味，连汤都这么香。

结婚以后的王巧金，和所有的农妇一样，开始过节俭的日子，所不同的是，每当她节俭了几个钱后，她就要到肉墩上去一趟，买一个猪蹄膀回来，烧得又红又烂，跟当初她的结婚喜宴上的木蹄膀一模一样。在此后的好些年中，她在村里挨家挨户送蹄膀，凡是来喝过她喜酒的人家，先先后后都会收到王巧金的蹄膀。王巧金送蹄膀去的时候，跟他们说，对不起，当初没让你们吃到蹄膀，现在给你们补上。收下蹄膀的农户，大喜过望，但是背过身子他们的目光是疑惑的，心里就有了一个疑团。

不过农民不会把问题往深里边想，疑团就疑团，过一两天，蹄膀吃掉了，疑团也就跟着消失了。

当王巧金开始烧第一只蹄膀的时候，王巧金的婆家人被蹄膀的香味熏得团团转，一整天都像掉了魂似的激动，他们早已经了解了新媳妇王巧金的手艺，她炒咸菜毛豆子，都能让人掉口水，何况这是一只肥大的蹄膀。可结果他们却眼巴巴地看着王巧金把蹄膀送给了别人。

喝喜酒的不光是本村的农民，还有天官家外地的亲戚，这也不难，王巧金早就记下了他们的名单和详细地址，无一漏网地要给他们送去蹄膀。久而久之，王巧金烧蹄膀的水平越来越高，她的名声也越传越远，有些人家办酒席，甚至都不请方师傅，要请王巧金了。即便是请了方师傅的，在做比较重要的宴席时，也会再把王巧金请去，请她专烧那只红烧蹄膀。弄得方师傅看到王巧金就摆脸色。王巧金并不计较方师傅的脸色，她只是专心地烧好那只红烧蹄膀，她甚至不像方师傅那样，喜欢听大家在酒席上说，哎呀呀，谁谁谁烧的什么什么真好吃。

王巧金终于送完了所有应该送的蹄膀，大家的心也终于踏实下来，可是王巧金的心里却空空落落了。她反反复复地看着当初的那份名单，好多年来，名单已经折了又折，展了又展，纸头都快烂成一团了，她还想从名单上再找出几个遗漏的人来。天官说，没有了，你都送到了。王巧金说，会不会有吃喜酒的人失落了，没有上名单？天官说，不可能的，名单是我亲手写的，不会漏掉的，漏掉了他们也不会答应的。

王巧金再也没什么话好说了。这天晚上，她失眠了，翻来覆去睡不着觉，到天亮的时候，她推醒了天官，说，我想起来了，你家在青木镇上有一个亲戚。天官迷迷糊糊睁开眼，看到王巧金两眼射着崭亮的光，激动地说，天官，我想起来了，你家在青木镇上有一个亲戚，我要给他们送蹄膀去。天官心里哀叹一声，说，他们没来喝喜酒。王巧金说，为什么不来喝喜酒？天官说，这么多年了，我也记不清了，反正他们没来，你就不用送蹄膀。王巧金执意说，虽然他们没来，但他们是你家的亲戚，我要给他们送一只蹄膀去。天官翻身坐了起来，说，你这样送下去，就没完没了了。王巧金说，这是最后一次，送了这个蹄膀我再也不烧蹄膀了，我就安安分分种田了。

天官拿她没办法，就像从前在娘家时一样，因为王巧金太能干，她的手太巧了，家里少不了她，所以她做一点出格的事情，家里人也只能任由她去。开始王巧金的公公婆婆也颇为不满，但后来他们知道，对王巧金不满就是和自己过不去，这种不满就渐渐地变成了顺从，只要是王巧金要做的事情，他们都很配合。

就这样王巧金拎着她心中的最后一只蹄膀，到青木镇去了。天官没有陪她去，那时候正是开镰收割的当口，大家忙得腰都直不起来，却看见王巧金，轻轻巧巧地走过田埂，走过水渠，往镇上去了。

其实王巧金这一步一步，走得很沉重，因为她知道，从青木镇回来，她就再也没有借口烧蹄膀了。

在田里辛苦劳动的天官也是这样对大家解释的，他说，她从青木镇回来，就好了。

谁也没料到，王巧金这一走，竟再也没回来。

天官家的那个亲戚，是青木镇上的一个老师，他有一个安分的职业和一个不安分的脑子，那天他吃了王巧金送的蹄膀，突发灵感，轻而易举就给王巧金指了一条路。

从此以后，王巧金就沿着这条路一直走下去，一直走到今天。

今天也就是我认识王巧金的日子。我由老周带着，来找王巧金，毫无疑问，我是来买她的蹄膀的。

我是博物院的一个工作人员，我们正在筹办一个民俗馆，民俗馆的一个重要部分，就是民间的饮食习俗。我们先先后后在民间收集到当年农民使用过的许多木制菜，有木鸡木鸭木鱼甚至有木猪肝，但就是找不到大家最熟悉的也是从前使用最多的木蹄膀。

我翻阅了有关的资料，又找了一些农村的老人询问，最后汇总了这些资料和说法，按图索骥，我找到了方师傅。

方师傅已经很老了，他生了病，躺在医院的病床上，好像是中风，因为他说话口齿不清楚。听说我是来找木蹄膀的，方师傅有些不以为然，嘟嘟哝哝地说了几个字。我听不懂，方师傅的儿子小方告诉我，他爹说，这是多此一举。我不知道他是说我们办民俗馆多此一举，还是说我找木蹄膀多此一举，总之我有点尴尬，我正在想，是不是应该给方师傅说一说办民俗馆的用意，却见方师傅朝我闭了闭眼，他不要听我说话，却给我出了个主意，他说，这还不简单，照真的重新再做一个假的吧。他的话仍然是小方翻译给我听的，我一听，竟如醍醐灌顶，一下子觉醒过来。

原来这真是一个再简单不过的事情。

方师傅又嘟哝说，现在的木匠，你得给他真东西，他才做得出来，不像从前的木匠了。我点了点头，一直听说现在的作家、画家什么的，艺术创作的想象空间越来越小，原来木匠师傅也是这样。我趁着方师傅有点兴头，赶紧拍他马屁说，方师傅要是能早点痊愈，就请您老人家亲自动手，烧一个最完美的真蹄膀，让木匠师傅照着做。方师傅却闭上眼睛，不再理我了。

小方跟我打招呼说，他爹从前主要是给木蹄膀烧汁的，他不喜欢烧真的蹄膀。我立刻说，是呀，我听说王巧金结婚，就是方师傅烧的木蹄膀。方师傅一听王巧金的名字，脸上立刻起了一层霜。小方说，张老师，对不起，我爹不想提她。停了片刻，小方又说，我爹早几年也在青木镇上烧蹄膀的。王巧金蹄膀烧得好，可我爹的汤汁配得好，他们不分高低的。我说，后来呢？小方没有马上回答我，他看了看他爹的脸，我也看了看，但我和小方都看不懂方师傅的脸色。小方犹豫了一下，还是说了，后来王巧金骗了我爹的配方。

方师傅的眼睛又睁开了，他好像还想坐起来，但小方按了按他，不让他坐起来。方师傅就躺在床上说话，我以为他会跟着小方的话题骂王巧金，不料方师傅却对我挥了挥手，说，你去找王巧金吧。

我不解地看着方师傅。小方说，我爹让你找王巧金，青木镇一带，要说烧蹄膀，我爹看得上的，只有王巧金，何况，她用的是我爹的配方。

就这样，我来到了青木镇。

古镇的小街上，沿街的店面挂满了蹄膀，就像一串串的红灯笼，晃得我眼花缭乱，心里竟泛出些油腻来了。我忍不住问老周，这么多蹄膀，卖得掉吗？老周说，大差不差吧，反正旅游的人多，总有人要买的。

守在店面上的人是天官，他油光满面，长得很胖，和我原先想象中的天官不一样。老周也许看出了我的心思，在一旁说，在这样的店里做生意，闻气味也闻胖了。这时候天官的脸正在夹一长排的红蹄膀中，他把一个个的蹄膀挂好，排得整整齐齐，天官的脸在它们中间晃来晃去，也晃得像个蹄膀了。

我跟着老周和天官穿过店堂，穿过天井，来到后面沿河的作坊，作坊很大，里边除了蹄膀，还是蹄膀，远远地超出我对蹄膀的想象和接受能力，我只觉得头晕晕的，别说鼻子了，就连眼睛和耳朵里也充满了蹄膀的香味。

天官说，巧金她娘和她妹子来了。他指了指凑在一起的三个女人，我一眼就认出了王巧金。虽然很出乎我的意料，王巧金很瘦，但我还是认定她就是王巧金。

老周跟我解释过天官的胖，现在我不知道他该怎么解释王巧金的瘦，好在老周也没想解释。我认定这个很瘦的女人是王巧金是有我的根据的，因为她的两眼炯炯放光，这种光芒，让人感觉到她身上有一种强大的气场，好像只要她一发力，就能把人轰倒了。我不由稍稍往后退了一退。王巧金可能误会了，她对我说，这位老板，你别以为这蹄膀油，其实一点也不油腻的。她伸手到汤汁里蘸了一下，就往我嘴边送。我看着她那根红彤彤的手指头，有点犹豫。天官说，你让客人自己蘸。王巧金笑了笑，把手擦了擦。我说，不尝也知道，我就是慕了王巧金的名声来的。

王巧金回头又对她娘和妹妹说，你们听好了，我讲的都是很要紧的，第一就是挑肉，要是原材料不好，你再大的本事，也做不出好蹄膀。王巧金的娘胆战心惊地看了看小女儿，提心吊胆地说，妹妹，你还是再想想，你连买肉都不会买，你怎么烧蹄膀。王巧金眼睛里放着光，飞快地说，我会教妹妹的，怎么挑肉，你先要看肉的颜色——她又飞快地跑到天井里，抓了一只生蹄膀进来，举着给大家看，你们看，小妹你看，就是这样的颜色，然后你要看它的形状，站起来有没有模样，有没有力道，周整不周整——王巧金长长的手指托着那只白嫩的蹄膀，给人的感觉美极了，她的手指翻舞着，蹄膀在她手里绕着圈子，把最美的方方面面都展示给大家看——可是老周等不及了，他打断了王巧金的展示，指着我说，巧金，这位老板，是识货的人，你要给他挑一个最好的蹄膀。我朝老周点点头，我很感谢他，他知道我的来意，但他没有说出来，只是把我当一个普通的客人，或者是一个讲究吃的客人。

王巧金看了看我，说，老板，其实我的蹄膀，个个都好，不用挑的。但她还是给了老周的面子，到熟蹄膀堆里挑了一下，就把一只又红又亮的蹄膀拎到了我的面前。

我忍不住咽了一口唾沫。

其实你们都已经知道，我买王巧金的蹄膀不是吃的。

我来青木镇，要挑一个最经典最有蹄膀模样的蹄膀，毫无疑问，这样的蹄膀，肯定出在王巧金手里。

现在我手里就提着这样一个蹄膀，它是精美绝伦的，它是完美无缺的。

我和老周走出去，王巧金继续给她的妹妹讲蹄膀，王巧金的母亲在一边轻轻地说，妹妹，你非要烧蹄膀吗？王巧金代替她的妹妹回答说，烧，为什么不烧。

天官送我们出来，朝我们笑着说，大家都说，前世里，猪肯定是得罪了巧金。

老周替我找了青木镇上最好的木匠师傅，很快就做把木蹄膀做好了，还给它上了红漆，老周把木蹄膀交到我手里的时候，说，张老师，你看看，完全可以以假乱真吧。我看着这只和真蹄膀完全一样的木蹄膀，但我还是吃不准，因为我从来没有见过真正的木蹄膀。老周说，要不，请王巧金来看看，她能吃得准。

就在这一瞬间，我突发奇想，跟老周说，干脆我们做一桌菜，把木蹄膀也烧上，请王巧金来吃。

王巧金来的时候说，我就是烧蹄膀的，为什么要请我吃蹄膀呢，老周说，感谢你的蹄膀烧得好。王巧金目光炯炯地看着她的蹄膀，呱啦呱啦说，老板，你看我的蹄膀烧得好不好，你们看，这颜色，这滋汁，这模样——说着说着，她大概发现了，大家光顾了听她说话，一直还没有动筷子呢。王巧金"哟"了一声，赶紧说，你们吃呀，你们吃呀，这蹄膀，看上去油，其实不油的，是肥而不腻，又酥又香，你们动筷子吃呀。大家只是笑，没有动筷子夹蹄膀，王巧金急了，站起来，说，你们不夹，我替你们夹，这蹄膀很烂的，一戳就开了。

王巧金动作利索而有力地举起了筷子——是的，你们猜对了，就是这样，多年前的一幕重演了——王巧金戳在了硬邦邦的木蹄膀上，手里的筷子折断了，因为用力过猛，她整个身子往前冲，她的一只手，就这样撑到了木蹄膀上。

大家哄笑起来，连天官也笑得前抑后仰，说，啊哈哈，原来是只木蹄膀，啊哈哈，原来是只木蹄膀。

王巧金的妹妹也跳了起来，重新拿了一双筷子，去戳木蹄膀，一边戳一边说，啊呀呀，这就是木蹄膀，这就是木蹄膀，我从来没有见过木蹄膀，真的，跟真的一模一样哎。

只有王巧金的母亲没有笑，也没有动，她一直小心翼翼，低垂的眼睛，时不时地抬起来看一眼王巧金，又重新低了下去。

在大家的哄笑声中，王巧金艰难地抬起了自己的手，这只手僵硬地竖在大家面前，每根手指都红彤彤的，汤汁往下滴，天官在一边急着说，吮一吮呀，吮一吮呀，多好的汤汁。

王巧金完全没有听到天官说话，片刻之间，她的眼泪就哗哗地淌了下来。

大家措手不及，天官更是不解，他在王巧金身边转了转，说，咦，好好的，你怎么哭了？

王巧金举着那只僵硬的手,转身奔了出去。天官在后面追着说,巧金,巧金,你到哪里去?

老周问我,你知道王巧金哭什么?我说不出来。本来顺利完成了任务,大家高高兴兴吃饭,忽然间有人哭了,难免让人感觉心头沉甸甸的。

第二天老周送我离开青木镇,我们在青木镇的石桥头告别。老周告诉我,青木河就要改道了。

流淌了几千年的青木河要改道,这应该是一个令人惊讶的消息。但是我并没有惊讶。在这样一个时代,什么样的事情都可能发生,别说一条河的改道了。老周接着说,青木河一改道,原先青木河两边的村子,就要并成一个镇了。我说,怪不得,王巧金的妹妹也要到青木镇来开蹄膀店吧。老周没有回答是不是,停了片刻,他告诉我,王巧金的手出问题了,手指僵硬,不能弯曲了。我说,她不能再烧蹄膀了?老周说,没事,天官早就学会了这门手艺,现在她的妹妹也来了,她的弟弟也会来的,还有她的儿子女儿呢,蹄膀会一直烧下去的。

民俗馆开馆后热闹了一阵,后来就渐渐地淡下去了。毕竟这里边的东西,和现在的人们的生活已经离得很远了。过了些时候,天冷了,我看到一个妇女来到民俗馆,她穿着青布棉衣,手上戴着手套,一直站在模拟的厨房里,看着那些木蹄膀和木鸡木鸭,久久没有离去。我不能确定她是不是王巧金,因为她比那天我在店里看到的王巧金胖一些,眼睛里没有炯炯的光,她动作缓慢,神态也显得很安详。

父亲还在渔隐街

娟子不知道渔隐街已经没有了。

她一下火车就买了一张城市地图，找得眼睛都花了，也没有找见这条渔隐街。她想火车站大多数是外地人，不一定知道这个城市的情况。娟子上了一趟陌生的公交车，她看了看那个黑着脸的司机，小心翼翼地问："师傅，到渔隐街是坐这趟车吗？"

司机头也不回说："错了。"

虽然司机的口气有点凶，但娟子心里却是一喜，错了，就说明是有渔隐街的，只是她上错了车。她赶紧又问："师傅，到渔隐街应该坐几路车？"

司机却不再回话，只是黑着脸，看上去脾气很大。娟子不敢再问了。

有个四十多岁的妇女在娟子身后说："渔隐街是一条老街，早就没有了。"

另一个男乘客也插嘴说："拆掉有五六年了吧。"

娟子愣住了，茫然地看着他们。

那个妇女安慰娟子："小姑娘，你别着急，渔隐街虽然没有了，但是那个地方还在呀，地方总不会被拆掉的，它只是变了样子，换了另一个名字。"

"叫什么名字？"

妇女很想告诉娟子那地方现在叫什么名字，可是她想了又想，想不起来，她遗憾地摇了摇头："对不起，现在新路新街太多了，我也搞不清楚。"她回头问刚才搭话的那个男乘客，"你知道吗？渔隐街后来改成什么名字了？"

男乘客也摇了摇头。

车厢里一时有些沉闷了。娟子看着车窗外往后退去的街景，心里慌慌的，像是站在一无人烟的沙漠里了。

黑着脸的司机侧过头瞥了她一眼，从牙缝里挤出了四个字："现代大道。"

那个妇女立刻高兴起来，赶紧说："对了对了，渔隐街就是现在的现代大道，我这个记性呀，真是不行了。"

"我想起来了，"男乘客也说，"现代大道应该坐十一路车，你到前面下车，下了车往前走，右手拐弯，那里就有十一路车的站台。"

娟子下车的时候，听到热心的市民在替她担心，那个妇女说："她是要找渔隐街，可现代大道不是渔隐街呀。"

"她可能要找从前住在渔隐街的人，可是从前住在渔隐街的人早就搬走了呀。"男乘客说。

但是娟子没有受他们的影响，她心里充满了希望。

父亲一定在那里。

娟子的父亲是个剃头匠，从前在家乡小镇上开剃头店，收入勉强够过日子。后来娟子的母亲生了病，娟子又要上学，家里的开销眼见着大了起来，靠父亲给人剃头刮胡子已经养不了这个家了。父亲决定到城市里去多挣点钱。

父亲进城的开头几年，还经常回来看看妻女，后来父亲回来的次数渐渐少了，只是到过年的时候才回来，再往后，父亲连过年也不回来了。

母亲跟娟子说："你父亲外面有人了。"那时候娟子半大不大，对"外面有人"似懂非懂。母亲又说："唉，那个人还不错，还能让你父亲给我们寄钱。就不管他了，只要他还寄钱，你就能上学。"

父亲虽然不回家了，但他仍然和从前一样按月给家里寄钱，每个月都是五号把钱寄出来，钱走到家的时候，不是七号就是八号。每月的这两三天里，是母亲难得露出笑脸的日子。如果哪一个月父亲的钱到得迟了，哪怕只迟一两天，母亲都会坐立不安，她怀疑父亲出什么事情了，又怀疑父亲彻底抛弃了她们，她一会儿担心，一会儿怨恨。娟子总是看到情绪失控的母亲望眼欲穿地朝巷子口张望，一直等到穿绿色制服的邮递员从那里骑车过来，喊一声杨之芳敲图章，母亲的慌乱才一扫而光，她赶紧起身去取图章。母亲的身体越来越差，她的动作一月比一月迟缓，她的目光一年比一年麻木，唯一不变的是母亲对娟子的期望。

在父亲离开了十年之后的这个夏天，娟子终于考上了大学。她的成绩并不理想，她要上的是一所民办大学，光进校的赞助费就要三万块，还要加上第一年的学费一万多，娟子傻了眼，她不知道从哪里去弄这笔钱。

母亲打了父亲的手机，跟父亲说了这件事情。自从父亲有了手机以后，一直是用手机和家里联系的。母亲跟娟子说，这是因为你父亲不想我们去找他。父亲到底在城里干什么，他住在哪里，他的生活发生了什么变化，娟子一点都不知道。这些年下来，留在娟子印象中，只有母亲的一些主观分析。娟子并不知道母亲的分析有没有道理。那些年里，娟子几乎没有一点闲暇之心去考虑父亲的生活，因为她自己的生活过得够糟的。一个不喜欢也不适合念书的孩子，要把念书作为人生的全部，这样的生活你想象得出是多么的糟糕。

联系父亲和娟子的就是那张绿色的汇款单，还有父亲的手机号码。父亲也曾换过手机，但只要一换手机，父亲就会立刻通知她们。父亲的手机通常是开着的，娟子和母亲从来没有碰到过父亲不接她们电话的事情。可是这一次的电话非同寻常，需要父亲在短短的十几天时间里，筹措一大笔钱。

父亲的钱如期到了，可能因为数字比较大，父亲没有走邮局汇款，而是托一个熟人带回来交给了娟子。娟子问那个人："我爸爸现在在哪里？"那个人说："还在老地方，只是换了一个店。"娟子并不知道"老地方"是什么地方，但她猜想这个"店"肯定是理发店，因为父亲是剃头匠。

娟子上大学后，办了一张银行卡，她将账号发到父亲的手机上。娟子平时一般不给父亲打电话，因为她早习惯了没有父亲的身影和声音的生活，电话要是真的接通了，她要是听到父亲的声音出现在电话那一头，她会不知所措的。父亲知道了她的银行账号后，也没有给她回音，但是到下一个月，钱就直接打到卡上了，仍然是五号。虽然不再有汇款单，银行汇钱的过程娟子是看不见摸不着的，但娟子知道，多年来连接着她和父亲的这条线仍然连接着。

母亲一生中最重要的也是唯一的任务完成了，娟子上大学后，母亲就彻底病倒了，她像一盏快要耗尽的油灯，无声无息地熬着，等着最后一天的到来。

家乡传来了母亲病重的消息，娟子打了父亲的手机，想把母亲的情况告诉父亲，可是父亲的手机关机了。娟子平时很少和父亲联系，但是她知道父亲的手机永远是开着的，对娟子来说，电话里的父亲要比真正的父亲更真实。可是现在父亲的手机关机了，父女间的这扇门被关上了，电话里的父亲消失了。许多年来，母亲一直在担惊受怕中过日子，父亲出事或者父亲彻底抛弃她们，这是笼罩在母亲心头两团永远的阴影，现在罩到了娟子心上。这一天正是月初的六号，娟子赶紧去核查了银行卡上的收支情况，发现昨天父亲照例往她的银行卡上汇了钱，娟子放心些了。

可是父亲的手机仍然打不通，始终打不通，手机里传出来的信息，也从一开始的"已关机"变成最后的"已停机"。一直到数月后母亲去世，娟子也没有联系上父亲。

父亲失踪了。奇怪的是，每月五号，父亲仍然将钱打到娟子的银行卡上，这又说明父亲并没有失踪。

办完母亲的丧事，离暑假结束只有不多几天了，娟子决定去找父亲。

母亲临终前告诉娟子，父亲刚进城的时候，在一条叫渔隐街的小巷里开剃头店。父亲出去的头一年，母亲曾经带娟子去过，他们还住那里了几天。可娟子记不得了。她的记忆中，从来就没有什么渔隐街，也没有父亲的理发店，没有父亲所在的那个城市的任何印象。父亲、渔隐街、理发店，都只是一些空洞的名词。

娟子记得那个捎钱来的人说过"老地方"，老地方是不是渔隐街，娟子无法确认，但渔隐街却是娟子寻找父亲的唯一的线索和目标。

可是渔隐街早就不存在了。

现代大道两边商店林立，都是装修豪华的大商场，没有父亲开的那种小剃头店，只有一家富丽堂皇的美容美发店，店名叫美丽莎。娟子知道这不是父亲的店。

店长以为娟子是来应聘的，她看了看娟子的模样，可能又觉得不太像，带着点疑惑问："你是学什么的？"

娟子说："我不是来找工作的，我找一个人，他从前也在这里开理发店。"娟子虽然说出了父亲的名字，但她估计不会有答案，这种美容美发店里根本就没有年纪大的人。

果然店长说没有这个人。可娟子不甘心,她问店长:"从前这地方叫渔隐街,从前住在这里的人,现在到哪里去了?"

"我不知道的,"店长说,"我不是本地人,我才来了一年多,你还知道渔隐街,我连这个名字都没有听说过。"

一个头上卷满了发卷的中年妇女告诉娟子,从前住在渔隐街的人,都搬到郊区的公寓去了,原来在这里开店的人呢,大部分都搬到桐芳巷去了,她建议娟子可以到那里去看看。

桐芳巷离现代大道不远,是一条细长的旧街。娟子想不到在现代大道背后还藏着这样一条小巷,它像一艘抛了锚的老木船,停泊在快艇飞驰的河道中央,显得安静而无奈。娟子走上这条街,就有一种依稀的似曾相识的感觉,好像刚才的那条车水马龙的大道不是渔隐街,这里才是真正的渔隐街。娟子的心猛地一动,她突然相信,父亲一定就在这里。

娟子从街的这一头一直走到街的那一头,却没有发现街上有一家理发店,娟子问了一个开烟纸店的妇女,妇女说,从前是有一家理发店的,后来搬走了,那家店面,现在做了快餐店,妇女还给娟子指了指方向。妇女说话的时候,娟子觉得她的神态和语气都那么熟悉和亲切,娟子想起了公交车上的妇女,又想起了美发店里的妇女,最后她想起了自己的母亲。娟子忽然觉得,这一路上,都是母亲在指点着她,母亲在帮助她寻找父亲。

娟子来到快餐店门口,她只顾抬头看它的店招,无意中撞到了一个六七岁的小女孩,小女孩正坐在店门口看着路上发呆,她被娟子撞到了,也不说话,只是面无表情地看着娟子。

虽然小女孩脸上没有表情,可是娟子接触到小女孩的眼睛,心里突然一动,她看到了某种熟悉的东西,她甚至觉得女孩眼睛里的东西和自己心里的感觉是一样的,是一层茫然,是一层胆怯,还有一层——好像是渴望。

一个小伙计在店里朝外看,看到娟子站定了,他就在里边问娟子:"你来应聘吗?"

娟子没有说话,刚才在美丽莎,店长也是这么问她的,现在找工作的人多,工作岗位也不少,可娟子不是找工作,她要找父亲。

小伙计又说:"你吃东西吗?"

他们说话时，又有一个男人从里边的灶间走出来，他围着脏兮兮的围裙，看了看娟子，也问："你来应聘吗？我们正要招一个服务员，你愿意留下来吗？"不等娟子表态，他又把条件开出来了，"我们供吃供住，再加一个月五百块工资。"

娟子想回答不，但话到嘴边，她改变了主意。

在这个陌生的城市里，她需要有个住处，她可以边工作边找父亲。她交给这个男人两百元钱作押金。娟子说："老板，你在这里开店多长时间了？"

男人笑了笑说："我不是老板，我是打工的。"

小伙计说："他烧菜。"

一个打工烧菜的，怎么会自作主张招人，还一口一个"我们"？娟子正奇怪，就听到小伙计说："他们睡在一张床上。"

娟子猜想，小伙计说的"他们"，是不是指这个烧菜的男人和那个还没有出场的老板娘呢。

男人又笑了笑，说："一张床可不等于一个钱包呵。"他指了指自己的鼻子说，"我姓许，你叫我老许就可以。"

小伙计问娟子："你猜老许一个月多少工资？"

娟子猜不出来，试着问："工资很高吗？"

老许对小伙计说："你别嘲笑我啦。"

小伙计却不听老许的，继续和娟子说："他拿得比我还少，谁让他睡老板娘呢。"

老许哀叹了一声，说："她也难，我就算帮帮她了。"

小伙计说："但你也得好处的，乡下一个老婆，城里一个老婆。"

他们都笑了。老许朝巷子一头望了望，就走了出去。小伙计对娟子说："老板娘回来了。"

果然，片刻后，老许和老板娘一起进来了，老许指着娟子说："我找到人了，工资都谈好了。"

老板娘走到娟子跟前，只朝娟子看了一眼，脸色就不对了，转身背对着娟子，责问老许："谁让你自作主张招人的？"

"咦？"老许奇怪地说，"不是你叫我招服务员吗？"

老板娘更是声色俱厉了："谁说要招人了？"

"奇怪了，"老许朝门口指了指，说，"那张招人启事，昨天是你自己贴上去的嘛。"

老板娘说："昨天是昨天，今天是今天，今天我不招人，你叫她走！"

老许有点尴尬，他还想据理力争，他说："可我已经跟人家谈好了——"他发现老板娘的表情像一块铁，知道无望，只好朝娟子摇了摇头，表示爱莫能助了。

其实娟子并不一定要在这个快餐店打工，她可以不打工，也可以到其他地方打工，但是老板娘的行为让她觉得有点不可思议，她说："你能不能给我个理由，为什么不要我？"

老板娘头也不回地说："你不是打工妹，你不是来找工作的，你想干什么？"

娟子还没来得及回答，老许就说："我没有别的意思，我就是让她来打工的，我们确实少一个人做些杂事。"

老许的话娟子并没听得很懂，但她还是顺着老许的话说："我会做的，洗碗，端菜，打扫卫生，我都会，从小我妈妈身体不好，家里的活都是我干的。"

他们三个人，老许、小伙计和娟子，都看着老板娘，过了好一会，老板娘才回过头来，但她的目光是游离的，她的目光虽然锐利，却始终没有直视娟子的眼睛，她说："待在这里，对你没好处，走吧。"

老板娘的话她听不懂。一开始她就觉得桐芳巷才是真正的渔隐街，也就是父亲多年来一直生活的地方。除此之外，这还能够是什么地方呢？疑惑中，她听到一个女孩子清亮的声音沿路而来了："鸡妈妈——鸡妈妈——"

老板娘下意识地看了娟子一眼，赶紧到里间去了。

喊"鸡妈妈"的女孩子转眼就到了，她跟娟子差不多大，一过来就喳啦喳啦地说："鸡妈妈呢？她想躲我？躲不过去的。"她朝里边喊道，"鸡妈妈，你介绍的那个聊吧，也太黑了，要抽——"

老许赶紧打断她说："你到里边去说吧。"

女孩子嘀咕着进去了。

老许也跟了进去。娟子问小伙计："老板娘姓季吗？"

小伙计子说："不姓季，不是季妈妈，是鸡妈妈，一只鸡的鸡，公鸡的鸡，母鸡的鸡。"

娟子说："鸡妈妈? 鸡妈妈是什么? "

娟子没有得到小伙计的回答，但是她看到小伙计似笑非笑的脸色，娟子有点明白了，娟子的心乱起来，手心里都捏出汗来了，她赶紧镇定自己，装出无所谓的样子，还开了个玩笑："那么应该叫老许鸡爸爸了。"

小伙计说："是有人想叫老许鸡爸爸，但老许不高兴，不许他们叫。"

娟子硬挤了一点笑容出来，说："叫老板娘鸡妈妈她倒不生气? "

"她生什么气，"小伙计说，"她就是干这个活的呗。"

轮到娟子不明白了："干什么活? "

娟子这么问了，又轮到小伙计不明白娟子了，他朝娟子看了看，说："你不知道干什么活吗? 你不就是来找活干的吗? 鸡妈妈不要你，你还赖着不走。"小伙计停顿一下又说，"你还问我干什么活，我又看不见你们在干什么活，我只知道你们比我能挣钱。"小伙计的嘴真快，他又告诉娟子，鸡妈妈原来是个小姐，她认得许多小姐，有人开店要找小姐，她就给他们介绍，她就变成了鸡妈妈。最后小伙计说："你不也是吗? "

娟子逃走了。

寻找父亲的最后的线索中断了。娟子差不多想放弃了，快要开学了，还是回学校吧，反正父亲还在。

娟子知道父亲还在，但她不知道父亲在哪里，也许他正在这个世界上的某个角落里看着她，但她找不到他。

娟子逃出桐芳巷，狂乱的心跳才渐渐地平稳了一点，她心有余悸地回头看了一眼，顷刻间又魂飞魄散，一直坐在快餐店门口的那个不声不响面无表情的小女孩跟上了她，正不近不远地盯着她呢。

娟子克制着恐惧的感觉，鼓足勇气朝女孩走过去。女孩看她过来，转身就走，娟子停下，女孩也停下，回头看着她，娟子再朝她靠近，她又走。如此几次，娟子觉察出这个不说话的女孩好像要带她到什么地方去。娟子觉得这事情很鬼魅，她想走开，可是两只脚却不听使唤，她不由自主地跟上了小女孩。

女孩就这样带着她走，走到一家银行门口，女孩停下了。娟子过去问她："你带我来这里干什么? "

女孩仍然不说话，她好像听不懂娟子说什么。

娟子说："你听不见我说话？"

女孩仍然是茫然的。

娟子一抬头，忽然就发现，这是一家农业银行的分行，而她自己的银行卡正是农行的，父亲每次也都是在农行给她往卡上打钱的。可在一个城市里，农行有许多分行和办事处，她无法知道父亲是在哪一个分行给她汇钱的。她也曾经到农行去咨询过，工作人员说要立了案由公安来才给查，他还问她是不是遇上骗子了，她说不是，是父亲给她汇钱。工作人员笑了起来，说，父亲给钱，钱都到了你账上，还有什么好查的呢？

对娟子来说，父亲始终是断了线的风筝，不知道飞在哪里。

现在这个小女孩把她领到这里，是不是她要把什么东西给娟子接上？"你虽然不说话，"娟子说，"但是我知道，你想要告诉我什么。"

已经是八月底了，再过几天，就是下个月的五号，也就是父亲许多年来固定的汇钱的日子。

娟子决定等到五号。

五号那天，娟子从银行开门就一直守在这里，时间一分一秒地过去了，并没有出现父亲的身影，一直等到下午四点多，娟子几乎绝望了，她觉得受到了小女孩的捉弄，或者小女孩根本就是无意识的，她却误解了她。

银行五点关门，就在五点差十分的时候，有人从远处奔来，奔进了银行。娟子定睛一看，差一点叫出声来，是老板娘。她气喘吁吁地掏钱、填单子、最后拿到了银行的回单，直到她办完这一切，转身离开柜台的时候，才长长地出了一口气。

娟子没有惊动她，她看着老板娘走出门，她希望她将手里的那张银行回单扔掉，可她没有扔，一直捏在手里。娟子无奈了，走进银行，问那个办手续的职员："刚才那个女的，汇钱汇到哪里？"银行职员什么话也不说，只是警惕地看着她，还有意无意地看了看安装在银行一个角落的监视器。娟子吓得逃了出来，心慌意乱，腿都软了。

娟子又回到桐芳巷的快餐店，老板娘不在，老许正在灶间忙着，小伙计一看到她，说："想想还是要来吧，到底挣钱容易，无本万利的。"

娟子说："你们老板娘到底有没有男人？"

小伙计说："我不知道的，我来的时候，她和老许就住一起，谁知道他们什么关系，我只知道老许老是抱怨给他的工钱少，老板娘多精明，睡觉可以抵工资的。"

"为什么？"

"她好像有什么负担，好像借了高利贷。"

"你说她是小姐，她怎么又做老板娘了呢？"内心始终有许多混乱的东西在引导娟子，一会要让她否认眼前的事实，一会又要让她判定眼前的事实。

"结婚了呀，要不小哑巴哪来的呢？不过老许可不是小哑巴的爸爸——结了婚不能再坐台了，男人不肯的。"小伙计说，"其实也没有什么，如果有个小姐肯养活我，我就无所谓。可惜没有。"

娟子生气地说："你会这样想？你要小姐养活你？"

老许从灶屋出来，听到了娟子的话，老许说："姑娘，我给你讲个故事吧。"

老许说，有一个人骗取了李秋香的银行卡和密码，偷掉了卡上所有的钱。李秋香去报了案。可警察还没来，这个人倒先来了。他告诉她，他的孩子要上学，需要学费，他没有办法，才出此下策。但他偷了钱立刻又后悔了，如果孩子知道学费是偷来的，孩子一定会难过，会恨他。所以，他宁可去借高利贷，也得把钱还了。

李秋香拿到了失而复得的钱，想去警察那里消案，但是来不及了，警察已经到了。那个人虽然还了钱，但盗窃罪却已是既成事实，最后他被判了两年徒刑。

娟子哭了。自从父亲的手机关闭后，她一直是既担心又怨恨，但是每个月按时到达的生活费，又让她心里残存着希望。现在，这一线残存的希望变成一根根利箭，刺着她的心。

娟子鼓足勇气站在桐芳巷的路当中，远远的老板娘过来了，她看了看娟子的表情，若无其事地说："你没有去学校？该开学了。"

"你知道我在上学，你认识我，你从一开始就知道我，你就是'那个人'。"娟子说，"你就是！"

老板娘不知道"那个人"的含义，略显惊讶地看着娟子，没有说话。

"你给谁汇钱？是给一个大学生吧？"娟子说。

老板娘依然惊讶地看着她："我是给一个大学生汇钱，可是——你怎么会知道？"

"我知道你就是'那个人'，"娟子说，"我父亲因为你，不要我妈妈了，你，还跟我父亲生了孩子。"

老板娘说："你错了，小哑巴可不是你妹妹。我不认得你父亲，也不认得你。"

娟子说："我是来找我父亲的，找不到父亲我不会走。"

老板娘叹息了一声，说："你可能找错人了。"

娟子没有退路，她只能坚信自己的判断："父亲不想让我知道这些事，他让你每月五号给我汇生活费，你们以为只要我每月收到钱，就能瞒住我。"

老板娘说："我是每个月汇钱，但不是汇给你。"

娟子说："你不承认也没有用，老许已经告诉我了，你是李秋香——"

老板娘的表情更奇怪了："李秋香，谁是李秋香？"

娟子说："谢谢你救助了我和我父亲，我不是来问你要钱的，从今以后，你也不用再给我汇钱，我勤工俭学，可以养活自己，我只有一个愿望，请你告诉我，我父亲在哪里，我要去看他。"

老板娘很无奈，她说的话娟子就是不信，她赶紧从口袋里掏着什么，可是没有掏得出来，她奇怪道："咦，我的银行回单呢？"她又对娟子说，"我有银行回单的，我没有给你汇钱，你可以到银行去打听，银行的人都认得我，他们知道我给谁汇钱，我真的不认得你，也不知道你父亲是谁。"

"那，你给谁汇钱？"

"王红，她叫王红，她不是你。"

娟子彻底傻眼了。

"老许说的李秋香是谁？这个王红又是谁？"

老板娘说："老王是我的一个客人，他出事的时候就把女儿王红托付给我了，我答应了。答应了就得做——你说是不是？至于你说的李什么，李秋香？我真的不知道——"她停顿下来，又想了想，说，"是老许跟你说的？那你得去问老许——我只知道老许曾经坐过牢，因为偷钱，偷一个单身女人的钱。老许坐牢的时候，那个女人帮助过他的女儿，我想，可能她是李秋香吧。"

娟子的思维模糊了，她依稀地想，难道老许就是我父亲？但肯定不是。父亲叫刘开生，虽然多年不见，印象也模糊了，但她知道，老许不是刘开生。

一会儿她又模糊了，她想，难道我是王红？可我不是王红，我是刘娟，从前是，现在是，将来也永远是刘娟。

依稀模糊中，娟子想起小哑巴既茫然又渴望的眼神，娟子忽然问老板娘："小哑巴的爸爸呢？"

老板娘摇摇头："不知道，不知道他在哪里，小哑巴学会第一句哑语就是问我：爸爸呢？"她一边说一边还笑了笑，"你看，怎么大家都要找爸爸。"

娟子往公交车站走去，她要坐公交车到火车站，然后去买火车票，然后坐火车回学校，然后，每个月，仍然会有人按时往她的银行卡上汇钱，她不知道自己还能不能再去取钱，我能接受这个人的钱吗？

一阵强烈的孤独感袭击了娟子。每往前走一步，孤独就更加重一点。

老板娘说，大家都要找爸爸。

爸爸——父亲，他们都走了。他们都到哪里去了？自从老许说了李秋香的事情，娟子就觉得自己一点一点地靠近了父亲，断了的那根钱，眼看着就要接上了，可现在又一点一点地被拉扯着，越拉越远，终于，再一次断裂了。

娟子忽然看到，小哑巴走在她前面，她仍然是无声无息的，面无表情的，但她在引领着娟子。在这个城市里，她比娟子更知道路该怎么走。她领着娟子走到了十一路车的站台。

娟子拉了拉小哑巴的手，说："你不会说话。"

小哑巴的手软软的，一股暖意一直通达到娟子冰冷的心间，娟子注视着小哑巴的眼睛，她从她的眼睛里看到了父亲的影子。娟子忽然觉得，那个始终只在电话里出现的父亲忽然间贴近了，真实了。她从小哑巴身上，感受到了父亲的气息。

在这一瞬间，娟子忽然很希望小哑巴就是她的妹妹。

可她不是。

小哑巴拉了拉她的衣襟，从口袋里摸出一张照片递给她。这是一张很旧的照片。娟子认不出照片上的这个男人，她不知道他是不是小哑巴的父亲，或者他是王红的父亲？他会不会就是自己的父亲刘开生？或者，他是从前的老许？

娟子抬头看了看公交车的站牌，在"现代大道"四个字后面，有一个括号，括号里写着：渔隐街。竖站牌的人，还没有忘记从前这里叫渔隐街。

车来了，车门打开了，娟子正要跨上去，她听到了老许的喊声。

老许追来了，他掏出二百元钱交给娟子，这是娟子应聘那一天付的押金，他追来还给她。

娟子忍不住说："你到底是谁的父亲？"

老许没有回答这个问题，却说："从前她到城里来，也是来找父亲的，后来她找到了父亲，可是她的父亲没有认她。"

那么，小哑巴旧照片上的人，难道是老板娘的父亲？

娟子脑子里竟然有了许多的父亲，她理不清这许多父亲的线索，她思想中这些错乱的线索最后全绕到一个人身上，娟子不由脱口问道："老许，到底谁是李秋香？"

老许惊讶地看着她，半天才说："你不知道谁是李秋香？"

茫然中娟子听到司机在车上催促她："你到底上不上？"

　　马路被游行的队伍堵住了，公共汽车一直开不过来。等到它开来了，等车的人已经很多很多了，大家拼命挤，结果把车门堵得死死的，谁也上不去。有个男人急了，大喊了一声：毛主席万岁！

　　前面的人被他突如其来的叫喊吓了一跳，纷纷回头看他，他就乘着大家发愣松懈的那一刻挤了上去，还顺带把身边的一个小女孩也捎了上去。

　　小女孩不是他的孩子，他也不认得她，他只是看到她无望地站在挤攘的人群外，她的目光是那么的凌乱无助，又是那么的惶恐，他不知道她要到哪里去，但他想，她肯定有什么急事急着要上车。如果没有人帮助她，来十辆车她也上不去的。

　　他是砖瓦厂的工人，每天都要坐这趟车来来回回。逢到上中班，他会在下午一点钟左右出现在这个站台上，这时候他就有可能碰到这个女孩子。她总是很心虚，她的眼睛从来不正视别人。那天他帮助她上了车，她也只是匆匆地朝他瞥了一眼，很快就掉开了眼睛，眼帘低垂朝着车窗外。但她也不是在看外面的街景，她的神情不仅慌张而且恍惚，她的目光从来就没有停在一个固定的目标上。

　　砖瓦厂在城郊，他要坐到终点站才下车，小女孩每次都是坐三站，就下去了。他也曾经想了一想，小女孩下车的这个站名叫乘鱼桥。但是，这里除了一座桥，还有什么呢？还有一家医院。

他猜对了。

售票员对着黑压压的人头喊着，买票买票，前面有人查票啊。上车已经买了票的，脸上完全是笃笃定定的样子，没有买票的人想乘着混乱逃票，但是被售票员一喊，就尴尴尬尬地过来买票了，挤不过来的，就由中间的人做二传手、三传手，有时候几分钱传过去，一张票再传过来，车都要到站了，买票的人就急了，喊，快点，快点，要下车了。他是怕下车时被查票员查到了。也有的时候在传钱和传票的过程中，掉落了什么，就引起一场争吵，大家面红耳赤，当然最后总是气呼呼地分道扬镳。

查到了逃票的，都带到造反派指挥部处理。造反派指挥部不仅处理逃票的人，他们还处理其他的许多问题，甚至还可以发通缉令。有一次他们通缉一个厂的走资派，他是一个生产科长，通缉令贴在公共汽车站的站牌上，把站牌的名字都遮住了。好在大家坐熟了这一趟车，都知道这个站台是什么站台。有一位老同志站在站牌前看了半天，他好像不明白造反指挥部是个什么单位，他们是公安局吗？因为在他的印象中，只有公安局是可以发通缉令的。

砖瓦厂的这个人只是稍稍地注意了一下女孩，他就看出来了，她心虚，是因为她逃票。如果车上人很少，她会主动买票，但人多的时候，她一上车就挤到中间去，一眨眼就淹没在人堆里了。

这趟车行驶在城市的主要干线上，经常遇到游行队伍，一有游行队伍，车就晚点，一晚点，人就特别多，车就特别挤。她常常在游行队伍出现的时候出现在这个站台上。

她的个头比大人矮一点，比小孩高一点，从售票员的位置上看过来，能够看到她的一撮头发，售票员喊道，喂，那个女的，买票。女孩不吭声。售票员又喊，喂，那个女小人，你买票了没有？女孩脸通红，仍然不吭声。售票员说，你知道我说的是你，你装聋作哑以为我看不到你，你不说话就以为可以不买票？女孩仍然不说话，周围也有的人不知道售票员在说谁，四处张望，也有的人把自己手里的票举起来一点，意思是说，我买票了。女孩的头埋得更低了，现在售票员已经看不见她的一撮头发了。售票员踮起脚说，你是不是要我走过来啊？

车上的人终于知道她是在指这个小女孩，大家都看着女孩，女孩的脸一直红到脖子根。售票员开始移动了，她生了气，她要奋力地挤过人墙来收拾她。

这时候砖瓦厂的那个人说话了，他说，你别过来了，她是我的小孩，我没给她买票，我觉得她还小，不用买票的。售票员说，王师傅，我认得你，你是砖瓦厂的，你家连你四个和尚头，哪里来的女儿？他笑了笑，说，车上认的，干女儿。大家就哄笑起来。

正好车到站了，售票员开了车门，她一不留神，女孩象条泥鳅一滑，就逃了下去。售票员头伸出窗冲着她大声说，下回别让我看见你。女孩低着头匆匆地离开了车站，很快就消失不见了。售票员回头对王师傅和其他人说，别看她一副可怜相，这个小人很狡猾的，大人都弄不过她。王师傅说，你把小孩吓得，她还没到站呢，就提前下车了。售票员说，你说她是你的小孩，你帮她补票呀。王师傅说，补就补，三分钱。看他真要掏钱了，售票员又说，算了算了，又不是你的小孩。

女孩一边走一边朝后看，她走了一站路，走得气喘吁吁，心里还是慌慌的，总是觉得有人在跟踪她。她被吓着了。她几乎每天都是胆战心惊的。最后她终于走到了医院。

她没有直接走进医院，而是先在医院大门旁的空地上转了几个圈子，确信没有人跟踪她，才走进了医院。

车上的王师傅是猜对了，她是到医院来，来看在这里住院的妈妈。医院就在乘鱼桥旁边。这是一所特殊的医院。这个地方从前叫乘鱼桥，但是自从这所医院建在这里了，渐渐地，乘鱼桥就不再是乘鱼桥，它成了一个代名词。老百姓骂人的时候，就会骂到，你差不多了，你快要到乘鱼桥去了。或者说，你如此胡搅蛮缠，是从乘鱼桥逃出来的吧。

你们猜对了，乘鱼桥的医院是一所精神病院。

一个护士在走廊看到了女孩，跟她说，李小兰，你怎么到现在才来，你妈妈在哭，她说你不会来了，我跟她说你会来的。

李小兰走进医院后就像变了一个人，神情活泼起来，也开始说话了，她说，路上在游行，人很多，我是走来的。她的一只手伸进裤袋，裤袋里有两只蟹壳黄，上车前买的，开始一直热乎乎地贴着，后来因为走路的时间长了，就凉了。她把它们掏出来，包蟹壳黄的纸已经烂了，口袋里尽是芝麻屑，她把口袋翻出来，将芝麻屑拣进嘴里。护士已经走过一段，回头看到了，说，喔哟，你个小姑娘，蟹壳黄怎么放在口袋里？李小兰咧开嘴笑了，捧着蟹壳黄走进了妈妈的病房。

李小兰在回来的路上，碰到了巷子里的三个小孩，两女一男，他们本来和李小兰是好朋友，总是在一起玩的。可自从李小兰的妈妈住进了医院，李小兰再也不和他们一起玩了，她总是躲着他们。但她越是躲他们，他们越是想找到她，想发现她的秘密。

现在他们守住了李小兰，他们有点生气，胖子推了一下李小兰，说，你老是躲开我们，你到哪里去了？不等李小兰回答，胖子又说，你以为我们不知道，你妈妈出事了！李小兰说，我妈妈没出事。胖子说，你骗人，我爸爸说，你妈妈被抓起来了。李小兰说，没有，我妈妈没有被抓起来。胖子反背着手绕着李小兰走了一圈，又走了一圈。咪咪凑在爱国耳边说，像电影里的鬼子审问八路军。他们差一点笑起来。但是他们没笑，他们都是胖子的跟屁虫。胖子终于站定了，问，那为什么你妈妈总是不回家，为什么你家里只你和婆婆？李小兰说，我妈妈到五七干校去了。胖子说，你骗人，五七干校已经结束了，我爸爸妈妈都回来了。爱国也说，我爸爸也回来了。李小兰说，我妈妈留在五七干校工作了。胖子怀疑地盯着李小兰，她在那里干什么？李小兰说，她当图书管理员。胖子回头问爱国，五七干校有图书馆吗？爱国说，有的。胖子推了一下爱国，说，不用你帮她。爱国说，是有的，我爸爸带我去过的。胖子又看着咪咪，咪咪说，我不知道，我没有去过。

胖子说，李小兰，你最会骗人了。李小兰说，我没有骗你，不信我带你们去看我妈妈。胖子说，到五七干校去？李小兰说，是呀，到五七干校去。爱国说，五七干校在凤凰山，很远的，有一条大河，还要摆渡。咪咪也不想去，咪咪说，有一次船翻了，许建设的爸爸妈妈就是那次淹死的，捞起来的时候，他们的手拉在一起，怎么也掰不开来。胖子说，你们不去，我去。

李小兰就带着胖子去了，一路上胖子总是在说，李小兰，你该承认了吧，李小兰，马上就要摆渡了，你该承认了吧。李小兰说，我承认什么呀？胖子说，你妈妈不在五七干校，你妈妈被抓起来了。李小兰说，没有，我妈妈没有被抓起来。她们走到渡口，下起了大雨，狂风大作，渡船停渡了。船工说，你们两个小孩，跑到这里来干什么？你们要到对面去干什么？胖子说，我们养了蚕，来采桑叶。船工说，改天吧，今天过不去了。李小兰说，胖子，你骗人。胖子说，李小兰，我跟你一样。

她们站在河边，看着河面上的波浪，胖子说，就算你妈妈留在五七干校了，你为什么老是躲着我们一个人出去？李小兰说，我到我阿姨家去，我表妹生病了。胖子说，你骗人。李小兰说，我没有骗人。

她们顶着雨走回来，爱国和咪咪还在那里等她们呢。胖子一到，就被守了她半天的妈妈揪住了耳朵，她妈妈骂她，一个丫头家，野到哪里去了，这么大的雨，还不晓得回家。胖子倔头倔脑地就着妈妈的手臂往回走，还恨恨地对李小兰说，李小兰，你别让我抓住你。爱国和咪咪赶紧散开了。

李小兰站在路边人家的屋檐下，看了他们半天，一直到看不见他们了，她才回家。

第二天胖子又在巷子里拦住了李小兰，就胖子一个人，她说，你又要到你表妹家去了？我和你一起去吧。李小兰说，很远的，要乘公共汽车，我只有五分钱。胖子翻了翻白眼，说，好，算你狠，下回我问我妈要了钱，就陪你一起去。

李小兰甩掉了胖子，又在附近的几条巷子里穿了几穿，才来到车站。上车的时候，她又看到了砖瓦厂的王师傅，虽然王师傅朝她笑眯眯的，但李小兰不敢抬头，她乖乖地买了一张票，就挤到王师傅看不见的地方去躲起来了。

李小兰坐了三站，到乘鱼桥站下车，结果她被查票员查到了。

坐两站路是三分钱，坐三站路就要买五分钱的票，李小兰买了三分钱车票却坐了三站路。查票员把李小兰的车票捏在手里扬了扬，说，小孩，你从哪里上车的？李小兰低着头，红着脸，不说话。查票员又说，你一个小孩，倒会要花招，你好像不是一次了。

售票员从车窗里探出半个身子，朝下面说，算了算了，是我打错了，随她去吧。查票员说，下次你小心一点，怎么老是打错洞？她又朝售票员看看，说，她不是你家的亲戚吧？售票员说，她是王师傅的干女儿哎。李小兰听到车上车下的笑声，但她心慌得腿都打软了，始终没敢抬头。

售票员是看在王师傅的面子上帮她说话的。李小兰虽然从来不抬头看人，但她的小心眼里也知道，王师傅在这趟车上人缘很好，看到任何人都是笑眯眯的，他特别喜欢和别人搭话，喜欢往别人身边凑，但大家都不讨厌他，还都喜欢跟他凑到一起，好像他的身体就是一块吸铁石。王师傅还经常管别人的闲事，他出面管事情，车上大家都服他。连售票员也服他。有一次李小兰看到他送给售票员一块料作，是一块豆绿色的纺绸，亮晃晃的。王师傅说是人家替他从绸厂里剪来的，很便宜，剪多了，自己家里用不掉，就送给售票员了。售票员就用这块料作做了一件短袖的衬衫。现在她就穿在身上。她自从穿了这件衣服以后，脾气也比以前好多了。

因为有王师傅，李小兰的日子好过多了，她身上有钱的时候就买票，没钱的时候她就心慌慌地朝售票员看一眼，售票员朝她闭一闭眼就算过去了。有时候她也会提醒她，喂，女小孩，买吧，今天有查票的。

可是不多久乘鱼桥站的查票员换了人。这个新来的查票员非常严厉，嗓子又尖又高，长得也很凶相，像李小兰这样总要做坏事的孩子，一看到她的脸，一听到她的声音，心就发抖了。

李小兰很快就被她抓住了。她不由分说将李小兰带到了造反派指挥部。那里边的人看到她揪李小兰进来，不满意地说，你怎么尽抓些小孩，明明知道他们身上没有钱，你拿小孩来蒙骗我们？

其实里边关着好多人，有大人也有小人，李小兰不知道他们是不是都因为逃票抓进来的，她听到别的房间传来挨打的嚎叫声，李小兰哆哆嗦嗦哭了起来。一个逃票的大人对她说，小姑娘，不要怕，不是打逃票的人。另一个逃票的大人说，是P派的人打K派的人。他们又议论说，K派的人不是都逃到城外去了吗，这个K派怎么会被P派抓住呢？又说，K派也没有全部出城，他们留下一部分人在城内，就像从前的地下党，做内线。

果然没有人来打他们，甚至没有人进来问他们话，只是把他们关到天黑，就开了门，放他们走了。有一个人还磨磨蹭蹭的，走得慢，放他们的人说，怎么，还想留在这里吃晚饭？

李小兰被吓着了。她小心多了，不敢再逃票。但她仍然心虚，她的心永远是慌慌张张的，好像她仍然在做坏事，危险时时刻刻追着她的脚后跟。有时候，她试图去寻找王师傅，只有当她瞥一眼王师傅的笑意，她的心才会踏实一点。可是有一次，当她相遇了王师傅的眼光，居然发现，一直笑眯眯的王师傅眼睛里竟然也有一丝慌乱。李小兰不知道为什么，但她从此再也不敢寻求王师傅的笑容了。

　　胖子终于从她妈妈那里弄到一点钱，她守在路口，扬着那张纸币对李小兰说，李小兰，我们去坐车吧，今天无论你坐到哪里，我都跟你去。李小兰说，今天我不坐车。胖子说，你走路？你走路我就跟你一起走。李小兰说，今天我不出去。胖子说，那我也不出去。胖子像条蚂蟥一样叮上了李小兰，李小兰只得给胖子买了一枚夜光的毛主席像。胖子乐滋滋地别在胸前，用手捂着低头看了一会，才放了她。

　　李小兰又要逃票了。不过这天她却白白地慌张了一路，查票员根本就没有来。不仅今天没有来，后来好几天她都没有来。

　　李小兰下了车，没有人查票，车站上也没有多少人，但是李小兰仍然低着头，匆匆地走开。她已经习惯了低头走路，她甚至可以低着头看到一切。

　　她低着头，往前走了几步，眼角边就出现了一双鞋，一双女式的布鞋。李小兰心里猛地一慌，一抬头，就看到查票员站在她的面前，她的脸像一只老鹰的脸，又长又凶，她的手也像老鹰的手，又长又尖，掐住了李小兰的脖子。

　　你以为我不再来了是不是？你以为你很狡猾是不是？但是你不知道我有多狡猾，你一个小孩想跟我斗，你斗不过的。

　　她把李小兰拽到路边，就不再走了，但她的手仍然紧紧地揪着李小兰的衣服。李小兰眼睛低垂着，看着地，听到她在问她，你怎么说？李小兰心里有些茫然，不知道她说的什么。片刻过后，查票员又说，你要不要到指挥部去？你是二进宫了，跟头一回进去就不一样了。李小兰想挣脱开她的拉扯，但她不敢，她唯一能做的事情就是不吭声，低头看着地。

　　她的手松了一点，但没有完全放开，口气却缓和了一点，我知道，你是不想二进宫的，她说，谁也不想二进宫，看你可怜的样子，我们就把事情在这里处理了。李小兰迅速地抬眼看了她一下，又迅速地垂下了眼皮，她不知道查票员是什么意思，她也不知道她想干什么。忽然的，查票员的手就伸到了她的口袋里，掏了一下，什么也没掏着，她的脸涨红了，说，你的钱呢，你交了罚款，就不用去指挥部。她把李小兰的几个口袋翻了个遍，李小兰没有钱。她有点恼了，说，你身上一分钱都没有？你一分钱没有你敢上车？她上上下下地打量着李小兰，最后说，把鞋子脱下来。

　　李小兰藏在鞋子里的五角钱被她搜去了。她把五角钱放进自己的口袋，很不满意地说，五角钱是不够罚的，不过这次饶过你，下次别给我抓到了。

她丢下李小兰，又回到站台那边去了。正好有一辆车到站，查票员尖声喊叫起来，别走别走，查票，把票拿出来！

李小兰再也不敢逃票了。但是家里的钱越来越少，几乎挤不出什么钱给李小兰乘汽车了。婆婆翻箱倒柜翻出一块玉佩，跟李小兰说，拿去吧，这是我从娘家带出来的最后一样东西了，你拿去吧。

李小兰熟门熟路地来到了典当行。典当行是一座老房子，二层楼，里边黑乎乎阴森森的，木楼梯踩上去吱嘎吱嘎直响，典当行的老头也像个鬼一样瘦，但李小兰不害怕，她喜欢这个地方，因为她每次来这个地方，都能带钱回去。

李小兰照例低垂着眼睛，但她知道有个女人排在她的前面，她抱着一只黑壳子的收音机，放到柜台上。李小兰从眼帘缝里看到这个女人，猛地一哆嗦，女人的身影是那么的熟悉，李小兰差一点拔腿逃跑，可她听到前边这个女人说话的声音，才放了点心。女人的声音又软又轻，可怜巴巴的，全压在嗓子里边，她半个身子都冲到柜台里边去了，跟老头说，你再看看货，你再看看货，是好货呀，我五十块钱买的，只用了一年多，你只给十块钱，太低了吧。老头头也不抬，也不看她，牙齿缝里吐出几个字，就这个数了。女人又哀求着说，你做做好事了，再多加一点吧，我家里，两个老的，两个小的，还有一个瘫子，都要靠我做出来给他们吃，要累死我了呀。老头的眼睛从老花眼镜上端探出来瞄了瞄她，哼了一声，说，最多再加一块钱，要不你就抱回去吧。女人收下了老头给她的十一块钱，长长地叹出一口气，一转身，李小兰跟在她后面，两个人打了个照面，李小兰顿时魂飞魄散。

查票员死死地盯着李小兰，是你？逃票的小孩，你来干什么？她的嗓音已经变得跟原来一样，又尖又凶，她已经看到了李小兰手里的玉佩，她的眼睛里发出了绿色的光，急切地说，这种东西，早就抄家抄掉了，你哪里弄来的？你偷来的？她一边说，一边想去夺李小兰手里的玉佩，李小兰紧紧攥住，她觉得自己的手指像铁钳一样坚硬，查票员别想从她的手里抢去任何东西。

老头在柜台里边说，这个小孩我认得，她经常来，东西都是她自己家的，不是偷来的。查票员瞪了老头一眼说，你知道什么，现在的小孩，坏得很，连樟木箱上的铜搭襻都要偷，我家的箱子就被他们撬走了搭襻，现在都不好上锁了。老头说，是这女小孩撬的吗？查票员不回答，又去掰李小兰的手指，可李小兰的手指像铁钳一样坚硬，她掰不动，她只能揪住李小兰的衣领，或者掐住她的脖子，却无法掰开李小兰的手指。

查票员就这样揪着李小兰，一直把李小兰揪到了李小兰的家。胖子带着咪咪爱国他们兴奋地跟在后面，一路上他们又纠集了更多的小孩子，他们幸灾乐祸地唱着歌，浩浩荡荡像一支游行的队伍。

婆婆生气地把查票员的手抓拉开来，婆婆说，这块东西是我从娘家带出来的，我们家虽然穷，但我们小孩不做坏事的，你不要欺负好人。查票员阴险地看着李小兰，说，好人？你叫你家小孩自己说，她是好人吗？婆婆说，天啊，她还是个小孩，你说她是坏人？查票员说，她乘公共汽车从来不买票。李小兰低垂着眼睛说，我买票的，我没有逃票。婆婆紧紧地护着李小兰，说，不可能的，我每次都给她钱买票，我们家小孩不会不买票。

胖子指挥着小朋友唱了起来，李小兰，买车票，买了车票到上海，李小兰，到上海，到了上海跳东海。

查票员恨恨地呸了一口，临走时她跟婆婆说，我不骗你，你家的小孩，不老实，老是逃票，下次不要再给我抓住，再抓住了我不会饶过她的。

她骂骂咧咧地走了。

小朋友的歌声也停止了，胖子警觉地盯着李小兰说，好哇李小兰，你老是逃票？你老是在坐车？你到底到哪里去？李小兰说，我没有坐车。胖子说，那个大人说你逃票，她是查票员，她戴着红袖章，她不会瞎说的。李小兰说，我不认得她，我不知道她是不是查票员。胖子说，好哇李小兰，你老是骗人，你不告诉我是吧，我就不相信我抓不着你。

胖子终于得到了密报，李小兰经常乘坐的是三路车。胖子上车跟踪她，李小兰很狡猾，坐了一站路就下来了。为了甩掉胖子，李小兰跑到同学姜梅香家的裁缝店去了。她知道胖子正紧紧地跟在她身后。李小兰心里又慌张又兴奋，一直等到胖子在街角上守得不耐烦走了，李小兰才出来。

还有一次胖子带了咪咪和爱国几个人跟踪她，他们守在姜梅香家的裁缝店外就是不走，李小兰想走也走不了，留着也无事，她看到姜梅香学着她爸爸用熨斗熨衣服，她也快手快脚地抓起熨斗往一块皱褶的绸料上一压，只听"哧溜"

一声，绸料子烧了一个大洞，姜梅香"哇"的一声大哭起来，我爸爸要打死我了，我爸爸要打死我了。李小兰吓得从姜梅香家的后窗翻了出去。

但是李小兰到底没有躲得过胖子的跟踪，她终于被胖子在乘鱼桥站逮住了。可是那一天，胖子虽然逮住了李小兰，她自己却和李小兰一起被查票员逮住了。

她们犯的是一样的错误，三分钱坐了三站路。

胖子是查票员的新猎物，查票员抓到了胖子特别兴奋，她大概以为胖子是一条大鱼。可没想到胖子比李小兰还穷，口袋里没有钱，鞋子袜子里都没有钱，查票员又急又恼，和胖子扭打起来，胖子编得紧紧的大辫子被查票员扯松了。

胖子的辫子又粗又黑，一直是胖子的骄傲。现在胖子的骄傲散开了，从里边飘出了一张淡红色的纸，查票员一声大叫：钱！

是一元钱。

查票员眼明手快地把钱抓在了手里。胖子披头散发大哭起来，那是我的钱，那是我的钱。

李小兰乘乱逃走了。

在以后的很长一段时间里，李小兰很少再见到胖子。有一天李小兰在巷里遇见了咪咪，咪咪跟她说，李小兰，你跟我们玩吧，我们现在不跟胖子玩了，胖子的爸爸上吊自杀了。

胖子不会再跟踪她了，妈妈的秘密保住了。

李小兰慌乱的心有至少一半稍稍平静了一点，从前她被前后夹攻，前有狼后有虎，她现在不要再一心两用，她可以专心对付查票员了。可奇怪的是，在后来的一段日子里，和蔼可亲的王师傅、凶相的查票员也都随着胖子一起消失了。王师傅不再坐这趟车，查票员也不再来这个站台查票了。

现在李小兰站在站台上，她难得有这么舒心和踏实的时候，她彻彻底底地松了一口气，眼皮也抬了起来，就看到游行的队伍过来了。一个小孩兴奋地喊着，游行啦，看游行啦！他家的大人刮了他一个头皮，训斥说，小孩不懂不要乱说，不是游行，是游街。

大人说得对，不是游行，是游街。游行和游街是不一样的。游街是将人绑起来放在卡车上，让街上的人看。李小兰朝卡车看了一眼，顷刻间头皮发麻，魂飞魄散。她竟然看到两个熟人，他们被五花大绑，胸前挂着大牌子。

你们猜出来了吗?

王建强就是砖瓦厂的王师傅,李淑兰是那个长得像老鹰的查票员。

李小兰想,她的名字跟我的名字只差一个字。

大牌子上写着:"反革命分子、公共汽车大盗王建强","反革命分子、贪污分子李淑兰"。

李小兰不敢再看他们,汽车来了,她慌慌张张上了车,完全丢掉了警惕性,她完全没有想到,胖子虽然不再跟踪她,但是咪咪接替了胖子。

那一天李小兰从医院里出来,似乎有一些特别的感觉,她猛一回头,发现咪咪正在背后看着她呢。

现在咪咪成了他们的头,她带了一大群孩子在外面喊李小兰:李小兰,你出来,李小兰,你出来。李小兰不吭声,也不出去。婆婆说,你这个小人怎么这样子,小朋友叫你,你就出去玩玩。婆婆又说,怎么不见胖子出来玩了?前几天胖子还帮我绞被单呢,到底是胖子,这么小个人,力气比我都大了,我差点被她绞了个跟斗。要不是胖子帮我绞得干,那天被子就晒不干了,第二天就下雨了——你这个小人怎么搞的,越来越古怪了,小朋友喊你你也不理睬?

咪咪喊不出李小兰,很泄气,但后来他们很快调整了心态,同声合唱起来:"阿六头笃娘,真正勿识相,夜里撒屁卜落卜落响,隔壁王先生,当是大炮响,拿起冲锋枪,一枪打杀阿六头笃娘。"

不太整齐的童声合唱,就这样划破了1967年的夜空。

老人说，搬一次家，等于遭一次天火烧。这话有点夸张，但也不无道理，每一个家庭每搬一次家，多多少少要损失一点的。就算你再小心，不丢失一针一线，不损坏一品一物，但弃旧置新的时候，也总要损失一点。有些旧东西，虽然旧了，如果不搬家，还会继续用下去。东西是旧了点，搁在同样旧的房间里，也不会觉得怎么寒碜，但是一旦有了漂亮的新房子，这些东西就再也搁不进去了，就算硬搁进去，也会让你浑身不自在，怎么看怎么不顺眼，怎么看怎么不舒服，最后还是得请它走开，换上新货，心才安定下来。一切都踏实了，到位了，日子又从头开始了。

就说这些被处理掉的旧家具旧物品，就是一个不小的损失，你买它的时候，可都是好价钱，再卖掉它，就三钱不值两钱了，甚至白送给人家人家都不愿意要，最后还得倒贴了搬运费再给搬运工赔上笑脸才能搬走。沙三同也要搬家了，因为心里有这句老人言，所以在做搬家准备的时候，沙三同格外地谨慎小心，计划也做得很周全，对家属和孩子都提出了要求，我们家虽然搬新房了，但搬新房不等于就是富人阔人了，何况房子还不全是我们的呢，后面还有十几年的还贷压力。所以在搬家的过程中，要把损失减到最小最小。他的儿子说，我们虽然不太富，但你也别装穷了，谁不知道你的那些东西，很值钱。沙三同说，东西是东西，钱是钱，两回事，东西再多，再值钱，我也不会让它变成钱，变成了钱，它就不是东西了，你们明白吗？

对沙三同来说，负担最重的就是他的"东西"——多年来收集的一些藏品。这些藏品，有的有艺术价值，有的有纪念意义，也有的并没有多少艺术价值和纪念意义，但它和沙三同有缘。有缘走到一起，沙三同就不会太在意它的身价或品相，喜欢就是喜欢，不要有更多的理由。为了保证这些藏品完整无缺地迁入新居，沙三同提前好些天就将它们编了号，然后用软布一件一件地包好，还特意去买了一个超大行李箱，装进去后，箱子上了锁。两把钥匙，一把放在自己的钱包里，另一把和家里的一串钥匙串在一起。这串钥匙本来沙三同只是放在公文包里，现在为了慎重，他把钥匙挂在了自己的裤腰上，还惹得太太儿子和同事们笑了一番。搬家的时候，沙三同的工作重点就在这个行李箱上，基本上是万无一失的。

搬过家后好一阵，大家还久久地静不下心来，好像重投了一次人生似的，魂魄都在重新寻找自己的位置。沙三同每次看到搁在墙角的那个大行李箱，都想去整理它，但很快又收回了这个想法。他觉得还不是时候，整理这些东西，需要有宁静的心情和环境，需要将一切都放开，他现在的心情还不够稳定，家里的气息也比较乱。

归去来兮的沙三同终于开始习惯新家的气息和环境，他的心稳定而踏实了，他打开了箱锁。虽然有布包着，还有箱子遮蔽，他的宝贝并没有上灰，但他还是将它们一件一件地小心擦拭过，再一件一件地铺展摆排好。它们就是他的孩子，每一个孩子他都喜欢。当然喜欢中还有一般喜欢和更喜欢和最喜欢的区别，就像从前多子女的家庭，哪个孩子不是父母的心头肉？但是父母对孩子也总会有点偏心的，比如父亲一般喜欢女儿，母亲则更疼爱儿子，这是没有办法的事情，即使表面能做到，心底下也很难一碗水端平。

沙三同的每一件藏品都有它们的名字，这些名字都是沙三同给它们取的，大多与它们自身没有什么关系，沙三同给它们取名的时候，也没有什么依据和想法，有的甚至很没有道理。比如有一件清朝时的三足香炉，沙三同叫它布谷鸟。有人觉得不理解，它的形状也不像一只鸟，它是一件铜器，上面并没有绘图，颜色是暗红的，跟布谷鸟没有任何关系，跟种田种地更是联系不上，怎么会是布谷鸟呢？就问沙三同，要叫沙三同解释，沙三同早已经忘记当初的事情，但他还是努力地回忆了一下，后来他说，可能那一天他拿到这个三足香炉时，窗外有一只布谷鸟叫了，就是这样。人家听了，更觉得不可思议，太没道理。还有更没道理的，比如有一件白玉蟾蜍水盂，沙三同称它为乡巴佬，也是让人捉摸不透的，如果硬要扯起来，是不是沙三同认为乡下人像癞蛤蟆呢，有一次有个人这么问了，沙三同很不高兴，说他牵强附会。

现在沙三同整理着他的东西，有时候思绪也会飞出去一会，回到当初得到它的那一刻，或者回到再当初产生它的那一刻，有些是回忆，有些是想象，也有一些是无中生有的幻觉，他神驰一会，再飞回来。就在沙三同来来回回走在历史与现实中间的时候，沙三同忽然想到了"鸡鸭鱼肉"。"鸡鸭鱼肉"是一只竹刻花卉笔筒，清晚期的，花卉刻得比较简单，艺术价值并不高，从市场参考价来说，是不值多少钱的。不过在沙三同这里，是没有这样的参考价的，他从来不用钱来衡量他的东西，也不用其他任何物品来比较他的东西，就像他常跟家属子女说，如果变成钱，它就不是东西了。就在他想到"鸡鸭鱼肉"的时候，他的心突然就一慌，因为他的眼睛扫过之处，没有"鸡鸭鱼肉"的身影，沙三同迅速地再扫过，再扫过，顿时眼前一片模糊，金星乱冒，何止是一个"鸡鸭鱼肉"，他的好多好多藏品，都从他眼前消失了，就在这一刻，只觉得"嗖"的一声，魂飞了出去，肉体又如同坠下了万丈深渊，全身瘫软，一屁股坐倒在地。

沙太太闻声过来，一看摊摆开来的东西，沙太太已经知道出了什么事，她也有点紧张，赶紧问道，少了什么？少了什么？沙三同已经回答不出来了，他的麻木的脑袋里只有这样一个念头：天塌下来了，世界末日到了。幸亏沙太太还比较理智，她老老实实地一二三四地数起数来。她每报出一个数字，这数字就如同尖刀一样刺在沙三同心口上，沙三同就"唉哟"一声，其实那时候沙三同已经乱了心智，太太数出来的每一个数，不应该是一刀，而应该是他的一颗救心丸，因为凡是被她数到了，就说明这东西还在，要不然，她是数不到它们的，这连小孩子都明白的道理，沙三同却不能明白了。他感觉着心口被一刀一刀地扎着，很快就被扎破了，淌血了，最后血可能都快流尽了，就听到沙太太长长地出一口气，说，喔哟，我还以为什么呢，总共就少了一件什么东西。

沙三同的眼睛一直不敢再看摊摆开来的东西，他怕自己看了以后会晕倒，会失控，会经不起这个打击。一直到沙太太说出这句话来，惊魂未定的沙三同才敢将眼睛再次投过去，这一眼之下，沙三同又从大悲跌入大喜。果然如沙太太所说，总共就少了一个竹笔筒。沙三同从惊恐万状中缓过一口气来，重新仔细清点，最后确认只是少了"鸡鸭鱼肉"。沙三同拍着胸说，哎呀，吓煞我了，还好，还好，这个还在，那个还在，那个也在。沙太太也说，老天有眼，不幸中之万幸，丢了一个最不值钱的笔筒。沙三同听了太太这句话，却愣住了，好半天才回过神来。回过神来的沙三同，想法立刻就变了，他再次从大喜跌入了大悲，甚至骂起人来了，他说，哪个狗日的偷了我的鸡鸭鱼肉，老天真是瞎了眼，这个不丢，那个不丢，偏偏拣我最喜欢的丢。他痛定思痛，懊悔莫及，我宁肯少这一件，宁肯少那一件，我也不要失掉它。沙太太说，你总是这样，漏网的鱼总是最大的。沙三同说，你不懂的，鸡鸭鱼肉，我有特别的原因，我特别地喜欢，你不懂的。沙太太说，你哪件东西没有特别的原因，你哪件东西不是特别地喜欢。沙三同说，你别跟我打马虎眼，这件事情我要追查到底的。沙太太说，你追查好了，行李箱是上锁的，钥匙在你自己手里，你查谁呀。沙三同说，也许我睡着的时候，有人拿走了钥匙，偷了以后，再把钥匙放回来。沙太太说，神经病啊，他要偷为什么偷这个不起眼的小笔筒呢，难道他是个不识货的贼？沙三同说，你说他不识货？他可识货了。

　　沙三同先从家里人查起。儿子首当其冲。儿子不乐意了，说，这么多人知道你的宝贝，为什么独独怀疑我？沙三同说，你在搬家前就说，这些东西值钱，你现在又说它们是宝贝，可见你心里想的什么。儿子说，难道它们不是宝贝吗？沙三同说，我才发现道你对宝贝很感兴趣嘛。儿子说，谁会对宝贝不感兴趣？宝贝就是钱嘛。沙三同说，因为你对它们的理解，我就有理由怀疑你。儿子说，你可以怀疑我，但是你拿不出证据来。沙三同确实拿不出证据，但没有证据难道就说明"鸡鸭鱼肉"没有丢失吗？沙三同说，我就不相信事实没有真相。儿子跟沙三同说话的时候，始终戴着MP3的耳机，搞不清楚他是怎么一边听歌一边跟父亲对话的。后来他又自说自话地嘀咕，卓别林回自己的家乡参加卓别林大赛，结果拿了第三名。沙三同听清楚了，但没有听明白，以为他在复述MP3里听到的内容。

　　接下来是沙太太。沙太太也是值得怀疑的。她虽然不像儿子那样看重金钱，但她的一个同事喜欢收藏，常常借故到他家来，看到沙三同的东西，他的眼睛会发出绿色的光来。她会不会经受不住引诱，拿去送给同事了呢？否则她为什么轻飘飘地说，这个东西是最不值钱的。

还有他的丈母娘。老太太患了老年痴呆症，经常把家里的东西藏起来，让家人找不着。会不会哪天他不在家的时候，老太太来过，拿走了，沙太太不知道，或者她是知道的，却没有告诉他。

值得怀疑的人太多了，钟点工，亲戚朋友，搬家公司的搬运工人，老邻居，来过他家的同事，等等，都有可能。

就这样，在短短的时间里，沙三同把人都得罪完了，他自己也气得肝火中烧，嘴角都起了泡。沙太太看不下去了，跟他说，你这样乱找，乱问人，谁会承认是他拿的，你还不如到那些古玩店看看，要是有人偷了，可能会去卖掉的。

沙三同对太太的建议非常不以为然，但他最后还是去了一趟古玩街，他没有抱希望，这几乎是大海捞针。可没想到才踏进第二家店，他一眼就在货架上看到了它。

沙三同尽量地压抑着自己的激动，他怕店家看出来后狮子大开口。不料店家根本就没关注他的神态，开了一个价，低得让沙三同不敢相信。店家以为沙三同嫌贵，又说，真心想要，再给你打掉点折头。结果沙三同没花多少钱就把"鸡鸭鱼肉"买了回来。本来这个笔筒也不值多少钱，即使这么转了一转手，损失也不算大。

失而复得，沙三同先是欣喜若狂了一阵，可渐渐地又觉得有什么地方不对头，事情怎么会这么顺利呢？他心里好像被什么东西堵住了，十分的不顺畅，他在屋里走来走去打量沙太太，让沙太太浑身长了刺似的不舒服，忍不住说，你盯着我看什么？沙三同等的就是她的沉不住气，立刻接上话头说，你怎么知道它在古玩店里？谁告诉你的？完全是责问和审问的口气。沙太太觉得沙三同变得有些不讲理，他收藏这些东西，说是修身养性，可现在他的性情反比从前毛躁了。沙太太也就没了好声气，气鼓鼓地说，我没说我知道，我也不知道它在哪里，又不是我偷了去卖的。我只是叫你换个思路，我看不得你往别人头上乱栽赃。沙三同又琢磨了半天，说，天下哪有这么好的事情，心想事成？沙太太说，心想事成不好吗？你难道希望你没有在古董店里看到它？沙三同说，也许有人商量好了来骗我。沙太太说，骗你什么呢？沙三同说，也许我已经逼近了事实真相，有人不想让我靠近事实真相。让我失而复得，以为我就能安心了，不再追查了。沙太太说，就算是这样，你既然已经失而复得，还有什么不满足不安心的？沙三同说，因为我发现了一个大阴谋——这是一件赝品。沙太太说，你看出来了？沙三同没有看出来，他看不出来。他手里的这个笔筒和他的"鸡鸭鱼肉"一模一样，他分辨不出它是真的还是假的，他用放大镜照过，连几处极细小的瑕疵也完全相同。如果有人造假，那也真是鬼斧神工了。沙太太说，难道你是说，那时候，这种笔筒就已经批量生产了。沙三同说，我没有这样说。

如此说来，无论回到沙三同手上的这个竹笔筒是原件还是假货，沙三同都没有理由再耿耿于怀了，沙三同也觉得自己应该就此罢休了。可他心里就是过不去，他知道真相正在某个角落里等着他，等着他去发现它。如果他不去寻找，它就会永远待在那里，见不到天日，它永远是一个谜。

沙三同不想被一个谜笼罩自己的后半生。

沙三同再次来到古玩一条街，那个店家记性很好，一眼就认出他来了。这没有什么了不起的，沙三同也不觉得奇怪，他知道做古玩生意的人，一般记性都非常好，这是他们的生意经中必不可少的一环。虽然每天进进出出的人很多，虽然进货出货的渠道很杂，但他们几乎能够记得每一个人和每一件货以及它们的来龙去脉。沙三同正是抱着这样信心来的。

果然，店家记得"鸡鸭鱼肉"，记得那是一件清晚期的竹笔筒，他还记得上面刻的是兰花，笔法很简单。沙三同说，不是兰花，是荷花。店家抱歉地笑了笑，说，对不起，我平时记性很好的，这回却错把荷花当兰花了，让方家见笑了。最后店家告诉沙三同，竹笔筒是一个戴眼镜的男人拿来卖的，戴眼镜的男人还告诉店家，这东西不是他自己家的，是他的朋友送的。有一次他去一个朋友家玩，朋友收藏了许多笔筒，要送他一个，让他自己挑，他就挑了这一个。沙三同忍不住插嘴问道，他为什么挑这一个？店家说，说明他还是有点眼光的。沙三同听了，心里暖了一下。店家又说，这种东西，虽然卖不出价，却有品位。店家看沙三同在注意他墙上的董其昌的字，他从沙三同的眼睛里就看得出沙三同的想法，他笑了笑，说，你是行家。停了停，又说，我在一本书上看到，说董其昌当年因为落笔不工，没能高中，没走上仕途，后来清朝皇帝喜欢他的字，董书便成了每个学子进仕的基本门票，不学董书，就不能参加考试，可惜董其昌已经死了好多年了。店家看沙三同没有表示可否，自己又说了，其实这种说法也不知道对不对，因为另一本书上说，董其昌后来还是考中了的，也当了官的，那是因为他后来考试的时候，字写得好了，就是生秀淡雅的字体，后来影响了多少代的人呢。

沙三同心思不在董其昌身上，而且店家所理解的董其昌，跟他的对董其昌的了解也是有些差异的。不过沙三同并没有去纠正或者指出店家哪些地方说得不对，他只是耐心地等待店家说完。等店家一停下来，沙三同就问他，那个戴眼镜的人，你认得他吗？店家说，可以算认得，也可以算不认得。做我们这行的，进门就是缘分，出门还是朋友，至于他叫什么名字，在什么地方做事，我倒是没有问过，好像是在一个什么机关吧。沙三同说，那他是不是经常来你这里？店家说，经常来。

往后沙三同就有意识地守在这个店里，当然他并不是放弃了工作来守着。所谓的守，也讲究一个缘分。沙三同在休息日，就往这个店里来。店家也知道他在守那个戴眼镜的男人，店家安慰他说，会来的，肯定会来的。

沙三同果然守到了那个人。那是一个星期天，戴眼镜的人带来一块澄泥砚，让店家估价，店家估了价后，对方稍稍地还了一次价，很快就成交了。成交以后，店家对他说，有个朋友一直在这里等你呢，你们认得吗？戴眼镜的人就和沙三同打上了招呼。他们原本是不认得的，现在打过招呼，就认得了。他自我介绍叫顾全，就是顾全大局的顾全，沙三同也自报了名字。店家说，哈，我才知道你们两个人的名字。顾全说，知不知道名字无所谓的。店家说，我也是这么想的，只要生意做成，名字不重要的。沙三同见他们扯开去了，赶紧拉回来，向顾全问起"鸡鸭鱼肉"的事情，顾全想都没想，就承认自己确实是卖给店家一个竹笔筒，上面刻的是梅花，笔法简单但很有意境。沙三同说，不是梅花，是荷花。顾全笑了笑说，我这个人粗心，也没有细看，我还以为是梅花呢。沙三同说，是晚清的竹笔筒吗？顾全说，我也不太清楚是什么年代的，我更不懂笔筒的收藏这里边有什么学问，是一个朋友送给我的，因为熟悉这位店家，就拿来给他了。店家说，你拿来的第二天，就被他相中了。顾全高兴地说，到底是有喜欢它的人啊，我不懂这些，没资格留下它们，而且，放在家里，家属还嫌我占家里的地方呢，但是我相信肯定有喜欢它的人，它会去它该去的地方。

沙三同想说，这东西本来是我的。但他看到顾全和店家都笑容可掬，亲切的样子，自己把这样的话说出来，虽然不是直指顾全偷东西，但至少会惹得大家心里不适，他就换了一个说法，说，我家里原来也有这样一个荷花花卉笔筒。顾全说，还真有不少人收藏笔筒，我那个朋友跟我说的时候，我还不相信呢。我那个朋友，喜欢笔筒简直走火入魔。你们都是收藏家，会不会你们认得呢？他姓计，我们都喊他计较，其实他这个人一点也不计较，大方得很。沙三同说，我不认得他，我其实不是专门搞收藏的，我只是一点爱好，我家里的一些东西，也不是特别用心收藏的，只是于有意无意之间，得来就得来了，不是专门去寻觅来的。顾全说，这才是高的境界呢，我认得一些人，成天五迷三道沉溺于其中，反而长进不了。沙三同见他又走远了，赶紧又说，你的那位朋友，那位专门收藏笔筒的朋友，既然他这么喜欢笔筒，他怎么会送给你呢？店家也奇怪地说，是呀，我见过的收藏的人，都是拼了命往里刨的，怎么舍得送人？顾全说，这就是我这位朋友的与众不同之处，奇怪的是，他越是这样大方，进的东西就会越多。沙三同说，那你知不知道，你拿来的这个笔筒，计先生是从哪里弄来的呢？

　　沙三同的话终于问得有点白了，店家和顾全也终于有一点明白他的意思了，他们对视了一眼，店家试探说，沙先生，你是不是觉得这个东西来路有问题？顾全也说，你是在怀疑我，还是怀疑计较？沙三同说，这个笔筒是我的，后来不见了，后来又在这个店里看到了它。店家听了，就朝顾全看，顾全说，这个我就不知道了，但是我想计较不会做这种事情的，再说了，他根本就不认得你，怎么可能去偷你的东西？还有我，我是头一次见你，你家住在哪里我都不知道。沙三同说，你误会了，我只是丢了东西，现在又找到了，但我不知道其中是个什么过程，想弄明白而已。顾全说，那个笔筒你带来了吗，让我再看一看。沙三同把笔筒拿出来，顾全接过去一看，就说，是呀，确实很像，可是我怎么记得上面刻的是梅花呢？店家也接过去看了看，犹犹豫豫地说，这确实是荷花，我怎么会记得是兰花呢。沙三同说，难道我们说的不是同一件东西？店家被他提醒了，赶紧到里间的小仓库去翻了一会，结果翻出一堆竹笔筒，几乎个个都跟沙三同的笔筒差不多，只是上面刻的东西不一样。顾全一个一个看过来，找到一个梅花笔筒，又看了半天，也疑疑惑惑，说，可能，这个才是我拿来的吧，我说呢，我怎么会这么粗心，你看，是梅花嘛。

　　沙三同也看了看那个梅花笔筒，如果没有雕刻花卉的区别，两个笔筒就是一模一样的了。店家说，我怎么记得有一个是兰花呢，但是仓库里没有，也许已经被人家买走了。顾全说，你还老说你记性好呢。店家说，我记性是好的，可有时候我不在店里，不是我经手的，我就不知道了。当然，如果要查，也是查得到的，每笔买卖都记账的，要不要替你查一查？沙三同说，如果是兰花，就不用查了。顾全又想了想，说，解铃还需系铃人，要不，我再带你去计较家问问。沙三同说，既然他给你的是梅花笔筒，去找他也没有意义了。顾全说，你说得也对，再说了，真要我去，我也有点难为情，他送给我东西，我转手就卖了钱，说出来多不好意思。店家说，这其实也没什么，既然他送给你了，就是你的了，你怎么处理都可以的。顾全点了点头，又说，还有，计较家里东西很多，他经常送人的，你去问他，什么东西送给谁了，他不一定都记得。有一次他送我一个烟壶，过几天忘记了，到处找不到，我到他家的时候，他还很遗憾地跟我说，想送我一个烟壶的，可惜找不着了。我说你已经送给我了，他不信，叫我拿出来给他看，可我拿不出来了。店家说，你已经拿到我这里来了，我也已经卖给别人了。顾全说，好在计较一点也不计较，如果他很计较，坚持叫我拿出来给他看，我就没办法应付他了。店家说，我还记得那个烟壶买家，年纪不太大，但是头发白了，背也有点驼。

　　后来顾全和沙三同一起离开了古玩店，顾全说，沙先生，你是个行家，我看得出来，如果你想要什么东西，以后直接找我也行，就不一定再经过店家转手了。他给了沙三同一张名片，跟他挥了挥手，就走了。

　　顾全走了，沙三同的线索也断了。他揣上了顾全的名片，却不知道自己是该回家还是该上哪儿去，犹犹豫豫的，他重新又返回了古玩店。店家说，你果然又回来了啊，我正想提醒你，你可别信那个人的话，他肯定没有什么玩收藏的朋友，你我都知道，搞收藏的人，哪能三天两头把自己的东西送人？沙三同说，你是说，顾全的东西来路有问题？店家说，我不是这个意思，我是说，你并不知道事实真相。沙三同说，事实真相，谁的事实真相，顾全的？店家说，顾全？你知道他真的叫顾全吗？沙三同被问住了，他虽然揣着顾全的名片，但是名片确实说明不了什么。店家见沙三同发愣，又跟他说，我刚才又想了想，可能是我记错了，我现在想起来了，荷花笔筒好像是一个老太太拿来的，老太太看起来神志不是太明白，也许上了年纪，思想有点糊涂。沙三同一听，立刻就想到了自己的丈母娘，他赶紧问店家，是怎样一个老太太，胖还是瘦？店家说，胖还是瘦，我倒说不出来，没太在意她的外表，我当时只是觉得老太太很糊涂，我还想，她家里人怎么会让她出来卖东西，会不会是她从家里偷出来的，我怕到时候她家里人来跟我啰嗦，就留了个心眼，让店里的小伙计跟着老太太走了一段，知道她就住在前边的巷子里。

　　根据店家的指点，沙三同很快找到了老太太的家，才知道这是一位拣垃圾的老太太。但是看起来她家里并不是很贫穷，当然也不像是一个有什么收藏的人家。老太太话倒是很多，也很热情，但就是牛头不对马嘴，没有一句话能够说清楚，关于她卖了一个竹笔筒这件事，她既不承认，也不否认。她一边整理着拣来的各种垃圾，一边对沙三同说，同志，我知道你是干什么的。沙三同说，你说我是干什么的？老太太说，我不说，我说了你就知道了。

　　沙三同束手无策，后来老太太的家里人回来了，看到沙三同追问老太太，他们有点生气，说，她都这么老了，脑子也不清醒，你还不肯饶过她。沙三同说，我没想干什么，我只是不明白老太太怎么会有那个竹笔筒。老太太家里人说，你已经看见了，她喜欢拣垃圾，不许她拣，她就把大便小便都拉在床上，只能让她去拣。她一拣垃圾，脑子就清醒了，生活也能自理了。为了这个事情，我们被街坊邻居和居委会骂死了，以为我们虐待老人，逼她拣垃圾呢。沙三同说，会不会那个笔筒是她拣来的呢？老太太家里人说，有可能的，完全有可能，她什么都能拣回来，有一回还拣了一个手机，不是旧的，也不是坏的，完全能用，里边还有好多电话号码和短信。另一个家里人说，都是情人发的那种信，很肉麻的。沙三同说，你们看到过那个竹笔筒吗？老太太的家里人面面相觑，他们本来并不关心老太太拣的什么东西，老太太也不要他们关心，更不许他们动她拣来的东西，一个竹笔筒，大家是不会关注的。后来终于有一个小辈的想起来了，说，好像是有一个笔筒的，记不得是不是竹子的，我想拿了给小兵放放铅笔什么的，老太太不许我动。沙三同赶紧追问，后来呢，后来笔筒到哪里去了？小辈说，后来不见了，但后来好像又见过，再后来就不知道了。另一个小辈说，会不会小兵拿去学校玩了。沙三同就想见这个小兵，他估计他是老太太孙子辈的小孩，但小兵还在外面玩呢。沙三同又问，你们见过的笔筒，是什么样的笔筒,是不是刻了荷花的。家里人想了半天,说,记不清了,反正上面是刻了花的,什么花记不得了。老太太家属开始是漠不关心的,还有点嫌烦,但被沙三同问来问去,问得他们起了疑心,说,这个东西,到底是个什么东西,很值钱吧,值多少钱?沙三同解释说,不值多少钱。他们不信,说,要是不值钱,你这么追究为什么呢?沙三同说,是我自己收藏的,十多年了,一直放在家里,后来不见了,心里总觉得空落落的,想找回来。一个家属奇怪地摇了摇头说,既然是不值钱的东西,丢了就丢了,怎么会心里空落落呢,又不是丢了一个孩子。另一个家属却说,那倒不一定,有人对收藏的东西有了感情,就像是自己的小孩一样。他这话说得,差点让沙三同掉下眼泪来。他见自己的话受到沙三同的赞同,又接着说,你说是清朝时候的,还刻了花,可能真是古董宝贝呢,你要是不知道它的价值,可以拿到电视台的识宝节目去请专家估估价呀。沙三同说,我了解我的笔筒,不需要估价。家属们交换着眼光,有一个说,那可能就是无价之宝啊!这时候那个叫小兵的小孩子回来了,大人赶紧拉住他,七嘴八舌问笔筒,小兵翻了翻白眼,说,笔筒,什么是笔筒?大人说,就是可以把铅笔插在里边的那种筒,是竹子的。小兵又想了想,说,忘记了。说着就想走,大人揪住他不放,说你再想想,小兵说,噢,想起来了,我拿到学校,被同学抢走了。说得又顺又溜,好像是事先准备好的台词,让人不能相信。小兵见大家怀疑地盯住他,挠了挠头皮,又说,不对,不是给同学抢走的,是路上碰到一个人,陌生人,他给了我钱,就拿走了。

小兵在短短几秒钟里,说了好多种结果,沙三同不知哪个是真的,哪个是假的,最后沙三同只得回到起点,把自己的笔筒拿出来给小兵看,你说的那个笔筒,是不是这个?老太太的家属们一看,立刻表示奇怪,一个说,你已经找到了嘛,还来问我们,你存的什么心?另一个说,你是想抓小偷?沙三同说,不是的。又一个说,你是来挑衅的?但另一个立刻反对说,不像,这位先生看起来也不是个寻事生非的人。大家不能统一意见,赶紧让小兵看,小兵不耐烦地看了看,说,那上面好像不是这样的花。沙三同说,那是什么样的花,是兰花?是梅花?小兵又翻白眼,说,我不知道的,什么是兰花,什么是梅花,我不认得花。

老太太的家属见沙三同茫然了,好心地劝他说,既然不是值钱的东西,而且你已经拿回来了，还追究什么呢？你看看，一个老年痴呆症，一个少不更事，你能从他们嘴里听到什么真相呢？你听到了真相也不知道它是不是真相呀。

沙三同白忙了一天，绕了一大圈，一次次眼看着接近真相，真相又一次次地离去。沙三同回家时心情很不好，沙太太也不在家，只有钟点工一人在忙着，又是拖地，又是擦桌子，厨房里还煮着肉。沙三同气呼呼地往沙发上一斜，钟点工给他端来一杯茶，他连哼都没哼一声，还嫌钟点工在客厅里乱转影响他的情绪，说，你能不能等一会再拖地？钟点工就停止了拖地，人却没有走开，手撑着拖把，呆呆地看着沙三同。沙三同说，你干什么？钟点工说，沙先生，我想说句话。沙三同说，你要说什么？钟点工说，沙先生，我都说出来，我坦白，但是希望你能原谅我。沙三同心里“咯噔”了一下，就听钟点工说，沙先生，我知道你心情不好，你丢了东西，你在怀疑别人，我知道一个人怀疑别人的时候，自己心里也很不好过的，对不起，东西是我拿走的。沙三同大吃一惊，说，那当时我问你，你怎么说没有拿。钟点工说，你当时问我有没有偷，我说没有偷，我不可能偷到你箱子里的东西，因为你上了锁，我又没有你的钥匙。沙三同说，那你是怎么拿到的呢？钟点工说，那个东西那天你没有包进行李箱，就丢在墙角边的。我知道沙先生是个细心的人，有用的东西不会随便乱扔的，既然你扔在一边，我估计是你清理出来的旧货，我就随手拿了，没有问你，对不起，沙先生你也了解我，我在你家做了好多年了，我不是一个手脚不干净的人，以前你和沙太太也总是对我说，凡是我们扔在墙角的东西，都是没用的了，你尽管拿走，多少能卖几个钱也是好的，就这样，我拿了。

沙三同惊讶地张大了嘴，怎么也合不拢来。这一天身体的奔波和思想的混乱，到这里，似乎被钟点工给画上了一个句号，这是一种戛然而止的感觉，又似乎是一次强烈地震后的平静的后怕。沙三同看着钟点工惶惶不安的脸色，自己心里竟也有些惶惶的了，过了半天才说，你把它卖了？卖给古玩店了？钟点工说，没有没有，沙先生，我没有卖，不过这些天我也没有留心它，应该还在家里放着的。

沙三同只要把荷花笔筒拿出来，就可以当场戳穿她的谎言了。可是沙三同手伸到包里，又空手回了出来，他忽然觉得，他拿出来的荷花竹笔筒，钟点工肯定不认得它，她说的是另一件东西，他不知道那是一件什么东西，但肯定不是他的荷花笔筒。他的荷花笔筒已经回到他手里，她不可能再拿出一个来了。

沙三同说，我来替你说吧，你把它拿回去后，你女儿看到了，就拿给她男朋友看，她的男朋友也懂一点知识，告诉她这是清朝的东西，让她保管好，别随便乱扔不当个东西。于是，你女儿就把它擦干净，搁在装饰橱里了。可是后来你们又发现，装饰橱里的东西不见了。你以为是你老公拿的，你老公说没有拿，你又以为是你女儿的男朋友拿了，但是你女儿认为她的男朋友不会不声不响就拿你家的东西，你们的意见就发生了分歧。

钟点工目瞪口呆地看着沙三同，过了好半天，她喃喃地道，沙先生，你怎么会这样想，你难道不知道，我根本就没有女儿？沙三同笑了笑，说，许阿姨，你别在意，我编个故事，跟你开开玩笑的。

一个休息日，沙三同和太太上街去买些日用品，经过古玩一条街，沙三同忍不住要拐进去，沙太太虽然不想去，但也不想跟沙三同闹别扭，便跟着走了过来。刚刚走到第二家店门口，店家就笑着迎上来，说，我认得你，你来买过我的笔筒。沙三同想说，不是你的笔筒，是我自己的笔筒。但话到口边，他没有说出来。店家又说，我还记得，你给那个笔筒取了个名字叫鸡鸭鱼肉，我就一直想不明白，一个竹笔筒，跟鸡鸭鱼肉有什么关系呢？为什么叫它鸡鸭鱼肉呢？沙三同没有回答。沙太太在旁边撇了撇嘴，说，为什么，他好吃吧。

蜜蜂圆舞曲

　　一只离群的蜜蜂飞到老乔家的饭桌上，停下来，也不吭声，老乔看了它一眼，说："你不说话，就以为我不知道？"客人惊奇地看着老乔。乔世凤说："他就是这样，他和蜜蜂说话，我们听不懂，他们听得懂。"乔世凤为她的男人骄傲，从她的口气里能听出来。客人连连点头："果真是这样的，果真是这样的，我们在外面就听说老乔的蜜不一般。蜜蜂听老乔的话，酿的蜜肯定是不一般的。"老乔站起来往外走，蜜蜂跟着他。乔世凤说："要起风了，老乔收箱去。"

　　过了一会儿果然起风了，乔世凤问客人："你是带走还是预订，要多少斤？"客人没有听见，渐渐起来的风声让他有点心神不宁，起风了，湖面上的浪会大起来，船就不好走了吧。乔世凤看出来了他的心思，跟他说："三五级风不停船的。"客人朝她看了看，寻思着，三五级风？她怎么知道是三五级风呢？他的心思又让乔世凤看出来，乔世凤说："只来了一只蜂。"客人"咦"了一声，要是来两只蜜蜂，是多少级风呢，要是来一群蜜蜂，就是很大的暴风雨了吧？客人心里奇奇怪怪的，但却把心思放下了一点。但接着他又上了另一个心思，到底要多少蜜呢？他犹豫着。乔世凤也不催他。老乔的蜜不是催出来的。既然人家能从很远的地方坐着船寻到这个小岛上来买蜜，肯定他是知道老乔的蜜好。

　　如果乔世凤背着老乔说了什么自吹自擂的话，老乔总会知道的，他会生气。从前老乔年轻时刚刚接手父亲的蜂群，他出岛到街上去买书，可街上的书店里没有养蜂的书，营业员给他找到一本外国人写的《蜜蜂的生活》，老乔也想看看外国人是怎样养蜂的，就买了，后来才知道这个外国人不是写的怎样养蜂，他只是在借蜜蜂说些其他的话。这些话跟老乔养蜂关系不大。老乔揣着那本书，到了一家小酒馆，他要喝掉他的最后一顿酒。养蜂人是不能喝酒的，酒味会刺激蜜蜂，使它们不采花粉不酿蜜。从此以后老乔就要和酒断绝了。

小酒馆在一条小巷子里，生意很冷清，老乔跟酒馆老板说，你把酒馆放在这里，谁会来呢？老板说，你不是来了么？小伙子，你年纪太轻，你不知道什么是酒香不怕巷子深。老乔的一生受到小酒馆老板的影响，他至今记得那老板的牛样，说话的时候，脑袋和脸皮都纹丝不动，甚至连嘴皮子都没动。

老乔收了箱回来，客人已经走了，他要了十斤蜜。乔世凤说："他还会来的。"她不说客人有没有夸老乔的蜜，但她说客人还要再来，就等于在说老乔的蜜好。老乔朝乔世凤瞄了一眼，女人就是好哄，每次人家说什么她就信什么，还眼巴巴急吼吼地等人家再来呢。有一次还非说一个头一次上岛的人以前来过，那个人乐得跟她套近乎，就把价钱压了下去。

这个客人带着十斤蜜跟着风一起走了，他跟乔世凤说他还要再来，可老乔知道他不会再来了。不过这没有什么，他不来，自会有别人来。老乔的客人，从来就没有断过。

这时候客人正惊恐万状地随着波浪起伏，他惊心动魄地叫喊着："不好了，不好了，要——"下面的话他没敢说出来，他也知道一点船家的规矩，船家连吃鱼都不敢吃另外的半条，别说那个恐怖的"翻"字，连"反""泛"这样的字眼他们也都不说的。客人惊慌失措地从船头爬到船尾，船家坐在船尾那里把着舵，他笑眯眯地看着这个爬来爬去的客人。客人有点窘，支吾着说："这风，风？"船家也不抬头看天，也不低头看水，他仍然不说话，他的神态好像在说，风，哪里有风？船家的镇定并没有让客人也镇定下来，他仍然惊魂不定，他想，这是你的想法，你是吃这碗饭的，你天天风里来雨里去，五级风对你没什么了不起，可我是旱鸭子，我经不起五级风的，我也经不起四级风和三级风，我有恐水症，我再也不会来了。哪怕老乔的蜜好到天上去，我也不来了。

船终于靠岸了，客人差一点丢掉了他买的蜜。老乔的蜜。他是慕名而来的，他新办了一家食品产，需要很多的蜜，他本来是想来订货的，要订很多货，可是现在他知道他和老乔的缘分就是这十斤蜜了。

除非有桥。

船家奇怪地看着他，桥？怎么会有桥，只听说在河上建桥，哪有在这么宽的湖上建桥的？

那也不一定。

船家回头碰到老乔的时候，跟老乔说："奇怪了，那个人说要在湖上建桥，这桥要多少钱？这么小的岛。岛上有什么，值得吗？"

建了桥你的船就没有用了，所以你反对建桥，老乔想，你的目光真是短浅，你还守着赵洲问赵洲，岛上有什么，岛上有老乔的蜂蜜，这还不够吗？船家被老乔的眼神提醒了，他知道自己说错了，赶紧补回来说："是有东西的，有老乔的蜜。"老乔却说："我的蜜，是不用桥的。"船家说："那是，我这么多年，来来回回摇了多少买蜜的人，有桥没桥是一样的。"乔世凤听船家这么说，也忍不住说："有一次我到街上去，街上的人也说笠帽岛的蜜，他们不知道我就是笠帽岛的，更不知道我就是——"老乔瞟了她一眼，她就不说了。

有桥没桥是一样的。

可是说着说着，桥竟然就真的建起来了。有人欢喜有人忧，船家失业了，老乔发达了。

一只蜜蜂飞到了老乔家的饭桌上，停下来，也不吭声，老乔看都没看它，说："你不说话，就以为我——"老乔忽然觉得嗓子哽哽的，后面的半句话竟哽在里边吐不出来了，老乔有一点异样的感觉，他回头看了它一眼，顿时变了脸色，你是谁？蜜蜂仍然不说话。老乔尖利地说："你以为你不说话，我就会错认你？你不是我家的人，你从哪里来，你要到哪里去？你不属于这里，你不能待在这里。"蜜蜂朝老乔笑了笑，老乔说："你笑也没用。"

老乔知道，有人进岛了，不是一般的人，是一个养蜂人。

没那么容易的，岛上有些人家也曾经学着老乔养蜂，可他们屡试屡败，他们不会像老乔那样和蜜蜂说话，他们不知道蜜蜂在想什么，最后他们先后都放弃了自己的想法，任由老乔一个人去养蜂了。

老乔见到那个进岛的养蜂人，他在村东头面湖的空地上搭了自己的窝，老乔用眼角的光一扫，知道他有二十箱蜂。

只有二十箱。

他一个人，还带着一只狗，狗很温和，它和主人的蜜蜂和睦相处，蜜蜂咬它的鼻子，它也笑呵呵的。它看到老乔，和老乔打招呼，老乔不想理睬它，但是觉得面子上过不去，还是冲它点了点头。

养蜂人是个老头，老乔看不透他有多老，他告诉老乔，他叫朱小连，他走过的地方，人家都叫他小连，老乔如果愿意，也可以叫他小连。

这么老了还自称小连。

老乔说："我叫你老朱吧，你比我年纪大，我不能叫你小连，不礼貌。"朱小连说："你还是叫我小连吧，你叫我小连，我就觉得自己还小呢，心情会好一点。"老乔看了看朱小连的蜂箱，它们都朝东南方向搁着，老乔说："你是意大利蜂。"朱小连说："意大利蜂不会打架，就算它们搞糊涂了，进错了箱，它们也不打架。"

老乔笑了笑。

我虽然一直待在岛上，但我二十年前就养意大利蜂了。

意大利蜂需要很大的蜜源，朱小连早就听说笠帽岛上遍地奇花异草，所以他来了。其实从前他就来过，可是半路上被大风大浪打回去了。还有一次，倒是风平浪静的，可是小船在湖上迷了路，转来转去又转回去了。我还以为我和这个岛没有缘分呢，朱小连想，哪里想到竟然有桥了。

桥，真是个好东西。但有时候也不见得。

朱小连用泥巴垒了一个小行灶，他有一口小锅，他拣来的柴火，是岛上的果树的干枝，柴火辟辟啪啪燃烧着，朱小连吸了吸鼻子，满脸的满足，连柴火都是香的，是枇杷味。何止是柴火，空气都是香的，泥都是香的。老乔说："水开了，你烧水做什么？"朱小连说："我下挂面，我喜欢吃挂面的。"

喜欢吃挂面，谁会喜欢吃挂面？

老乔停了停，说："朱小连，到我家吃饭吧，我女人烧好了晚饭。"

狗一路上绕着老乔转圈子。

它怎么不绕着它的主人转呢？它不会认错人的，它是在拍马屁，朱小连的狗都会做人的事情。

老乔回头朝走在后面的朱小连看看，朱小连涨红着脸，嘀嘀咕咕说："不好意思的，不好意思的，你太客气了。"老乔说："也不是特意为你烧的，我家也就两个人，顺便吧。"朱小连说："老乔，说好了，只能这一次啊，天长日久的，你不能这么客气的。"

天长日久？你真的想在岛上待多长日子，天长日久，什么叫天长日久？

乔世凤看到老乔把朱小连领回来，她脸上不好看，但还是忍着的，要讲一点风度，饭菜上桌后，朱小连脸也不红了，嘴也不客气了，他右手动筷子左手动勺子，一边大嚼大咽，一边含糊不清地说："哎呀呀，是红烧肉，哎呀呀，是红烧肉。"乔世凤说："你没有吃过红烧肉？"朱小连说："吃是吃过的，要不然我怎么知道这是红烧肉呢？不过有很长时间，我都记不清有多长时间没吃过了。"

皮真厚。

乔世凤说："多吃肥肉会得胆囊炎的。"朱小连快乐地哼哼着，香味从他的鼻子里哼了出来："你放心，我不会得胆囊炎的，我肚子里一点油水也没有了，我已经好多年没有回家了，只有在家里，才能吃到这样好的红烧肉啊。"乔世凤还是想说话，她快要刹不住车了，但老乔只是轻轻地瞟了她一眼，她就刹了车，把通道让给老乔。

女人就是女人，一点都不懂含蓄。

老乔说："朱小连，你是哪里人？"

他为什么不肯叫我小连呢，朱小连想，但是他又想，不叫就不叫吧，叫什么都行，他还给我吃红烧肉，他真是个好人，他老婆也是个好人。朱小连说："你听得出我的口音吗？"老乔想了想，说："像是东北的，又不太像，像是西北的，也不太像，北方人说话，在我们听起来，都差不多的。"朱小连笑了，他脸上的褶子像秋天的金丝菊花，又黄又皱。朱小连说："时间太长了，太长了，我都快忘记我是哪里人了。"

原来他是假老实，他真狡猾，连家乡都向人保密，他想干什么？老乔吃得有点噎，他生气地说乔世凤："你今天的饭煮得太硬了。"乔世凤说："你喜欢吃硬米饭的。"你个笨女人还跟我顶嘴，老乔更生气了，说："硬米饭不等于叫你煮了石子让人吃。"朱小连说："这不是石子，这是最好的硬米饭，在我家乡，家里来客了，就要煮硬米饭，要是煮烂了，客人会不高兴，以为主人省米。"

乔世凤说："我没有省米吧，你没有不高兴吧。"朱小连说："没有没有。"老乔说："你还是记得你的家乡的。"朱小连说："那是，哪能连家乡都忘记了。"他说话是可以随心所欲的，刚才说快忘记了，现在又说哪能忘记。

老乔送朱小连出门，看到朱小连的狗，正在院子里和他家的鸡鸭套近乎，它们切切磋磋说着什么，亲亲热热的像一家人。老乔心头有些不快，这条狗。朱小连对狗笑了笑，狗也对他笑了笑，他们是心领神会的样子，相伴着一起走了。

老乔的一只鸡在老乔鞋帮上拉了一泡屎，老乔踢了它一脚，它尖叫着跑到一边生气去了。乔世凤站在门框那里看着老乔的脸色，说："他怎么好意思跑到我家来吃饭？"老乔说："我请他的。"乔世凤张了张嘴，停顿了一下，又忍不住说："他到我们岛上来干什么？"老乔说："岛是你的？"乔世凤说："岛不是我的，也不是他的。"老乔撇了撇嘴。女人就是女人，沉不住气。朱小连才有二十箱。他已经看过朱小连的蜂。意大利蜂。贪吃的东西，岛上花多，你们几辈子都没见过这些奇奇怪怪的花，要胀你们的肚子了。

朱小连打着饱嗝往自己的窝里去，狗默默地跟着他，他跟狗说："狗，我们碰到好心人了。"狗吸着鼻子。朱小连又说："我们从北走到南，从西走到东，颠沛流离，碰到过好人无数，也碰到过坏人无数。"狗又吸鼻子。朱小连踢了它一脚说："你滑头，你就不能说一句话。"狗闻到朱小连嘴里的肉香，打了个喷嚏。

朱小连已经有点老态了，他的蜂和他不一样，它们体格强壮，采蜜本领大，朱小连的采蜜成本又低，一个人一条狗，住在窝棚里，不用什么开销，朱小连的蜜价就低一点。别人来买蜜，总是冲着老乔来的，但他们看到朱小连也有蜜，就去跟老乔说，人家朱小连的蜜也不错，他的比你便宜。他们的意思，是相信老乔的蜜，但是希望老乔能在竞争中降一点价。老乔不吭声。他不吭声比他吭声更有用。大家都明白，老乔的蜜是不降价的。老乔就是硬气，便宜没好货，好货不便宜。老乔也仍然不吭声。但是大家虽然崇敬老乔，却还是跑到朱小连那里买蜜。朱小连好说话，有时候村上有人想讨一点蜜派一点小用场，他就让他们拿一点走。蜜又不是什么，蜜又没有什么的，朱小连说，拿走了明天又会酿出来的。

一只蜜蜂停在老乔的肩膀上，老乔甩了一下肩膀说："你不用跟我套近乎。"同行是冤家，朱小连来了，老乔再也不是一统天下了。可是老乔出错了，老乔听见了蜜蜂的嘲笑。老乔竟然真的错了，连自家的蜂都认不出来了。老乔从来没有出过错，他闭着眼睛听蜂的翅膀扇一扇，他甚至用不着用耳朵，闭着耳朵用心一想，就知道是谁。自从朱小连来了之后，老乔就开始出错，老乔心里有什么东西被搅乱了，乔世凤也越来越沉不住气了，她只知道跟老乔扇风说，他要是不走，我们怎么办？他要是不走，我们怎么办？

女人，女人，头发长见识短，他是谁，我是谁？

蜜蜂在前面走，老乔跟在后面。他是不想跟来的，他无所谓的，养了那么多年的蜂，他躺在床上都能听得见蜂的每一声哼哼，他不需再了解什么。可是现在他的脚步不听他的使唤，他跟那只蜜蜂说："又怎么了，又怎么了，不就是来了一个朱小连吗，你们慌慌张张干什么？"

你才慌慌张张呢。

老乔说："你也跟我辩嘴，你以为它们是来跟你做朋友的。还有那条狗，你明明知道它是来干什么的。"

它带着老乔走了又走。

你要带我到哪里去？

老乔渐渐地闻到了一些混杂的味道，在茶花地里，老乔知道蜂和蜂已经混成了一片。

马屁精。喜新厌旧啦。

朱小连高兴得眼睛眯成一缝："老乔老乔，老乔你看，我说的吧，意大利蜂，好相处，它们不打架，像兄弟一样的。"

好相处不等于能采好花粉，酿好蜜。朱小连到底是懂行的还是不懂行的。他不会是个骗子吧。他来骗什么呢？

老乔冷了冷脸说："朱小连，我来告诉你一声，我明天走，岛西边有一片青梅，我要采青梅蜜了。"朱小连说："老乔你不要走，你走了，好像是我挤走你的，烧香赶出和尚，这不大好。"

你能赶得走我？你不知道我是谁？

老乔笑了笑说："朱小连，你还不了解我们的岛，我们岛上到处是蜜源，你怎能挤得走我？"朱小连说："对的对的，除非你挤得掉我，我怎么挤得掉你？"老乔说："岛上又不是只有一棵树，我们为什么要在一棵树上吊死呢？"

老乔的五十箱蜂搬走了，它们到了岛的西岸，那里有一片青梅树，可是蜂不太喜欢青梅，青梅的花，涩嘴。乔世凤的嘴更涩，她在村里到处跟人说，外面那么大的世界，他为什么偏要跑到岛上来。村里人告诉他，小连说了，外面的蜜源，遭到了破坏。

所以他就来破坏我们了。

乔世凤说："什么破坏，那些地方，无非就是造了房子，让人住罢了，花也还是那个花，树也还是那个树嘛。"村里人却说，小连说了，人住了，蜜蜂就不去了，小连说，再好的花粉，它们也不采。

小连小连小连。

乔世凤憋不住跑到朱小连那里："朱小连，我们的岛这么小，你来了，就把老乔挤走了。"朱小连茫然地看乔世凤："岛小吗，可是老乔说岛很大，到处都是蜜源。"乔世凤说，老乔还说青梅蜜比茶花蜜好呢，你愿意相信他，买蜜的人可不相信他。

乔世凤走的时候，朱小连的狗一直送她，乔世凤赶它走，它也不走。

你皮真厚，跟你家主人一样。

狗笑了笑。狗回来的时候，朱小连跟它商量，要不我们采青梅吧，狗同意的。朱小连的决定，它没有不同意的。只有一次，就是他要上岛的时候，狗没有同意。但它还是跟来了。

乔世凤回家，看了老乔的脸色，老乔的脸很阴沉，他不说话。乔世凤有点怕他，也不说话了，后来她看见老乔的脸色越来越灰，越来越青，再后来就紫了。青梅地里有瘴气，老乔把自己埋在瘴气里不出来，得了病。

朱小连拍打着自己的脑壳，唉唉地自责，狗看着他，它不知道是应该劝他还是不要劝他，它是个没有主见的狗。下雨了，雨越下越大，朱小连去开箱，狗也没阻拦他。下雨的时候是不能开箱的，蜜蜂被雨震动了，会蜇他。朱小连有意让蜂来蜇他的，狗知道他的心思，所以没有阻拦他。蜂果然来蜇他了，他不怕疼，可是蜇了几下，他又心疼蜂了。

你们不要蜇了。

你们不要蜇了。

蜇了他的蜂就要死去了。可是它们没有停下来安静地死去，它们飞走了。朱小连舍不得它们孤独地死去，他跟着它们走，走到很远很深的一个山坞里，发现了南山蜜梅。

朱小连很年轻的时候，听一个老蜂人说过，在太湖的一个小岛上，有一种南山蜜梅，它是专为蜜蜂而生的。可是没有人找得到它们，更没有人能够带上他的蜂找到它们。从前朱小连在一本书上看到过它的模样，它的模样深深地印在他的心里。他一辈子都在找到它，他以为一辈子都不会找到的。

南山蜜梅！

朱小连奔跑到老乔家里，"南山蜜梅，南山蜜梅！"他大声喊道，"我找到南山蜜梅了。"老乔从床上一跃而起。

我没有生病。

乔世凤烧了红烧肉，老乔邀朱小连一起吃肉，老乔说："我们祖祖辈辈就在这里待着了，也没有想到南山蜜梅就在我们的眼皮底下。"乔世凤说："你们喝点酒吧，应该喝点酒庆祝。"老乔愣了一愣，他张开嘴，想说什么，但最后并没有说出来。朱小连从来不喝酒，养蜂人是不能喝酒的。老乔年轻的时候是能喝点酒的，但是自从他接过了父亲的蜂箱，他就再也没有喝过酒，最后一顿酒，是在街上的一个酒馆，小酒馆的老板对他说你不是来了吗，到今天老乔还记得。乔世凤说："喝一点吧，朱小连你不知道，南山蜜梅的香气，能盖住所有的气味。"朱小连说："我听说过，我是听说过的。"

乔世凤脸绯红，忙着给两个男人斟酒，她把一瓶酒分作两半，倒在两个大玻璃杯子里，拿这个杯子给你加，拿那个杯子给他加，"看看你们到底谁能喝。"她说。朱小连笑了："没听说南方人能喝过北方人的。"这是他上岛后说的第一句大话。老乔也笑了。"那可不一定。"老乔说。

朱小连醉了，狗想牵住他，但是朱小连不要，朱小连不认为自己喝醉了，他只是觉得今天狗走得太快了。朱小连跟在狗的后面，"狗，你慢一点，"他说，"你慢一点，我老了，脚步不行了。"狗已经很慢了，再慢它就停下来了。它一停下来，朱小连就想去踢它一脚，但是没踢着，朱小连的动作总是比狗慢一拍。朱小连说："你还不许我喝酒，你是条无知的狗，你不知道南山蜜梅什么也不怕。"

朱小连回到自己的窝里就睡着了，狗生气地趴在窝外。

朱小连睡着的时候，老乔和乔世凤忙着把他们的五十箱蜂，搬到了南山蜜梅的山坞里，老乔和朱小连一样，也喝了半斤，从前老乔的酒量是很好的，半斤酒不在话下，不过今天晚上他喝的是白开水。

老乔始终没有抬眼看乔世凤。当他喝第一口白开水的时候，他就没再看过乔世凤一眼，乔世凤转来转去想和他交换眼神，但是老乔始终不看她。他只是无声地把白开水当酒那样喝了，因为没有感受到酒的辛辣，他皱眉吸气的样子装得很不像。不过朱小连是看不出来的。

乔世凤心情好，她唱起歌来。老乔浑身起了一层鸡皮疙瘩。

你还唱歌，你配唱歌？

第二天早晨朱小连打开蜂箱，可是他的蜜蜂却不肯出箱，它们被朱小连的一身酒气刺伤了，熏蒙了，它们不认得朱小连。

这个人是谁？他是一个陌生人，我们不能听他的话，他会让我们上当受骗的。狗过来对它们说，他是朱小连。可是蜜蜂连狗都不认得了，它们缩在蜂箱里探头探脑地看着狗，你是谁？

这时候，老乔的蜂已经满天遍野地撒在南山蜜梅的山坞里了。

朱小连已经醒过来了，传说毕竟只是传说，只能当它是传说，不能当它是真。南山梅蜜也许不怕酒，可是蜂怕酒，没有蜂，南山蜜梅就不是南山蜜梅了。朱小连先想到了老乔。

老乔有五十箱呢。

朱小连往老乔家跑，狗不远不近地跟着他，朱小连生气地说："你是没良心的狗，慢吞吞地想干什么？"狗怪怪地笑了一声。

"老乔老乔，我有个秘方，你用蜜糖水洗个澡，它们就闻不出酒味了。"朱小连一路喊着过来，可是老乔家没有人，乔世凤也不在，老乔的五十箱蜂也不在。朱小连看到狗撅着嘴，朱小连说："你撅什么嘴，老乔的蜂百毒不侵，不像我，也不像我的蜂，没用。我得回去用蜜糖水洗澡了。"

朱小连用蜜糖水洗了澡，他的蜂赶在南山蜜梅凋谢之前酿出了传说中的梅蜜，一个客商订走了朱小连所有的梅蜜，他还在岛外到处告诉别人，朱小连让南山蜜梅的蜜从传说来到了现实。

乔世凤带回来一群蜂，悄悄地让它们停在桌子上，慌慌张张跟老乔说："蜂来了，天气也预报了，要变天了，要大变天。"老乔看了看那些赌着气的蜂，又看了看天，老乔跟它们说："你们以为不出声，就能骗得了我？"

根本就不会变天。

乔世凤赌咒发誓说："要来暴风雨了，大的暴风雨，老乔你三天之内无论如何不能放蜂。"

女人你懂什么，让我听你的？我怎么会听你的？我怎么可能听你的？

"你什么意思？"老乔问乔世凤，"明明好天气，你说要变天，你想干什么？"老乔去看乔世凤的眼睛，乔世凤避开了，老乔看不见她的眼睛，他忽然就感觉到一阵心慌，跟着心就掉下去了，掉到不知什么地方去了，找不到了。

老乔是会看天的，天不会变，根本就没有暴风雨，但是老乔竟然听了乔世凤的话，他没有放蜂。

见了鬼了，我听女人的话。

我只关一天。老乔在心里对自己说，我肯定只关一天，这么好的天气，不放蜂采花粉，罪过的。

朱小连没有看到老乔放蜂，担心老乔有什么事情，他过来看看老乔，老乔说："我生病了，是胆结石。"乔世凤还说："叫他少吃肥肉，他不肯，就生胆结石了。"

人的舌头上有毒，没病不能说有病，说了有病就会真有病。晚上老乔真的胆结石发作，痛得在地上打滚，送到街上的医院去急诊。第二天一早朱小连到医院来看他，老乔躺在病床上，一眼看到朱小连走进来，老乔惊慌失措地竖起身子说："朱小连，朱小连，出什么事情了？"朱小连没头没脑，不知道老乔慌的什么，他说："没出什么事情，听说你住院了，我来看看你。"老乔长长地泄出一口气。

可是我为什么仍然找不到乔世凤的眼睛？

乔世凤的眼睛正在山坞里，她眼睛里长满了死去的蜜蜂。朱小连的蜜蜂全死了。它们的肚子胀得像一面面小鼓朝天翻着。乔世凤笑了，笑着笑着，忽然间，她哭了，号啕大哭。她的哭声震荡着整个山坞，整个小岛。

这时候老乔的蜂正在蜂箱里探讨，这么好的天气，老乔怎么会叫我们歇着呢？后来乔世风的哭声就震荡过来了，它们在片刻间就听懂了乔世风的哭声，它们震惊了，它们在蜂箱里暴动，它们轰开了箱盖，像子弹一样射了出去。

朱小连把蜜蜂的尸体堆成了一座小山，他要点火烧掉它们，这样它们就能永远留在岛上，留在传说中的南山蜜梅树下。

"我叫你们不要贪嘴的，我叫你们不要贪嘴的——"朱小连反反复复说着这同一句话给它们送行。狗离火堆很近，它的皮毛发出了焦煳的味道。老乔在远处看着，他担心狗会被烤焦了。朱小连说："狗，我对不起你，狗，你叫我不要来的，我没有听你的。"他去把狗拉过来，狗没有抗拒，但它一直不吭声。

朱小连空着身体走了。

他没有坐车从桥上走，来的时候他是从桥上来的，他走的时候，不想再过桥，那是他的伤心桥。朱小连找到了船家，他要坐船走。

有了桥以后，船家就没活干了。可是后来船家又有活干了。没有桥的时候，大家想桥，有了桥，又有人不要走桥，要坐船。现在的船费比从前贵了，比过桥费还贵。但是人家还是要坐船，要不然他们挣了很多钱，怎么花得掉呢？

湖面上风平浪静，船家总是在跟朱小连说话，他总是在隐隐约约地告诉他什么，他说朱小连的蜂不是胀死的，可是朱小连听不进去。最后船家着急了，船家说："如果用南山蜜梅的蜜拌上农药，蜜蜂就闻不出药味了。很久很久以前大家就知道，南山蜜梅的蜜，是能够盖住百味的。"朱小连仍然没有听明白。他只是在想，要是有能力，他还要养二十箱蜂，他还要到岛上来，老乔说得不错，岛上遍地奇花异草，是养蜂的好地方。

老乔是个好人，他的女人也是个好人。她烧的红烧肉真好吃。

一只蜂飞到了老乔家的饭桌上，老乔不看它，它喊了老乔几声，老乔仍然不回头。蜂生气了，上来蜇老乔，老乔跳了起来，他养了这么多年蜂，蜂从来不蜇他。老乔跟它们说，你们不要蜇我，也不要蜇别人，因为你蜇了人，你就会死。蜜蜂不想死，它们听老乔的话，就不蜇人。但是现在老乔的蜂蜇人了，而且蜇的是老乔。

你想死啊，你活够了啊？老乔在骂它，可是它仍然狠狠地蜇了老乔。

　　这只蜂蜇老乔的时候，他的几十万只蜂，正在村子里疯狂地蜇人，村里人抱头乱窜，无处躲藏，他们咒骂老乔。老乔跌跌撞撞跑来了，老乔在他们的咒骂声中痛哭起来："你们别蜇了，你们别蜇了，蜇了他们你们会死的。"

　　老乔疯了，难道蜂比人还重要？老乔的蜂也疯了，它们简直就是集体自杀。村里有个人说，鲸鱼也会集体自杀的，它们来到海滩上，怎么赶它们都不肯回到海里去，最后它们就干死了。老乔的蜂正在一只一只地死去，它们死的时候，小小的身子直落落轻飘飘地往下掉，像洒落了一地的花粉，不像那些躺在海滩上的巨型鲸鱼。

　　老乔扑通一声跪下了，他朝着满天遍野疯狂的蜂哀求道："求求你们了，别蜇了，我答应你们，我们马上就走！"

　　乔世凤拉住老乔的衣襟："你要干什么？你要到哪里去，你要丢下我一个人？"老乔扒拉开乔世凤的手。乔世凤哭了，她说："老乔老乔，我哭了，你看我的眼泪淌下来了。"

　　老乔打点了行装，收起蜂箱，他没有过桥，却去找了船家。

　　"我要坐船走。"老乔说。

　　船家不搭理他。

　　"我要坐船走。"老乔又说了一遍。

　　我不愿意载你走。你也配坐我的船？

　　船家还是不搭理他。

　　"他也是坐船走的，我也要坐船走。"老乔说。

　　船家终于开了口："你跟他不一样，你没有理由坐船走。"老乔说："我有理由的，我的蜂闻不得汽车上的汽油味。"船家说："船上也有味，有柴油味，跟汽油差不多。"老乔坚持说："差得多，差得很多，汽油和柴油，完全不一样的，汽油是汽油，柴油是柴油，我的蜂，它们知道。"

　　蜂飞出了蜂箱，围绕着船家哀求他。船家听不懂它们在说什么，但是船家被它们打动了。"看在它们的面子上，我载你走。"船家说。

　　船在风浪中前进。老乔没有感觉到风浪，也没有听到船家的抱怨，他想起多年前买过的那本书，书里的内容他看不太懂，却记住了其中的一句话：蜜蜂不知道是谁吃了它们采集的蜜。老乔不太同意这个说法，如果让老乔说，老乔就会告诉别人，蜜蜂不会在意谁吃了它们采集的蜜。老乔觉得自己的想法更靠谱，因为这是蜜蜂告诉他的，是它们亲口在他耳边说的，不会有错。

船到了岸，船家看到老乔往北走了。船家以为老乔走错了，往南走，才有蜜源，但是老乔却往北去了。老乔从来都是正确的，但这一次，老乔往错误的方向去了。

这时候，老乔正在想，朱小连，他为什么要别人叫他小连，我从来没有叫过他小连。

附记：当一只工蜂发现一处丰富的蜜源时，它就在蜂箱里跳舞，以这种方式向其他蜜蜂通报它的发现。舞姿不同，通报的内容就不同。如果蜜源就在附近，它就跳圆舞。

：
面
粉
：

在东方的一个小城里，开着一个西式的点心店，就叫西饼屋，和东方的点心店是差不多的意思，只是卖的东西不一样。这个小城里传统小吃很多，也很出名，有生煎馒头、酒酿圆子、桂花糖藕、鸡汤馄饨等等，而西饼屋里，卖的是面包蛋糕和牛奶咖啡。

中式的小店六七点就关门了，西饼屋却要营业到十二点半。当然，到了那个时候，客人是很少了，但店主还是坚持把门开着，只要有一个客人在十二点以后进来，他就会觉得很欣慰。那一般会是一个来自异乡的白领，加了夜班，回单身公寓的路上，身心疲惫，看到西饼屋在昏暗的一条街上透出温暖的光亮，就进来了；也有的时候是一群人，他们疯过了，飙过了，喝了一肚子的水和酒，这时候才想到该吃点什么了，就乱哄哄地进来了；偶尔，也会进来一个农民工，一般他们是不到这种地方来的，但那一次他饿极了，一头扎进来，片刻之间就吞下去三个他看不懂名字的点心，结账的时候，他掏出一把散票，一边数一边心疼得咧嘴。他差一点免了他的单，但后来他还是没有免。

也有人曾经奇怪地问他，你为什么一定要开到十二点半呢，那时候即使有生意，也不会有多大的生意了，你赔掉那么多时间，值吗？他只是笑了一笑，没有说值或不值，但他一直坚持把店门开到十二点半。

他是一个年轻人，曾经在美国读书，也在美国的咖啡店打过工，后来他回国了，就开了这个西饼屋。一直到现在。

天很晚了，他早已经习惯了时间，不看墙上的钟，他也知道快到十二点半了，他开始作关门的准备，却有人在这最后的时间里进来了。

这时候有人进来，他不应该觉得惊讶，他的西饼屋开到十二点半，就是守候午夜这一段时光的，但是这个人走进来，却让他的心动了一下，因为，他是一个老人。

老人从他的面部表情上，看出了他的疑问，老人说，我睡不着觉，所以出来走走。停顿一下，又说，我不是睡不着觉，我是睡了一会就醒了，我得出来走一走，不然的话，我就睡不下去了。夜里街上没有人，我习惯在街上遛达遛达。然后再回去睡，就能睡到天亮，睡到明天去。

他重新拉开已经摆好的椅子，请老人坐下。

我不习惯的，老人说，我不习惯你这里的——是西式点心吧。

他知道事情就应该是这样的。老人是恋旧的，老人习惯了一种生活，不再愿意去适应另一种生活。就像从前，他在美国的时候，父母在中国，后来母亲去世了，他希望父亲能够去美国和他一起生活，但是父亲始终没有去。

他点了点头，其实他也知道老人不是因为饿了才进来的，他端来一杯白水给老人。老人说，我一辈子都喜欢吃家乡的生煎馒头。年轻的时候，我在海城工作，每天下午，我都要到海城的点心店吃生煎馒头，可是海城的生煎馒头跟家乡的完全不一样，后来我就回来了。

为了生煎馒头，他说。

生煎馒头真好吃，老人说，你知道吧，后来我病了，病得很重，医生吩咐我不能乱吃东西，但我还是要吃生煎馒头，我不能不吃。

他忍不住笑了笑，同时也咽了一口唾沫。老人有时候就像孩子，贪吃而无节制。他自己小时候也是这样的，家里虽然不富裕，但父亲每天下班都会带半客生煎馒头回家，四个，父亲和母亲每人一个，他吃两个。这个东方的古老的小城里，几乎没有人不喜欢吃生煎馒头。

但是现在他却开了一间西饼屋。

已经过了十二点半，老人没有走，他也没有看钟。

有一阵他们都没有再说话，他们默默地坐着，他看着老人，而老人，则用心看他的店，看他店堂的布置、墙壁的颜色、桌椅的风格以及店里所有的一切。

外面街上，清洁工开始工作了。这条街本来是一个外来的农民工打扫的，但今天换了人，是一个上了年纪的妇女，她扫到西饼屋前，停了下来，朝里张望着。她是新来的，今天第一次扫过这条街，也是第一次看到这个店主，第一次看到这个老人。她站在路边上朝他们看了半天，脸上似乎有些惊讶和不解，最后她就带着一点疑惑往前扫去了。

老人继续着自己的话题。他像是在说给他听，更像是自言自语，自从老伴去世以后，我就得了这个毛病，睡到半夜就醒了，就得出来走走，我自己觉得，我好像在找她，找我的老伴，她是一个嘴巴很碎的女人，我一辈子都在嫌她罗嗦，结果她就惩罚我了，她先走了，我再也听不到她的啰嗦了。

她是，生病吗？他问。

也可以说是生病，也可以说不是生病，是因为想念。

想念孩子吗？

老人看了他一眼，说，你猜对了，我们只有一个儿子，他去了美国，就再也没有回来过，后来他在美国结婚了，再后来他也有了孩子，我们有了孙子，可是我们从来没有见过我们的孙子，我们只有一张照片，是我孙子的照片，在美国拍的。

一直到你老伴去世你儿子也没有回来吗？

老人说，一直到我去世他也没有回来。

此时此刻，或者不是此时此刻而是某时某刻，在地球上的另一个地方或者是某一个地方。

父亲病了。父亲最后的日子，一直在医院里。他一直在等儿子的电话。可是儿子一直没有打电话来，护工每次走进病房，看到老人巴望的眼神，她的心很酸，可是我无能为力，她在心里对老人说。老人听不见她的心里话，老人总是问她，我儿子来电话了吗？护工说，您刚才睡着的时候，您儿子来电话了，你好多天没好好睡了，我们没忍心吵醒你。你儿子说他还会再打来的。老人笑了，点着头。他不再睡了，怎么困也不闭眼，他的儿子一直没有打电话来，他就一直不睡，医生和护士只能用药让他睡去。

老人醒来后的第一句话就说，我儿子来过电话了吧。护工说，来过了，可是你睡得真香，喊你你也不醒，你还说了梦话，你肯定是梦见了你的儿子，你在梦中笑了。老人说，我知道他会给我打电话的。

　　一直到临终，老人感谢护工，感谢她每天替他买来鲜美的生煎馒头，让他在生命的最后的日子里，仍然每天有着期盼，有着向往。老人说，谢谢你，你是个好心的女人。护工说，你儿子真的打电话来了，但每次都不巧，你都睡着。老人微笑着说，可是我并没有告诉他我病了，我也没有告诉他我住在医院里。护工说，那我来替你告诉他吧。老人摇了摇头，不用了，他在外面，很艰苦，很艰难，不要拿一点小事去烦他了。

　　护工费了很大的力气，通过老人的病友，通过医护人员，最终了解到了老人儿子的情况，想方设法找到了他在美国的联系方式。电话终于拨通了，因为是上班时间，公司有严格的规定，不能接工作以外的任何电话。他的同事说，下班后他会转告他的。

　　护工就分分秒秒地计算着那边的下班时间，下班时间到了，下班时间过了，下班时间过了几个小时，十几小时，始终没有电话来。

　　老人等不及了，他要走了，护工紧紧拉住他的手，说，你儿子的电话正走在路上。

　　老人同意她的说法，老人说，我会在路上接到他的电话。

　　老人被推出了病房。护工推着老人走在医院的走廊上，经过护士值班室的时候，护工忽然听到了电话铃声，依稀中她听到接电话的护士在说，找三十四床护工的眼泪"哗"的一下子涌出来了。

　　医院对面的老街，有一家点心店，做生煎馒头。每天下午四点钟，护工就来了，她要给病人买生煎馒头，还给其他病人和他们的亲属或者陪护捎带一点，她是这里的常客。她护理的病人常常变换，他们病愈出院了，或者去世了，她就再换一个病人，她的病人有的从来没有吃过生煎馒头，有的甚至都没有听说过生煎馒头，但是在她的影响下，他们都喜欢上了这种传统的点心，热腾腾地煎出锅来，咬一口，一包鲜美的汤水就溢出来了。

　　但是她后来不当护工了。她护理的一位老人，一直在等他的儿子的电话，但是儿子的电话，最终也没有追上老人离去的脚步。老人空望的目光，让她受到了深深的刺激。

她改行了，当清洁工，每天晚上到街上去扫地。这样，她就用不着白天黑夜都在医院里，她每天可以有一半的时间守在家里，她就不会像老人那样，错过儿子的电话了。

她曾经帮老人找过儿子，其实她自己也没有找到儿子。她的儿子在数年前远离家乡后，就再也没有回来过。有一天她正守着煎馒头的锅，等着馒头出炉，有一个摄影家来了，他要拍一些风土人情的照片，就把她拍下来了，还有那满满一锅的生煎馒头。后来摄影家把照片给了她，她又把照片寄给了儿子，儿子却一直没有回信，也没有回电话。

现在她正在街上，在路灯下，一下一下，扫着落叶，刚才她经过西饼屋的时候，心里有一种奇怪的感觉，透过西饼屋的玻璃，她看到里边的两个人，一个老人，一个年轻人，她不认得他们，但又好像在什么地方见过他们，她依稀地想，难道是前世里的事情？

她沉浸到前世的故事里去了。

一辆装满面粉的卡车急速而来，她没有反应过来，被车撞倒了，车为了避让她，也侧翻了，面粉洒了一地。

在她倒下的那一瞬间，她想，天上下面粉了，这么多的面粉，可以做多少馒头和面包啊。

有一天，一个在美国打拼的年轻人，走到了绝境，身上只剩下买一个面包的钱，他走进咖啡店，打算吃掉人生的最后一个面包。他遇见一个在这里打工的同乡姑娘，她给了他一杯白水，她告诉他，她的妈妈生病了，但她不能回家，她没有钱买机票，也不能丢下紧张的学业。她说，我现在的一切的艰苦，就是为了回家看爸爸妈妈。

在那一刻，他忽然觉得自己走出了绝望，他对姑娘说，让我来帮助你吧。他把自己留下了。许多年过去了，他还记得，留下生命的那一刻，他看了一下表，差一分钟就是十二点半。

后来他和这个姑娘结了婚，后来又有了孩子，他们的日子渐渐地好起来，也忙起来，忙得很快就把父母亲忘记了。

　　一些年以后，他做了一个梦，梦见年轻时的父亲给他带回来一客生煎馒头，馒头腾着热气，馋得他流下了口水。父亲笑了，拿出手帕给他擦口水，手帕触动了他的神经，他醒了，发现是五岁的儿子趴在他枕边，儿子说，爸爸，你吃了什么？他说，生煎馒头。儿子不知道什么是生煎馒头，他告诉儿子，生煎馒头是面粉做的，里边有肉馅。儿子说，我知道了，是汉堡包。

　　就在那一刻，他决定了，无论多忙，今年春节一定要回家过年。他对儿子说，带你回家看爷爷。儿子不知道爷爷是谁，就像他不知道生煎馒头是什么，儿子说，爸爸，爷爷就是照片上的那个人吗？

　　现在他又加倍地努力工作，要把回家过年的损失提前弥补起来。他已经习惯在加了夜班之后，到这个咖啡店来坐一坐。秋天已经来了，正刮着一年中最后的一次台风。刮过这阵台风，冬天就要来了，离过年的时间就不远了。店外狂风大作，店里却是温馨的，平静的。

　　忽然，透过玻璃，他看到他的一个同事和一团狂风一起朝这边飞奔而来，他心里忽然一刺，似乎有什么预感爬上了心头，压得他很沉重很沉重，他艰难地站起身，奔出门去迎接同事。

　　台风从他头顶上刮过去，广告牌砸了下来，广告牌上，画的是一枝麦穗。

　　麦穗砸在他的头上，把他的灵魂从肉体中砸了出来。

　　在他的灵魂离开肉体的那一瞬间，灵魂飞回了故乡。

　　东方小城的老街上，西饼屋还开着，对面一幢居民楼上，有人半夜起来撒尿，他从自家的窗口望过来，看到了西饼屋的灯光，看到了灯光下的两个人影，他奇怪地想，今天怎么还不关门，早过了往常关门的时间呀。

　　在西饼屋里，老人从身上摸出一张照片，这就是我的孙子，老人说。

　　这是在美国的一家咖啡店里拍的，背景跟眼前的这个西饼屋很像很像，像得几乎毫无差别。

　　老人把照片递给他，这是我的孙子，可是我没有见过他，我只有这张照片。你看，照片上的店和你这个店是不是很像？

　　他没有接老人手里的照片，但他知道，照片上的背景，和他的西饼屋是一模一样的。

他突然跪下了。

爸爸，我知道是你。

我知道你会来看我的。

屋外的大街上，扫地的妇女又回来了，她看着他们，她满脸满身都是雪白的面粉，只是在眼泪淌过的地方，有两道清晰的痕迹。

老街上的这些旧房子，像倒在沙漠里的骆驼，血肉之躯已被时间这老雕吃尽，剩下了一副空骨架子，摇摇欲塌半跪在那里。年轻人开始了他们的胜利大逃亡，逃出老街，逃到崭新的花园小区和现代大楼里去了。剩下一些留守老人，他们倾一辈子之积蓄，把儿女们送出了老街，自己也就剩下一副空骨架子了。

自从年轻人搬出了老街，老街的房子倒是空出来了，老人便开始谋划将它们租出去。老人也不懂什么网上出租，也不想去找中介公司，倒不是舍不得那百分之几的中介费。街上到处都是中介公司的门面，但老人们并不清楚他们到底是干什么的，总觉得里边鬼鬼祟祟，老人在心里已经把它们和洗头房和黑网吧划到一起去了，经过的时候，总是远远地绕着走。

老人请人写一张小纸条，贴在自家的门口，或者贴在老街的电线杆上，贴在从老街走向新马路的拐角上。这张小纸条一贴，立刻引来很多要租房子的人。

老金就是这些老人中的一个。与他们不同的是，老金出租房屋的纸条不是请人代写的，是他自己写的。他的字写得不赖。

很快就有人找上门来了。这是一个外地来的生意人，个子矮小，眼睛骨溜溜的。老金一看就不信任他，心底里就不想把房子租给他，他故意另外给他出了几个难题，不料他都接受了，比如一般租房只需预付三个月房租，老金非要他预付一年，他也答应了。老金没招了，只好把房子租给他。

老金是做学问的人，他退休前在地方志办公室工作，退休以后仍然有许多事要做，他计划要写的书还有四五本，甚至更多。从个性上讲，老金本来也是一个两耳不闻窗外事的人，在出租房屋之前，他就告诫自己，房客和房东，只有金钱的关系，没有别的牵涉，虽然进出一个门，但不是一家人。

但事实证明老金的想法是有些偏差的，无论怎么说，你家院子里多了一个人，而且是一个不知根底的陌生人，你怎么也做不到完全无动于衷。

生意人有生意人的特点，就是忙而无规律，有时候连续几天待在屋里不出来，有一阵又天天深更半夜才回来。老金家是院落式的住房，院子还有其他邻居，院门常常在后半夜吱吱哇哇地响起来，扰得大家不安宁，有几次还以为进了小偷呢。老金往院门的铰链里加了点油，让它润滑一点，门的声音倒是小多了，可老金却落了个晚上睡不踏实的毛病，夜里躺在床上老是侧耳倾听生意人回来了没有。有几次金师母半夜醒来，看到老金支着身子，竖着耳朵，眼睛在黑暗中发着幽幽的绿光，倒把金师母吓得不轻。

第二天生意人没出门去忙，睡到十点多才起来，在院子里刷牙，他发现老金站在走廊上看他，就抬头朝老金笑笑，满嘴是白色的牙膏沫子。老金说，你好像胖了点，眼睛也小了。生意人眨了眨眼睛说，是吗？一般人要是胖了，眼睛就会显得小一点——可我没觉得我胖呀，我还觉得我瘦了呢。老金觉得他的话有些可疑，明明是胖了，为什么不敢承认呢，难道胖和瘦这里边有什么不可告人的秘密吗？生意人又说，其实有时候看人的胖和瘦就是一个心理感觉。老金说，你是说，我要是觉得你瘦，你就是瘦，我要是觉得你胖，你就是胖？生意人说，有时候是这样的。

老金没有咀嚼出生意人的话有什么弦外之音，但他跟金师母说，这个人不可靠，明明胖了，却不肯承认胖了，他又不是女孩子，还怕人家说他胖？金师母说，我怎么没有看出他胖了，你的眼睛是怎么看的？老金说，他来的时候明明是个瘦猴子，又矮又小，眼睛倒蛮大的，我还跟你说他的眼睛骨溜溜呢。金师母这才"啊哈"了一声，说，你搞错了，他不是那个人，他是另一个人。

老金这才弄明白了，第一个生意人把房子转租给了第二个生意人，第二个人搬进来的时候，老金不在家，他们跟金师母说了一下。金师母倒是想等老金回来告诉他一声的，但后来有什么事情一忙就给忘了。

老金郁闷了几天，他正在写《名人老宅》，思路受到点干扰，但后来想想也就算了，反正他已经预收了一年的房租，换不换房客与他关系不大。这第二个生意人又没住多久，又换来了第三个生意人。他们是老乡，从同一个地方来，所以会互相转让住处。他们的口音都差不多，如果不仔细看他们的长相，还真不知道什么时候又换人了。

但这一回老金留了个心眼，他发现第三个生意人和前两个生意人有所不同，他嘴碎，住下来没几天，他在这个城市的一些关系，都竹筒倒豆子倒给了老金。老金家的院子也成了果园花圃，生意人的众多关系，就像蜜蜂和蝴蝶，飞到老金的院子里来了。

不多久生意人的老婆也来了，她笑眯眯地向老金点了点头，算是认识了。生意人的老婆是个勤快的女人，她一来就打扫卫生，那几天院子里挂满了他家的衣服被单，胸罩短裤也都串在一根竹竿上挂在院子的当空，大家进出院子，都要在这下面穿行。她就这样洗了又洗还不满意，还唠唠叨叨说，这个地方，像个猪圈，这个地方，比猪圈还脏。老金本来心里就不太高兴，觉得她把院子的太阳都给霸占了，现在听她这么说，就更不乐意。本来他的家，他的院子，虽然旧，但很干净，猪圈是房客自己搞成的，不能怪这个地方。老金跟她说，男人家里不能没有女人，没有女人的家肯定是脏的。她听了，笑了笑。老金注意到她嘴唇边有一颗痣，黑得发红，红得发黑，因此它看上去是紫红的。她笑一笑，这颗紫红的痣就动一动。

生意人的老婆也和生意人一样，生活没有规律，爱来就来，爱走就走。老金开始很不习惯，哪天生意人的老婆走了，他就得等她回来，就像半夜里他等着生意人回来的门声一样。她不回来，她不把院子占满了，老金心里就没着没落的。好在生意人的老婆来来去去的时间都不长，让老金等得不算过分。只是有一次，她去了一二十天也没有回来，院子空空的，老金的心也空得难过，他终于有些不耐烦了，忍不住问生意人，你老婆呢？生意人开玩笑说，你是说我哪个老婆啊？老金也跟他开玩笑说，你有几个老婆啊？

第二天生意人的老婆就来了，老金看着她穿过院子走进生意人的房间，心里不由产生出一点疑惑，为什么他一问，她就来了呢？难道她一直就在附近的什么地方守候着吗？

老金等着生意人的老婆挂出她的衣物，可是她一直睡到中午也没有起来，还是生意人先起来了，站在院子里刷牙，老金说，你老婆今天不洗衣服了？生意人笑笑，露着满嘴的牙膏沫子，顺着老金的口气说，不洗了吧。他们正说呢，生意人的老婆也出来了，她也和生意人一样，在院子里刷牙，涂了满嘴的牙膏沫子，朝老金笑。老金也朝她笑笑，但等她洗了脸，将嘴边的牙膏沫子都洗干净后，老金吓了一大跳。

老金赶紧回来告诉金师母，生意人换了一个老婆。金师母说，这把年纪还瞎说八道，小心被人骂山门。老金说，怎么不是，怎么不是，先前来的那个，喜欢洗衣服的那个，嘴边有颗痣，现在没有了。金师母说，你倒看得仔细，人家脸上一颗痣你都记得那么牢，我脸上那么多雀斑你从来没有看见过。老金说，痣和雀斑是不一样的，雀斑是平面的，痣是凸出来的。金师母说，那有什么了不起，一个痣，用激光一点就没了，现在整容都整翻了，还换脸呢，少了一颗痣有什么大惊小怪的。老金被金师母这么一说，哑口无言了。

但哑口无言并不等于老金就接受了金师母的意见，他开始留心观察生意人的老婆，因为脸上少了一颗痣，老金怎么看都不像上次的那一个。老金借故跟她搭讪说，你脸上要是放一颗痣是什么样子呢？女人以为老金吃她的豆腐，也不恼，拉过老金的手往自己脸上放，还笑道，你来放放看呢。老金的手触到她的脸皮，像过电似的浑身一颤，脸都白了。

老金虽然被吓着了，但还是没甘心，他重新运了气，调整了思路，问她太阳这么好，怎么不洗衣服。女人又以为老金跟她调情，说，我不喜欢洗衣服，我喜欢穿衣服，我还最喜欢别人替我穿衣服。眼睛就花迷迷地看着老金。老金慌慌张张地逃走了。

晚饭的时候金师母跟老金说，我在街上看到那个女人勾着一个男人的手臂。老金没有问是哪个男人，但他知道肯定不是生意人。本来老金被吓得不轻，已经下决心不再过问生意人和他女人的事情了，可经不起金师母这么一说，他的怀疑又爬了出来。我跟你说的吧，我跟你说的吧，老金有点激动，你还不信，不是她，真的不是她。金师母奇怪地看看老金，说，你说什么呢，不是谁呀？老金说，不是先前的那个，先前的那个喜欢洗衣服，现在这个不喜欢洗。金师母说，喜欢洗衣服？你什么意思，哪有人喜欢洗衣服的。老金说，你不就挺喜欢洗衣服的吗，你不是洗了大半辈子吗？金师母说，呸你的，我不洗谁洗，你洗？

他们都有点闷气，就闷头吃饭，过一会金师母先想通了，说，别人的事情，管我们什么事，我们生什么气。老金赞同她说，是呀，只要他们付房钱，管她是哪个呢——老金停顿了一下，又后悔说，她头一次来，我就应该问她叫什么名字，我怎么这么傻，连人家名字都不问。金师母撇撇嘴说，名字算什么，名字什么也不算。老金说，名字怎么不算，名字就是一个人。金师母说，名字是可以换的，人都有假的，假名字就更没什么了不起。老金愣了半天，仍是心有不甘，但金师母没让他再说什么，她生气了，气不打一处来，自从生意人的老婆来了以后，老金就老是跟她拌嘴，金师母说，你昏头了，动人家年轻女人的心思了？老金大觉冤枉，跟金师母说，你怀疑错了，他们才是该怀疑的人。金师母一气之下，不再跟老金说话。晚上老金躺在床上也默默地检讨了自己，觉得自己太多事。

为了克服这个新生的毛病，从第二天开始，老金起床后就不到院子里去了，他让金师母把水打进来，在屋里洗脸刷牙。因为几十年来习惯了在院子里做事，动作幅度比较大，老金把水弄了一地。金师母的拖把追着他的脚后跟，怎么看都怎么觉得老金的行为可疑。金师母说，你为什么不敢到院子里去，你是不是心里有鬼要躲着人家，你做了什么见不得人的事？为了地上一摊水，她的话题能够扯到联合国去。老金免讨气，只得收敛起大大咧咧的动作，每天小心翼翼，如履薄冰。有时候外面有了什么动静，他想看一眼，也是探头探脑，蹑手蹑脚的。金师母看到他这样，更加心生疑虑，你偷偷摸摸干什么？你到底跟人家怎么了？老金想了半天，气不过说，我为什么要偷偷摸摸，我是在自己家里。

憋了一阵，老金憋不下去了，想想也觉得冤，自家的房子院子，自己竟不敢在里面自由活动，这算个什么事。老金打开房门，还没踏出门槛，就被在院子里刷牙的生意人看见了，生意人说，金老师，你病好啦？老金生气地说，什么病，我没病。生意人宽容地笑了一笑，说，没病好，没病好。老金就管不住自己的眼睛，直朝他屋里瞄，生意人说，金老师，你找我老婆？说得老金脸绯红，支支吾吾说，我不找你老婆，我找她干什么？生意人善解人意地说，我老婆又走了，她是猢狲屁股，坐不定，在一个地方待不了几天就要走的。老金说，那，那她走到哪里去呢？生意人说，我才不管她，她愿意到哪里就到哪里去。老金听了生意人的话，心里被触动了一下，连人家的老公都不管老婆的事，我操的哪门子心呢？

老金觉得自己想通了，就把这些心事放下来了。他又能够自由地在自家的院子里进出，自由地朝生意人的房间看来看去，也可以安心地坐到写字台前，安心地写《名人老宅》。为了写好《名人老宅》，他参考了一些史书，这天晚上他在史书上看到一段记录，这是发生在名人吴敬庭老宅里的故事。一座数百年老宅，进深两公里，有一条狭长的备弄，望进去就像一个无底洞。一天晚上吴老爷喝了点黄酒，有兴致出去走走，但他没走正门，偏去走这条下人走的备弄。备弄又长又黑，两边的门缝里透出一丝丝烛光，耀在青砖地上，游动着像一条条细小的银蛇，吴老爷觉得特别神奇，他驻足细看起来，就听到有人在跟他说话，吴老爷抬头一看，就看见吴老爷站在他的面前，朝他躬身一笑，说，吴老爷，喝的绍兴花雕。吴老爷也朝那个吴老爷躬身一笑，说，吴老爷，喝的绍兴花雕。这时候正有两个下人穿过备弄，他们看看这个吴老爷，再看看那个吴老爷，片刻之后拔腿就跑，屁滚尿流地喊道，两个吴老爷，两个吴老爷。

老金看得十分狐疑，怎么可能有两个吴侍郎，必定有一个是假冒的，但是他假冒吴侍郎干什么呢？这时候的吴侍郎，早已经解甲归田，没了权势，那么，唯一的可能就为了吴侍郎的家产。

他想把自己的判断跟金师母说一说，但他只是张了张嘴，没有出声，就打消了这个念头。金师母正在看《天天讲历史》，看这个节目的时候，金师母是不会搭理任何人的。老金曾经批评过这个节目，说它把历史世俗化、庸俗化、简单化、肤浅化等等，可是金师母说，她看的就是这些化。

老金重新回到史书里，他又看了一遍刚才那段记载，心情平稳多了，怀疑也渐渐地退去，有什么好奇怪的，史书上也有许多以讹传讹的东西，不足为证。到底有没有两个吴侍郎、能不能证实有一个或者有两个吴侍郎都不会影响老金要写的这个吴氏故居，反倒给那许多沉闷古板的老宅，带来一些生动的因子。这些因子像蝴蝶一样在老金的眼前飞舞起来。

老金睡了一个踏实沉稳的觉，他还做了十分美好的梦。他觉得这是两个吴侍郎给他带来的美梦，他既然可以不计较有一个还是有两个吴侍郎，那么还有什么事情可计较呢？早晨老金神清气爽地打开房门，就看到生意人的老婆又在院子里晒衣服了，太阳还没升起来，她已经把院子占满了。老金说，你又洗衣服了？她一回头，冲老金一笑，把老金吓得三魂走掉了两魄，他赶紧用手撑住脑袋，他怕最后一个魂魄也逃走了。生意人的老婆见老金扶住了头，赶紧说，金老师，你怎么了？你生病了？你头昏吗？老金话到嘴边，硬生生地咽了下去。

她嘴唇边那颗痣又出来了。难道她又用激光打出一个痣来了？

生意人的老婆还在一迭连声地关心着老金，金老师，你头昏了吧？金老师，你是不是觉得天地房子都在转，你恶心不恶心，想不想吐，你眼睛里是不是有许多金星在乱冒，你有颈椎病还是晕眩症？老金眨了眨眼，他眼睛里没有金星，倒是有许多紫红色的痣，这些痣生动而夸张地飞舞着，把老金的头脑子舞得发晕，晕成了一团乱麻。

我连有没有两个吴侍郎都不在乎，我为什么要在乎有一颗痣还是没一颗痣呢？老金想转身走开，离开这个女人，离开这颗痣，可是他迈不动脚步，他的腿脚沉重无比，就像被钉住了。他怀疑自己无意中走了一个怪圈，一旦发现与己无关，赶紧要想走出来，可是他已经走不出来了，因为他无法对一颗或有或无的痣熟视无睹。

老金断定这不是同一个女人，是两个不同的女人。也就是说，生意人包了二奶。根据老金的分析和判断，洗衣服的这个是生意人的正式的妻子，那个没有痣的是二奶。他觉得生意人这样做不道德，最终还是忍不住把这件事情揭发出来了。

老金是考虑再三才说出来的，他也作好了充分的准备，准备着生意人的老婆大吵大闹，也准备着生意人来跟他算账。不料生意人的老婆听了老金的揭发，却笑起来，她说，金老师，你搞错了，他没有包二奶。老金告诉她，她不在的时候，有另一个女人住在这里，她跟她不一样，脸上没有痣，而且，不喜欢洗衣服。可是生意人的老婆仍然不肯接受老金的话，她笑着说，如果他有二奶，我才是二奶。老金有点懵，难道我搞错了，那个不洗衣服的才是？这个女人又笑着说，不过我得告诉你，他还没有结婚呢。老金愣了半天，才说，那就是说，他有好多女朋友，至少不是你一个？她听了，还是笑，说，女朋友？什么女朋友？金师母插嘴说，你还孔夫子放屁文绉绉呢，现在没有这样的叫法了，结婚没结婚，都叫老婆。老金已经没有退路了，他已经被抵到了墙角，但他还在挣扎着破坏人家，他说，至少，至少，昨天来的不是你。女人说，怎么不是我，我在院门口还和你打招呼，金老师你真幽默。说着说着，她又和金师母一起笑了，她真是个喜欢笑的女人，竟然还带动着大半辈子都不喜欢笑的金师母也笑口常开了。

老金这大半辈子的日子过下来，还从没有人说他幽默，他身上什么都不缺少，缺的就是幽默。生意人听说了老金的幽默，也和老金淘江湖说，金老师你蛮会花女孩子的呵，现在女孩子最欣赏的就是男人的幽默，老不老，有钱没有钱，都不太重要，重要的是你幽默不幽默。

接下来几天，生意人的屋子里，就没有了女人的踪影，一个女人也不来了。老金见金师母眼睛一白一白的，他知道她不想听他说生意人的女人，他就没说，但他心里一直在想，你看看，你看看，被我说穿了，心虚了，就不敢来了。这些堆积起来的想法，没有从老金嘴里出来，但它们得找个出口，从老金的眼睛里出来了。金师母走过老金身边的时候，感觉到老金眼睛里有一股气往外冒，这股气竟然把金师母震了一下，金师母伸手在老金眼前晃了晃，又伸出两根手指说，你看得清这是几吗？老金气得说，你以为我瞎了？

女人果然有一段时间没再来，生意人屋子里又乱七八糟了，金师母空下来的时候，进去帮他打扫打扫。本来老金以为自己识破了生意人的假局，还有些得意，但现在老金又觉得有点愧对生意人了，他想躲着点生意人，可生意人却追着老金说，金老师，你说我有好多老婆，结果弄得我一个老婆也没有了。老金辩白说，我没有说她们都是你的老婆，我只是看到她们长的不一样，一个脸上有痣，一个脸上没痣，一个喜欢洗衣服，一个不喜欢洗衣服。生意人说，两个怎么可以呢，你又不是不知道，现在不允许讨两房，那是犯法的。老金说，你如果不跟她们领结婚证，反而不犯法的。生意人大笑起来，说，金老师，他们说你幽默，我以前没有看出来，现在才发现，你还真的很幽默。

金师母起先一直待在一边拣菜，没作声，这会儿忍不住挖苦老金说，他这个人是不幽默的，他的眼睛倒蛮幽默的，会挑拨离间呢。生意人又笑了，说，没事的，女人算什么，不来就不来，没关系的。老金听他这么说，很过意不去，说，我知道，她们的走，跟我有关系，是我多事，是我多嘴，对不起，是破坏了你的家庭。生意人说，金老师，你真幽默。

老金的疑团堆积得越来越大了，堵在他心里，很沉重，堵得他透不出气来，老金想将这个疑团扔给别人。可扔给谁呢？金师母肯定不会接的，扔给儿子？

扔给女儿？他们工作都很忙，别说过来管这件事情，恐怕连听一听的时间都不会有，他们虽然同住在一个城市，可老金差不多有半年时间没见着他们的面了。那么去扔给居委会？甚至，扔给派出所？

老金正在为自己的疑团找出路呢，女人却又出现了。那天早晨老金一出房门迎面就撞上了她，她从生意人的屋里出来，但不是那个有痣的，也不是那个没有痣的，她比她们都瘦一点，个子也高一点。她是个自来熟，老金还不认得她，她就冲老金笑了半天。

老金慌慌张张逃回自己屋里，告诉金师母，生意人又换了一个女人，这个女人很瘦很高。金师母狐疑地朝他看了又看，最后说，你是不是也想换老婆包二奶？人家做生意，你做学问，井水不犯河水，人家哪里得罪你了？老金说，你出去看看，你看了就知道，这一个比那两个瘦多了。金师母说，不看我也知道，瘦是因为她减肥了，现在女人都喜欢瘦，她吃了减肥药，一个星期没好好吃饭，怎么会不瘦？老金愣了半天，忽然又说，不对，如果是减肥，那也只会减瘦了，个子怎么会长高？金师母说，你穿上高跟鞋试试，会不会高起来。老金的疑团果然被金师母扔了回来。

可没过两天，女人又胖起来了。金师母说，减肥是需要长期坚持的，如果嘴馋了，忍不住吃了东西，又会反弹，你不看电视吗？老金说，我看到电视里天天在说，不反弹不反弹。金师母说，不该信的东西，你就信，该信的东西，你就疑神疑鬼，你的眼睛到底怎么了？

起先老金犯糊涂，金师母还能给他耐心解释，但说着说着金师母又生气了，她又上了老金的当，老金绕着圈子就是要跟她谈论生意人的女人。金师母戳穿他的诡计说，你的注意力怎么老是放在女人身上，胖啦瘦啦，高啦矮啦，你倒看得仔细。老金说，不是我看得仔细，她们本来就不是一个人，她们是许多人，她们是许多蝴蝶，飞来飞去，绕得我头昏。金师母气得说，你越说越不像话，别人不骂你，我要骂你了。

又一个奇怪的早晨来临了，老金站在走廊上，看着生意人站在院子里刷牙，等他刷完牙，抹干净了嘴巴一抬头的时候，老金大叫了一声"啊呀"！生意人被他吓得一哆嗦，赶紧喊金师母，金师母出来一看，老金眼神定定的，动作都僵硬起来。金师母以为老金要中风了，赶紧挽着老金进屋坐下，一迭连声说，你血压不高的，你血压不高的，怎么会中风？你不要吓我啊。老金已经回过神来，拿一根手指放在嘴边朝金师母"嘘"了一声，说，小声，隔墙有耳。他又朝金师母做了个鬼鬼祟祟的手势说，我说的吧，我说的吧，那个生意人有问题，我跟他说了一次话，他女人就不敢来了，我再跟他说一次话，他自己都逃走了。金师母说，逃走了？谁逃走了？老金说，我们的房客，那个生意人。金师母又把手竖到老金眼前晃了晃，说，逃你个头啊，人家明明刚才在院子里刷牙，还跟你说话，哪里逃走了？老金说，你还问我，我还没问你呢，明明又换了房客，你为什么不告诉我？你们做连档码子，想干什么？金师母"呸"了一声，说，我要洗衣服了，没有你这么空闲，没时间跟你嚼蛆。

下午老金出门散步，走着走着，就到了派出所门口，他并没有进门，只是在门口转来转去，看到有穿警察制服的人出来，老金就上前打招呼，也不说有什么事，三番五次地，最后终于引起了值班警察的怀疑，把老金叫了进去。

老金为的就是让警察注意他，进了派出所，老金也没有直说房客有问题，他拐弯抹角，一会儿说，如果出租房屋租给了一个坏人怎么办，一会儿又说，一般租别人房子的坏人会干什么坏事？过一会又说，怎样才能抓住坏人的把柄而又不让坏人察觉。开始警察也是摸不着头脑，不知道老金想干什么，后来被老金老是这么问来问去，警察渐渐地听出点意思来了，他把老金家出租房屋的事情跟老金的表现联系起来一想，两条线一下子搭上了，警察站起来就走。这正中了老金的下怀，老金还跟在后面装模作样地说，哎，哎——我还没说完呢，你到哪里去？

警察当然就是到了老金家，他检查了生意人的所有证件，了解了生意的所有人际关系，还打电话给生意人家乡的派出所，但怎么查，人家也是合法生意人，至于房屋的转租，张三换给李四住，李四又换给王五住，虽然不太规矩，但毕竟够不上违法，至于女朋友来来往往，更是人生的自由了。警察起先兴师动众，是带着瓮中捉鳖的信心来的，现在却没了落场势，在大家面前下不来台，颇觉窝囊，先是怪自己神经过敏，后来又觉得是上了老金的当，他气恼地跟老金说，金老师，这种玩笑你也开得出来？你还是个有学问的知识分子呢。

警察走后，老金就闷着了，一言不发，金师母倒是想挖苦他几句，但看他这样子，也懒得去说他。一直到新闻节目开始，老金仍然不动弹。金师母忍不住推了他一下，提醒说，别像个白痴似的坐着了，看新闻去吧。老金打开电视，就看到一条新闻，一家房东租房租给了一个杀人犯，警察来的时候，房东还不知道，还理直气壮不给进呢，结果警察把他一扒拉，冲进了出租屋，可是人已经跳窗逃走了，床底下有一把土制手枪和一把亮闪闪的匕首，警察抓起匕首，匕首正冲着电视的镜头，老金眼前一晃，就觉得匕首冲他来了，一下子就刺中了他的心脏，老金痛得"啊呀哇"一声大叫起来，手捂着心大喊道，我得心脏病了，我得心脏病了，就倒了下去。

老金被送到医院急救，医生查了半天，也没查出有什么问题，没有心脏病，心血管脑血管都很好，只是受到一点惊吓和刺激，用一点镇静药，睡一觉就会好的。医生还说，像老金这样年纪的老人，能够有这样的身体，算是很不错的了。

第二天早上老金醒来，他听到金师母在说，醒啦？睁眼一看，却是另一个老妇女站在他床前，又担心又紧张地朝他看着。他奇怪地问，你是谁？这个老妇女说，人家都急死了，你还开玩笑。老金说，我听得出你的声音，但是我不认得你——老金脑子里忽然闪过一道光，他说，你，你竟然去整容换脸？你想干什么？金师母哭了起来，说，你放什么屁，我这把年纪了，我还整容，你把我当什么人了。老金也知道自己错了，他也不相信金师母会去整容，那就是有人整出了金师母的声音来骗他。老金气得不轻，他是知识分子，从来不骂人，也不会骂人，但这会儿奇怪了，从来没有出过口的骂人的话一下子喷涌出来，而且又毒又狠又粗俗，他大骂金师母是骗子。

大家以为老金发了神经，但检查结果却一切正常，他没有得精神方面的疾病，又给他做了脑 CT，也没有老年痴呆症的症状，老金除了不认得人，其他什么事情都知道，而且反应还特别灵敏，别人眨个眼睛他都知道是在挤对他。医生面面相觑，大觉奇异，都说，搞不清楚，疑难杂症。后来有一个年轻的海归医生说，有一种病叫面孔失认症，记不住人，不知道金先生得的是不是这种病。

金师母急了，说，不可能的，他记性很好的，他搞了一辈子地方志，什么复杂的东西看一遍就全记住了。金师母说得不错，他们所在的这个历史悠久的地区，从城里到乡下，那许许多多像断了线的珍珠一样撒落遍地的历史古迹，哪个是什么朝代的，哪个有什么故事，哪个在哪里，老金都记得，都知道。老金的同事们曾经说他是一台内存特大的电脑，你想了解什么，在老金的脑子里搜索一下就出来了。

　　但是海归医生告诉金师母，这和一个人的记性好坏没有关系，他不是忘记别的事情，他就是认错人的脸，这不是一般的健忘症。金师母又急了，说，可是，可是我们的房客，确实是很混乱的，不能怪老金，老金没认错，房客确实是换了好几茬，也确实有好多女人来来往往，像花蝴蝶一样在我们院子里飞来飞去。医生说，这跟房客混乱不混乱也没有关系，这就是一种病，你们要相信科学。

　　谁也没有听说过面孔失认症这种病，海归医生介绍说，得了这种病的人，一开始是不记得熟人，渐渐地，亲朋好友也不记得了，再渐渐地，自己家里人也不记得，当然他更不能看电视看电影，因为他记不住里边的人物，每一个出过场的人物他都会当成是第一次出场，就把剧情全部搞乱了。医生拿出一面镜子，他让老金照一照，问他镜子里是谁。老金看了看镜子，生气地说，你们把我当什么啊？我是神经病吗？我是白痴吗？我连自己都不认得啊？海归医生对金师母说，他自己还是认得自己的，只是记不住别人的面孔，这种病刚开始的时候就是这样的。金师母急坏了，这才刚开始？那以后会怎么样，难道他会不认得他自己？海归医生说，也有这样的病例，发展到最后连自己都不认得了。比如在美国就有一个妇女，她的病很严重，在公共卫生间，她和其他女人一起照镜子，看到镜子里有许多女人，却不知道哪个是自己，她得做个鬼脸，才能确定哪一个是自己。但是一般的人不会发展得那么严重。不知道金先生会不会发展到那一步。

　　老金出院回家后，身体各方面一切正常，他将写了一半的《名人老宅》继续写下去。写到吴氏老宅，老金多加了一段话："吴宅的备弄里经常闹鬼，开始家人都为之惊恐，夜间常听见备弄里有下人吱哇鬼叫。后来时间长了，大家习以为常，碰见了似曾相识或似是而非的东西，不再乱叫，也不以为怪，有时候还会上前招呼一声。"这段话跟介绍名人老宅没有多大关系，终审的时候很可能会被拿掉，但老金还是写上了。奇怪的是，半年后《名人老宅》出版了，老金发现这段内容并没有被删除。

　　在这个夏天的一场暴雨中，老屋倒塌了。还好，老金夫妇和他们的房客都被挡在横梁下面，没有受伤，只是受到了一点惊吓。

一

季友联的表哥老包绰号叫包一折。一折，就是买东西打一折的意思，老包喜欢买便宜货，好像他这辈子到人世间走一遭，主要任务就是来占便宜的。有一次老包上街，看到街头人山人海，不知是什么单位在做什么好事，免费赠送礼品。老包费了九牛二虎的力气挤了进去，可每人只给一包，老包大声嚷嚷，一包不够的，一包怎么够啊，再给一点，再给一点。守在那里不肯走。结果又拿到一包。老包这才喜滋滋地挤出来，精美的包装袋上有两个大字：喜乐。因为其他的字太小，老包没戴老花镜，看不清楚，不知道是喜乐牌的什么东西，但是"喜乐"这两个字喜气洋洋的，老包猜测是什么新开发的营养品。结果回到家老婆拿过去一看，气得骂起人来。原来这一天是支农日，老包抢回来的是一包农药和一包化肥。他老婆说，你想要我吃农药啊。可即使拿到了完全没有用的农药化肥，老包还是很高兴，他还跟老婆开玩笑说，要不倒过来，你吃化肥我吃农药。

当然老包最喜欢做的事情并不是白拿白取，因为白拿白取显不出他的本事，他最擅长的是买便宜货，别人原价买的东西，他七折八折甚至三四折就拿回来了。老包还有一个特点，不光自己买，还要给亲戚朋友也捎上一点。有一次他一折买回了十几件羊绒衫，还意犹未尽地说，唉，看看这件也好，看看那件也好，哪件都舍不得放下呀。大家说老包你怎么像个娘儿们，娘儿们才会被衣服弄昏了头。老包说，我头脑清醒着呢，一折呀，你想想，什么叫一折？弄得那一个冬天，拜年的时候，亲戚朋友个个都穿着羊绒衫。老包隔三差五就带上便宜货到亲戚朋友家去，说，表弟啊，堂兄啊，老杨啊，小李啊，我给你们送什么什么来了，你猜这东西多少钱买的，猜不出吧，说出来吓你们一跳，等于白送的啦。

　　虽然老包说是送的，可大家无功不受禄，不好意思白拿，要付钱，老包就说，你给钱？你给钱我就跟你生气。可是你如果真的相信了老包，真的以为他不收钱，真的不给他钱，那你就错了。老包会三天两头到你家去烦你，他还会别出心裁地刺激你的神经，忽然就把你的手机拿去看看，你手机里有一些不该保存的内容没来得及删除，那内容这会儿正捏在老包的手心里呢，看着老包把你的手机在他的手上按来按去，想怎么着就怎么着，你心里不急啊？一会儿老包又说，哎，最近肚子不舒服，等会借你的医保卡给我拿点药。完全是前言不搭后语的，让你丈二和尚摸不着头，但最后你终于摸着了头脑，悟出来了，赶紧说，啊，对了，老包，上次你给代买的什么什么，我还没给你钱呢。老包照例说，你给钱我跟你生气啊。但这时候你已经知道老包这话是假的，你硬把钱塞给老包，老包才十二分不情愿地把钱收下。老包收了钱，就再也不来麻烦你了，等到下一次老包又买到了便宜货，他才又来。到后来亲戚朋友都怕了他，躲得他远远的，连本来正常的交往都渐渐地减少了。可老包并不察觉，老包总是牵挂着他们，老包说，看到这么便宜的东西，我就想着你们了。

　　后来老包的一个远亲去世，葬在燕南山，安葬的时候，老包也去了。燕南山的墓地价格特别便宜，在别的墓区买一个墓穴，到这里同样大小的至少可以买上七八个，原因就是交通不便。但根据发展的形势，交通早晚会方便起来，路早晚会搞好，路一搞好了，地价就会疯长。何况这里依山傍水，每天看着明晃晃的太阳从水面上升起来，躺在这里一定心旷神怡。许多事情阴间和阳间也是一样的道理，从前人们买房子也不讲究，但经济发展到一定的程度，现在大家不仅要住好的房子，更要住好的环境，要近山，要亲水，还要换一口新鲜的绿色的空气，谁敢说死去的人就不要讲究环境呢？大家议论来议论去，最后有人总结说，关键是看谁有胆识来掘第一桶金，掘到第一桶金的人，肯定能沾到便宜。别人是说者无心，说说而已，老包是听者有意，听了就激动。老包一激动，一下子就在这里买下四个大墓穴，每个足有七八平米，按老包的说法，住活人都足够了。老包的父母已去世多年，早已经葬下了，所以老包给自己和老婆各买了一个，还给儿子媳妇也各买了一个。不料儿媳妇死活不肯要，她跟丈夫吵架说，都怪你没本事，让我这辈子活着住在你家受你妈的气，死了还要住一起啊，打死我也不干了。儿媳硬是不要，老包也没有办法。最后媳妇到燕南山对面的燕北山上另一个墓区也买下了两个墓穴，两山对峙，那山还比这山高一点。媳妇总算出了一口恶气。

可这样一来老包就多了两个墓穴了，其中的一个被老包的一个朋友拿了去。老包的这个朋友老母亲已经八十七岁，还没有准备墓地，小辈正在考虑这事情呢，正好老包上门，双方皆大欢喜。可最后剩下的一个却没有人要了，老包跑了好几个亲戚朋友家试图推销，结果人家生了气，说话很不好听，几乎是把老包骂了出来。老包就来找季友联了。季友联说，老包你什么不好卖，跑来卖墓地，你咒我早死？老包说，季友联，你先不要说泄气的话，明天我带你去看看，那地方山清水秀，保证你看了都不想回来。老包这话实在是不中听，但老包就是这样说话的，季友联没有跟他计较，只是说，风景再好也是要回来的。老包一听季友联松了口，又赶紧讲了一个故事给季友联听，老包说有一个农村老太太喝农药自杀，被抢救过来了，还大呼小叫，你们让我死，你们让我死。人家问她是不是小辈对她不好不想活了，老太太说，不是小辈对她不好，是她对小辈好，为了让后代兴旺发达，她一定要死在堂伯前，这样就能抢占家族最好的风水宝地，为子孙造福。老包讲过故事后，问季友联，你说说，你说说，墓地的风水重要不重要？老包还要再给季友联讲另一个故事，季友联说，别讲了别讲了，我去看还不行吗？季友联纠缠不过，就跟着老包到墓地去了一趟。到了那里，老包说，怎么样，我没瞎说吧，躺在这里，肯定心情舒畅。季友联说，死都死了，还有心情？老包说，季友联你这话不对，你没有死，怎么知道死了以后没心情呢。老包抬手向整个墓地指了一圈，说，季友联，你知道吧，张三也在这里，还有李四，还有王五的母亲，赵六的爸爸，都在这里，我们都是同一个新村的村民。季友联最后按老包的指点，在一张合同书上签了自己的名字。老包说，季友联，我们以后既是亲戚又是邻居，亲上加亲了。老包把那纸合同交给季友联，让季友联小心收好，老包说，这是你买墓地的证明，这个字一签，这个墓就归你了，你就有了葬身之地了。季友联了解老包的脾气，赶紧说，老包，亲兄弟，明算账，多少钱？老包照例生气地说，你要给我钱，我跟你生气。硬是不肯说多少钱。这是老包的习惯，第一次是肯定不会要的，过几天季友联上门去，再给一次，老包就会收下了。如果季友联不去给钱，老包也会主动来找他的。

季友联本来打算过三四天再到老包那里去，这是长期以来对付老包的一般做法，三四天之间，老包还不会着急，不会找上门来。可是季友联回来的当天，就觉得心里很不踏实，心思一直被牵在那个"山清水秀"的地方，还老是想着老包说的"去了就不想回来"那句话，又想到张三在那里，李四在那里，又想到五王的妈妈赵六的爸爸，这些死了的人，一个一个地浮现在他眼前，害得他心神很不宁，一晚上都没睡好觉，结果被老婆追问了，只好如实说出来。老婆气得把老包和季友联连带着一起骂了，老婆说，什么东西不好要要块墓地？她叫季友联去把墓退掉，可季友联知道墓是退不掉的，唯一的办法，就是早一点把钱去付掉，至少求个心安理得。

季友联去还钱，老包说，你这一次怎么来得这么快？季友联说，自己的墓地还是要自己买，心里才踏实。老包说，其实是无禁忌的，现在送什么的都有，为什么就不能送墓地呢，不过既然害得你心里不踏实，我还是收下吧。

不知是不是因为付了钱的缘故，季友联心里渐渐踏实了，也不再挂记着自己的那个葬身之地了，只是偶尔在喧闹的大街上，堵车时，或者工作不顺利，心里有点烦，他会忽然地想起那地方的宁静，就觉得有点向往。但很快季友联就在心里骂自己，这里再烦也是个活，那里再清静也是个死。好死不如歹活，向往那里干什么？

不多久，季友联买的墓地就涨价了，翻了几个跟斗。老包告诉他这个消息的时候，跟他说，季友联，你要谢谢我，阳间的房地产我们炒不起，好歹还炒了一回阴地阴宅，也是改革开放的一个成果啊。

二

季友联单位里有个副处长快到年龄了，大家都盯着那个位子。在几个有竞争实力的科长中，季友联资格是最老的，但老资格有时候也会成为不利因素。一个"老"字，就说明你年龄偏大，学历偏低，开拓性较弱，创新意识较差，等等。其实，像这样的岗位竞争，在每个人的漫长的工作中是经常遇到的，是不断遇到的，可是对季友联来说，这一次的竞争却是非常关键，如果不能胜出，他就过了提拔的年龄，只能在科长的位置上等待离岗，最后退休了。

处长的脸色受到了大家的格外关注。不幸的是，处长的脸色很不好。从来都是和颜悦色的处长这些天一直黑着脸，动不动就找人谈话。季友联也被找谈话了，但是处长的谈话与那个即将空出来的副处长的位置完全没有关系，他跟季友联东拉西扯，使季友联很摸不着头脑，处长最后的一个问题更是让他觉得莫名其妙，处长说，老季，最近看到有谁进我的办公室吗？季友联不知道怎么回答，有谁到处长的办公室去，只有处长自己最清楚，何况这一阵，处长频繁找人谈话，谁也记不清到底有哪些人进过处长的办公室。处长似乎并不等季友联回答，他指了指自己的办公室，生气地说，我不在的时候，肯定有人进来过，我的东西全被翻乱了。

大家觉得不可思议，处长不是一个讲究整洁的人，平时他的办公室是全处最乱的一个办公室，不用人进去翻，就一直是乱着的，即使真有人进去翻了，无非是从这样的乱变成那样的乱，恐怕粗心的处长也不会知道，就算知道了，一向习惯办公室乱糟糟的处长也不会为此发脾气，这么分析来分析去，大家心里似乎有了比较一致的想法：有人进去了，不仅是翻乱了材料，肯定拿走了什么东西。

到底丢失了什么东西，处长不说。处长越不说，大家就越想探听，处长嘴再紧，也架不住这么多人时时刻刻地旁敲侧击。大家努力回忆搜集出点点滴滴的特殊情况，印象最深的是处长频繁地请同事们到他的办公室，欣赏当代画家任孜然的一幅画作。任孜然擅画参禅一类的主题，但他的作品与众不同。这类主题的画作，平时大家能见到的多为坐禅，或洞中坐禅，或溪上坐禅，而任孜然笔下出现的悟禅和尚，无一不是闭眼仰卧于空无人烟的山谷间。大家在处长办公室看到的这幅《山谷之音》，表现的主题既现实又超现实，意味隽永。欣赏者无论懂画不懂画，无不赞赏称奇。

这幅画一直挂在处长办公室的墙上，现在不见了，毫无疑问，画被人拿走了。处长为什么不报案，大家心照不宣，因为处长从来没有说过这画是哪里来的。当初它是悄悄地来，现在它又悄悄地走了。处长是哑巴吃黄连，脸色当然不好看了。

季友联心里开始痒痒了，他觉得自己应该替处长排忧解难。但他不会做得让处长很为难，他可以说他弄到一幅任孜然的真迹，但是价格很便宜，因为是老包弄来的。老包的绰号叫"包一折"，处长也知道。也许开始处长会怀疑画的真伪，但事实上画的真伪不会有问题，因为它不是老包弄来的便宜货。时间可以证明一切，处长得到这幅任孜然后，很快会请鉴赏家来验证，他还会请画家们来欣赏，最后经过检验，事实告诉处长，包一折不愧是包一折，如此价位的任孜然真品，也只有包一折能够弄到手。

季友联想象的翅膀飞翔起来以后，他遇上了落地时的艰难。任孜然的画这一两年涨疯了，去年春拍的时候，还在万元上下徘徊，到了去年秋拍，就已经突破一万五的幅度，今年春拍的信息也早有透露。季友联估算了一下，要想弄一个尺幅不小于处长丢失的任孜然，价格至少在三四万元以上。可季友联和处长一样，也是气管炎协会的成员，不能指望从老婆那里得到这笔钱。本来季友联也有一点私房钱，但是老包要他买了墓地，私房钱就用得差不多了，现在他心里有点怨老包，可是一想到老包，一连串的念头就引发开去了，他想到了那块墓地——墓地涨价了——还涨得不轻——翻了好几倍——既然墓地行情看涨，不如将墓地转手——钱不就可以凑起来了吗？

季友联赶紧去找老包，说自己急需用钱，要转卖墓地。老包说，找我你是找对了，解铃还需系铃人嘛。你放心，你的墓地，包在我身上。老包这回另辟蹊径，没有再走亲戚朋友的老路，他跑到医院去了，去看看那些行将结束人生之旅的老人。果然不费吹灰之力就给老包探到一个，这个老先生躺在病床上很长时间，好多天都不进食了，但就是不咽气，问他有什么放不下的事情，老先生气若游丝却还气鼓鼓地说，我连自己住的地方都不知道在哪里，我怎么咽得下这口气。结果老包一凑上去，就和老先生的子女一拍即合，约定这个星期天就去看墓地。

季友联接到老包电话的第二天，独自一人先去了一趟墓地，他要再看一看那里的情况，如果感觉好的话，他还指望着把价格再提高一点。

这是一个春暖花开的日子，季友联来到自己的墓地，他再一次被这里的景色吸引了。可是当他美美地欣赏了一番美景回过神来时，才发现自己站错了地方，他站到别人的墓前来了，这个墓是王菊香的墓，这个王菊香大概是个年老的妇女，因为墓碑上写着"王菊香老太太"几个字。但是很奇怪，这块墓碑不像一块墓碑，严格地说，根本就不是一块墓碑，它只是一普通的石头，一块很不规则的石头，看上去像是随手从哪里拣来的，歪在坟前，不像其他坟头上的墓碑，都是竖得直挺挺的石板，光滑闪亮，上面刻着端正的很有风骨的字，再用鲜红的漆描出来，既端庄又醒目。而这块石头上的字，是用毛笔沾了黑墨水写的，字也和石头一样，写得歪歪扭扭，不成方圆。而这上面的内容，更是不符合一般墓碑的规矩，一般的墓碑上，都会写上先父某某某或家母某某某，然后是小辈的落款，有许多都排了很长一串的小辈的名字。但是这个墓碑上，除了身份概念很不明确的"老太太"三个字之外，既没有对王菊香的具体称谓，也没有安葬人的落款，简直就不知道是谁给谁下了葬。季友联一边疑惑着，一边开始寻找自己的墓地，可他找来找去，最后发现这个安葬着王菊香老太太的墓地原来就是他的墓地，季友联拿出随身带着的合同书反复核对上面写着的墓区和排号，准确无误就是这个地方。为了慎重起见，他又给老包打电话，老包在电话里说，就在我隔壁，你看到我了吗？我是南二区九排十七号，你是十八号，你的数字还比我的吉利。季友联现在才搞清楚了，不是他站错了地方，是别人葬错了地方，把王菊香葬到他的墓里去了。季友联一时有些茫然，呆呆地站了一会，才到公墓管理处去把管理员找来。管理员跟着季友联过来一看，也懵了。我不知道的，他嘀嘀咕咕地说，这是不可能的事情，所有住到这里的人，安葬的时候，我们都要一起来的，水泥盖板都是我们封的，怎么有人不通过我们就偷偷地来安葬呢？季友联说，不可能的事情发生了，你们怎么处理？管理员目光茫然地看着墓地，又看看季友联，再看看墓地，再看看季友联，这么来回地看了看，他有主意了，也不说话，一弯腰就把水泥盖板掀了开来，下边露出一个用红绸布包着的骨灰盒，管理员端起骨灰盒说，这事情好办，请她走。他端着骨灰盒就走，季友联"哎"了一声说，你把她放到哪里去？管理员说，先在管理处放一阵，两三个月吧，两三个月没人来领就丢掉了。季友联说，丢掉，丢到哪里？管理员说，这个你就别管了，反正是丢掉，洒在湖里，那是水葬，埋到树下，那是树葬，即使没有人来管她，但我们也不会委屈她的。季友联愣了愣，心里似乎有点不安，入土为安，入土为安，可安葬王菊香老太太的人也够糊涂的，竟然葬错了地方，这不是折腾老太太让她不安吗？季友联犹犹豫豫地说，要不，先在我这里放一放，等她家人来了，再跟他们说？管理员回头朝季友联看看，他好像没明白季友联说的什么。季友联解释道，过几天就是清明了，她家里人会来上坟的吧。管理员说，你这么肯定？你知道他们会来？你认得他们吗？季友联赶紧说，不认得，她不是我家的人，这个墓地，是我给自己买的，我还没死呢，怎么会有人在里边呢。管理员说，那你的意思，让她先住几天？季友联说，只能住几天，我的墓地打算转让给别人了，过几天人家就要来看地了。管理员笑了，说，你是去年买的吧，给你买着了，路一修好，这一年就翻了好几倍啊。

季友联留了个纸条在墓地，说明这是他的墓地，希望王菊香的亲人赶紧将王菊香搬回她自己的墓穴里，不要占着别人的墓。季友联回去过了两天，管理员打电话给季友联，说他贴的纸条没有了，但是王菊香却没有被搬走。季友联有点生气了，为了贴牢那张纸条，他跟着管理员到很远的公墓管理处拿来胶水粘上，外面还用塑料纸遮着，风是肯定刮不掉的，雨也淋不着。现在纸条没了，说明肯定有人去上过坟了，他们拿走了纸条，却不搬走王菊香，这不是拿一个老太太的骨灰在耍花招吗？季友联生气地跟管理员说，既然这样，你们帮我把老太太请走吧。管理员答应了，说他们搬走老太太之后会再给季友联打电话通知他的。

这天晚上季友联做了个梦，梦见一个老太太跟他说，我好冷啊，我好冷啊。季友联说，我不认得你。老太太两眼含泪，蹒跚着走开了，季友联想拉住她，却拉了一个空，季友联急得在背后喊，你不要走，你不要走。老婆把他推醒了，说，你说梦话了。季友联说，我说什么梦话？老婆说，听不太清，好像是说入土为安什么的。季友联心有余悸地说，我看见王菊香老太太了。老婆拉开灯看了看季友联，翻了个白眼，说，王菊香，谁是王菊香？又拉灭了灯说，我看你是见了鬼了。翻身睡去。季友联却睡不着了。早上一起来，他就打电话到燕南山公墓管理处去，接电话的人一开口，季友联就听出来，说，正是你，我听得出你的口音。那管理员说，我刚刚上班，还没开始工作呢，你那个事情，我一会就去办。季友联支吾着说，要不，要不，先让王菊香放在那里，过一阵再说。管理员说，我正要去处理，你又变卦啦？季友联说，反正，反正，我暂时也用不上。管理员说，过一阵是过多久呢，你得有个明确的日子，我们才好根据你的要求办事。季友联想了想，说，就一个月吧。管理员"嘿"了一声，说，你们商量好了？季友联说，跟谁商量？管理员说，我怎么知道你跟谁商量，反正不会是跟王菊香。但我就知道你不会让王菊香走的。季友联奇怪道，你怎么会知道？管理员说，其实上回我就猜出你是认得他们的，要不你怎么肯让他们这样做呢？

季友联真是做了一件没头没脑的事情。他不认识这个王菊香，他也不知道这个把王菊香葬在他的墓地里的人到底是什么人，是一个孝子，或者是挚爱终生的老伴，也可能是老年公寓的管理员，甚至是一个素不相识的路人？季友联没有答案，他甚至根本不能相信有这样一件事情，鸠占鹊巢，这也太荒诞了。季友联只是不忍心让王菊香老太太去世后不得安宁，才给了她一个月的余地，也给自己的内心留了一个空间。

<h2 style="text-align:center">三</h2>

季友联的墓地被别人占了，他想买任孜然画的事情就耽搁了。这事情估计很快就给别人抢去做了，因为处长的脸色日渐正常，也不再唉声叹气。但是处长并没有再次将任孜然挂出来炫耀，因为这个任孜然可能仍然是悄悄来的，他不想它再次悄悄地走了。

谁也不知道是谁做的，每个人都是被怀疑的对象，季友联也是。只有季友联自己不怀疑自己。那天看到处长微笑着从走廊穿过，季友联心里"咯噔"了一下，他感觉到那个位置正在离他远去。

他本来是想给自己心里留一个小小的空间的，结果这个空间留得太大了，大得变成了空洞，好一阵时间里，他的心老是慌慌张张，无处着落。有好几次他想立刻就去赶走王菊香老太太，但是他又想，现在再赶走老太太也已经迟了，机会只有一次，而且稍纵即逝，你不抓住，别人就抓住了。

可是季友联很快就发现，处长的情绪只好了一两天，又低落下去，他的脸色忽阴忽晴，有时候甚至会发呆，还会眼巴巴地盯着处里某一个同事的嘴，好像想从同事嘴里听到些什么事情。但谁也不知道处长想听什么，所以尽管大家很想安慰处长，却又无从下手。到后来，处长眼巴巴的神情，弄得大家都想躲开他，季友联更是看到处长就想绕着走。可他越是要躲开，处长就越是要守着他，季友联终于被处长挡在了走廊里，处长没头没脑地说，老季，你听到什么风声？季友联愣了半天，不知道处长要听什么风声，只是眼看着处长脸色越来越灰，最后低声嘀咕了一句，我知道了。就走开了。

一个素不相识的死去了的王菊香老太太，不仅让季友联失去了机会，也给老包添了许多麻烦。季友联出尔反尔，答应了转让墓地，临时又变卦，人家不依了，因为那位老人始终不肯咽气，不死不活吊在那里活受罪，做小辈的实在看不过去，希望老包尽快帮助解决。可他们又要风景好，又要风水好，哪有这么现成，何况大家都买涨不买跌，现在办一个墓地比过去麻烦多了，要经过很多周折和手续，他们又等不及。最后老包只好把他自己的墓地先借给他们用，让老人家先安心咽了气，小辈再重新给他另找墓地，那时候他也就不知道了。为此老包还问过季友联，你说他们这么做有没有问题？季友联说，什么问题？老包说，你说人死了后到底知道不知道？季友联说，我不知道，要等死了以后才知道呢。老包说，唉，也管不了那么多了，只能当他不知道了。季友联说，这么做有什么意义呢？那老人不是躺在床上不能走路了吗，他又不能亲眼看到自己的墓地，所以无论有没有墓地，对他来说都是一样的。老包说，他确实不能走路，但一听说有了自己的墓地，眼睛就亮起来，身子也竖起来了，怎么不能去？不亲眼看一看，他还是咽不下这口气。

老先生是个脾气古怪的人，从前他身体好的时候，小辈商量要给他早点准备墓地，他不要，还骂他们心怀叵测，咒他早死。等到他一病不起了，又埋怨小辈不给他准备墓地，要他死无葬身之地，所以一直不肯咽气。等小辈告诉他墓地已经准备好了的时候，老先生差不多已经是奄奄一息了。他是由小辈抬着去墓地的。奇怪的是，一到了墓地，已经数月不能行走的老人，一下子从躺椅上翻了下来，稳稳当当地站着了，小辈急着要去搀扶他，老先生却一甩手说，搀什么，我不能站吗，我还能走呢。竟然真的就在自己的墓地前噔噔噔地走起来。老包说，季友联，你想想，一个靠流食和输液维持生命的老人，到了那地方，竟然生龙活虎起来了，你怕不怕？

季友联的心思却不在这个老先生身上，他问老包，你去过墓地了，你看到王菊香还在吗？老包说，哪个王菊香？季友联说，就是躺在我墓里的那个，我的墓和你紧隔壁，你不可能看不到吧？老包说，可我没有走近去，我只是站得远远的等他们。季友联说，为什么？老包说，我不能太靠近的，那里的管理员认得我，要是他发现我的墓地给了别人，他会说出来，假戏就戳穿了，对老人的打击不是太大了么？季友联泄气地说，早知道我就跟你们一起去了。老包说，我说的吧，那地方风景绝佳，人间仙境，看了就不想走，走了还想再去。季友联说，我才不看风景，我去看看老太太走了没有。老包想了想，说，回来的路上，我好像听那个老人在说邻居什么的，我没听明白，不知道他说的谁。季友联一听，却顿时激动起来，说，肯定是她，肯定是她，我的墓和你的墓靠得最近，他说邻居肯定就是说她。老包疑惑地说，可是我听你的口气，好像王菊香没有走你反而很开心啊？季友联正在兴头上，一下子被老包问住了。王菊香太太没有走，季友联是有所预料和准备的。这些天来，他的心一直悬着，老觉得有什么事情不牢靠，现在听老包了这些话，他的心反而踏实了，还有点兴奋。季友联自己也觉得奇怪，他是抱着一线希望向老包打听消息的，但这一线希望，到底是希望老太太已经搬走，还是希望她没有搬走，季友联自己都有点疑惑起来。老包拍了拍季友联的肩，又说，你呀，我呀，我们两个，居然能把自己的墓地借给别人。季友联说，我也不想这么做，可是有什么办法呢，我也不能把老太太扔出去，你也不能把老先生赶走。老包庆幸地说，我还好呢，我只不过假借给人家用一用，墓还是我的，你这里，人家干脆就实打实地住进去了。

　　老包曾经跟季友联说"去了不想回来""去了还想再去"的那些话，季友联是不会受影响的，结果却在那位老先生身上应验了。老先生看过老包的墓地回到医院后，心思就被牵在那里了。他先是说没看清楚墓地背后山坡上那棵很大的古树是什么树，小辈们搪塞他，说是香樟树。可在老先生的印象中那不是香樟树。到了下个星期天，折腾着去了一次墓地，大家看清楚确实是一棵百年香樟。小辈为了防止老先生再出花样，还特意带了相机去拍了下来。果然老先生回来后又疑疑惑惑，不能确定到底是不是香樟，但是有照为证，他不能再无理取闹。但紧接着他又有主意了，说墓地面积不对，没有他们说的那样大，他们告诉他有七个平米，但老先生觉得只有四五个平米，他不想受骗，又让小辈带着去墓地准确丈量。这样一趟又一趟的，弄得小辈们都怕了他，一个小辈说，我身上阳气重，有人指点我，叫我少到墓地和火葬场那样的地方去，这半个月里，我去了几趟了，不能再去了，再去，我身上的阳气要被吸光了。另一个小辈说，我心脏不好，老是爬山，回来晚上就心动过速，医生不许我去了。老先生很生气，关于他的墓地他还有许多不确定的因素没有得到落实呢，比如去墓地的路，他现在还认不得，他跟小辈说，你们光知道带我去，就不知道让我认一认路，我住到了那里，以后要是想回来看看你们，不认得路怎么回来？老先生又说，那座山上好像没有厕所，没有厕所的地方怎么待得下去？你们得让我去侦察清楚。总之，老人家一次又一次提出来各种理由要去自己的墓地，害得一个小辈差一点跟他说，你瞎起劲干什么，那又不是你的墓。不过幸亏他及时地忍住了，没有说出来，要是忍不住说了出来，他们的麻烦肯定更大。

老包是个自来熟，他觉得自己和老先生一家已经是朋友了，老包买了几套打折的医疗保健用品，就跑到医院去推销。老先生的小辈们正在议论老包呢，他们认为都是老包给他们惹的麻烦，如果没有老包推荐这个墓地，老人家就不会这么折腾，结果老包自投罗网了。

老包热心地陪着老先生去了一趟墓地，让老先生确认了他的坟是朝南的，又把老先生顺利地弄回来了。老包以为自己完成了任务，哪知老先生笑眯眯地朝他挥挥手，说，朋友，下星期天见。老包吓得赶紧溜走了。下星期他给季友联打电话，把季友联骗去了。

季友联后来才知道，老人家已经来过好多趟了。这一趟，他是来学习别人的墓碑设计的。老人见季友联茫然摸不着头脑，朝他挤着眼睛说，我其实就是想来看一看，看一看，我的心情就踏实了。我又不是讲究的人，活着的时候，我都不讲究什么，死了我更不会讲究了，坟大坟小我无所谓的，坟头上种什么树都可以，朝什么方向我也不管，我是故意挑刺，跟你们捣蛋，其实我就是找借口，如果我没有借口，你们就不肯带我来了，对不对？季友联听了，愣了好半天，才应付着说，是呀，是呀，这里空气好。老人说，可不光是空气好。

老人走开了，他去参观别人的墓碑了。季友联赶紧去找王菊香，可他一眼望过去，顿时间灵魂出窍，惊恐不已：王菊香老太太不在了，那块歪歪斜斜的石头也不在了，封住墓穴的水泥板移在一边，墓穴里空无一物，连一点痕迹也没有，好像从来就没有出现过王菊香，从来就没有王菊香的骨灰盒在这里存放过。

季友联好半天才回过神来，他拿出手机给管理处打电话，接电话的人问他找哪位管理员，可季友联不知道那个接待他的管理员姓什么，他把这件事情从头又说了一遍，那边听电话的人笑了起来，说，你是谁啊，你编什么故事呢？我们燕南山公墓区，是模范墓区，不可能发生这种事情的。季友联愣住了，过了半天，他说，我要找那个管理员说话。电话那头的人说，哪个管理员？我们这里管理员有二十几个，你连他姓什么都不知道，我怎么给你找？季友联说，我可以过来认，我一眼就能认出他来。电话那头的人说，也可以的，不过现在我们的人都不在管理处，他们都在墓地忙工作，这么大的墓区，你很难找到他的。季友联说，你的意思，我是不可能找到那个人了？电话那头的人说，要找，肯定能够找到的。问题是，你找他干什么，你现在还有什么问题要解决的？你的墓地还有什么问题？季友联说，现在没有什么问题了，曾经有过问题，但现在没有了。那个人说，既然没有什么问题了，你还非要找那个叫不出名字的管理员干什么呢？

季友联想，他的话也对，既然问题已经解决，就不必再添什么麻烦了。他心心念念要找到那个管理员，无非是要他确认一下，确实有过这样一件事情。但是现在季友联觉得，没有这个必要了，也许根本就没有出现过什么问题，也许从来就没有这个人，从来就没有一个叫王菊香的老太太躺在他的墓穴里。

这件也许根本就没有发生过的事情，却让他失去现实中的最真实的机会。但是很快季友联和他的同事也都搞清楚了，处长根本就没有丢失任孜然，处长是听说了两个处要合并的消息才情绪波动的。现在这消息已经不是秘密，传得到处都是了。处与处合并，一下子多出来六七个正处副处，不仅那个快到年龄的副处长要提前下，另外几个年纪尚轻的副处长也没有了岗位，处长更是忧心忡忡，不知道是他坐正，还是另外那个处的处长坐正。

处里一个同事到局里办事，被局长碰上了，局长原先还是他的部下呢，现在看到了从前的老领导，就把他请进办公室去聊了几句。他看到局长办公室里挂了好几幅任孜然的画，其中就有处长的那一幅《山谷之音》，只是因为尺幅较小，挂在最边上的角落里。他回来告诉了大家，大家说，这下放心了，我们不用疑神疑鬼了。

这事情也与季友联无关了，季友联完全丢开了它。倒是在很长一段时间里，季友联不能忘记那天他送老人回医院，老人躺下的时候挥手跟他道别说，朋友，再见了，现在我可以放心地去了。说完就安详地闭上了眼睛，静静地仰卧在床上一动不动了。老人仰卧在床上的那一幕，在季友联心里定格了一段时间，因为他总觉得老人的姿态很像另外一个人。但季友联始终没能想起来那个人是谁。后来时间长了，也就渐渐地淡忘了。

过了些日子，老包又来卖便宜货了。这一次他买到的是二折的旅行帐篷，帐篷虽然是可以折叠的，但折叠起来一大包，很重，老包背到四楼季友联家，喘着气说，季友联，二折，二折呀。季友联说，二折有什么用，我们又不要出去野营，你还是拿回去吧。他嘴上是这么说，心里也明白老包是不会拿回去的，他看了看原来的标价，心算了一下二折的价钱，倒抽了一口冷气。老包说，你别抽冷气，我能给你当上吗？你看上次的墓地，让你赚大了吧。季友联无法反驳老包的说法。

最后季友联想起了那个住在医院里的老人，他问老包老人是不是安心地走了。老包说，哪里走了，见了鬼了，自从有了墓地以后，老人家身体竟然一日比一日好起来，最后出了院，回了家，生活都自理了。那天我顺道去看看他，正在小区的院子里跟别人吹牛，把自己的墓地吹得跟天堂似的。其实那又不是他的墓地。季友联说，过去常说冲喜冲喜，还真有道理，一看墓地，把他的身体也看好了。老包说，他是好了，我可惨了，假戏成真了，我还不知道什么时候能够拿回我墓地呢？季友联说，要不这样，反正我的墓地空出来了，跟你换一换，你拿十八号，我拿十七号。老包听了，朝季友联看了半天，说，你什么意思？季友联说，你不是说我的数字比你的吉利吗？老包说，我现在不这样想了，那个老人说的有道理，他说十七比十八好，七上八下这个成语你知道吧？七是往上走，八是往下落，我还是要十七号吧。

城乡简史

　　自清喜欢买书。买书是好事情，可是到后来就渐渐地有了许多不便之处，主要是家里的书越来越多。本来书是人买来的，人是书的主人，结果书太多了，事情就反过来了，书挤占了人的空间，人在书的缝隙中艰难栖息，人成了书的奴隶。在书的世界里，人越来越渺小，越来越压抑，最后人要夺回自己的地位，就得对书下手了。怎么下手？当然是把书处理掉一部分，让它还出位置来。这位置本来是人的。

　　自清的家属特别兴奋，她等了许多年终于等到了这一天，对于家里摆满了的书，她早就欲除它们而后快。在自清的决心将下未下、犹犹豫豫的这些日子里，她没有少费口舌，也没有少花心思，总之是变着法子说尽书的坏话。家里的其他大小事情，一概是她做主的，但唯一在书的问题上，自清不肯让步，所以她也只能以理服他，再以事实说话。她拿出一些毛料的衣服给他看，毛料衣服上有一些被虫子蛀的洞，这些虫子，就是从书里爬出来的，是银灰色的，大约有一厘米长短，细细的身子，滑起来又快又溜，像一道道细小的闪电，它们不怕樟脑，也不怕敌杀死，什么也不怕，有时候还成群结队大摇大摆地在地板上经过，好像是展示实力。后来自清的家属还看到报纸上有一个说法，一个家庭如果书太多，家庭里的人常年呼吸在书的空气里，对小孩子的身体不好，容易患呼吸道疾病，自清认为这种说法没有科学性，但也不敢拿孩子的身体来开玩笑。就这样，日积月累，家属的说服工作，终于见到了成效，自清说，好吧，该处理的，就处理掉，屋里也实在放不下了。

处理书的方法有许多种，卖掉，送给亲戚朋友，甚至扔掉。但扔掉是舍不得的，其中有许多书，自清当年是费了许多心思和精力才弄到手的，比如有一本薄薄的书，他是特意坐火车跑到浙江的一个小镇上去觅来的，这本书印数很少，又不是什么畅销书，专业性比较强，这么多年下来，自清从来没有在别的地方看到过它，现在它也和其他要被处理的书躺在了一起。自清看到了，又舍不得，又随手拣了回来，他的家属说，你这本也要拣回来那本也要拣回来，最后是一本也处理不掉的，家属的话说得不错，自清又将它丢回去，但心里有依依惜别隐隐疼痛的感觉。这些书曾经是他的宝贝，是他的精神支柱，一些年过去了，他竟要将它们扔掉？自清下不了这样的手。家属说，你舍不得扔掉，那就卖吧，多少也值一点钱。可是卖旧书是三钱不值两钱的，说是卖，几乎就是送，尤其现在新书的书价一翻再翻，卖旧书却仍然按斤论两，更显出旧书的贱，再加上收旧货的人可能还会克扣分量，还会用不标准的秤砣来坑蒙欺骗。一想到这些书像被捆扎了前往屠宰场的猪一样，而且还是被堵住了嘴不许嚎叫的猪，自清心里就有说不出的难过，算了算了，他说，卖它干什么，还是送送人吧。可是谁要这些书呢，自清的小舅子说，我一张光盘就抵你十个书屋了，我要书干什么？也有一个和他一样喜欢书的人，看着也眼馋，家里也有地方，他倒是想要了，但他的老婆跟自清的家属不和，说，我们家不见得穷得要拣人家丢掉的破烂。结果自清忍痛割爱的这些书，竟然没个去处。

正好这时候，政府发动大家向贫困地区的学校捐赠书籍或其他物资，自清清理出来的书，正好有了去处，捆扎了几麻袋，专门雇了一辆人力车，拖到扶贫办公室去，领回了一张荣誉证书。

时隔不久，自清发现他的一本账本不见了。自清有记账的习惯，从很早的时候就开始了，许多年坚持下来，每年都有一本账本，记着家里的各项收入和开支。本来记账也不是一件很特别的事，许多家庭里都会有一个人负责记账，也是长年累月坚持不变的。但自清的记账可能和其他人家还有所不同，别人记账，无非就是这个月里买了什么东西，用了多少钱，再细致一点的，写上具体的日期就算是比较认真的记法了。总之，家庭记账一般就是单纯的记下家庭的收入和开销，但自清的账本，有时候会超出账本的内容，也超出了单纯记账的意义，基本上像是一本日记了，他不仅像大家一样记下购买的东西和价钱，记下日期，还会详细写下购买这件东西的前因后果，时代背景，周边的环境，当时的心情，甚至去哪个商店，是怎么去的，走去的，还是坐公交车，或者是打的，都要记一笔，天气怎么样，也是要写清楚的，淋没淋着雨，晒没晒着太阳，路上有没有堵车，都有记载，甚至在购物时发生的一些与他无关、与他购物也无关的别人的小故事，他也会记下来。比如某年某月某日的一次，他记下了这样的内容：下午五时二十五分，在鱼龙菜场买鱼，两条鲫鱼已经过秤，被扔进他的菜篮子，这时候一个巨大的霹雷临空而降突然炸响，吓得鱼贩子夺路而逃，也不要收鱼钱了，一直等到雷雨过后，鱼贩子不知从哪里冒了出来，自清再将鱼钱付清，以为鱼贩子会感动，却不料鱼贩子说，你这个人，顶真得来。好像他们两个人的角色是倒过来的，好像自清是鱼贩子，而鱼贩子是自清。这样的账本早已经离题万里了，但自清不会忘记本来的宗旨，最后记下：购买鲫鱼两条，重六两，单价：5元／斤，总价：3元。这样的账本，有点喧宾夺主的意思，记账的内容少，账外的内容多，当然也有单纯记账的，只是写下，某年某月某日某时在某某街某某杂货店购买塑料脸盆一只，蓝底绿花，荷花。价格：1元3角5分。

但是自清的账本，虽然内容多一些杂一些，却又是比较随意的，想多记就多记一点，想少写就少写一点，心情好又有时间就多记几笔，情绪不高时间不够就简单一点，也有简单到只有自己能够看得懂的，比如：手，175元。这是记的缴纳的手机费，换一个人，哪怕是他的家属，恐怕也是看不懂的。甚至还有过了几年后连他自己都看不懂的内容，比如：南吃，97元。这个"南吃"，其实和许许多多的账本上的许许多多内容一样，过了这一年，就沉睡下去了，也许永远不会再见世面的，但偏偏自清有个习惯，过一段时间，他会把老账本再翻出来看看，并没有什么目的，也没有什么意义，甚至谈不上是忆旧什么的，只是看看而已，当他看到"南吃"两个字的时候，就停顿下来，想回忆起隐藏在这两个字背后的历史，但是这一小片历史躲藏起来了，就躲藏在"南吃"两个字的背后，怎么也不肯出来，自清就根据这两个字的含义去推理，南吃，吃，一般说来肯定和吃东西有关，那么这个南呢，是指在本城的南某饭店吃饭？这本账本是五年前的账本，自清就沿着这条线去搜索，五年前，本城有哪些南某饭店，他自己可能去过其中的哪些？但这一条路没有走通，现在的饭店开得快也关得快，五年前的饭店现在已经没有人记得清楚了，再说了，自清一般出去吃饭都是别人请他，他自己掏钱请人吃饭的次数并不多，所以自清基本上否定了这一种可能性。那么"南吃"两字是不是指的在带有南字的外地城乡吃饭，比如南京，比如南浔，比如南方，比如南亚，比如南非等等，采取排除法，很快又否定了这些可能性，因为自清根本就没有去过那些地方，他只去过一个叫南塘湾的乡镇，也是别人请他去的，不可能让他买单吃饭。自清的思路阻塞了，他的儿子说，大概是你自己写了错别字，是难吃吧？这也是一条思路，可能有一天吃了一顿很难吃的饭，所以记下了？但无论怎么想，都只能是推测和猜想，已经没有任何的记忆更没有任何的实物来证明"南吃"到底是什么，这九十多块钱，到底是用在了什么地方。好在这样的事情并不多，总的说来，自清的记账还是认真负责的。

自清的账本里有许多账目以外的内容，但说到底，就算是这样的账本，也并没有什么重大的意义，甚至也没有什么实际的作用。自清的初衷，也许是想用记账的形式来约束自己的开销花费，因为早些年大家的经济都比较拮据，总是要想尽一切办法节约用钱，记账就是办法之一，许多人家都这么办。而实际上是起不到多大的作用的，该记的账照记，该花的钱还是照花，不会因为这笔钱花了要记账，就不花它了。所以，很多年过去了，该花的钱也花了，甚至不该花的也花了不少，账本一本一本地叠起来，倒也壮观，唯一的用处就是在自清有闲心的时候，会随手抽出其中一本，看到是某某年的，他的思绪便飞回这个某某年，但是他已经记不清某某年的许多情形了，这时候，账本就帮助他回忆。从账本上的内容，他可以想起当年的一些事情，比如有一次他拿了1986年的账本出来，他先回想1986年是一个什么样的年头，但脑子里已经没有具体的印象了，账本上写着，86年2月，支出部分。2月3日支出：16元2角（酒：2元，肉皮：1元，韭菜：8角，点心：1元，蜜枣：1元3角，油面筋：4角，素鸡：8角，花生：5角，盆子：8元4角）。在收入部分记着，1月9日，自清月工资：64元。

当年的账本还记得比较简单，光是记账，但只是看看这样的账，当年的许多事情就慢慢地回来了。所以，当自清打开旧账本的时候，总是一种淡淡的个人化的享受。

如果一定要找出一点实际的作用，在自清想来，也就是对下一代进行一点传统教育，跟小孩子说，你看看，从前我们是怎么过日子的，你看看，从前我们过个年，就花这一点钱。但对自清的孩子来说，似乎接受不了这样的教育，他几乎没有钱的概念，就更没有节约用钱的想法，你跟他讲过去的事情，他虽然点着头，但是目光迷离，你就知道他根本没有听进去。

自清开始的时候可能是因为经济条件差，收入低，为了控制支出才想到记账的。后来条件好起来，而且越来越好，自清夫妻俩的工作都不错，家庭年收入节节攀升，孩子虽然在上高中，但一路过来学习都很好，肯定属于那种替父母扒分的孩子，以后读大学或者出国学习之类都不用父母支付大笔的费用。家里新房子也有了，还买了一辆车，由家属开着，条件真的不错，完全没有必要再记账。更何况，这些账本既没有什么实际的用处，却又一年一年地多起来，也是占地方的，自清也曾想停止记账这一种习惯，但也只是想想而已，他做不到，别说做不到不记账，就算只是想一想，也觉得不行。一想到从此以后就再也没有账本了，心里就立刻会觉得空荡荡的，好像丢失了什么，好像无依无靠了，自清知道，这是习惯成自然。习惯，真是一种很厉害的力量。

那就继续记账吧。于是日子就这样一年一年地过去了，账本又一本一本地增加出来，每年年终的那一天，自清就将这一年的账本加入到无数个年头汇聚起来的账本中，按年份将它们排好，放在书橱下层的柜子里，这是不要公示于外人的，是自己的东西。不像那些买来的书，是放在书橱的玻璃门里面的格子上，是可以给任何人看的，还是一种无言无声的炫耀。大家看了会说，哇，老蒋，十大藏书家，名不虚传。

现在自清打开书橱下面的柜门，就发现少了一本账本，少的就是最新的一本账本。年刚刚过去，新账本还刚刚开始使用，去年的那本还揣着温度的鲜活的账本就不见了。自清找了又找，想了又想，最后他想到会不会是夹在旧书里捐给了贫困地区。

如果是捐给了贫困地区，这本账本最后就和其他书籍一样，到了某个贫困乡村的学校里，学校是将这些捐赠的书统一放在学校，还是分到每个学生手上，这个自清是不知道的。但是自清想，这本账本对贫困地区的孩子来说，是没有用处的，它又不是书，又没有任何的教育作用，也没有什么知识可以让人家学的，更没有乐趣可言，人家拿去了也不一定要看，何况自清记账的方式比较特别，写的字又是比较潦草的字，乡下的小孩子不一定看得懂，就算他们看得懂，对他们也没有意义，因为与他们的生活和人生根本是不搭界的。最后他们很可能就随手扔掉了那本账本。

但是对于自清来说，事情就不一样了，少了这本账本，自清的生活并不受影响，但他的心里却一阵一阵地空荡起来，就觉得心脏那里少了一块什么，像得了心脏病的感觉，整天心慌慌意乱乱。开始家属和亲友还都以为他心脏出了毛病，去医院看了，医生说，心脏没有病，但是心脏不舒服是真的，不是自清的臆想，是心因反映。心因反应虽然不是气质性病变，但是人到中年，有些情绪性的东西，如果不加以控制和调节，也可能转变成具体的真实的病灶。

自清坐不住了，他要找回那本丢失的账本，把心里的缺口填上。自清第二天就到扶贫办公室去，他希望书还没有送走，但是书已经送走了。幸好办公室工作细致，造有花名册，记有捐书人的单位和名字，但因为捐赠物物多量大，不仅有书，还有衣物和其他物品，光造出来的花名册就堆了半房间。办公室的同志问自清误捐了什么重要的东西，自清没有敢说实话，因为工作人员都很忙，如果知道是找一本家庭的记账本，他们会觉得自清没事找事，给他们添麻烦。所以自清含糊地说，是一本重要的笔记本，记着很重要的内容。工作人员耐心地从无数的花名册中替他寻找，最后总算找到了蒋自清的名字。自清还希望能有更细致的记录，就是每个捐赠者捐赠物品的细目，如果有这个细目，如果能够记下每一本书的书名，自清就能知道账本在不在这里，但工作人员告诉他，这是不可能的，其实就算他们不说，自清也已经认识到这一点。也就是说，自清在花名册上找到自己的名字，名字后面的备注里写着"捐书一百五十二册"，就是这件事情的结局了。至于自清的书，最后到了哪里，因为没有记录，没人能说清楚。但是大方向是知道的，那一批捐赠物品，运往了甘肃省，还有一点也是可以肯定的，自清的书和其他许许多多的捐赠物品一样，被捆扎在麻袋里，塞上火车，然后，从火车上被拖下来，又上了汽车，也许还会转上其他运输工具，最后到了乡间的某个小学或中学里，在这个过程中，它们的命运是不可知，是不确定的。麻袋与麻袋堆在一起，并没有谁规定这一袋往这边走那一袋往那边走，搬运过程中的偶然性，就是它们的命运，最后它们到了哪里，只是那一头的人知道，这一头的人，似乎永远是不能知道的。

其实这中间是有一条必然之路的，虽然分拖麻袋的时候会有各种可能性，但每一个麻袋毕竟是有它的去向的，自清的麻袋也一定是走在它自己的路上，路并没有走到头。如果自清能够沿着这条路再往前走，他会走到一个叫小王庄的地方。这个地方在甘肃省西部，后来小王庄小学一个叫王小才的学生，拿到了自清的账本，带回家去了。

王才认得几个字，也就中小那点水平，但在村子里也算是高学历了，他这一茬年龄的男人，大多数不认得字，王才就特别光荣，所以他更要督促王小才好好念书。王才对别人说，我们老王家，要通过王小才的念书，改变命运。

捐赠的书到达学校的那一天，并没有分发下来。王小才回来告诉王才，说学校来了许多书，王才说，放在学校里，到最后肯定都不知去向，还不如分给大家回家看，小孩可以看，大人也可以看。人家说，你家大人可以看，我们家大人都不识字，看什么看。但是最后校长的想法跟王才的想法是一致的，他说，以前捐来的那些书，到现在一本也没有了，与其这样，还不如分给你们大家带回去，如果愿意多看几本书，你们就互相交换着看吧。至于这些书应该怎么分，校长也是有办法的，将每本书贴上标号，然后学生抽号，抽到哪本就带走哪本，结果王小才抽到了自清的那本账本。账本是黑色的硬纸封皮，谁也没有发现这不是一本书，一直到王小才高高兴兴地把账本带回去家，交给王才的时候，王才翻开来一看，说，错了，这不是书。王才拿着账本到学校去找校长，校长说，虽然这不是一本书，但它是作为书捐赠来的，我们也把它当作书分发下去的，你们不要，就退回来，换一本是不可能的，因为学校已经没有可以和你们交换的书了，除非你找到别的学生和他们的家长愿意跟你们换的，你们可以自由处理。但是谁会要一本账本呢？书是有标价的，几块，十几块，甚至有更厚更贵重的书，书上的字都是印出来的，可账本是一个人用钢笔写出来的，连个标价都没有，没人要。王才最后闹到乡的教育办，教育办也不好处理，最后拿出他们办公室自留的一本《浅论乡村小学教育》，王才这才心满意足回家去。

那本账本本来王才是放在乡教育办的，但教育办的同志说，这东西我们也没有用，放在这里算什么，你还是拿走吧。王才说，那你们不是亏了么，等于白送我一本书了。教育办的同志说，我们的工作都是为了学生，只要学生喜欢，你尽管拿去就是。王才这才将书和账本一起带了回来。

可教育办的这本书王才和王小才是看不懂的，它里边谈的都是些理论问题，比如说，乡村小学教育的出路，说是先要搞清楚基础教育的问题，但什么是基础教育问题，王才和王小才都不知道，所以王才和王小才不具备看这本书先决条件。虽然看不懂，但王才并不泄气，他对王小才说，放着，好好地放着，总有你看得懂的一天。丢开了《浅论乡村小学教育》，就剩下那本账本了。王才本来是觉得占了便宜的，还觉得有点对不住乡教育办，但现在心情沮丧起来，觉得还是吃了亏，拿了一本看不懂的书，再加上一本没有用的城里人记的账本，两本加起来，也不及隔壁老徐家那本合算，老徐家的孩子小徐，手气真好，一摸就摸到一本大作家写的人生之旅，跟着人家走南闯北，等于免费周游了一趟世界。王才生气之下，把自清的账本提过来，把王小才也提过来，说，你看看，你看看，你什么臭手，什么霉运？王小才知道自己犯了错，垂落着脑袋，但他的眼睛却斜着看那本被翻开的账本，他看到了一个他认得出来但却不知其意的词：香薰精油。王小才说，什么叫香薰精油？王才愣了一愣，也朝账本那地方看了一眼，他也看到了那个词：香薰精油。

王才就沿着这个"香薰精油"看下去了，他无论如何也想不到，他这一看，就对这本账本产生了强烈的兴趣，因为账本上的内容，对他来说，实在太离奇，实在太神奇，

我们先跟着王才看一看这一页账本上的内容，这是 2004 年的某一天中的某一笔开支：午饭后毓秀说她皮肤干燥，去美容院做测试，美容院推荐了一款香薰精油，7 毫升，价格：679 元。毓秀有美容院的白金卡，打七折，为 475 元。拿回来一看，是拇指大的一瓶东西，应该是洗过脸后滴几滴出来按在脸上，能保湿，滋润皮肤。大家都说，现在两种人的钱好骗，女人和小人，看起来是不假。

王才看了三遍，也没太弄清楚这件事情，他和王小才商榷，说，你说这是个什么东西。王小才说，是香薰精油。王才说，我知道是香薰精油。他竖起拇指，又说，这么大个东西，475 块钱？他是人民币吗？王小才说，475 块钱，你和妈妈种一年地也种不出来。王才生气了，说，王小才，你是嫌你娘老子没有本

事？王小才说，不是的，我是说这东西太贵了，我们用不起。王才说，呸你的，你还用不起呢，你有条件看到这四个字，就算你福分了。王小才说，我想看看475块的大拇指。王才还要继续批评王小才，王才的老婆来喊他们吃饭了，她先喂了猪，身上还围着喂猪的围裙，手里拿着猪用的勺子，就来喊他们吃饭，她对王才和王小才有意见，她一个人忙着猪又忙着人，他们父子俩却在这里瞎白话。王才说，你不懂的，我们不是在瞎白话，我们在研究城里人的生活。

王才叫王小才去向校长借了一本字典，但是字典里没有"香薰精油"，只有香蕉香肠香瓜香菇这些东西，王才咽了一口口水，生气地说，别念了，什么字典，连香薰精油也没有。王小才说，校长说，这是今年的最新版本。王才说，贼日的，城里人过的什么日子啊，城里人过的日子连字典上都没有。王小才说，我好好念书，以后上初中，再上高中，再上大学，大学毕业，我就接你们到城里去住。王才说，那要等到哪一年。王小才掰了掰手指头，说，我今年五年级，还有十一年。王才说，还要我等十一年啊，到那时候，香薰精油都变成臭薰精油了。王小才说，那我就更好好地念书，跳级。王才说，你跳级，你跳得起来吗？你跳得了级，我也念得了大学了。其实王才对王小才一直抱有很大希望的，王小才至少到五年级的时候，还没有辜负王才的希望，王才也一直是以王小才为荣的，但是因为出现了这本账本，将王才的心弄乱了，他看着站在他面前拖着两条鼻涕的王小才，忽然就觉得，这小子靠不上，要靠自己。

王才决定举家迁往城里去生活，也就是现在大家说的进城打工，只是别人家更多的是先由男人一个人出去，混得好了，再回来带妻子儿子。也有的人，混得好了，就不回来了，甚至在城里另外有了妻子儿子，也有的人，混得不好，自己就回来了。但王才与他们不同，他不是去试水探路的，他就是去城里生活的，他决定要做城里人了。

说起来也太不可思议，就是因为账本上的那四个字"香薰精油"，王才想，贼日的，我枉做了半辈子的人，连什么叫"香薰精油"都不知道，我要到城里去看一看"香薰精油"。王才的老婆不同意王才的决定，她觉得王才发疯了。但是在乡下老婆是作不了男人的主的，别说男人要带她进城，就是男人要带她进牢房下地狱，她也不好多说什么。王小才的态度呢，一直很暧昧，他只觉得心里慌慌的，乱乱的，最后他发出的声音像老鼠那样吱吱吱的，他说，我不要去，我不要去。可是王才不会听他的意见，没有他说话的余地。

王才说走就走，第二天他家的门上就上了一把大铁锁，还贴了一张纸条，欠谁谁谁3块钱，欠谁谁谁5块钱，都不会赖的，有朝一日衣锦还乡时一定如数加倍奉还，至于谁谁谁欠王才的几块钱，就一笔勾销，算是王才离开家乡送给乡亲们的一点心意。王才贴纸头的时候，王小才说，如数加倍是什么意思？王才说，如数就是欠多少还多少，加倍呢，就是欠多少再加倍多还一点。王小才说，那到底是欠多少还多少还是加倍地还呢？王才说，你不懂的，你看看人家的账本，你就会懂一点事了。其实王小才还应该捉出王才的另一些错误，比如他将一笔勾销的"销"写成了"消"，但王小才没有这个水平，他连"一笔勾消"这四个字还是第一次见到。

除了衣服之外，王才一家没有带多余的东西，他们家也没有什么多余的东西，只有自清的那本账本，王才是要随身带着的。现在王才每天都要看账本，他看得很慢，因为里边有些字他不认得，也有一些字是认得的，但意思搞不懂，就像香薰精油，王才到现在还不知道它是什么。

在车上王才看到这么一段："周日，快过年了，街上的人都行色匆匆，但精神振奋，面带喜气。下午去花鸟市场，虽天寒地冻，仍有很多人。在诸多的种类中，一眼就看中了蝴蝶兰，开价800元，还到600元，买回来，毓秀和蒋小冬都喜欢。搁在客厅的沙发茶几上，活如几只蝴蝶在飞舞，将一个家舞得生动起来。"

后来王才在车上睡着了，他做了一个梦，梦见一只蝴蝶对他说，王才，王才，你快起来。王才急了，说，蝴蝶不会说话的，蝴蝶不会说话的，你不是蝴蝶。蝴蝶就笑起来，王才给吓醒了，醒来后好半天心还在乱跳，最后他忍不住问王小才，你说蝴蝶会说话吗？王小才想了想，说，我没有听到过。

这时候，他们坐的车已经到了一个火车小站，在这里他们要去买火车票，然后坐火车往南，往东，再往南，再往东，到一个很远的城市去。中国的城市很多，从来没有出过门的王才，连东南西北也搞不清的王才，怎么知道自己要到哪个城市呢？毫无疑问，是自清的账本指引了王才，在自清的账本的扉页上，不仅记有年份，还工工整整地写着他们生活的城市的名称。他写道：自清于某某年记于某某市。

在这里停靠的火车都是慢车，它们来得很慢。在等候火车到来的时候，王才又看账本了，他想看看这个记账的人有没有关于火车的记载，但是翻来翻去也没有看到，最后王才拍地打了一下自己的嘴巴，说，你真蠢，人家是城里人，坐火车干什么？乡下人才要坐火车进城。

其实自清最后还是去了一趟甘肃。他和王才一家走的是反道，他先坐火车，再坐汽车，再坐残疾车，再坐驴车，最后在甘肃省的西部找到了小王庄，也找到了小王庄小学，最后也知道了自己的账本确实是到了小王庄小学，是分到了一个叫王小才的学生手里，王小才的家长还对此有意见，还跑到学校来论理，最后还在乡教育办拿了另一本书作补偿。自清这一趟远行虽然曲折却有收获，可是他来晚了一步，王小才的父亲带着他们全家进城去了。他们坐的开往火车站的汽车与自清坐的开往乡下的汽车，擦肩而过。会车的时候，王才正在看自清的账本，而自清呢，正在车上构思当天的账本记录内容。但他在车上的所有构思和最后写下的已经不是一回事了，因为在车上的时候，他还没有到达小王庄。

这一天晚上，自清在小旅馆里，借着昏暗的灯火，写下了以下的内容："初春的西部乡村，开阔，一切是那么的宁静悠远，站在这片土地上，把喧嚣混杂的城市扔开，静静地享受这珍贵的平和。我到小王庄小学的时候，校长不在学校，他正在法庭上，他是被告，学校去年抢修危房的一笔工程款，他拿不出来，一直拖欠着。校长当校长第四个年头，已经第七次成为被告。中午时分，校长回来了，笑眯眯地对我说，对不起，蒋同志，让你等了。他好像不是从法庭上下来。平静，也许是因为无奈，也许是因为穷困，才平静。我说，校长，听说你们欠了工程款，校长说，本来我们有教育附加费，就一直寅吃卯粮，就这么挪下去，撑下去，现在取消了教育附加费，挪不着了，就撑不下去了。我说，撑不下去怎么办？校长说，其实还是要撑下去的，学校总是要办的，学生总是要上学的，学校不会关门的，蒋同志你说对不对。面对贫困的这种坦然心态，在日新月异的城市里是很难见着的。今天的开支，旅馆住宿费：3元，残疾车往：5元（开价2元），驴车返：5元（开价1元），早饭：2角。玉米饼两块，吃下一块，另一块送给残疾车主吃了。晚饭：5角。光面三两。午饭：5角（校长说不要付钱，他请客，还是坚持付了，想多付一点，校长坚决不收），和小学生一起吃，白米饭加青菜，还有青菜汤。王小才平时也在这里吃，今天他走了，不知道今天中午他在哪里吃，吃的什么。"

自清最后在王小才家的门上，看到了那张纸条，字写得歪歪扭扭，自清以为就是那个分到他的账本的小学生写的，却不知道这字是小学生的爸爸写的，虽然王小才已经念到五年级，他的爸爸王才才四年级的水平，平时家里的文字工作，都是由王小才承担的，但这一回不同了，王才似乎觉得王小才承担不起这件事情，所以由他出面做了。

自清最终也没有找回自己丢失的账本，但是他的失落的心情却在长途的艰难的旅行中渐渐地排除掉了。当他站到那座低矮的土屋前，看到"一笔勾消"这四个字的时候，他的心情忽然就开朗起来，所有的疙疙瘩瘩，似乎一瞬间就被"勾消"掉了，他彻底地丢掉了账本，也丢掉了神魂颠倒坐卧不宁的日子。

自清从大西北回来，看到他家隔壁邻居的车库里住进了一户外来的农民工家庭。在自清住的这个小区里，家家都有车库，有些人家并没有买车，也或者车是有的，但那是公车，接送上下班后，车就走了，不停在他家，这样车库就空了出来，有的人家就将车库出租给外来的人住。

这个农民工就是王才。王才做的是收旧货的工作，所以他和小区里的人很快就熟悉起来。天气渐渐地热了，有一天自清经过车库门口，看到王才和他的妻子在太阳底下捆扎收购来的旧货，他们满头大汗，破衣烂衫都湿透了。小区里有一只宠物狗在冲着他们叫喊，小狗的主人要把小狗牵走，还骂了它，王才说，不要骂它，它又不懂得。狗主人说，不懂道理的狗东西。王才说，没事的，它跟我们不熟，熟了就不叫了，狗都是这样的。下晚的时候，自清又经过这里，他看到他们住的车库里，堆满了收来的旧货，密不透风。自清忍不住说，师傅，车库里没有窗，晚上热吧？王才说，不热的。他伸手将一根绳线一拉，一架吊扇就转起来了，呼呼作响。王才说，你猜多少钱买的？自清猜不出来。王才笑了，说，告诉你吧，我拣来的，到底还是城里好，电扇都有得拣。自清想说什么却没有说得出来，王才又说，城里真是好啊，要是我们不到城里来，哪里知道城里有这么好，菜场里有好多青菜叶子可以拣回来吃，都不要出钱买的。王才的老婆平时不大肯说话的，这时候她忽然说，我还拣到一条鱼，是活的，就是小一点，鱼贩子就扔掉了。自清说，可是在乡下你们可以自己种菜吃。王才说，我们那地方，尽是沙土，也没有水，长不出粮食，蔬菜也长不出来，就算有菜，也没得油炒。自清从他们说话的口音中，感觉出他们是西部的人，但他没有问他们是哪里人。他只是在想，从前老话都说，金窝银窝，不如自家的狗窝，但是现在的人不这么想了，现在背井离乡的人越来越多了。

王才和自清说话的时候，是尽量用普通话说的，虽然不标准，但至少让人家能听懂大概的意思，如果他们说自己的家乡话，自清是听不懂的。后来他们自己就用家乡话交流了，王小才从民工子弟学校放学回来的时候，王才跟王小才说，我叫你到学校查字典你查了没有？王小才说，我查了，学校的大字典有这么大，这么厚，我都拿不动。王才说，蝴蝶兰是什么呢？王小才说，蝴蝶兰就是一种花。王才说，贼日的，一朵花也能卖这么多钱，城里到底还是比乡下好啊。

这些话，自清都没有听懂，但他听出了他们对生活的满意。后来他们还说到了他的账本，他们感谢这本账本改变了他们的生活，让他们从贫穷的一无所有的乡下来到繁华的样样都有的城市。自清也一样没有听懂，他也不知道现在王才每天晚上空闲下来，就要看他的账本，而且王才不仅看自清的账本，王才自己也渐渐地养成了记账的习惯，王才记道："收旧书35斤，每斤支出5角，卖到废品收购站，每斤9角，一出一进，净赚4角×35斤，等于14元整。到底城里比乡下好。这些旧书是住在楼上那个戴眼镜的人卖的，听说他家的书多得都放不下了，肯定还会再卖。我要跟他搞好关系，下次把秤打得高一点。"

一个星期天，王小才跟着王才上街，他们经过一家美容店，在美容店的玻璃橱窗里，王才和王小才看到了香薰精油，王小才一看之下，高兴地喊了起来，哎嘿，哎嘿，这个便宜哎，降价了哎，这瓶10毫升的，是407元钱。王才说，你懂什么，牌子不一样，价格也不一样，便宜个屁，这种东西，只会越来越贵。王小才，我告诉你，你乡下人，不懂就不要乱说啊。

快过年的时候，大家都互相提醒，要过年了，门窗锁锁好啊，要过年了，自行车放放好啊。其实这句话只说了一半，只有一半的意思，后面还有半句话没有说出来。而后面的那半句话，根本也用不着说了，意思大家都明白，外地人要回家过年了。这已经成了大家心照不宣的事情，外地人回家过年前，要大量地偷本地人的东西，要不然，他们忙了一年，工钱都没有拿到，也太冤了；或者工钱倒是拿到的，却给花了，现在他们在城里的消费也越来越高，要是有喜欢小姐的外地人，那钱就更不够花了；也或者，工钱也是有的，日子也过得节省，但偏偏家里需要较多一点的钱派用场。总之，种种的理由都让外地人在回家过年前，要在城里捞一票，几乎已经成了一个约定俗成的事实了。

那些日子，天气也往往是阴沉沉的，人的心情上似乎也蒙上了一点阴影，有了一点压力，是和过年的喜气交织在一起的复杂的阴影和压力。每天出门上班的时候，门是锁了又锁，窗是关了又关，连潮湿的衣服都不敢晾在阳台上晒太阳，只好收进去阴干，小孩骑自行车上学，大人也再三关照，放了学早点回来，自行车不要乱停。都搞得有点谈虎色变了。因为这些外地人，大都是些小毛贼，反而不好对付，连警察也拿他们没办法，抓到了又能怎么样，他偷了人家一件衣服穿在自己身上，你说怎么办，最多把衣服没收了，还能关他坐班房吗？干脆你干大一点，什么团伙之类，作了大案的，政府会重视，公安就管得紧，老百姓也有安全感。就怕这些小毛贼，偷的东西不大，但人数却面广量大，还随时会有人参加进来。有的人，昨天以前，这半辈子、大半辈子都一直是安分守己的老实人，今天不知怎么念头一转，就偷东西了。如果抓到了他，他哭丧着脸说，我要回家过年呀，家里老婆孩子巴望我一年了，我不能两手空空回去呀。这么说起来，年这个东西，还真害人呢。

小区物业也紧张起来，召开紧急会议布置工作，并出了一期特大号的黑板报。本来三块黑板并排放着，但上面的内容都是不一样的，有的是催交物业管理费的，有的是卫生健康知识，有的是停水停电通知，等等不一，但这一期的特大号，就把三块黑板并到一起做了同一个内容，光一个大标题，就占了一块黑板，大标题是这样的：物业业主如一人，严防死守外地人。下面的具体内容，就是提醒业主们，外地人要回家过年了，每年这个时候，都是失窃高峰，所以请业主们倍加小心，尤其对外地人，一定要提高警惕，业主一旦发现有可疑外地人等，立刻拨打电话××××××××××。物业方面也表了自己的决心，说，这期间我们会对进出小区的外地人严加盘问，严防死守，另外更重要的，物业和业主要团结起来，共同对付外地人。物业上说，我们的小区，是模范小区，力争在今年春节期间，无一失窃案件发生。

业主们看到这样的特大号启事，每天进出小区大门，看到保安们既和蔼又威严地站岗值班，又看到流动岗哨随时出现在小区的每一个角落，连半夜里都有他们的手电筒的光在小区里射来射去，射到自己家的黑暗的窗口上，业主们心里既踏实又温暖。

但外地人的日子就不太好过了，比如有一个外地人要到小区的一个人家跑亲戚，就要叫他在门卫上先登记，还要看身份证，如果情况还不够清晰，还觉得可疑的，就要再把电话打到那个人家，让业主出来确认一下，才能领进去，这样就给大家带来许多麻烦。有一个人脾气不好，这么折腾了两下子，他要找的业主还没有出来呢，他已经生气了，说，什么破地方，你请老子进去，老子还不想进去呢。甩手走了。他回去想想还是气，就给亲戚打电话，说了些不好听的话，什么住了小区就不得了啦，又不是住的中南海啦什么的。害得那个业主跑来责怪门卫，说他们把他的亲戚赶走了，伤了大家的和气。但门卫并没有犯错，他们是严格按照物业公司的规定在做事，物业公司呢，又是严格按照业主的要求在做事，所以虽然谁也没有错，但大家心里都不开心。

其实受影响的还不止这样的情况，有一个叫老王的外地人，他长年累月在这个小区收旧货，他行走在小区的每一幢楼之间，喊着，收旧货啦，收旧货啦，现在他受到的影响就比较大了。年关这一阵本是一年当中收旧货最忙的时候，因为大家都要处理掉旧东西，干干净净过新年。本来哪家有了旧货要想卖了，听到老王的喊声来了，他们就应一声，老王就推着黄鱼车过来了，不需要业主动一动手，脏而杂乱的旧货就到了老王的车上，钱就到了业主的口袋里，你好我好大家好，一直是配合得天衣无缝的。但自从物业公司有了新规定，连老王都不让进去了。老王和老王的车不进去，业主就要亲自把旧货提出来，小区很大，从最里边的楼里走出来，差不多要有一两站公共汽车的路，业主就不愿意了，旧货就让它堆着吧，反正现在家家都有车库，车库里可以放很多东西。老王跟物业上急，说，我是老王哎，我天天在你眼皮底下的，又不是一年两年了，你又不是看不见我，你又不是不认得我，凭什么不给我进去？物业说，认得你是认得你，规矩是规矩，不能进就是不能，给你进去了，我就得出去了。老王说，你这样我可损失大了。物业说，损失什么呢，反正他又没有卖，早晚也是你的，等过了这一阵政策和规定变回去了，你再进去收吧。老王说，那不能保证的，经常有流动的收旧货的人经过，万一他们抢先了，我这一个年关就白等了，一年里我也就等着年关的这几天好日子。物业上说，也不至于吧，不都是你的老主顾么，会惦记着留给你的。老王说，才不呢，谁先来，他们就给谁了，上次，有个人家要卖个旧空调，虽然旧了，还能用呢，我因为车上装不下了，说好回头就来取的，但等我急急忙忙卸掉了车上的货再回头，早卖给别人了。唉，他们就是这样的习惯。可即便是老王这样急，那样说，也仍然不能给他进去，严防死守外地人，这是物业公司下给每个物业管理人员的死命令，老王虽然是老王，但他也是外地人，凡是外地人，一律不能随便进小区。老王就想出个招，他主动和业主说，你们要卖旧货的，你们就带我进去。于是就有业主急着要卖了旧货清清爽爽过个年的，就来带老王，但这样也不给他进，他们说，你虽然有这个业主带着进去，但你从这个业主家里出来后，又到哪里去我们不知道的。老王说，你们派个人跟着我，看着我好了。物业上说，那不可以的，你又不是犯罪嫌疑人，跟着你弄不好我们就是违法行为，再说了，我们人手也不够，一个外地人进来我们要跟着，个个外地人进来我们都要跟着，再来十倍的保安我们也不够用呀。他们吵吵闹闹的时候，保安队的班长来了，班长和老王是老乡，老王看到老乡，像看到救星了，老王说，王大栓，你说说，不给我进去，没有道理的嘛，是不是？但是班长王大栓对老乡也一样的严防死守，六亲不认，王大栓说，怎么没有道理，不让外地人进，就是道理。老王生气地说，王大栓，你没有资格说我，我到这个小区，比你还早呢，小区里的人，都认得我，却不见都认得你呢。你还不服，不服我跟你比说本地话，看谁说得像。王大栓说，说得像又怎么样，说得再像你也是外地人。老王说，许多年下来，我也等于是本地人了，他们跟我像自己人一样的。王大栓和物业上的其他人听了老王这话，都笑了起来，他们说，老王，你自说自话，谁和谁是自己人？最后王大栓一锤定音地说，老王你还是别进去了，别说规定不许进去，就是许你进去，你也是不进去的好，这时节上，太容易丢东西，谁家丢了东西，谁说得清。老王说，我进去了，万一有谁家东西被偷了，你叫警察来查我，不是一查就能查得到么？王大栓说，老王你开玩笑，你要是真的偷了东西，还会守在这里等警察来捉你吗？

老王无话可说了，他只能坐在小区门口不碍事的一个角落里，先是提着精神喊一声，收旧货啦，然后就没精打采地低咕一声，我惨了，再喊一声，收旧货啦，又低咕一声，我惨了。但大家忙着过年，进进出出都是急匆匆的，没有人顾得上他。

但是小区也总有一些不太忙的人，比如一些老人，一些孩子，还有放了假的大学生，他们现在很轻松，小区的景观很好，他们进进出出的时候，就像在公园散步，总会有一两个人注意到门旁角落里那个情绪低落的老王。先注意到老王的是个女孩子，她姓了一个比较奇怪的姓，姓宣，名字叫梅。宣梅看上去像个大学生，其实她大学已经毕业，参加工作了。宣梅注意到老王是因为她有旧货要卖，她本来以为老王哪天会在窗口下喊，只要老王一喊，她就会从窗口探出头来向老王招手，说，上来吧，503有旧货。老王就上来了，把宣梅的旧货细细地捆扎好，用秤称过，将秤杆的尾巴翘得高高的，然后报出一个数字，见宣梅点了头，他就摸出一些皱巴巴的钱来，数出几张给宣梅，最后他背着旧货下楼去，如果宣梅这时候从窗口朝楼下看，她会看到老王正小心而又利索地将她的旧货和其他人家的旧货搁到一起，用绳索拉好绷紧，骑上黄鱼车走了，还能听到老王一路的喊声远去。但有一阵老王没来了，开始宣梅也没怎么在意，后来她因为新添置了一些家电用品，有很多很大的盒子，屋里没地方搁，搁在楼道里影响了上下楼的邻居，宣梅就想起老王了，她问对门的邻居，为什么收旧货的那个人不来了。邻居说，现在不许外地人进来了。宣梅进出大门的时候，果然看到老王坐在角落里，宣梅就去喊他，喂，收旧货的，跟我进去吧。这一天是班长王大栓和新来的保安小万值班，小万因为是新来的，想在班长王大栓面前表现得好一点，就赶紧过去对宣梅说，他说，对不起，他不能进去的。宣梅朝他看了看，说，他不进去我的旧货谁帮我拿出来，你帮我拿出来吗？小万说，我不能帮你拿，我要值班，值班不能走开的。宣梅说，就是嘛，你又不帮我拿，我又拿不动，有一个拿得动也想帮我拿的人，你偏偏又不给他进去，这算什么呢？小万说，这是规定，现在到年关了，外地人要回家过年了，我们要严加防范。宣梅说，还严加防范呢，防范谁呀，我看你的样子，还像个坏人呢，我要是夜里在路上碰见你，我肯定是要躲开的。宣梅虽是个女的，但脾气不大好，性子有点躁，一躁起来，说话就不好听。她这么一说，小万果然急了，他说，我怎么像坏人，我是保安，我怎么像坏人，我是保安。宣梅说，你怎么像坏人，你自己照照镜子吧，我懒得跟你啰嗦，旧货不卖就不卖，拉倒，我还要去买菜呢。宣梅走后，班长王大栓批评小万说，小万，跟你说过多少回，你小子眼睛骨溜溜的干什么？小万说，我没有呀。王大栓说，你还说没有，现在保安勾结外盗的事情也经常发生的，业主本来就对你们这些外地人不大相信，你给我老实一点，不要东看看西看看。小万说，不东看看西看看，怎么查岗呢？王大栓说，查岗是用眼睛的吗？小万想不通了，闷了半天才问，查岗不用眼睛，用什么呢？王大栓指了指自己的脑袋。小万说，没有呀，我脑子没有病，我从小大家都说我聪明的。王大栓说，聪明就好。

话说宣梅匆匆到菜场去买菜，晚上她的男朋友来看她，她要露一点烹饪水平让他瞧瞧。宣梅的男朋友来的时候，在小区门口碰到了小万，小万叫他登记姓名，还要看身份证，宣梅的男朋友脾气好，就照做了，最后小万问他要找的人叫什么名字，宣梅的男朋友说，叫宣梅，住十七幢503。小万才来没几天，对住户的情况还不十分清楚，哪家的人跟哪家的人是一家人，哪家的人是在哪幢楼里，他都还摸不着头脑，他也不知道这个人找的宣梅就是刚才那个要卖旧货的女人，但小万听得出这个人说的是本地话，知道他不是外地人，也就没有必要再让宣梅出来确认，就放他进去了，还热情地指点了一下十七幢的方向。宣梅的男朋友说，我来过，认得。

宣梅的男朋友在宣梅的楼下碰到宣梅的邻居刘老伯，他已经很老了，可能快有八十或者已经过了八十了，他住在一楼，每天早上和下晚，他都端一张凳子坐在楼前的走道边，看到有陌生人，他会警惕地盘问他们，小区里有人称他为"刘二道关"，至少十七幢和十七幢附近的几幢楼里的人，看到刘老伯坐在那里，心里会增加一点安全感。

刘老伯是见过宣梅的男朋友的，见过好几次了，头一次来的时候，被刘老伯撞见了，盘问一番，还把宣梅从五楼上喊了下来，认回去才算了事，但后来来的次数多了，就熟悉了，见刘老伯坐在楼下，宣梅的男朋友会和他打招呼，喊一声刘老伯好。刘老伯就说，来啦。他穿过刘老伯身边，上楼去了。

但是后来情况发生了一些变化，也不知是从哪一天开始的，刘老伯每次见到宣梅的男朋友，都好像从来没有见过似的，都要从头盘问起来，最后要把宣梅喊下来认人。宣梅不如她男朋友脾气好，她生气地说，刘老伯，你不要跟我寻事生非，你见过他好多次了。刘老伯说，我没有见过他，陌生人。宣梅说，就算是陌生人，你也管不着呀，门卫保安都放他进来，你管什么闲事呢？刘老伯说，要管的，外地人要回家过年了。宣梅说，他又不是外地人，你管也管错了。刘老伯说，他不是外地人？他不是外地人谁是外地人，他那一口夹生本地话，骗骗外地人还差不多，想骗我，骗不过去的。刘老伯一口糯糯软软的本地话，说起话来像在唱戏，拿腔拿调的，虽然他牙齿不齐全了，漏了风，但原汁原味还在。

刘老伯这么一说，宣梅倒愣住了，她一直以为男朋友是本地人，他的一口本地话在宣梅听起来也确实说得挺顺溜，可是经刘老伯这么一评判，宣梅再听男朋友说话，就果然听出了里边的夹生味道，她奇怪自己先前怎么就听不出来，现在怎么越听越觉得滋味不对，男朋友的这一口本地话，和刘老伯的那一口本地话，放在一起一比，就比出来了。宣梅跟男朋友说，我还一直以为你是本地人呢。男朋友说，我没有说过我是本地人呀，你怎么会以为我是本地人呢？宣梅回想起来，他们认识的这些日子，男朋友确实没有说过他是本地人，甚至都没有谈起他是哪里人，自己怎么就会认定他是本地人呢。宣梅的男朋友坦白地说，可能因为我怕你瞧不上外地人，一开始就用本地话跟你交谈，你可能就认为我是本地人了。宣梅觉得事实正是这样的，她说，那就是先恋爱，后交代了。但她又说，你怎么会觉得我是那样的女孩子呢，我怎么会瞧不上外地人呢？我自己也是外地人嘛。宣梅的男朋友吃了一惊，说，怎么会呢，我一直以为你是本地人呢，你说的这一口本地话，我听起来不要太标准噢，跟楼下的刘老伯差不多嘛。宣梅说，我在单位里跟本地人学的。你也真是没脑子，你也不想想，我是要本地人，就住爸爸妈妈家了，还要租房子干什么呢？男朋友说，那你是哪里人呢？宣梅也问他，那你是哪里人呢？他们说出来后，竟然发现是老乡，出自同一个地方，而且还是在同一年来到这个城市的。他们已经谈了好一阵子恋爱，到今天才弄明白双方的真实背景，不由感慨万端。他们商量好，以后只要两个人在一起的时候，就说家乡话，对外人仍然说本地话，而且还要把本地话练习得更像一点，但这样做也有一点难处，就是面对刘老伯的时候应该怎么办。刘老伯是正宗的本地人，他听得出他们的本地话很夹生。后来他们决定，尽量躲开一点刘老伯，能绕着走就绕着走，绕不过的，就匆匆而过，不让刘老伯有搭话的机会。但是他们有信心，再努力一阵，就用不着躲着刘老伯了。他们互相鼓励说，连外语都能学会，还愁学不会地方话？

再说门口的老王，刚才眼睁睁地又错掉一笔大买卖，眼睁睁地看着宣梅轻飘飘地说，旧货不卖就不卖，我还要去买菜呢。对宣梅来说，这确实是轻飘飘的，可对老王来说，这实在太沉重。老王想，与其这样在阴风冷雨中无望地守着，我不如早点回家算了，少几个钱就少几个钱吧。老王收拾了东西，一去不返了。

这天晚上，严加防范的小区里，还是发生了一件盗窃案，也就发生在宣梅住的这幢楼里，就发生在一楼的刘老伯家，刘老伯媳妇多年来辛辛苦苦积攒的一包金银首饰不翼而飞了。据说刘老伯的媳妇睡到半夜忽然惊醒了，硬说有人进屋了，她的丈夫还骂了她一句神经病，门窗都锁得严严实实，门外还有防盗门，窗外还有防护栏，贼从哪里进来？可刘老伯的媳妇硬是爬起来，一眼就看到藏首饰的抽屉被拉开了，她听到自己的心"咯噔"一下沉了下去，顿时就号啕大哭起来。刘老伯的媳妇一边哭，一边诉说着每一件首饰的艰难来历，闻风而来的邻居们兔死狐悲，纷纷痛骂窃贼。

这个案件惊动了街道和区领导，因为这个小区是省模范，本来还准备参加全国模范小区评比，这事情一出，麻烦大了，别说全国竞争无望，连省的恐怕也要被拿掉。所以，虽然案件本身不算大，但政治影响和社会影响很大，市里其他许多新村小区的居民也都跟着人心惶惶，说，连模范小区都不安全了，我们还有什么日子过？我们干脆开门揖盗算了。

各级各方都很重视，立刻兵分两路，一路破案，一路追查责任。先说追查责任的这一路，区长亲自布置，街道党委召开联席会议调查处理，小区的物业管理当然是首当其冲，逃脱不了责任，其中保安班长王大栓更是重中之重，那天晚上，又恰好是他当班。物业管理公司决定开除王大栓，公司总裁也跟人事部门经理生了气，他说，我再三跟你们强调，要慎用外地人，慎用外地人，你们听进去了没有？人事经理叫苦不迭说，我也不想用外地人，可是，可是，我找不到本地人肯当保安的。

王大栓就要被开除了，但他不想被开除，乡亲们都知道他在城里当班长，要是给开除了，他觉得太丢脸了。王大栓说，我立功赎罪行不行？王大栓又不是警察，他凭什么立功赎罪呢？其实王大栓心里，已经有了目标，这个目标就是在失窃的当天失踪了的他的老乡老王。王大栓这一说，大家才回想起来，确实从那一天开始，风雨无阻地守在小区门口的老王不见了，头一天老王还说，年关是买卖旧货最忙的时候，他要抓这个机会，好好地收一票。怎么一转眼人就不见踪影了呢。王大栓主动要求去追查老王。王大栓很费了一些周折，但最后他什么也没有查到，老王确实是当天晚上走的，但他和另外几个老乡同一天下晚坐同一趟夜车回老家过年，有证人。盗窃案发生的时候，老王正在车上打瞌睡，他做了个梦，梦见自己收了宣梅的硬纸板盒子，称的时候，宣梅说，你的秤准不准啊？老王有点发急，说，我在这里做了好几年了，我是有信誉的。说过这句话，老王就醒了，醒来的时候他发现，车已经开进了他的家乡的大地上了，那土的颜色，那庄稼的样子，都是那么的亲切，那么的熟悉。

破案的路先是被堵住了，后来门卫小万提供了一个信息，从出入小区的登记册上也能看出来，盗窃案发生的当天下晚有个外人进了十七幢，他就是十七幢503的住户宣梅的男朋友。宣梅的男朋友被列入怀疑对象，不仅因为他在当天下晚进了十七幢楼，还有一个发现也是小万提供的，小万记得当时他没有让

503 的户主来认领客人，是因为他觉得这个人是本地人，他说的是流利的本地话，就放他进去了。但事后小万回想这个人说话的口音和语调，琢磨来琢磨去，总觉得哪里不太对劲，后来看到刘老伯的时候，小万还特意和刘老伯多说了几句话，体会着那个人的本地话和刘老伯的本地话里的区别，虽然小万还没有能够上升到理论阶段去辨别去分析，但他至少觉得，那个人说的本地话和刘老伯的本地话是不一样的，倒是和另一个什么人有点相像，小万思前想后，忽然想明白了，他的口音和那个叫老王进去收旧货的女人的口音很像，不过那时候小万还没有把十七幢 503 和宣梅联系在一起。直到出了案件，小万才把这些事情连在一起提供出来，最后连宣梅也受到盘问，因为物业上发现业主名册上十七幢 503 的房主并不叫宣梅，也不姓宣。

宣梅听到这样的疑问，是很生气的，她本来就脾气不好，容易生气，生了气就会乱说话．但这一次她生气气过了头，反而平静下来，思路反而清晰了，说话显得特别有条理，她说，第一，房子是我租的，业主名册上当然不是我，要是我的话，倒好了，我租金都不要付了。第二，我说本地话还是外地话，管你们什么事，我又没有说我是本地人，学说本地话，是为了办事顺利，生活方便，不光我不是本地人，我男朋友也不是本地人，但我们都说本地话，不可以吗？你们不也在学说本地话吗，我也以为你们都是本地人呢？早知道这地方都是外地人在管理，连保安队的班长、连物业的老总都是外地人，我还不愿意租你们小区的房子住呢。第三，你们怀疑我们偷东西，你们拿不出证据，我们可以反告你们诬陷，你们要负法律责任，要赔偿我们的名誉损失和精神损失。最后，宣梅还补充说，顺便告诉你们，我在大学里学的就是法律。

宣梅既然是学法律的，这一套她都懂，她和她的男朋友有不在案发现场的证明，那天晚上，吃过晚饭后，他们就出去了，和一群朋友在飚歌城玩，一直到凌晨三点才回家。那时候，不仅刘老伯的媳妇已经哭过，接案的民警也已经勘查过现场，取过证，警车正驶出小区，因为是半夜，没有使用警笛，笛声会影响居民休息。

案件再一次陷入僵局。这天晚上刘老伯家的抽水马桶出了问题，老是滴滴答答地漏水，刘老伯的媳妇把水箱盖抬起来，想看看哪里出了问题，就在抬起水箱盖的那一刻，她失声尖叫起来，她丢失的那包金银首饰，就端端正正地躺在水箱的底部，还用一块塑料布包得严严实实。不等刘老伯的媳妇反应过来，刘老伯已经上前把包包抢到自己怀里，一迭连声地说，这是我的，这是我的。他的媳妇简直不敢相信他会这样做，一时张大了嘴愣住了，过了好半天，她才回过神来，赶紧要抢回包包，她尖利地叫喊着，怎么是你的，怎么是你的，是我这么多年辛辛苦苦积攒下来的，我们结婚的时候，你只给了我一只金戒指和一副很小很小的耳环，我后来到金店去称，两样东西加起来也只有二钱的东西，成色也不足的。刘老伯一手拄着拐杖，一手将包包紧紧地捂在怀里，他的手指像铁钳一样坚硬，媳妇无论如何也夺不回她的金银首饰，她急了，情急之中就把刘老伯推了一下。这一推并不很重，刘老伯只是身子稍稍往墙上一靠，并没有摔倒，头也没有着墙，只是肩膀那里沾了一点墙灰而已。但是等到刘老伯重新再站稳、再回过神来的时候，奇怪的事情就发生了，刘老伯一张嘴，说出了一连串谁也听不懂的话。

刘老伯的儿子一直在旁边看着这场争夺却没有出面加以劝阻和制止，因为他一直以为老爷子是在开玩笑，父亲本来就是喜欢开玩笑的，而且他也不是一个贪心的老人，金钱财物对他来说，早已经是身外之物了，为了这包东西和媳妇这么闹，这完全不是他的风格，所以做儿子的一直在旁边看着，还笑呢。可是看着看着，他笑不出来了，他感觉不对头了，赶紧出面调解，好了好了，丢不丢脸？现在这种东西，又不值什么钱的。他的老婆说，不是钱不钱的问题，是谁的就应该是谁的，话要说清楚。人说家贼难防，我们家倒好，出了强盗了。他们以为刘老伯听了这样的话会发怒，他的媳妇还下意识地往后退了退，怕刘老伯的拐杖举起来打她。可是刘老伯并没有发怒，别说举拐杖，他的身子连动都没动一动，不过他的嘴在动，他仍然在说话，一连串又一连串的话从他嘴里跑出来，只是没有人能够听懂他在说什么。

刘老伯再也不会说本地话了。他说的肯定是一种话，但是没有人知道这是什么话，刘老伯的孙子英语学得很好，他稍微听了一听，就断定爷爷说的不是英语。刘老伯的儿子受到启发，又去请了一位懂俄语的邻居，他是从前的老高中生，上高中时就是学的俄语，这么多年下来，竟然还没有忘记，他认真地听了听，说，不是俄语，肯定不是，而且，不像是外语。

刘老伯出问题了，大家都以为是神经方面的问题，家人把他送进医院，医生经过一番检查后说，不是神经病，是老年痴呆症，但他这个病发展得很迅速，你们家人一定要小心注意，不能让他到处乱跑了，跑出去很可能认不得回家了。至于刘老伯现在与人交流时使用的这种语言，医生也说不清楚，他建议找有关方言方面的专家试试。后来他们到外地请来一位方言专家，经过专家的分析，也有结果了，这是西南边远山区的一种方言，说这种语言的人数的总数，不超过一千人。但是一直说本地话的刘老伯怎么会说出这种语言来呢？后来刘老伯的儿子终于回忆起来，他说，我想起来了，我小的时候，我爸爸跟我说过，他是大山里的人，那座山，像一把剑一样尖利，竖在面前，住在山里的人，很难翻过这把剑从山里走出来。五岁的那一年，瘦小的调皮的爸爸钻在一个货郎的担子里跟出了大山。但我小时候，根本就不相信爸爸说的话，爸爸是个幽默的人，他喜欢开玩笑。现在看起来，这竟是真的，爸爸原来是那边山里人。

也就是说，五岁以前，刘老伯说的就是这种语言，难道现在他又回到了五岁以前？医生说，这种现象虽然不普遍，但过去也有发生过的，一个人老了，忽然就回到了童年，童年以后的一切，他都忘记了。大家说，怪不得刘老伯的身材这么瘦小，西南边地上的人，都是这样的长相，怎么从前就没有看出来呢？

这个失窃案件最后是虚惊一场，还好这个小区的模范没有被敲掉，有关部门准备过了年就补充材料向全国模范冲刺。但既然并没有发生案件，王大栓被炒就很冤枉了，公司最后决定不开除王大栓，但班长却不给他做了，倒是小万在这件事情中表现出高度的警惕性，物业上升了小万当班长。现在王大栓归小万领导了，王大栓每天来上班的第一件事情就是向小万报到。有一天王大栓迟到了，小万批评他说，王大栓，我早就想跟你谈一谈了，正好今天你迟到了，我就一并谈了，一个是迟到的问题，以后不能再犯，另一个问题，你要注意自己的形象。王大栓说，形象？什么形象？小万说，业主们反映，原来那个姓王的班长，一看就是个外地人。王大栓说，我冤枉的，我已经尽量注意了，我知道自己皮肤黑，还买了美白霜用呢，人家说那是女人用的。小万说，你还要好好努力。

老王回家过年了，可是老王的声音却留在这里。紧靠大门的一号楼的二楼业主，养了一只八哥在阳台上，原来只会说，你好，吃过了吗？这一阵它每天听老王念叨，时间长了，也学会了老王的话，八哥说，收旧货啦，我惨了，收旧货啦，我惨了，它学得惟妙惟肖，连语气和音调也和老王一模一样，它提着精神亮着嗓门说，收旧货啦，又垂着脑袋憋着嗓音说，我惨了。听见八哥说话的人，无不大笑。一个人说，这鸟，像人一样啦。另一个人说，它说话是苏北口音哎。

　　老胡跟着老乡从乡下出来，担心自己无法适应，因为他除了种地，什么本事也没有。老乡比他早出来几年，对城里的情况已经有所了解，他跟老胡说，没什么好担心的，那么多只会种地的人都在城里干活，照样把城里人伺候得好好的。那天他们下了火车，就有人来拉他们去参加培训班学手艺。老胡想学手艺，可老乡说，学了手艺你也是乡下人，没用。老乡把老胡带到工地上，让老胡推小车。推车也有技巧，但不算太难。不久老胡就胜任了自己的工作，虽然不算太出色，但也能应付了，再加上有老乡罩着，老胡的日子也过得去了。

　　工地是经常要换的，过了些日子，老胡他们就换到一个居民区里的拆迁改造工程上去了。在这里做工程要和民居打交道，事情就比较复杂一点，居民丢失了东西不问青红皂白就怪到农民工头上，他们用当地的方言说农民工很多坏话，老胡虽然听不懂，但老胡看得懂他们的目光，穿过小街的时候，他们的目光让老胡芒刺在背，他尽量让自己不去看他们，但他越是不让自己看他们，心里就越慌，好像自己真的偷了他们的东西，他脚步跟跄仓皇地逃过去。老乡说，胡本来，你慌慌张张地干什么。老胡说，他们老是盯住我看。老乡也朝他看看，说，你是大姑娘，怕人家看？

　　发了工资，老胡到街上去转一圈，他并不买东西，但是口袋里有钱和口袋里没钱，转着的时候感觉是不一样的，老胡要的就是那种感觉。后来有个人要卖一辆半新的自行车给他。老胡一直想要一辆自行车，有了自行车，他就可以到市中心去，也可以骑上自行车去看看在其他工地上工作的老乡。但是这人开价太贵，要五十块。老胡说，我没有五十块。这人就伸手到老胡兜里一掏，掏出两张十块的，用手指一捻，说，就二十吧，便宜你了，老乡。说完拔腿就走。老胡扶着自行车站了一会，才明白自己有自行车了，他乐滋滋地骑回来，还没到工地呢，就被街上一个居民抓住了，说这辆自行车是他家的。老胡有口难辩，连前因后果都没弄明白，就已经人赃俱获了。

事情惊动了包工头，包工头对老胡的老乡说，你介绍来的人，你自己处理吧。老乡回头跟老胡说，我说你怎么老是鬼鬼祟祟的，原来你做贼心虚。老胡说，不是的，我不是贼，是人家卖给我的。老乡说，谁会相信你。老胡说，可我跟你是老乡。老乡说，老乡又怎么样，就算我相信你，别人也不会相信你，所以我也不能相信你。老胡第一份打工生活就这么简单地结束了。

老胡的第二份工作也是老乡介绍的，当然那是另一个老乡。老胡到一家工厂当工人，在流水线上做零件。老胡进来以后，老是担心那个老乡会把自行车的事情告诉这个老乡，因为老乡和老乡之间会经常碰面。老胡就时不时地向这个老乡试探，你见过那个老乡吗？他跟你说过什么吗？他说我什么吗？弄得这个老乡对老胡疑疑惑惑，说，胡本来，你在那边犯了什么事情吗？老胡赶紧问，我犯了什么事情？他说我犯了什么事？这个老乡更怀疑了，说，你犯了什么事你自己心里最清楚。老胡答非所问说，我不是被他们赶走的，我是自己主动走的。老乡警觉地看了老胡一眼，不再和他说话了。

有一天车间里一个工人做的零件少了，就在车间里乱怀疑，一会说是张三，一会说是李四，弄得大家都很不高兴。大半天老胡一直神魂不定，老是在老乡身边转来转去，老是问，查出来没有？查出来没有？老乡看老胡慌慌张张的样子，就跟他说，胡本来，你要是拿了，就还给人家。老胡心里"咯噔"了一下，他猜到这个老乡已经和原先工地上的那个老乡见过面了，他们已经说过他的事情了，所以这个老乡会怀疑他，老胡急了，赶紧说，你不能听他的，我没有偷自行车。这个老乡听了，脸色很不好看，说，想不到你还有这样的事情，怪不得我老觉得你鬼鬼祟祟的，我就知道你有什么事情瞒着我。老胡说，他不了解情况，他相信别人不相信我。老乡说，胡本来，你真是做贼心虚，自己说漏嘴了，我根本就没有碰见他，我都大半年没跟他联系了。老胡更急了，说，你误会了，

你误会了，自行车是人家卖给我的。老乡说，谁会相信你？最后老乡说，我不跟你说了，反正车间主任一会儿要来调查零件的事情，你自己跟他说吧。

这一下把老胡吓得不轻，老胡赶紧去上厕所，但他一去就再也没有回来，他逃走了。

这都是好多年前的事情了。所以确切地说，这些事情以及其他许许多多的事情不是老胡的经历，而是小胡的经历。小胡跟着老乡进城的时候，还不到二十岁。后来小胡慢慢地变成了老胡。小胡在变成老胡的过程中产生了某些感悟，这些感悟是生活教给他的。比如车间里缺少零件的那件事，明明是组长干的，但因为组长是师傅，大家的活都是他教会的，而且他自己干活又快又好，是大家的榜样，所以没有人会怀疑他，怀疑了别人也不会相信。在长长的岁月中类似的种种事情教育了老胡，让他知道，当年老乡带他进城的时候，说手艺没有用，这个说法是错误的。

于是老胡怀着正确的想法，重新回到了开始。

一

现在老胡重新回到了火车站。火车站的广场比过去大了几倍，农民工短期培训班的招牌也比过去多了几十种，可到底应该学哪一种手艺，老胡拿不定主意，只觉得心里乱纷纷的。后来老胡就被一个人喊住了，这个人看上去很憨厚，他握了握老胡的手，说，喂，老乡，参加我们的"绿色通道"培训吧。老胡不知道"绿色通道"是什么，呆呆地看着他，这人就朝老胡眨眨眼睛，从口袋里掏出一把钥匙，又拿着钥匙做了个手势，老胡眼里是看明白了，但心里仍然糊涂着，老胡说，什么，你说什么，开门？这个人就笑了，他拍着老胡的肩说，老乡，你是聪明人，三千块怎么样？三千块保你三天之内学会，我们还配发工具。老胡说，什么工具？这个人说，你说什么工具，要打开人家的锁，要用什么工具呢？老胡说，钥匙？那个人说，对，就是钥匙，我们不仅培训你技术，还给每个学员配发一把钥匙，有了我们的技术，再加这把万能钥匙，天下就没有打不开的门，你想进谁家就进谁家，这大千世界，不都是你的绿色通道吗？老胡听出了一身冷汗，才知道这是培训当小偷的，老胡吓得二话没说赶紧逃开，逃出好长一段路，才敢回头看看，发现那个人根本没有盯住自己，他早已经瞄上了新目标，老胡的心还乱跳了好一阵。

老胡在那里还看到其他一些奇奇怪怪的培训，比如教人应聘时怎么说话，他们还自编一本书做教材，老胡翻了翻那本做样板的书，看到上面有一些自相矛盾的话，比如前面刚说应聘时要正视对方的眼睛，一会儿又说，要低下你的头。老胡看了，站在那里愣了半天，心里犯糊涂，不知道这些是什么意思。拉生意的人跟老胡说，不难的，你只要把书上的内容背出来，再用到行动上，你就能应付天下所有的招聘了。老胡想了想，觉得这个说法不可靠，应付了招聘有什么用，招聘进去了，你没有本事，还不一样被人怀疑，最后给人家赶出来？还有一处是教人怎么做月子保姆的，这里以女的为多，老胡听到那个人在对她们说，月子里小孩要是哭闹，可以放一点点安眠药在奶粉里，让孩子睡觉。

老胡最后选择了一门实实在在的手艺——烹饪。老胡小的时候，村里有人家要办红白喜事了，都从镇上的饭店请大厨子下来烧菜。从小老胡的心目中就留下了大厨子的深刻的印象，大厨子的手下总有好几个人给他做下手，洗菜的洗菜，切菜的切菜，端盘子的端盘子，一个比一个巴结大厨子，大厨子一声吆喝，几个手下争先恐后围着他转，使得童年的老胡觉得大厨子简直就是部队的首长，他做菜的时候，就像首长在指挥打仗。

老胡的天赋这时候还没有展露出来。在培训班上，他也和大多数人一样，显得笨头笨脑，手脚也不灵活，不是烧焦就是夹生，不是太咸就是太淡，还有一次老胡一失手将半瓶子醋倒进锅去，老师罚他，让他己吃下去，老胡差点酸掉了大牙。这么折腾了十五天，学期就结束了，老胡拿到一张盖了红印章的结业证书。

老胡现在心里有底了，他有了证书，有了手艺，再去应聘时，老胡把那张证书举在手里，老胡还叫嚷着，我有证书的，我有证书的。这样一来，就显得老胡很鹤立鸡群。大家都过去关心老胡，但也有人不相信老胡，他用警惕的眼神打量老胡，把老胡的证书接过去瞄了一眼，就说，造得这么烂也敢拿出来骗人？老胡急了，说，不是造的，证书怎么能造呢。大家笑话他说，证书怎么不能造，人都可以造。老胡又说，我这上面有红印的，你们看，这个鲜红的红印。有一个人比较同情老胡，他跟老胡说，买个萝卜就能变成红印，没有人会相信你的红印。最后大家都走开了。

老胡慢慢地明白过来，他引以为骄傲的那张证书反而害了他，人家看到证书就认定他是伪造的。一个伪造证书的人，谁敢要他？老胡觉得很冤，不花血本学手艺，人家不信任他，花了血本换来的还是一个不信任。老胡只好把证书藏起来。可是没有证书，别人又怎么相信他会烧菜，他们说，你说你会当厨师，谁相信你？他们连个试一试的机会也不会给他。正所谓三条腿的蛤蟆难找，两条腿的人太多了。

老胡遭到嘲笑的时候，老顾也在这里，他急于要招一个厨子，他也过来看了看老胡的证书，觉得像是假的，就走开了。可老顾在人才市场转了两天，除了老胡，就没有其他人可选了，老顾只好又转了回来。老胡一眼认出他来了，惊喜地说，老板，你来过的，你昨天来看过我，你看我怎么样？老顾说，我没得挑，你跟我去试试吧。他们到了老顾的饭店，老顾让老胡烧一只家常豆腐。连老胡自己也没有料到，他的厨师天赋就从这里被开发出来了。大家尝了老胡的豆腐，感觉特别新鲜，也特别奇怪，一时竟下不出准确的评语，过了好一会，老顾说，老胡，你介绍介绍经验，怎么烧的？老胡战战兢兢，老老实实地说，就是乡下烧法，就是乡下烧法。老胡的话一下子启发了老顾，老顾一拍巴掌说，胡师傅，你的思路是正确的，我的饭店今天就改名，就叫"乡下烧法"。老顾的思路也是正确的，现在城里饭店如林，要想在许许多多的饭店中占得一席之地，就要有自己的特色。大家吃多了广东菜四川菜，也尝遍了山珍海味，忽然就想起从前了，就想要回到朴素的年代，"乡下烧法"正好迎合了大家的趣味，给他们的回忆找到了落脚的地方。

老胡自己都没料到，他成了一位远近闻名的大厨，他受到老板的器重，也受到大家的尊敬。还有人想来挖老顾的墙角用高薪聘走老胡，但老胡知恩图报，他不会走的。老顾也是讲义气的人，他感激老胡的忠心，给老胡加了工资，皆大欢喜。

过了些日子，饭店的冷盘出了点问题。起先店里的人并没有发现，是一个常来吃饭的回头客发现的，他说他已经留心注意了好几次，凡是荤的冷盘，分量总是比以前见少。他怀疑老板生意做好了，心反而黑了，克扣了冷盘的分量。可老顾是个会做生意的老板，他不会因小失大。那天老顾把大家招呼过来谈一谈，别人都坐下了，唯独老胡不肯坐下，他一坐下心就慌，可站在那里呢，腿肚子又打软。老顾还没有开口，他就抢先说，老板，不是我吃的，你不要怀疑我，我要是偷吃了，我会长得很胖，你看我现在不胖吧，一点也不胖，是不是？老顾觉得老胡的思想很奇怪，说，那也不见得，有的人是吃煞不壮，有的人呢，喝凉水也长肉。老胡慌了，说，果然的，果然的，被我猜着了，你真的在怀疑我。老顾说，我没有怀疑你，是你自己在怀疑自己。再说了，我这店，就算有人偷点熟菜吃，也吃不穷我。老胡说，我听得出来，你还是在怀疑我，你怀疑了我，又来安慰我。其实本来老顾也没有小题大做的意思，他把大家叫过来，只是敲山震虎，吓唬吓唬偷嘴的人，好让这个人自觉地改掉偷嘴的毛病，不料老胡引火烧身，把事情惹到自己身上，就把事情搞混了，真正偷吃的人反而可以浑水摸鱼躲过去了。老顾气得说，算了算了，不说了，大家该干什么干什么去吧。大家从屋里散出来，看到洗碗的小月正闷着头蹲在院子洗碗，一个小伙计说，咦，小月，你怎么不进来开会？小月的头闷得更低了，也不回话。老顾也奇怪了，走过去说，小月，你怎么啦？你听见没有？小月光是点头，仍不开口，腮帮子却鼓得满满。老顾说，小月，你嘴巴里有什么？小月脸涨得通红，紧紧闭着嘴。老顾说，你张开来我看看。小月逃不过了，只好张开了嘴，嘴里塞得满满的，全是红彤彤的赤烧肉，还没来得及嚼碎了咽下去。老顾说，原来是你。小月含着一嘴的赤烧肉，眼泪叭啦叭啦地往下掉，老顾说，你哭什么，我还没说你什么呢，你就哭啦。老胡在一边拍着胸说，吓坏我了，吓坏我了。老顾回头看他一眼，说，你吓什么？老胡说，还好不是我，还好不是我。老顾说，你怎么觉得会是你呢？老胡说，因为我太可疑了，熟菜都是从我手里出去的，我是第一道关，我是最可疑的人。老顾说，那是你自己说的，我可没这么说啊。

老胡的一些老乡经常来看老胡，他们从前和老胡一起从老家出来，但没舍得花钱去学手艺，现在只能在建筑工地做小工，风吹日晒的苦不说，走到东走到西，都是在别人怀疑的目光中，像夹着尾巴的过街老鼠。现在他们常常跑到老胡这里来眼红老胡，他们以为老胡会招待他们吃一顿，可老胡跟他们说，你们没事情少来找我，你们老来找我，万一这里出了什么事情，老板会怀疑我的。他的老乡很不满意，说，皇帝还有三门草鞋亲呢。老胡说，那你们找皇帝去吧。

有的老乡就生气不再来了，但也有的老乡还是会来，只是他们比较尊重老胡的意见，先摸清老板的生活规律，拣老顾不在饭店的时候来找老胡。有一个姓李的老乡，老是来找老胡借钱，老胡借过他几次，但他不还，不仅不还，下次又来借了，而且来的时候，以前的事情就不提了，好像从来没有借过老胡钱一样。老胡知道借出去的钱永远是有去无还了，就开始拒绝他，他就走了，但第二天又来了，又好像昨天根本就没有来过，好像老胡根本就没有拒绝他。他来了，就朝门口地上一坐，也不说话，小伙计就进去喊老胡，胡师傅，你老乡来了。老胡出来一看，又是他，老胡说，你怎么又来啦，你昨天不是来过了吗？老乡说，我昨天来过了吗？老胡说，你别跟我装蒜了。老乡说，我没有装蒜，我确实是记不得了，因为我急需用钱，这几天到处找老乡，结果都跑糊涂了。老胡说，你怎么永远是急需要用钱的呢？我昨天已经告诉你了，我没有钱，我们这个月的工资还没有开呢。老乡就走了。到了明天，老乡又来了，说，老胡，你们发工资了吗？老胡说，没有发呢，就算发了工资，也轮不到你用，我孩子今年上学了，学费还欠着呢。老乡好像愣住了，过了好半天，才说了一句，你孩子也上学啊。

二

老胡和店里的小伙计一起住，半夜里有警车从街上经过，拉了警笛，老胡就会惊醒过来，把小伙计也弄醒了，说，听，又抓人了。小伙计要睡觉，不想听，老胡不让他睡，跟他说，你说这一回抓谁？小伙计不高兴地说，反正不是我。老胡说，我知道不是你。小伙计用被子蒙住头不再搭理老胡，老胡叹息了一声，说，其实只要稍等一会，它还会响的，现在是去抓，等一会抓到了还会回过来。小伙计伸出头来说，我等它干什么？老胡说，你听着它半夜叫起来心里不害怕吗？小伙计说，我害怕什么，我又没有犯法。这么一说一闹，把小伙计的睡意弄跑了，小伙计再也睡不着了，就跟老胡生气，说，你下次再半夜叫醒我，我就不跟你睡了。老胡说，好吧，我再也不吵醒你了。可到了下一次，警笛响起来的时候，老胡又慌慌张张地推醒了小伙计，说，来了，来了，它又来了。小伙计没办法了，就去跟老顾说，要分开住。老顾说，你还想睡单间啊？小伙计说，可是他老不让我睡觉，半夜就叫醒我，叫我听警笛。老顾也不解，去问老胡，你想干什么？老胡紧张地说，我没干什么，我什么也没干。老顾觉得老胡表现有点反常，老顾说，老胡，你是不是心里有什么事情没有说出来？你看不看报纸，报纸上说，心理压力太大，会出问题的，你有什么事情就说出来吧。老胡慌道，我有什么事情，你知道我有什么事情？老顾说，你的事情要你自己说出来的。老胡脸色煞白，结结巴巴地道，老板，是不是我老乡跟你说什么了？老顾说，你老乡，哪个老乡？我不认得你老乡。老胡这才赶紧闭了嘴。

这一年快到年底的时候，老顾家失窃了，损失惨重，公安部门侦查了一段时间，却没有查出什么线索，案子就暂时悬着了，因为年底时案件太多，警察们忙得顾此失彼。

查案子的那一阵，店里人心惶惶，人人自危，等到警察撤走，大家就轻松多了，连老顾自己也松了一口气，虽然案子没有破，但至少日子又恢复了正常，饭店仍然开下去。唯独老胡仍然惶恐不安，一直疑神疑鬼，眼皮老是跳个不停，他甚至都不敢看老顾的眼睛，老觉得老顾在怀疑他，但是如果老顾不看他，他又心慌得不行，以为老顾是查到什么证据了，所以不再试探他，老胡越想越觉得自己像个贼，最后他没有办法了，伸出手重重地打了自己一个耳光，说，你慌什么慌，是你偷的吗？老胡自打耳光的事情被小伙计看到了，他问老胡为什么要自己打自己的耳光。老胡说，小时候班级里有同学丢了橡皮，你会不会觉得是你偷的？小伙计说，会的，会的，我的同桌少了一支铅笔，我告诉他是我偷的，其实不是我偷的。老顾正好走过来，老胡赶紧说，老板，我们没有说什么啊。老顾莫名其妙地看看他们，说，你们没有说什么？什么意思？难道在我店里工作，连说话都不可以，我有那么凶吗？老胡当时吓得脸都白了。后来老顾的一个朋友来找老顾谈事情，他们坐在店堂里叽叽咕咕地说着话，老胡忽然就走过来冲着他们说，你们是在说我吧？老顾说，说你什么？老胡又赶紧走开了，弄得老顾和他的朋友都觉得他怪怪的，那朋友问老顾，他什么意思？老顾说，我也搞不清楚，这些天他一直这样怪怪的，我觉得他有什么不可告人的事情没有说出来。朋友说，从什么时候开始的？老顾说不清，只觉得就是最近这一阵的事情。朋友的思路比老顾清楚，他对老顾说，你想想，会不会和你家的失窃案有关系？朋友这一说，老顾倒惊了一惊，回想起来，老胡的种种奇怪，确实是从他家失窃开始的。老顾把小伙计叫过来问，小伙计说，我看到老胡自己打自己的耳光了，他还说，为什么别人丢了东西自己会心虚。小伙计走后。朋友劝老顾去报警，老顾说，警察已经来过了，问老胡的时候，老胡说他没有偷，他还哭了。朋友说，哭也不能证明他没有问题。老顾说，警察说过的，现在是暂时搁一搁，案子还没有结，他们还会再来的。朋友说，等他们再来的时候，你要把老胡的不正常的表现告诉他们。老顾说，我知道了。

老胡好像比老顾还盼望警察再来，他嘀嘀咕咕地说，咦，奇怪了，他们说过两天还要来的，怎么到现在也不来，他们会不会不来了啊？小伙计说，胡师傅，你希望警察来吗？老胡两腿一打软，抓住小伙计的肩说，万一警察来了，万一警察把我带走了，你帮我把这个月的工资领了寄给我老婆。小伙计说，警察为什么要把你带走，你是贼吗？老胡愣了愣，又"啪"地抽了自己一个耳光，嘟哝说，警察为什么要把我带走，我是贼吗？可我不是贼呀。小伙计见老胡老是打自己的耳光，有点怕他了，躲得他远远的。老胡自己也搞不清楚为什么这么紧张，晚上躺在床上，翻来覆去地睡不着，侧耳倾听着外面的每一点动静，好像就专心在等着警车上的警笛响起来。一天早上醒来，小伙计跟他说，胡师傅，昨天晚上你梦见老乡了？老胡猛被一吓，脸都有点白了，说，你知道我做的梦？小伙计说，你说梦话了，我听不太清，好像说的老乡。老胡说，老乡什么？小伙计说，我没有听见你说老乡什么，胡师傅你不用紧张的，这是说梦话呀。老胡这才感觉到自己的紧张，手心都有出汗了，赶紧把手掌在裤子上擦了擦。小伙计又说，胡师傅，你可能想念你的老乡了吧，小时候我听我奶奶说，想念谁了，就会做梦梦到谁。你老乡好久没来了。老胡说，哪个老乡？小伙计说，咦，就是那个你最怕的，他来了你就要躲起来的，向你借钱的那个。老胡"啊"了一声，心口好像中了一拳，他想起了那个叫李富贵的老乡。

李富贵老是来找老胡借钱，开始借到一点，后来因为老是不还，老胡就再也不借给他了，他空跑了好多趟，最后都是空手而归，有一次他都差点给老胡下跪了，他还向小伙计借钱，也没有借到。李富贵总是说，我急需钱用呀，我急需钱用呀，你们帮帮忙啊。可是没有人帮他的忙。老胡跟小伙计分析过，李富贵肯定是赌上了，一旦赌上了，那是无底洞，比嫖还厉害，别说他跪下，他死在你面前，你也不能动心。现在老胡又想到李富贵，想到最后那一次李富贵没有借到钱离开时的眼神，又想起自己曾在李富贵面前吹嘘老顾多么有钱等等，想着想着，老胡就打了个冷战，一个不好的念头冒了上来，他伸手又要打自己的耳光了，但是发现小伙计正盯着他，他没有下手，把手收了回去，但那个念头却牢牢地占据了他的思想和灵魂，怎么也甩不掉了。

老胡连个招呼也不打，就偷偷地跑出去，他跑到李富贵原先所在的工地一打听，才知道李富贵早就离开了，他嫌这里工资太低不够开销，谁也不知道他到哪里去做什么工作了。老胡到李富贵住过的工棚，东看看西看看，想看出点名堂来，可他什么也看不出来。李富贵还有一个包留在工棚里没有带走，老胡打开来看看，里边只有几件破烂衣物，还有一个记着几个电话号码的小本子，老胡照这个本子上的电话打过去，多半是打不通的，或者是空号，打通了的也都被告知是打错电话了，如果对方是手机，接手机的人态度会很不好，因为你打错电话，就浪费了他的手机费，还有几个是公用电话，估计也是打工的老乡留下的。

后来老顾守住了老胡，说，老胡，你偷偷摸摸跑出去干什么？老胡慌得说，我没有偷。老顾说，谁说你偷了？老胡说，谁说我没有偷？是不是警察说的？老顾说，警察说你这个人就是心理素质太差。老胡说，警察还说什么了？老顾说，警察说你没有作案时间。老胡说，我是没有作案时间，但是万一我有同党呢，警察没有想到吧，万一我是做内应的呢？老顾觉得老胡真是匪夷所思，他忍不住说，那就是说，这两天你鬼鬼祟祟跑出去，是在和你的同党接头啊，你们是不是在分我的钱啊？老胡愣住了，忽然发现自己给自己设了个套子钻进来了，他气得伸手"啪"地打了自己一个耳光。小伙计说，胡师傅，你这个人心肠软的。老胡说，你什么意思？小伙计说，我小时候听我奶奶说，心肠软的人，才会打自己的耳光。老胡说，为什么？小伙计说，我奶奶说，要是换了心肠硬的人，肯定是打别人，不会打自己的。老胡琢磨了半天，也琢磨不出小伙计话中还有别的什么意思，心里更加忐忑不安了。

经过这一阵的折腾，眼看着老胡就瘦了一大圈，从一个大号的老胡变成了小号的老胡，大家都看着奇怪，说，人家当厨子，个个是越当越胖的，你怎么越当越瘦了？老胡说，我可能是心理负担。老顾说，老胡，你会不会得了什么病，还是到医院查一查吧。老胡心里一感动，差点把李富贵说了出来，可话到嘴边，又赶紧咽了下去，他既担心冤枉了李富贵，又担心没冤枉李富贵。冤枉了李富贵，他是不仁不义，没冤枉李富贵，他自己就会成为怀疑对象，他和李富贵，不是同党也是同乡。即使不弄个冤案出来，老顾也肯定不会再相信他，他的饭碗也保不住了。老胡两头不能做人，心里有话不能说出来，堵着，所以吃下去的东西，吸进去的油烟，没有长成肉，都变成了精神负担，钻进了他的脑袋，他现在感觉自己的身子越来越轻，脑袋却越来越重了。

三

过了些日子，老胡的老婆孩子也出来了。现在他们一家三口住在城里，干着城里人的活，过着城里人的生活，他的女儿小胡聪明可爱，越长越像城里的孩子。老胡正在想办法把她从民工子弟学校换到城里的小学读书。可是老胡半夜惊醒的习惯仍然没有改变，只要警笛声一起老胡又醒来，跟老婆说，听，又抓人了。老婆说，你这么关心抓人干什么，又不是抓你。老胡说，你怎么知道？老婆睡眼蒙眬地朝老胡看看，翻了个白眼躺下去又睡了。老胡却睡不着，翻来覆去，好像在等着警笛再次响起。去抓人的警笛响过后，如果听不到回来的警笛声，老胡是无法睡踏实的。

到了下一年的春天，派出所来通知老顾，案子破了，叫老顾到派出所去认领东西了。那时候老胡正在厨房炒菜，小伙计进来喜滋滋地说，胡师傅，贼抓到了。老胡吓得手一松，咣当一声，铲子砸到脚背上。小伙计还告诉老胡，贼是个流窜犯，春节前来过，他以为过了春节就没事了，所以春节后又来了，就被抓住了。老胡说，走过的地方又来了，那算什么流窜？他真傻，走过的地方不再去，那才叫流窜，那样就永远也抓不到了，是不是？小伙计佩服地说，胡师傅，还是你有经验。老胡顿时脸色煞白，支吾着说，我有什么经验？我有什么经验？

警察又来了一趟，他们还需要补充一些证明。但这一回警察没找老胡谈话，因为事情跟老胡完全没有关系，再说前边破案时也已经找老胡谈过好几次，他们知道老胡心理素质差，他会无中生有胡说八道，把事情引到自己身上，最后误导警察走入歧途。所以既然没有他的事，他们就尽量不去惹他了。老胡却觉得警察不问他点什么，似乎是有意在回避他，老胡慌了，赶紧跑到警察跟前，主动跟警察说，我姓胡。警察知道他，说，你就是胡师傅啊，我老婆就喜欢吃你做的乡下菜。老胡讨好说，过天我炒几个菜给您家送去。警察的听力很厉害，就这么随便说了几句话，就听出了老胡的口音，警察说，咦，老胡，你也是沟北人啊？老胡说，是呀，沟北魏沟子村的。警察说，魏沟子村？你怎么不姓魏？老胡说，我们那村，也是怪了，姓胡姓王姓李姓张，姓什么的都有，就是没姓魏的。

和警察说过话以后，老胡越想越不对，他去问老顾，他为什么说我是沟北人，他认得沟北人吗？老顾说，他可能在说这个案子吧，那个贼，也是沟北人。老胡说，他叫什么名字？老顾说，好像叫张二什么的，对了，是张二娃，不过也不知道是真名假名。老胡说，张二娃？不认得，不是我们那村子的人。老胡庆幸地想，这个贼原来还真是我的老乡呢，不过还好，我没有把怀疑李富贵的想法说出来，要是说了出来，不是冤枉李富贵了吗？这个李富贵，也怪了，怎么就真的不来借钱了呢。

过了一天，警察又来了，老胡正在厨房烧菜，他看到警察在外面跟老顾说话，但他听不见他们说的什么。老胡想，案子不是破了么，警察怎么又来了，这个警察话怎么这么多？过了一会他又想，会不会因为那个贼跟我是同乡，他们又怀疑我了呢，可是我不认得这个贼呀。

老胡当然听不见，他们正在谈李富贵呢。原来警察最后确认了张二娃是个假名字，贼的真名就是李富贵。等警察走了，老胡问老顾，警察有什么事又来了？老顾说，没什么，在说一个人。老胡说，说什么人啊？老顾说，你又不认识的，跟你没关系。老胡觉得老顾说话含含糊糊，欲盖弥彰，老胡一下子就失控了。老胡说，警察和你说的这个人，就是我吧？老顾奇道，为什么要说你，你有什么好说的？老胡胆战心惊地说，我就是想探听一下，你们在说我什么。老顾生气地说，老胡，你为什么样样事情要往自己身上拉，你觉得好玩吗？老顾不耐烦地责备了老胡几句，但说着说着，他眼睛里的不耐烦渐渐地变成了怀疑，变成了警觉，最后老顾语气重重地说，老胡，你有什么事情干脆坦白出来吧，你再这样下去，连我都要被你弄成神经病了。老顾话音未落，只听"哇"的一声，老胡号啕大哭起来，边哭边说，老板，原来你什么都知道，其实连我的老婆孩子都不知道我是谁，可是你知道的，我知道你从一开始就知道我。

　　老胡的老婆和女儿听到老胡哭闹，都跑来看他，老胡瞪着老婆说，你知道我的事情吗？你根本就不知道，你什么都不知道，那一年我十九岁，跟着村里一群人到镇上去看录像，和另一个村的人打起来了，我拿一把水果刀，把一个人捅了，后来那个人死了，我逃走了，我是杀人犯，我杀过人——老胡的老婆"噢"的一声，紧紧搂住女儿就往后退。老胡看了看她们，又看了看老顾，说，你们别害怕，我以前是杀人犯，但现在不是了，那时候我年轻胆大，现在我胆小如鼠，我不会再杀人了。杀了一个人，已经让我半辈子亡命天涯不能安身，我还敢再杀人吗？大家目瞪口呆地看着老胡，老胡又说，十几年里，我换了十几个名字，我叫过张立本，叫过李长贵，叫过王大才，现在我叫胡本来，可是我连我本来的名字都忘记了——老胡的老婆和女儿抱头痛哭。老胡说，你们哭也来不及了，我已经坦白出来了，我不是胡本来，我从来就不是胡本来。老胡的老婆听了老胡这句话，忽然停止了哭泣，放开了女儿，指着老胡说，你骗人，胡本来，你就是胡本来！你跟我是一个村的，从小我们就认得，从小我就知道你是胡本来，你怎么会不是胡本来？

　　老胡呆住了，大家也呆住了，过了好半天，老顾说话了，老顾说，老胡，你说的这个故事，我知道，报纸上登过的，那个人的名字叫王一生，王一生是他的假名，他的真名叫什么我不记得了，他的故事和你的故事一模一样，甚至连细节都是一样的，唯一不一样的就是，他不是像你这样自己坦白出来，他最后是被警察抓住的。老胡说，这么多年来，我一直把他的故事当成我的故事了。老顾说，不对，你又说谎了，王一生的事情是去年才暴露出来的，你不可能以前就知道。老胡说，可是这么多年来，我真的以为我就是他。老顾说，警察抓到他的那一刻，他对警察说，谢谢你们，谢谢你们，你们终于来了，我终于可以安心了，这么多年我没有睡过一个安稳觉。老胡激动得叫喊起来，我也是这样想的！我也是这样想的！

　　老胡拿了一个别人的故事放到自己身上，大家批评他不应该拿这种事情来开玩笑。但事情过去后，一切又恢复了正常，老胡仍然是一个受人尊敬的厨子，他烧的菜又有了新气象，饭店的经营也更上了一层楼。可是老胡的老婆说老胡打呼噜太厉害，吵得她和女儿晚上睡不着觉，跟老胡分开住了。女儿见了他，也总是离得远远的。有一天他发现女儿躲在角落里偷偷地看他，女儿的眼神让老胡冷不丁打了一个寒战，老胡大声说，你别这样看我，我不是杀人犯，我是厨子，大厨子！大厨子的地位你懂吗？老板的饭店生意好，全靠我的手艺。女儿吓得小脸煞白，慌慌张张溜了出去。

像鸟一样飞来飞去

　　开春以后，村长把大家叫到一起，跟大家说，我们不能再焐在家里了，要出去打工了，不然老婆也找不到，找到了也要跑掉，孩子也念不上书，以后怎么办？大家听村长的话，把身份证交到村长那里，由村长领着，一起到镇上，再坐长途汽车到城里，再到火车站，到了火车站，就要分头走了，有的往南，有的往北。村长说，我带不了你们这么多人了，你们自己找出路奔前程吧。村长又叮嘱说，出去好好干，省吃俭用，多寄点钱回来，别去玩小姐，又贵，还会得病。大家都笑了，有个叫小林的小伙子说，村长你得了病，全村人都得病。村长说，呸，走你的吧。村长把身份证拿出来发还给大家，说，身份证你们自己保管好，别的东西可以丢，这身份证可千万别丢了，乡下人在城里丢了身份证，麻烦就大了。又是小林说，知道的，有个人还是大学生呢，没带身份证，弄到里边，结果被打死了。村长说，知道就好。村长手里捏着一叠身份证，他喊一个人，这个人就去把身份证拿着，小心地藏好。村长还是不放心，说，万一要是掉了，就找派出所。

　　郭大牙听到村长喊他的名字了，就赶紧接过自己的身份证，小心地掖进腰包，腰包是妈妈替他缝的，缝在裤腰上，又订了一条拉链，身份证搁在那里边，是怎么也丢不掉的了。但郭大牙不知道这时候他已经犯错误了，他小心翼翼揣进腰包的不是他的身份证，村长喊的是郭大，郭大不是郭大牙，但是村长喊那个"大"字尾音拖得太长，郭大牙就以为喊的是他，这样郭大牙就把郭大的身份证揣在自己身上了。那个叫郭大的同村人呢，就拿了郭大牙的身份证，也揣在身上，他们就分头走了。

郭大牙到了城里，来到招工的地方，递上自己的身份证，就站在一边等候通知，后来他听到招工的人在喊，郭大，哪一个是郭大？郭大牙想，咦，也有个人叫郭大？不会就是我们村的郭大吧，他四处看了看，没有看到郭大，郭大牙想，原来是同名同姓的。招工的人又喊了几遍郭大，仍然没有人答应他，招工的人有点生气了，说，搞什么搞？排在郭大牙后边的人却反应过来了，他推了推郭大牙，说，这张身份证不是你的吗，喊你呢。郭大牙说，不是喊我，我不是郭大。招工的人也朝他看了看，又看了看身份证，说，这不就是你么，你耳朵不好吗？郭大牙说，不是我，我不是郭大。招工的人就把他拨拉开了，说，耳朵不好还来招工，走开走开。郭大牙说，我耳朵好的，我听得见你说话，我不是郭大，我是郭大牙。招工的人把身份证塞还到他手里，说，那是你脑子有问题，你自己看看你的照片，不是你是谁？没有见到过你这样的人，硬说自己不是自己。大家都挤过来看，七嘴八舌说，不就是你吗？你看，头发也一样的，脸也一样的，眼睛也是一样的，连眼睛里的光都是一样的，还不是你？郭大牙这才把身份证拿过来看了看，但他一眼就看出来，身份证上的人不是他自己，他着急了，赶紧说，真的不是我，真的不是我，我叫郭大牙。人家就笑了，说，你牙也不大，怎么会叫郭大牙呢？开什么玩笑？招工的人这回不光生气，还冒火了，说，你捣什么乱，这么多人等着找工作，你还来捣乱，你走不走？不走我报警了。郭大牙说，我不走的，我是来招工的，但这个身份证上印的不是我。大家就推他，拨拉他，把他从队伍中弄出去，说，既然不是你，你还来跟我们抢工作。

郭大牙只好走开了，他到了另一处招工的地方，这一回他学乖了，先向人家说明这个情况，他说，我是我自己，这你们相信的吧，但这身份证上不是我。人家说，你神经病啊，不是你你来做什么？郭大牙又被赶走了，他再到一个地方，说，我是来招工的，但是我的身份证拿错了。人家说，你身份证拿错了怎么还来招工，你先去把身份证换回来再说。郭大牙说，可是我不知道郭大到哪里去了。人家说，那我们也没有办法，既然你不是你，我们怎么招你做工呢？郭大牙挂着两条胳膊，茫然地站在那里，他不知道自己应该怎么办了。有个好心人说，你到派出所去吧，去请民警同志帮帮忙。郭大牙想，对了，村长早就关照过的，碰到问题就到派出所去，怎么就给忘了呢。郭大牙来到派出所，把情况说了，派出所的同志说，你说你自己是郭大牙，不是郭大，谁能证明呢？郭大牙说，我们同村来的人都走散了，村长叫我们各自奔前程，我找不到他们，我能不能写信回去叫村里开个证明寄过来？派出所的一个同志说，要不你试试看吧。但是另一个同志有点为难地说，不过很难说，现在有的村子，根本就没有人管事，公章也是随便乱放的，谁都能用，就没有了可信度。前面说话的那个同志也说，这位民工同志，你别误会，我们也不是专门针对你，为难你，主要现在犯罪现象太多，如果不管紧一点，让坏人钻了空子怎么办？现在冒名顶替犯罪的事情很多。他们看郭大牙苦着脸无助的样子，又说，其实有个办法最简单，你找到郭大，跟他把身份证换回来，问题就解决了嘛。

郭大牙出来时带上了家里所有的钱，现在已经用得差不多了，工作却没有找到，因为身份的问题，还整天提心吊胆，他临时租住的房东倒是很热心，看郭大牙奔来奔去也奔不出个结果，就建议郭大牙说，算了，你也别证明你是郭大牙了，管你是谁呢，反正这照片看起来很像你，人家都说你是郭大，你就做郭大算了。郭大牙说，可我是郭大牙呀，我怎么能做郭大呢？房东说，你有郭大的身份证嘛，你用郭大的身份证就可以做郭大。郭大牙说，那行吗？房东说，有什么不行的，等哪天你找到真正的郭大，再把身份证换过来也不迟。郭大牙想，城里人的想法和乡下人还是不一样，明明自己不是郭大，偏要说是，人家也明明知道你不是，还偏要你承认，好像你拿了郭大的身份证，你就是郭大。郭大牙心里是不大服气的，但是为了找到工作，为了把日子过下去，为了挣钱寄回家，郭大牙也只能这样了。

郭大牙成了郭大，他去招工，人家问他，你叫什么？他说，我叫郭大。这就和身份证对上号了。但有很长一段时间他不能适应自己叫郭大，人家叫他郭大他不搭理，有时候人家走到他面前对着他的脸喊他，他还是没有反应，就受到怀疑，三番五次出差错，找工作就不顺利，找到了也仍然会丢掉工作，好在后来时间长了，渐渐地也习惯了，听到喊郭大，他立刻就会答应了。再后来，他周围的人，都知道他是郭大，他自己呢，也知道自己就是郭大，郭大就是他自己。只是偶尔会在某一个晚上，工棚外下着雨，睡不着觉，这时候他忽然想起真正的郭大，也不知道郭大现在是不是叫郭大牙了，他现在在哪里，日子过得好不好，工资高不高，郭大就觉得自己有点想念他，虽然他们是一个村的，又是同宗同姓，但他的自然村和郭大的自然村还离好多路呢，平时并不熟悉，只是那天一路出来打工，到火车站分手，郭大也没有用心去看他长得怎么样。

有一天郭大到中介公司看职业介绍，中介公司的门面很小，里边只放得下一张桌子，面对面坐着两个人，但其中的一个人管另一个人叫老板，他说，老板，福星厂那边的事情都安排好了，老板说，嗯。郭大当时差一点想走出去了，他有点不相信这么小的公司，但后来他还是坚持了死马当成活马医的想法，既然已经走进来了，就问一问吧，结果中介公司就介绍他到薛经理的供水站去当送水工了。

薛经理是个女的，郭大去的时候，她手臂上套着一个黑袖套，薛经理说，我妈妈去世了。她又说，中介公司说，是介绍一个叫郭大的来，就是你？郭大说，就是我，我叫郭大。但说了过后，他觉得不踏实，又补充道，但是其实我不叫郭大，我叫郭大牙，因为我和郭大换错了身份证，我找不到郭大，我就叫郭大了。薛经理说，郭大，你别跟我说这些，我也听不懂，你们乡下人，脑子拨不清，说话也说不清，我只跟你交代清楚，你的工作，就是把水送到人家家里，记住了，手脚要快，动作要稳，态度要好。郭大说，我记住了。薛经理这里一共有三个送水工，还专门请了一个人接电话，她说她是薛经理的表姐，不过薛经理没有喊过她表姐，而是叫她名字，她看上去很老了，好像有五六十岁，但是她的声音很柔和，打电话来要水的人，总以为她是个长相甜美的小姑娘呢。郭大给人家送水去的时候，也有人这样问他的。

在郭大看起来，薛经理一个女的，有供水公司，雇了四个人，也很牛了。可薛经理总是慌慌张张的样子，坐不定，要么就是不见人影子，店里有事找她也找不着，要么一来就打电话。郭大因为要出去送水，不能一直待在店里，也不知道薛经理打电话说的什么事，只有一次，他正好没有送水的任务，歇着，就听到薛经理在跟电话那头的人说，我不行呀，我不行呀，我做梦我妈妈都来追问我，找到了没有，找到了没有。等薛经理走了，郭大想问问表姐薛经理在找什么，但表姐正在生气，她的儿子找的对象，在街上看见她，理都不理，假装不看见，头一歪就走过去了。表姐生气地说，哼，这种人。郭大觉得不好打搅表姐生气，就没有问她。那一天郭大发现薛经理桌子的玻璃台板下，压着一首诗，是用钢笔抄下来的：我们像鸟一样／飞来飞去／我们还听见／树对着树说道／瞧啊／这些鸟人

郭大念了念就笑起来，说，经理会写诗。表姐说，她是会写诗，水桶也会跳舞。郭大开始还笑了一下，但过了一会，他体会出表姐是在挖苦薛经理，郭大说，不是薛经理写的，可能是她抄下来的。表姐说，是从前的老板抄在这里的，这个店又不是薛丽华的，是人家转包给她的。郭大说，从前的老板是谁？表姐说，我怎么知道？郭大又说，他抄的谁的诗，这是骂人的哎。表姐翻了个白眼，说，骂人，骂人有什么，现在谁不骂人。

送水的工作简单枯燥，但郭大觉得挺有人情味，因为这是与人打交道的，不像他以前干过的一些活，要不就是水泥，要不就是烂泥，不是冷冰冰，就是死沉沉。现在郭大把水送到每一家人家，都会感受到不同的人情冷暖。比如他到一家人家送水，那个人家的老太太总是说，你不是那个人，你是另一个人。郭大估计她说的是水站换了送水工，但郭大听不出她是满意还是不满意。还有一家的老太太就不一样，她总是对郭大说，还是你好，还是你好，可能是在跟前一个送水工作比较。郭大虽然不知道好在什么地方，但知道总是有好与不好的区分。有一家的妇女，经常给他塞几个橘子苹果，还有一家的男人，见了他就给他派一根烟。郭大本来不抽烟，他不想要人家的烟，但是看到人家这么热情，要是不拿，反而显得生分了，他就接下来。起先是拿回去给老金抽，后来时间长了，郭大自己也渐渐会抽烟了。给烟的那个男人问他，小伙子，姓什么？郭大说，我姓郭，叫郭大。下次他看到郭大，就喊他，小李，来啦？郭大说，我姓郭，我叫郭大。他就说，我知道你，郭大嘛。有时候在路上碰见，他也一样停下来拿烟给郭大，说，小王，送水啊？

不过也有一些人不是这样的，比如有一个妇女，每次郭大送水去，她脸上好像是笑着的，但是她的眼睛不笑，还很紧张，她总是一步不离地紧跟在郭大身边，但又随时好像要逃开似的。她一般不开口，开门，引郭大进来，看着郭大把空桶取下来，把满桶装上去，再跟着郭大走到门口，她都不说话，一直要等郭大出了门，等她关上了防盗门，她才跟郭大说一声谢谢。这时候，郭大一般已经走下几级楼梯了，郭大就嘀咕一声，不用谢，也不知她听见听不见。平

时因为她不肯说话，郭大一般也不跟她多说什么，但是有一次，水价调整了，每桶水降了一块钱，这事情郭大不能不说，郭大就说，大姐，我们的水降价了。没想到这句话把她吓了一大跳，她脸煞煞白，拍着胸口，说，你吓煞我了，你吓煞我了。郭大不知道自己怎么吓着她了，站在那里发愣，妇女也没有说他是怎么吓着她了，只是白着脸。郭大觉得她真是吓着了，不是装出来的。郭大还在一家用户那里认识了一个大学生，他是做家教的。有一次郭大送水去，主人不在家，是那个大学生开的门，看上去和他同村的小林差不多的样子，只是多了一副眼镜，那个小孩郭大却没看见，他在自己屋里做功课。

郭大有一天意外地碰到了小林，是小林先看到他的，小林在背后喊，郭大牙，郭大牙，但郭大没有反应，一直到小林追上来拍他的肩，郭大才回过神来。郭大说，小林，我现在叫郭大，不叫郭大牙。小林说，我不管你叫什么，我要跟你借钱回家。原来小林在建筑工地干活，认识了另一个小老乡阿凤，两个人要好，有了孩子，想要去打掉的，后来又没有打，结果孩子生下来，两个人不知怎么办了，只好抱着回家，去跟大人商量。郭大去火车站送他们，小林说，阿凤，这是我们村的郭大牙。郭大说，我现在叫郭大。阿凤看了看郭大的牙，翻了个白眼，没说话。小林去买了一袋薯片，本来他是自己吃的，但阿凤也要吃，就拿过去了，吃得嘎啦嘎啦的，碎屑都掉在身上，那个小孩在她怀里拼命地哭，她好像就没听见。旁边一个大嫂说，你的孩子饿了。阿凤朝大嫂也翻个白眼，仍然在吃薯片。检票的时候小林说，郭大牙，我走了。郭大说，你们还来不来？小林说，我不知道。

后来小林还是又出来了，郭大说，你爸爸妈妈有没有骂你？小林说，才不呢，他们喜欢死了，抱在手里就不肯放，两个人还抢呢。但是阿凤没有跟小林在一起，郭大起先还以为阿凤留在乡下带孩子了，后来才知道阿凤是跟了别的老乡到别的地方去打工了。

郭大后来收到家里的信，郭大的爸爸妈妈不认识字，是叫别人代写的，说小林的小孩已经会叫人了；下一封说，小林的小孩会走路了；后来又说，小林的小孩会骂人了，他骂他的爷爷是老十三点。他们问郭大打算怎么办，有一次他们甚至说，郭大你要是有小孩了，也抱回来，我们给你带，让你在城里安心工作。老金常常看郭大收到信，老金说，有爸爸妈妈真好。老金已经四十几岁了，他常常说要回家了，要回家了，从郭大来的时候，他就在说了，但他一直没有回家。

寄给郭大的信，信封上都是写的郭大牙，但地址是对的，邮递员每次来的时候，都忍不住要看看郭大的牙，有一次他说，你拔过牙吧，郭大说，我没拔过牙。邮递员就笑着走了。后来郭大也觉得这样不大好，就写信回去叫爸爸妈妈再来信时，信封上写郭大就行了，别写牙了，爸爸妈妈不放心，来信问为什么，郭大回信说，你们别问为什么，就写郭大好了。下一次来的信，就写了郭大，但是在郭大两个字后面，又用括号括了一个牙字，成了"郭大（牙）"。郭大想，大概是请镇上那个代写书信的老先生写的，这个老先生一向是很仔细的。

有一天早晨薛经理匆匆忙忙来了，看到郭大就说，郭大，今天别送水，跟我去帮帮忙。表姐就不高兴，说，这怎么行，早晨已经接了十几个电话，今天要水的人特别多。薛经理急吼吼地说，帮帮忙了，帮帮忙了，我是要紧事情，我是要紧事情。表姐虎着脸说，关我什么事，老金你们跑得过来你们跑。郭大就跟着薛经理出来，上了一辆小面包车，一直开到郊区的一个寺庙附近，薛经理说，郭大，你到那个庙里去，问一问有没有慧真师傅。郭大说，慧真师傅是谁？薛经理说，我也不知道是谁，叫你去问你就去问吧。郭大又说，为什么薛经理你不进去？薛经理说，我怕到庙里去，身上凉飕飕的。郭大就进去了，看到一个小和尚，郭大问，有慧真师傅吗？小和尚说，阿弥陀佛，小僧未来之前，慧真师傅就寂灭了。他看郭大不明白的样子，就闭了闭眼睛，两边嘴角往下挂了挂，做了一个死的样子，把郭大吓了一跳，赶紧出来告诉薛经理。薛经理听了，急得说，那怎么办，那怎么办，我好不容易打听到慧真师傅，他要是不在了，我怎么办？郭大说，你还要我去问什么？薛经理想了想，说，你再去问，慧真师傅葬在哪里。郭大又去问了，小和尚说，阿弥陀佛，出家人生灭灭已，无所谓葬无所谓不葬。他也知道郭大听不懂，就主动翻译出来告诉郭大，这就是说，葬不葬都是不重要的，葬在哪里也是无所谓的。郭大说，你不知道就说不知道。郭大又出来说了，薛经理一听，就"嗳"的一声哭了，说，我妈妈又要来问我了，我妈妈又要来问我了。郭大说，经理，你妈妈不是已经、已经去世了么？薛经理说，你不懂的，你们乡下人不懂的。人去世了，还会回来的。郭大说，这个我懂的，就是鬼嘛。薛经理气道，你才鬼呢。他们坐着面包车回来了，薛经理又打电话,郭大扛着水桶出去的时候,听到她在说,慧真师傅是如兰公公徒弟的徒弟,慧真师傅都不在了,我到哪里去找如兰公公啊。等郭大送水回来的时候,薛经理又不在店里了,有两个水厂的人找她拿钱,打她的手机也不接,那两个人说,她是不是想赖我们的账? 再拿不到钱我们厂长说不给你们供水了。

　　也有生意比较清淡的时候,郭大和老金都守在店里,门前有一个妇女走过,可她走过以后,又回过来,站定在门口,朝水站的墙上看,可是水站的墙上也没有什么,只有一张纸上写着水站工作人员的名字。妇女又看了一会,才慢慢地走开了,但是过了一会,郭大发现她出现在街的对面,仍然朝这边看,她一边看一边走,差点撞上一辆摩托车。郭大推了推老金,说,哎,有个妇女老是在看我们,是不是要找你啊? 老金本来已经在打瞌睡了,郭大推他,他也没有反应,但过了片刻,却一下子跳了起来,慌慌张张地说,在哪里,在哪里? 街对面的妇女已经不见了,郭大说,不在了,可刚才她看来看去,肯定是找人。老金更慌了,说,哪样一个女人,哪样一个女人,是不是三十几岁,是不是眉毛比眼睛大? 郭大奇怪地道,眉毛比眼睛大? 眉毛怎么会比眼睛大? 老金说,怎么不会,怎么不会? 两人正奇怪着,那个妇女变戏法似的突然又在他们面前冒出来了,很凶地瞪着他们。郭大说,来了来了,就是她。老金拍了拍胸,说,吓坏我了,吓坏我了,还好不是她。妇女横眉竖眼地看看老金,再看看郭大,说,你们两个,哪个是郭大? 郭大赶紧伸手指着自己,说,是我,是我,我是郭大,你认得我? 妇女很凶地说,我不认得你,但是你等着,我要叫你认得我。她气鼓鼓地走了。到了下午,果然来了警察,叫郭大跟他去派出所做笔录。郭大慌了,赶紧说,不是我要骗人的,我的身份证上写的就是郭大。警察生气地说,郭大,你不要避重就轻,老实谈你自己的问题。郭大说,有一次,我吐了一口痰,正好吐在街心公园的花坛上了,还有一次,人家急着叫水,我骑自行车闯红灯了,警察看到的,但他没有喊住我,还有,还有一次,我看见一个姑娘长得漂亮,我就,就吹了一声口哨,她骂我流氓,还有——警察说,你还嘴硬,把人证叫来你就硬不起来了。人证就是那个到水站来打听郭大的妇女,她指着郭大说,就是你,郭大。郭大说,可我不认得你。妇女回头对着门外说,你死进来,你自己说,是不是郭大的? 门外进来一个姑娘,挺着肚子,开始头一直低着,后来她稍稍一抬眼睛,一看到郭大的脸,就"呲"的一声笑了,她笑的时候，脸上有一颗痣特别醒目。那个妇女说，皮真厚，还笑得出来？姑娘说，错了，他不是郭大。郭大急了，说，我是郭大，我是郭大，不信我给你们看我的身份证。他掀起衣服，露出缝在裤腰上的腰包，要掏藏在里边的身份证，但警察跟郭大说，别掏了别掏了，不是你。郭大急得说，怎么不是我，怎么不是我，掏出来你们就知道是我了。警察说，我们不管你是谁，这事情跟你无关，你走你走。郭大就被赶了出来，听到里边警察在说那个妇女，下次报案，搞搞清楚再报，都像你这样瞎搞，谁是谁都搞不清楚，我们一颗脑袋变成两颗脑袋也顾不过来。郭大忽然就"咦"了一声，他又回进去了，问脸上有痣的姑娘，你的男朋友也叫郭大吗？那个妇女"呸"他说，谁男朋友？谁男朋友？你把牙齿筑齐了再说话。郭大说，我也认得一个叫郭大的人。警察说，他在哪里？郭大说，我不知道，我也想找他呢。一直很凶的妇女却"噗"的一声笑了出来，说，神经病，郭大还找郭大呢。她的女儿和那个警察也笑了。

郭大回到店里，跟表姐解释说，他们要找郭大，我说我是郭大，他们不相信，说我不是。表姐不感兴趣，死样活气地说，我听不懂你的话。郭大说，怎么听不懂呢？其实他们要找的郭大——郭大正说在兴头上，但后来他说不下去了，因为薛经理的电话来了，叫郭大赶快打的到麻雀山。郭大问表姐，叫我到麻雀山干什么？表姐说，谁知道，发神经吧。郭大就出来打了的，跟司机说上麻雀山，司机怀疑地看了看他，但还是开车了。到了麻雀山，郭大才发现身上的钱不够付车钱的，司机脸一沉，说，你一上车我就知道你不对。郭大说，我哪里不对？司机说，我不管你哪里不对，你车钱是一定要给的，哪有白坐车的。郭大说，我老板在里边等我，你跟我进去拿钱。司机说，你想得美，我进去了，你的同伙乘机把我的车开走。郭大说，我没有同伙的，你不相信我，我可以给你看我的身份证。他撩起衣服，露出腰包，司机说，谁要看你的身份证，现在假身份证多得是，几块钱一张。郭大说，但我的不是假的，我的是真的。他已经掏出了身份证，塞到司机面前，说，你看，这个人叫郭大，我就是郭大，你看，这照片上的人像不像我？司机不跟他辩论了，看着他手里的钱说，你有多少吧？郭大数了数，说，还差七块。司机从他手里拿过钱，说，算我倒霉。就开车走了。

郭大收起身份证，往麻雀山的墓地里去，薛经理果然在那里等他，薛经理说，你怎么到现在才来，这里阴森森的，好吓人。郭大说，经理你找什么？薛经理说，找一个人的坟墓，我们分头往两边找，你记住，找一个叫觉悟的人。郭大说，觉悟是谁？薛经理说，你找这两个字就行了。郭大往东，薛经理往西，就这么一个墓碑一个墓碑地找过去，墓区好大，两个人越走越远，后来郭大听到山风中夹杂着薛经理隐隐约约随风颤抖的喊声，郭大，你在哪里？郭大说，我在这里。但是他不知道他说的"这里"到底是哪里。

郭大没有找到觉悟，天已经快黑下来了，他下山的时候，看到薛经理的脸在黑暗中显得煞白煞白，薛经理说，找不到了，找不到了，管理处的人说，好多年前放在殡仪馆的骨灰盒，后来都一起葬掉了，没有立墓碑。郭大说，那许多骨灰盒里的灰都混在一起，找到了也不知道哪一个是哪一个。薛经理情绪很低落，看上去又要哭了。郭大说，就算找到了觉悟，他已经死了，你也不好问他什么，他就算知道什么，也说不出来了。薛经理说，你很笨啊，我只要找到他的坟，就能找到替他修坟的人。郭大说，谁替他修的坟，他躺在坟墓里怎么能告诉你。薛经理说，我可以让看公墓的人就守着他的坟，他总有小辈的吧，小辈总要来上坟的吧。郭大说，可经理你说他是个和尚，和尚没有小孩的哎。薛经理说，你还是笨，他没有小辈，难道他也没有长辈，他虽然是和尚，但他也是爸爸妈妈生的。郭大说，可是他都已经死了好多年，他的爸爸妈妈还会活着吗？薛经理说，你们乡下人，脑筋就是不转弯，他的爸爸妈妈就算死了，但他们总有亲戚朋友，亲戚朋友就算也死了，总有亲戚朋友的小辈，我只要找到其中一个就好了。停了一会，薛经理又说，我妈妈跟我说，你一定要找到如兰公公，你要是找不到，我不安心去的。郭大说，你妈妈已经不在了，你找得到找不到，她又不知道的。薛经理说，你不懂的，我找得到找不到，她知道的。有时候我不想找了，她晚上就来问我，你为什么不找了？我就吓得要死，第二天只好再去找。郭大觉得寒毛凛凛的，说，你看到你妈妈了吗？她什么样子？怕不怕人？薛经理生气地说，你别瞎说啊，我是在梦里看到她，跟原来的一样。郭大说，我们乡下也有墓地的，有一个城里人来找他的妈妈，他找了半天也没有找到，后来就站在路上把一瓶酒倒掉了，他一边倒一边说，妈妈，妈妈，我来找你了，可是我找不到你，我把酒倒在这里，我的心意也留在这里了。薛经理听了，想了想，说，你的意思，叫我在这里倒掉一瓶酒？可我要找的不是觉悟，我是要找如兰公公，就算我找到如兰公公，可如兰公公又不是我妈妈，我不知道我是不是要倒酒给她。郭大说，那如兰公公是谁呢？薛经理说，我也搞不大清楚，大概，反正，差不多是我外婆的表姐或者堂姐或者什么姐姐吧。郭大说，那她是个女的哎，怎么叫她公公？薛经理说，这你就不知道了，她没有结过婚，没有结过婚的女的，就叫她公公。郭大说，这我也知道的，我们乡下也有这样的，还有倒过来的，管男的叫女的也有。就像我们家，我爸爸弟兄七个，没有姐妹，就管最小的叔叔叫七姨，我小时候一直搞不清楚，后来才知道。薛经理说，如兰公公还是年轻姑娘时，就吃素念佛，后来家里人替她修了座寺庙，她就到寺庙里去了，后来这座寺庙搬家了，再后来，再后来我就不知道了。郭大说，再后来如兰公公就死了。薛经理说，你废话，那是肯定的，连她的徒弟觉悟和觉悟的徒弟慧真都死了。郭大说，你们城里人也相信迷信。薛经理说，你不懂的，这不是迷信，这是心理问题。

　　这天晚上郭大做了个梦，梦见自己给一个公司送水去，看到一个身穿制服的保安站在门口，背对着他，后来保安一转身，郭大惊得大叫起来，说，哎呀，你是郭大！原来你也一直在这地方呀，我以为你到北边去了呢。郭大说，我是到北边去了，可是我拿了你的身份证，人家不答应，不给我工作，我只好过来找你，可这么大个城市，到哪里去找你？郭大说，其实你干脆跟我一样，就叫郭大牙好了。郭大说，我也想这样的，可是不行，人家不相信，人家说你牙又不大，怎么会叫郭大牙，我就没办法了。郭大说，那你就说你把大牙拔掉了。郭大说，我也说过的，可人家也不相信，人家说，你大牙都拔掉了，为什么还叫郭大牙？郭大笑了起来，说，幸亏我是郭大，我要是郭大牙，我牙也不大，说不定人家也不相信我是郭大牙。郭大说，你还笑呢，都是你害的，你干吗要拿我的身份证，害得我这些日子，又不是郭大，又不是郭大牙，还被关进去两次。郭大说，你现在不是挺好，还做保安呢，制服这么神气。郭大紧张地"嘘"了一声，说，你别这么大声，他们也不知道我到底是谁呢，现在好了，换回来吧。他拿出了郭大牙的身份证，郭大也从腰包里拿出了郭大的身份证，交换过来，郭大就要走了，郭大说，你到哪里去？郭大说，我要走了，离开这里，省得那个小娘们老缠住我。郭大说，是不是脸上长痣的那个？郭大茫然不解地说，哪个脸上长痣？郭大说，可你现在不能走，我们得去派出所把自己换回来。郭大不听他的，走了。郭大到火车站去追郭大，可他没有追上，眼睁睁地看着郭大坐的火车开走了。

郭大醒来，老想着这个梦，心里老觉得不踏实，薛经理做梦看到她的妈妈，那是因为她妈妈有事情托她她没办好，现在郭大出现在他的梦里，是不是也有什么意思呢？郭大跟薛经理请假，想回一趟老家。薛经理不满意地说，人家老金来了几年也没有回过家，你才来几天就要回家，你的工资也不够你花在路上啊。郭大说，当时我们出来打工，我拿了郭大的身份证，郭大拿了我的身份证，我要回去改名字，然后把郭大的身份证还给郭大。薛经理说，你说什么，我听不懂，什么郭大来郭大去的，好好的郭大就郭大了，名字改来改去干什么？我不批准你请假。郭大想了想，又说，其实，我主要想回去给爷爷上坟，怕你不同意，才说改名字，其实是我爷爷的一周年，昨天晚上我梦见我爷爷来找我了。薛经理听了，张着嘴愣了一会，说，那你就回去吧，早点出来啊，晚了我就另外雇人了。

郭大回到家乡给爷爷上了坟，又到镇派出所重新补办了一张身份证，把自己的名字改了过来。他又是郭大牙了。郭大牙回来后，就去了街道派出所，要把临时居住证上的名字改过来，可是派出所的同志说，这不行的，一个人名字和身份，不是你想换就换的，你想要叫什么就叫什么，那还不乱了套？郭大牙说，但是我有身份证呀，是郭大牙的身份证。派出所说，你虽然拿着郭大牙的身份证，但你的临时居住证上怎么是郭大的名字呢，我们怎么知道哪个是真的你？你说还有另外一个人叫郭大，那他人在哪里呢？你怎么证明你是你而你不是他呢？现在破案子都要讲人赃俱获，你这里只有证没有人，我们怎么帮你办？郭大牙到底没有改成名字，他想，下次碰到郭大，一定要抓他个人赃俱获。

郭大牙回到水站，看到薛经理正在说什么，兴致很高的样子，郭大牙以为她找到如兰公公了，不料薛经理说，我打听到如兰公公是怎么死的了，她是高血压中风死的。表姐撇了撇了嘴，说，吃素还会得高血压？

　　姚一晃喜欢看电视新闻，地方台晚上六点半的新闻，中央台七点钟的新闻，省台八点钟的新闻，他都要一一挨着看下去，有时候甚至还要看上其他卫视省台的新闻。如果下晚六七点钟正好有事没看上新闻，一定要在十一点的晚间新闻里补上。看着每天在每个地方发生的大大小小的事情，姚一晃就会知足地感叹，唉，还是我的日子过得太平啊。

　　姚一晃这个名字给人的感觉好像有点摇摇晃晃不踏实，其实姚一晃的性格恰好相反，他一直是个不摇不晃安分守己的人，工作和家庭等各方面情况基本上风平浪静，他的老婆也不是欲望很强的女人，对老公是有一点要求的，但不会无休无止。不像有些女人，欲望无底洞，住了好房要住大房，住了大房要住更大房，住了更大房看到别人住别墅她又不高兴，总之永远是在不高兴的情绪中生活。姚一晃的老婆是适可而止的，差不多就可以了。加上姚一晃的好说话，他们的日子就过得比较平和稳定，他们是平静的港湾，无风不起浪。

　　所以谁也想不到姚一晃会做出这样一件事情。

　　事情虽然发生得突然，起因却是在一年前。去年中秋节后的一天，姚一晃在电视新闻里看到一个令人心酸的故事，镜头是从一个垃圾箱开始的，垃圾箱里有许多被扔掉的月饼，有的连盒包装都没有拆，原封原样地丢在那里。镜头往上，就看到了一个农民工的朴实憨厚的脸，他告诉记者他叫王四喜，王四喜正和他的几个老乡在垃圾箱里拣居民扔掉的月饼，被记者拍了下来。记者问他们为什么要拣，他们有点难为情，只是嘿嘿地笑，不说话，有个人把月饼往身后藏，另一个人慌张得赶紧把拣来的月饼又扔了。后来被问急了，王四喜就说，我想尝尝月饼的滋味。姚一晃当时心里一动，觉得酸酸的，那个念头就起来了。但他一直没有说出来。他的念头就是到下一年中秋的时候，他自己出钱买一些月饼，赠送给不能回家和亲人团聚的农民工兄弟。可农民工那么多，姚一晃不可能都送全了，他看到有一些农民工在大街上修路，他们住在街边临时搭建的工棚里，一长溜的木板铺，黑乎乎的被子和一口大锅，就是他们的家。姚一晃都想好了，如果买了月饼，就在经过工棚的时候放在那里，他甚至不一定和他们打照面，因为有几次他白天经过工棚，朝里边探头看看，里边一个人也没有，只有一地的潮湿。但是姚一晃显然没有考虑周全，这些工棚和工棚里住着的人，到明年中秋节时，恐怕早就不在这里了。姚一晃考虑不周全，说明了姚一晃并不很了解农民工的真实的生活状况。他只是和许多生活过得去的城里人一样，看到农民工艰苦，会生出了同情和怜悯之心。

月饼越来越贵，甚至还有金子做的月饼，还有水晶做的月饼，一盒月饼卖几百块上千块都是正常的事情，许多月饼盒里还搭配着茶叶、香烟、XO，更有许多月饼为辅其他东西为主的包装，就不知道到底是叫人吃月饼还是吃别的什么。不过现在的大千世界，无奇不有，有贵的月饼，也有便宜的月饼，在姚一晃家小区门口的超市里，就有便宜的散装月饼，看上去很光鲜，闻起来也香喷喷的，各种馅的都有，称一斤能有好些个，可以尝遍酸甜咸辣各种滋味了。姚一晃考虑到自己的经济实力，不可能买太贵的月饼送农民工，他就到超市去打听散装月饼的情况。那时候月饼已经撤柜，超市的老板觉得奇怪，说，你这时候来买月饼？姚一晃说，我不是来买，我来问一问价格。超市老板就警觉起来，因为这些年几乎年年都有关于月饼的事情被曝光，老板以为姚一晃是记者或者是卫生检查方面的人员，所以接下来无论姚一晃再问什么，老板一概装傻。姚一晃也没着急，离明年的中秋还早呢，何况现在月饼启动得早，有时候才过了清明，才过了端午，才吃了青团子和粽子，月饼就动销了。

其实赠送月饼的念头并没有一直留在姚一晃的心里，在长达一年的时间里，他几乎忘记了这个想法。事实上有许多人和姚一晃一样，在看到或碰到一些让人感动的事情的一瞬间，会产生许许多多的想法和念头，但最后真正把这些想法做出来的毕竟是少数人。姚一晃并不是少数人，他从来都是混在人堆里的大多数人中的一个，而不是鹤立鸡群的人。

姚一晃单位里新来了一个叫蒋玲的外地女孩，她好像经常做梦，她还喜欢讲梦，她一上班，就跟同事讲自己做的梦，开始大家还有兴趣听，后来时间长了，大家都烦了，就在背后给她起绰号，叫她蒋梦玲。有一天蒋梦玲到姚一晃他们办公室来拿什么材料，小莫弄怂她说，小蒋，又做什么梦了？蒋梦玲像一只好斗的蟋蟀，寂寞了半天，现在小莫拿根蟋蟀草轻轻一撩拨，她立刻就开了牙钳，说，我做了，我做了，昨天晚上我又做了一个梦，我梦见自己上中班，上午在家睡觉，电话就响了，经理打来喊我，说我迟到了，我说我上中班，早着呢，经理说你搞错了，你是早班，我一急，就跳起来穿衣服，可衣服的扣子怎么扣都扣不上，我又急，想打电话给经理说明情况，可电话怎么也拨不出去，电话上的键又小又密，我的手指根本就按不到键，我急得呀——她停了下来。小莫说，后来呢？蒋梦玲说，后来我就记不得了。大家笑，蒋梦玲也笑了笑，拿了材料就走了，姚一晃看着蒋梦玲的身影消息在玻璃门外面，心里有什么东西一沉一浮的，忽然就对小莫说，小莫，中秋快到了，我想买点月饼送人。小莫朝他看看，耸了耸肩，说，买月饼？你不要送给我啊，我家没人吃月饼。姚一晃说，我不是送给你，我送给农民工。他简单地说了说去年中秋看到农民拣月饼时的感想，小莫张大了嘴，无声地笑了笑，就不再理睬他，埋头做自己的工作了。姚一晃也觉得自己有点无事生非，就把那个死灰复燃的念头又搁浅了。

晚上姚一晃在家看电视，小莫却来了，还带着他的女朋友白炎，白炎在电视台做新闻，小莫一进来就对姚一晃说，帮帮忙，帮帮忙。姚一晃说，帮什么忙？小莫说，你买月饼送人，白炎就有新闻做了。原来小莫和白炎吃晚饭的时候聊起了中秋和月饼的话题，白炎没情绪，说，你还说中秋月饼呢，别惹我了，正烦呢，中秋年年过，月饼年年吃，该夸的早夸过了，该骂的也都骂遍了，角角落落都搜寻过了，实在找不到什么新花样了，可头儿还要我们拿创意、拿创意，要过得新，要吃得奇，都是平常日子，哪来那么多新奇，你说难不难吧？小莫说，嘿嘿，我那儿有个哥们，想买月饼送农民工呢。这话一说，白炎"蹭"地站了起来，饭也不吃了，押着小莫就来了。

姚一晃本来只是想了却自己的一点点心愿，并不想惊动别人，更不愿意惊动别人，可现在到了白炎手里，一切就由不得姚一晃作主了，接下来事情发展更是令姚一晃应接不暇。先是电视台免费给姚一晃做了广告，报纸也紧紧跟上，晚报记者来找姚一晃做采访，姚一晃说，不要采访我，这不是我的事情，这是电视台的事情。他这样说，真令记者感动，现在的人，都想借机炒作自己，不是自己的事情还硬往自己身上拉，难得有姚一晃这样的，体恤弱势群体自己又如此低调，记者一感动，文章就写得好，更令这一日的晚报洛阳纸贵，销路好得不得了。不少人第二天还回头来买昨天的晚报，搞得卖报纸的人也莫名其妙，反过来问买报纸的人，昨天晚报上有什么？买报纸的人也不知道有什么，只知道大家在抢头一天的晚报，所以他说，你是卖报纸的，你倒反过来问我？卖报纸的人也不服气，说，卖报纸的人又不看报纸，你们买报纸的人才看报纸，当然是你们知道我们不知道啦。买报纸的人因为没有买到隔夜的晚报，心里正窝气，说，你是近水楼台先得月，把报纸都藏起来了吧。卖报纸的情急之下，想起邻居老张昨天买过晚报，急急锁了报亭，跑到老张那里问老张要晚报，老张说，晚报给小王拿走了，又说，晚报上有什么？卖报纸的说，我不知道晚报上有什么。老张就不高兴了，说，不知道有什么你还急吼吼地来找晚报。弄得大家又不高兴，卖报纸的和老张一起又追到小王那里，再追到小王的老丈人那里，几经周折，最后终于追到了那张晚报，仔细翻来翻去地查，开始大家的意见并不一致，有的认为是那条有关拆迁新政的消息，有的说是实行义务教育的事，还有一个人从一条看似简单的凶杀案中发现了背后的重大阴谋，大家辩来辩去，都觉得自己的看法正确，都认为自己判断的内容是最重要的，但是最后你排除我，我排除你，所有的被认为是重要的内容都被排除了，只剩下一个叫姚一晃的人中秋节要自己掏钱给农民工买月饼吃，这篇文章里还有具体的时间地点和发放办法。卖报纸的人到这时候才松了一口气，说，原来是领月饼。大家则议论说，月饼虽没什么稀罕，也不好吃，可这事情蛮新鲜，要去看个究竟。

　　日子定在农历的八月十四，原先时间是放在白天，上午或下午，但还是白炎有经验，考虑比较周全，她说白天农民工都在干活，恐怕不可能专门请了假过来拿月饼，就改成下晚七点。电视台和报纸为了谁来张罗操办还闹了一点小意见，最后商定由两家合办，现场既不在电视台门口也不在报社门口，就放在市中心广场，拉了横幅，贴了标语，写着，××电视台××报社联合举办姚一晃中秋送月饼活动。这中间其实还发生了一些意见不一的事情，比如姚一晃要买散装月饼，两家媒体都觉得有点寒酸，建议改买盒装的，发放起来也方便，一人一盒拎了就走，但姚一晃不同意，姚一晃没有那么多钱，他本来只想小范围地送几个月饼给门口修路的农民工，或者给自己小区的保安和清洁工。白炎为此还和小莫吵了嘴，她的一个关系户正委托她推销月饼，因为有了姚一晃这档子事，她已经向关系户夸下海口，说有一大款正要拿月饼做慈善，关系户立刻就加大了月饼的生产量，哪知最后姚一晃说要买小超市里的散装月饼，这下白炎的脸丢大了，关系户眼看着加大生产的月饼小山似的堆着，一过八月十五就得拉去喂猪，也拉下脸来不跟白炎讲情面了。小莫呢，在白炎这里领了罪，就去动员姚一晃改主意，却又被姚一晃怪罪，姚一晃说，本来一件小事情，现在被你弄成这样子，我觉得很没意思，如果一定要我买盒装月饼，我就不干了。小莫回头再向白炎转达，白炎说，那个人原来不是大款啊，你怎么不早说。小莫好冤，说，我同事有大款的吗，是大款还会做我的同事吗？白炎说，这世道，富的摆阔也就罢了，穷的也摆阔啊。小莫说，姚一晃也不是摆阔，他就那点酸气。白炎说，那是，穷了再酸就穷酸了。白炎赶紧向台领导请示，能不能由台里出点资，因为姚一晃是个普通工薪阶层，只能买散装月饼。台领导却正中下怀，说，我们要的就是普通群众的故事，大款做慈善已经太多，没有创意，老百姓也不喜欢。

为了保证整个事件的真实性，最后月饼还是由姚一晃自己买，他到自家门口的小超市，把那店里的散装月饼包圆了，喜得超市老板颠前颠后地跟着姚一晃，说，我认出来了，我认出来了，你就是那个人。

农历八月十四晚上的活动很顺利，唯一的遗憾就是月饼准备得太少了，许多人远道而来空手而归，但这正是主办方需要和期待的结果，只有有了失落，有了不满足，才更能体会到这个活动的意义和价值。姚一晃回到家里，女儿自己房间里在做功课，老婆在看韩剧，看得眼泪鼻涕俱下，餐巾纸擦了一大堆扔在一边，她们都没有看电视新闻。姚一晃有点没趣。这几天他像被一股狂风裹挟着，身不由己脚不沾地往前飘，可飘着飘着忽然就掉下来了，先前轰轰烈烈的感觉，一瞬间就消失了。

第二天上午小莫上班迟到了，一进来就抱怨了一通。原来一大早就有一帮上夜班的农民工跑到电视台去找白炎，说不公平，他们是上夜班的，错过了拿月饼的时间，要求再给搞一次活动，再给一个机会，让上夜班的人也能拿到月饼。可这显然是不可能的。搞一次活动恰到好处，再搞一次就是画蛇添足。为了安抚错过机会的农民工，白炎到各个办公室搜罗了一番，把同事们搁在脚边的来路各异的月饼都收缴来了，最后还缺几份，白炎赶紧打电话吩咐小莫买了送过去。结果上夜班的农民工每人拿到一盒包装月饼，反倒比昨天晚上赶上趟的人多占了便宜。可小莫却因为上班迟到受了批评还扣掉当月奖金，一个女同事劝小莫说，好了好了，你买的几盒月饼，你扣的奖金都让姚一晃报销就是了。小莫说，不是钱不钱的问题，这事情整个是他出风头我倒霉。他这样一说，女同事倒又替姚一晃抱不平了，她说，天地良心，这又不是姚一晃要出风头，白炎不是你领来的吗？小莫自认倒霉，咬牙切齿说，下次再有话，烂在肚子里也不跟搞电视的人说。大家都笑话小莫不合算，找了个搞电视的女朋友，结果变成哑巴了。蒋梦玲也从隔壁办公室过来看热闹，插嘴说，要小莫不说话，就像要我不做梦。小莫来气说，做你的大头梦去吧。蒋梦玲赶紧就抓住了话头说，哎，真的，我昨天又做梦了，我梦见我上中班，上午我在家睡觉，正睡得香，电话响了，是经理打来叫我，说我迟到了，我说我上中班呀，经理说，你搞错了，你是早班，我一急，就跳起来穿衣服——大家说，这个梦你说过了。蒋梦玲说，但我昨天晚上又做了同样的梦，我扣不上衣服扣子，怎么也扣不上，你说急不急人，我就想打个电话给经理解释一下，可是——小莫接过去说，可是电话怎么也拨不出去。蒋梦玲惊奇地看着他，说，咦，你也做这样的梦？

大家说话时，姚一晃就坐他们中间，但他却有一种置身在外的感觉。他本来是个很合群的人，也是个很踏实的人，但现在他感觉自己好像飘浮在这地方的上空，又好像行走在蒋梦玲的梦里，一切都是那么的不真实，那么的恍惚，人也好，话也好，都离他那么远。姚一晃赶紧让自己站起来，出去上厕所，就像做噩梦时努力摆动自己的脑袋，努力翻动自己的身体，好让自己从噩梦中醒来。

姚一晃一出来，就看到有个人站在走廊里，探头探脑，犹犹豫豫，看到姚一晃迎面走过去，他好像有点紧张，好像要逃走，但又没逃，最后站定下来，等姚一晃走近了，他朝姚一晃看了看，说，昨天晚上灯光不太好，我没看得清楚你的脸，但我知道是你。姚一晃意识到这也是一位农民工兄弟，很可能是昨晚没有拿到月饼的，姚一晃正在想着怎么跟他解释，不料这个人却从身上摸出一张出租车的票来，递到姚一晃跟前，说，老板，不好意思，我住得远，昨天晚上是打的去拿月饼的，这张打的票，你能不能给我报了？他看姚一晃有点发愣，赶紧解释说，他们说这袋月饼值四块钱，我打的打掉了十八块钱，是不是蚀本了？姚一晃手里接着那张出租车票，掏钱又不是，不掏钱又不是。这个来报销车票的人以为姚一晃不相信他，赶紧指着车票说，你仔细看看，你仔细看看，时间，地点，都是对头的，不对头的我也不敢拿来蒙你。姚一晃没有看车票，只是觉得这事情让人有点窝囊，又不好发作，还怕同事知道了笑话，只好赶紧掏出钱来朝这个人手里一塞，这个人接了，说，咦，这里二十呢，我还要找还你两块钱。果然就摸出两块钱来给姚一晃，又说，两块钱你拿着，别客气，亲兄弟，明算账。姚一晃心里来气，说，这是你打的过来领月饼的票，那你回去的票呢？这人懊恼不迭，说，早知道你连回去的票也肯报，我回去也打的了，我怕你不肯报，回去坐的公交车，咣当咣当走了一个多小时，到家都快半夜了。姚一晃气道，坐公交车也要钱的。这个人说，我不知道你这么好说话，我就没有拿公交车的票，反正就一块钱。我没有拿票，就不好找你报销，对不对？我懂道理的，没有证据的事情我不能做的，老板，你说是不是？姚一晃简直哑口无言，但就在他们说话的过程中，姚一晃渐渐地有点怀疑起来，他先是发现这个人不太像农民工，至少他不像农民工那样直来直去，他说话的逻辑性很强，一环一环的文章好像早就做好在肚子里。再说下去，姚一晃的怀疑就更大了，因为这个人的口音将他自己给一点一点地暴露了。姚一晃说，你不是外地的农民工，你是本地人。这个人长长地出了一口气，好像一块石头落地那样轻松起来，他笑着说，到底被你听出来啦，说明我装得还不够像，其实我在家里已经练了几天了，从那天看到晚报以后我就开始练了，哎，老板，你听出来我练的是哪里话？姚一晃没好气地说，我怎么知道。这个人摇头说，唉，都怪我笨，其实我是学的安徽人，可惜学得不像，我自己觉得有点像山东话，你听着是不是像山东话？其实别说是你，就连我自己也搞不清楚安徽话和山东话到底应该怎么说。姚一晃说，我们的活动是面向外地农民工的，领月饼要凭身份证，你是怎么领到的？这个人说，这个倒不难，我向一个农民工借了一张身份证，就领到了。

姚一晃说，你真想得出来，一个城里人，一袋月饼还要跟农民工争。这个人说，怎么不能争，怎么不能争，我是下岗工人，我老婆也是下岗工人，我家一年的总收入还抵不上一个外地农民工呢，你觉得他们可怜，你不知道我也可怜啊。姚一晃不知再说什么了，愣了半天，说，那你今天是怎么来的呢，又是打的的吗？要不要再报销？这个人又是摆手又是摇头，说，我这个人知趣的，我今天再要你报销就太过分了，是不是，老板？他看到姚一晃的脸色不好，又赶紧安慰姚一晃说，不过老板你也别多想，像我这样的人毕竟是少数，是极少数，昨天晚上拿到月饼的绝大部分还是农民工，这是肯定的。我还听到拿月饼的农民工都在夸你呢，老板，你的爱心活动是成功的。

姚一晃本来是要甩掉噩梦那样甩掉在办公室里那种不真实的感觉，不料出来了一趟，再回去的时候，不仅没有甩掉不真实，反而又增添了一些不自在。姚一晃感觉到他的新闻并没有因为月饼发完了就结束了，真正的高潮恐怕还没有开始呢。姚一晃产生这样的预感，并不是因为他有什么特异的第几感觉，这只是一般规律而已，也是姚一晃长期关心社会新闻获得的一点经验和知识，只是他没有想到，这个经验现在在他自己身上验证了。姚一晃喜欢看新闻节目，送月饼的念头也就是看新闻看出来的。只不过从前都是他看别人的新闻，现在变成了别人看他的新闻。

姚一晃赠送月饼给农民工的事情，后来果然引起了诸多的连锁反应。不过这些麻烦更多的不是冲姚一晃来的，许多人都已经了解或者猜测到，这个只舍得送散装月饼的姚一晃不是个真有钱的主，找他也没多大的用，就算找他，最后还是得绕到媒体那里去，到了媒体那里，就能把清水搅浑，水搅浑了，他们就能浑水摸鱼。好在媒体是不怕麻烦的，媒体喜欢的就是麻烦，别人有了麻烦，他们就有活干。那些日子白炎情绪好得不得了，搜罗了稀奇古怪种种现象，白炎还激动地说，生活真是太丰富了，生活真是太丰富了。最后白炎将许多信息和反应大致归了类，大概地归出来有以下几种：一是失窃类，比如有一个人排队领月饼的时候，电动车被偷了；另一种是意外受伤害类，一个人住在厂区里的人，拿到月饼回去，工厂大门已经关了，他只好翻墙进去，结果跌了一跤，踝骨骨折；还有精神损失类的，有一个人跟老婆说去拿月饼，结果没有拿到，被老婆怀疑是去会情人的，家里为此大吵一架。但这个人明显是个冒领者，是当地人，不是农民工。还有一种类型比较稀少，是极个别的，但也确实发生了，也可以归成一类。那个人在去领月饼的路上，碰到了几年未见的一个老乡，老乡叫他别去领月饼了，给他介绍了一份好工作，他就跟着老乡走了，没有去领月饼。他现在的工作跟从前的工作不能比了，又省力又来钱，简直就是天上掉下了一个天大的月饼，他把老乡谢了又谢，想来想去觉得还没谢够，还应该谢谢那个送月饼的人，要不是那个人想出来送月饼，他也不会去领月饼，他不去领月饼，就不会走到那条路上，他不走到那条路上，就不会碰见老乡，不碰见老乡，就不会有今天这样好的工作。但他没有记住姚一晃叫什么，更不知道姚一晃是什么人，就来电视台谢了。他们真是自投罗网。白炎把这些人这些事都实录下来。后来这个人走了，白炎说，这一类，可以叫意外收获类。还有一个小偷，在现场本来是要乘乱偷窃的，但是他被姚一晃的行为感动了，当天没有下手，而是领了一袋月饼回去了。这可以算作被感动类。虽然被感动的小偷仅此一个，但相比其他类型来说，属于被感动类的人数和事例是比较多的。只是小偷被感动的事情是怎么会被大家知道的呢，难道是小偷自己说出来的吗？就像从前有个小偷偷了一个人的包包，包包里有一本书，小偷看了这本书，就写了一封信给包的主人，说他从此不当小偷了。在月饼引发的众多的事情中，小偷的事情也只是沧海一粟。也有和"被感动类"截然相反的，属于无赖类，有人向姚一晃借钱，有人向电视台要补助，有人要跟白炎交朋友，或者提出其他种种无理要求，都是借着中秋送月饼的题目在发挥。

白炎推波助澜又增做了一个专题节目，把送月饼的话题引到当前的社会风气上，还发起了一场不大不小的讨论，收视率上升了几个点。在增做节目的时候，白炎曾经邀请姚一晃再次出场，姚一晃拒绝了。白炎也理解他，就没有再用他的画面，所以在以后的有关送月饼的系列节目中，都没有姚一晃的镜头了，只有许许多多在送月饼活动中有所得和有所失的人在画面上活动。白炎因此受到台里的表扬，观众普遍反映，从前的电视新闻，大多数靠一些离奇的案件拉住观众，只有凶恶惊险，没有深度厚度，但最近的节目不一样了，虽然反映的是普通百姓和普通农民工的普通事情，却有了深度和厚度，也有了温暖人心的热度。

可是姚一晃看新闻的爱好却在那一阵被扼杀了，因为八月十五前后的那段时间里，一开电视就会听到月饼，一听到月饼姚一晃心里就乱糟糟的，好像天底下的月饼都跟他有关系。好在姚一晃单位的同事和他家妻儿老小都比较体谅他，他不愿意听的议论，就尽量不当着他的面说，背后说说就算了。他的老婆不仅没有怪他拿了钱去买麻烦，还劝慰他说，嘿，就当给我买了件衣服——而且，不合身。女儿也跟屁虫似的跟着妈妈说，嘿，就当给我买了个 MP3——而且，坏了。老婆又说，你叫也叫姚一晃，这么多年你都没有晃一晃。但既然叫了这个名字，你早晚是要晃一晃的，与其再晚一点晃出别的事情来，还不如这时候晃掉拉倒了。要是你这一辈子都不晃一晃，你也对不起你爹你妈给你取的这个名字。姚一晃听了，心里好受多了，不再狗皮倒灶地懊恼不迭了。何况，八月十五早晚会过去的，更何况，不就是个月饼吗，多大个事？月饼再做，也做不到神五神六那么大。果然，白炎兴致勃勃地弄了一阵，也就一边偃旗息鼓，一边重整其鼓寻找新的新闻眼去了。

姚一晃以为月饼风波差不多该过去了，可不久又曝出来一件事情，有个农民工吃了姚一晃送的月饼引起食物中毒，在医院挂了七八天水才治好。几经周折，那笔不小的医药费从医院转到电视台，又从电视台转到姚一晃手里。在这之前，有关月饼引发的大大小小的事情，都与月饼没有直接的关系，但这一回不一样了，这一回直接就是月饼惹的祸，惹祸的月饼是姚一晃送的，当然应该由姚一晃承担医药费。最后的结果是姚一晃钱包里厚厚的一叠钱换回了厚厚的一叠医院发票再加厚厚的一叠骂声，姚一晃越想越冤，回头就去找超市老板说话了。

超市不大，进门处就排着几长排敞开式的一格一格的玻璃柜子，里边装的全是散装食品，蜜饯类，饼干类，糖果类，坚果类，五花八门，应有尽有，不下几十种。姚一晃记得当初的散装月饼也是这么赤裸裸地敞开着的，现在月饼虽然撤了柜，但到明年中秋前，月饼又会回来，那些散装的月饼又会占据这里的许多敞开着的玻璃柜子。这么想着想着，姚一晃眼前就晃动起来，思想上也有些模糊，有些茫然，好像中秋节又到了，好像那些蜜饯糖果都变成了散装的月饼，姚一晃愣了一会，冲着它们张了张嘴，忽然就打消了找超市老板说话的想法，转身回家去了。

白炎又有了新的新闻线索，她又做了一个新闻节目，她在节目的开场白里说，事情是从一个叫姚一晃的普通市民中秋节给农民工赠送月饼开始的……最后我们找到了这个加工月饼的地方。画面上出现的是城郊结合部的一个小院子，院子里有几个妇女正在将月饼上的霉点和灰土擦拭干净。一个专收过期月饼的中年男子看到白炎时显得十分兴奋，他握着白炎的手，说，主持人你好，我叫万书生。万书生谦虚地对白炎说，其实您不要采访我的，也不要表扬我，我这样做，并不是为了出名，也不是为了炒作，我只是觉得我们城里人太浪费太奢侈，难道八月十五吃的月饼，到了八月十六就坏了？垃圾箱里扔着那么好的月饼，谁看了不心疼？所以我们就发动一些农民工去拣，然后我们再从他们手里收过来。白炎说，垃圾箱里的月饼，你不觉得脏吗？万书生惊异地挑了挑眉毛，说，脏？不脏的，不脏的，有许多月饼连包装都没有打开，怎么会脏呢？凡是打开了包装的，我们把都它们弄干净了，一点也不脏的。真的，主持人你看，这月饼多好，多光鲜，我自己还舍不得吃呢。白炎说，你自己舍不得吃，给谁吃呢？万书生说，我们一般批发到农村去，让留在农村的上了年纪的老乡也尝尝，也让他们知道，自己的孩子现在在城里有这么好的月饼吃，日子过得还不错。

　　画面一转，转到了一家屠宰场的冷冻库，冷冻库里有一麻袋一麻袋的东西堆在角落里。白炎的声音有点激愤：这就是万书生寄存隔年月饼的地方，他们把过期的月饼和从垃圾箱里拣来的月饼转手卖到农村去，来不及卖掉的，都存在这里，搁到明年中秋前拿出来，重新处理一下，面上撒一点炒米粉，看起来就是很新鲜的月饼，还香喷喷的。这种散装月饼，登不了大雅之堂，但是推销商自会有办法，就往那些低价小超市平价小商店里送，因为价格便宜，买的人还真不少，毕竟老百姓还没有富到家家户户都能吃豪华包装的月饼。据不完全统计，去年中秋，全市散装月饼销售创下了新高……

　　这条新闻姚一晃没有看到，因为他这一阵总是不敢看新闻，他是在办公室听别人说的，说的时候，蒋梦玲也在，这条新闻她也看到的，但她对月饼没有兴趣，就抱怨说月饼的人，说，你怎么老是讲月饼，中秋节都过去好多天了，你怎么还在讲月饼？她的目的是要大家听她讲梦，大家就偏不给她机会，宁可讲月饼。但后来她还是抓住一个机会，那机会正是姚一晃给她的，姚一晃说，唉，天天看新闻看惯了，现在不看新闻，心里总是空落落的，连做梦都做不踏实。蒋梦玲立刻就抓住了，说，对了，你说到梦，我昨天晚上做梦了。她昨晚梦见姚一晃在一个猪圈前吃白糖，姚一晃拿着个勺子，从猪圈里舀白糖，舀一勺吃一口，吃得满嘴都是白糖屑，蒋梦玲就急了，说，姚一晃你不能再吃了，再吃要得糖尿病了。蒋梦玲说，可是你不理睬我，还继续吃，把我急得，把我急得——后来，后来我就不记得了。蒋梦玲说到这儿，看姚一晃的脸色不好，赶紧从随身带着的包包里抽出一本书来，说，姚一晃，你不要不高兴，这是主吉的，你看这上面写着，男人食糖主吉。她又向大家解释说，我买了本梦书，我现在会解梦了，你们有什么梦说出来，我帮你们解。

从此以后，姚一晃只要看到有人在垃圾箱边上转悠，他的眼睛就不由自主地要去看他们，他要看看他们是不是在拣月饼。其实他真是顾此失彼，挂一漏万，月饼只有在农历八月十五那几天里才有，平常的一年四季里，被城里人扔掉的东西多着呢，过去说有青鱼头里夹着人民币的，后来又说有电视机和电脑，时代发展得这么快，历史的步子这么大，谁也无法预测今后城里人的垃圾箱里还会出现什么。

日子终于恢复了往日的平静，姚一晃也恢复了看新闻的习惯，这天晚上他在看十一点的晚间新闻，新闻提醒了他，中秋节快到了。这一回有关中秋节的镜头一直伸到乡下，在一个贫困村子里，采访一位农村老太太，记者说，老大娘，中秋节快到了，你的孩子在城里打工不能回来团圆，你想他们吗？老太太说，想啊。记者说，如果让你对他们说一句话，你说什么呢？老太太想了想，说，娃啊，别忘了买个月饼吃。

姚一晃心里一动，觉得酸酸的，一个念头又要冒上来了，他赶紧咽了一口唾沫将它咽下去。这时候电视开始做下期预告了：下一期的节目里，我们找到了这位老太太的儿子，他正在我们这个城市的某个工地上干活……姚一晃赶紧关电视，关灯，上床，屋里一片漆黑。过了片刻，渐渐地有一线月光从没有拉紧的窗帘缝里钻进来，照在床前的地上。一首流传了千年的古诗就随着这线光亮在屋里晃动起来，床前明月光，疑是地上霜，举头望明月，低头思故乡。

姐妹三个都有大名，但是大家不喊她们大名，喊她们姐姐、妹妹和小妹妹，喊习惯了，不仅家里大人喊，邻居也这么喊，同学里有熟悉这个家的，也都跟着这么喊。喊妹妹和小妹妹还说得过去，但是喊姐姐就要看人了，比如她们的爸爸妈妈也喊她姐姐，不了解的人，就会觉得奇怪，再比如邻居家六十多岁的一个老奶奶，也喊姐姐，姐姐哎，老奶奶说，你过来，你帮我怎么怎么。姐姐就应声而去，帮助老奶奶做些什么。姐姐是个热心的女孩，她喜欢帮助别人，她知道老奶奶每天大概什么时候要去公共厕所倒马桶，她一边踢毽子，一边守候在院子里，等老奶奶拎着马桶过来的时候，姐姐假装正好看到，顺便就帮老奶奶去倒掉了马桶，还刷干净了提回来，斜搁在台阶上，让太阳晒。

在妹妹心目中，姐姐就是姐姐的样子，姐姐就应该是这样的。姐姐跟妹妹说，妹妹，我们上街吧。在街上姐姐给妹妹买了一块奶油雪糕。姐姐说，妈妈给我钱了，妈妈说，我现在不能吃凉的东西，要吃点营养的，我要去买一包龙虾片吃。她们还看了一场阿尔巴尼亚电影《宁死不屈》，电影散场的时候，姐姐唱道，战斗战斗新的战斗，我们的战斗生活像诗篇。这是电影里的插曲。妹妹说，姐姐你已经会唱了？姐姐说，看一遍是不会唱的，要看好几遍才会唱。姐姐又说，我要是被敌人抓去了，我也不会投降的。

姐姐有时候和小妹妹一起出去，姐姐说，小妹妹，我们吃南瓜子好吗？姐姐买了南瓜子，她和小妹妹一起，坐在巷口的书摊那里看小人书，姐姐看的是一本《三国演义》，小妹妹看《桃花扇》，然后她们交换了看，看完了，天也快黑了，她们就回家了。

那一年姐姐十四岁，妹妹十一岁，小妹妹八岁，她们中间都是相差三岁。姐姐是妹妹和小妹妹的灵魂，她还是院子和巷子里的小孩们的灵魂，姐姐不仅带妹妹和小妹妹上街去，她也带其他孩子出去，他们也和妹妹小妹妹享受同等待遇，如果钱不够多，只够一个人花的，姐姐就说，我今天不想吃东西，你吃吧，我今天不想看电影，你进去看吧。姐姐就在电影院外面等，等到电影散场，她和那个看电影的孩子一起回家。后来大家给姐姐起了个绰号叫她阔太太。

她们回家的时候，婆婆坐在马桶上哭。婆婆有便秘，每天要坐很长时间的马桶，她泡一杯茶，点一根烟，坐在马桶上哼哼，然后用手捶腰眼，婆婆说，要先捶左边的腰眼，捶四十九下，再捶右边的腰眼，四十九下，大便就出来了。可是婆婆捶了左边的腰眼，又捶了右边的腰眼，大便还是不下来，婆婆就哭起来，婆婆哭着说，日子怎么过哇，日子怎么过哇，我们要没饭吃了。

爸爸已经从这个家里消失了。爸爸到哪里去了并不重要，重要的是和爸爸一起消失了的爸爸的工资。现在家里只有妈妈一个人工作，妈妈是个二十三级的干部，工资四十多元，妈妈总是把工资的一部分自己收起来，另一部分做菜金，就放在抽屉里。因为妈妈三天两头下乡去劳动，有时候一去就是几个月，妈妈不在家的时候，婆婆管菜金，婆婆从抽屉里拿钱去买菜买米，或者到食堂去打饭，抽屉里的菜金很快就没有了。婆婆说，钱不经用，也没怎么用，就没有了，你妈妈怎么还不回来。

妈妈从乡下回来了，又把钱放在抽屉里，妈妈跟姐姐说，姐姐，婆婆年纪大了，搞不清楚钱了，你把每天用的钱记下来，我回来看你的账本。姐姐就开始记账，但是她记得不准确，比如买了半斤兔肝，她就记一斤兔肝，还有半斤的钱，姐姐就自己拿去用了，不过姐姐从来没有独自去享受，她总是要带上谁一起去，但每次都只带一个，姐姐说，带多了，大家互相知道了，会说出去的。其实姐姐不知道，她的事情，大家都知道，大家都知道姐姐偷家里的钱，只有姐姐自己不知道。

姐姐记的账后来也引起妈妈的怀疑，妈妈说，你们四个人，都是女的，三个小孩，一个老人，这么能吃？昨天吃了一斤兔肝，今天又吃了三盆炒素，这么吃法，也不见你们长胖起来。记账的事情仍然回到了婆婆那里，但是婆婆年纪大了，而且婆婆的注意力永远在大便上，菜金仍然搁在抽屉里，少钱的事情也仍然发生，妈妈开始用心了，这一阵妈妈不去乡下劳动了，她的眼睛露出怀疑的光，在三个女儿身上扫来扫去，当然她最怀疑的肯定是姐姐。只是姐姐不知道。

妈妈使出的第一个心眼，就是一个厉害的杀手锏，如果不出什么意外，拿钱的人肯定栽在妈妈手里。这天早晨她们还没有起床，妈妈就守在她们的床前了，妈妈说，昨天晚上我睡觉的时候，数过抽屉里的钱，但是今天早晨起来，就少了一张钱，你们谁拿的，说出来吧。

钱到底是谁偷的大家心里都有数，但是谁也没有说出来，谁也没有告诉妈妈，没有叛徒，也没有内奸和特务，不像那时候社会上，一会儿就抓出一个，一会儿又抓出一个。她们是一边的，妈妈是另一边的，婆婆的态度总是很暧昧，谁也搞不清她到底是哪一边的。

妈妈说，你们不要说是外面的人进来拿的，从昨天晚上到现在，我们家的门开也没有开过，不会有人进来偷钱。你们谁要是觉得难为情，也可以等一会儿悄悄地告诉妈妈，还给妈妈就行了。但是仍然没有人吭声。妈妈又说，要是不肯说出来，那就把你们的皮夹子拿出来，让妈妈看看。

她们每人都有一只皮夹子，都是姐姐用报纸折的，起先姐姐自己折了一只，后来她又给妹妹和小妹妹每人折了一只。皮夹子的形状是一样的，但大小不一样，姐姐根据年龄的差别，折出了大中小三种皮夹子。

毫无疑问，妈妈认为那张钱正躺在其中的某一只皮夹子里，它很快就会被捉住，暴露在光天化日之下。从妈妈尖锐的眼光可以看出来，妈妈已经断定它是躺在姐姐的皮夹子里。可是妈妈想错了，姐姐的皮夹子里没有钱，一分钱也没有，空空荡荡。胜券在握的妈妈颇觉意外，愣了一会儿才说，姐姐，你的皮夹子里没有钱，你要皮夹子干什么？姐姐说，我夹糖纸。妈妈说，也没有见你有糖纸呀。姐姐说，我送给张小娟了。当然妈妈也检查了妹妹和小妹妹的皮夹子，妈妈肯定也是一无所获，只有小妹妹的皮夹子里有五分钱。

妈妈失败了，但是妈妈并没有甘心，失踪的那张钱，成了妈妈的心病，她决心和三个女儿斗争到底。妈妈沉着冷静地想了想，又说，你们把鞋脱下来让我看看。把钱藏在鞋里，也是聪明的一招，隔壁的张小三，再隔壁的李二毛，他们都使用过这种办法，但是姐姐却没有用这一着，她的鞋子里，除了有一点汗臭，什么也没有。姐姐还把袜子也脱下来给妈妈看，姐姐说，妈妈你看，袜子里也没有。

但妈妈还有办法，妈妈的办法总是层出不穷，妈妈每想到一个办法，她都以为这一回姐姐肯定要暴露了，可姐姐却一次次地躲过了妈妈的盘查，一次次地让妈妈败下阵去。败下阵去的妈妈，最后竟还笑了起来，妈妈笑着说，好了好了，不说钱的事情了，你们出去玩吧。妈妈的笑里藏着阴谋诡计。

妈妈果然不再提这个话题了，日子又恢复了正常，但这一阵姐姐很小心，她始终没有喊妹妹和小妹妹出去消费。谁都知道，妈妈其实并没有把这件事情丢开，妈妈还在跟女儿们玩计策，只是不知道妈妈下面的手段是什么。那一段时间里，妹妹在家里大气都不敢出，她看到婆婆坐在马桶上便秘，就去试探婆婆的口气，妹妹说，婆婆，你知道是谁拿的钱吗？可婆婆总是含混不清地说，唉，你们的妈妈，唉唉，我大便大不出来，我要胀死了。

后来就发生了高国庆主动上门认账的事情。高国庆胆子很大，他去买萝卜，穿上他爸爸的衣服，腰里扎一根皮带，萝卜在他手里挑来挑去，就顺着袖管滚到腰里，在皮带那里停住了。高国庆的办法，让院子里的小孩吃了较多的萝卜，但是萝卜很刮油，本来没有油水的肚子，吃了萝卜就更饿更馋，高国庆说，别着急，我再去偷。这一点上，高国庆和姐姐很像，如果用现在的眼光看，他们一个是大哥大一个是大姐大。高国庆还去撬人家窗上的铜褡裢卖到废品收购站，有一次还引来的公安人员，公安人员走进院子的时候，妹妹吓得两腿直打哆嗦，差点瘫倒下来，但高国庆一点也没有害怕。高国庆还有个绰号叫高盖子，他喜欢打玻璃弹子，但他水平不高，又没有钱买弹子，就到机关的会议室里，把茶杯盖子偷走，然后把盖子上的滴粒子砸下来当弹子打，最后他的杯盖滴粒子也都输掉了。那天高国庆来的时候，不像一个偷了别人家钱的孩子，他像个英勇的中国人民解放军，他勇敢地说，冯阿姨，我偷了你们家的钱。妈妈笑眯眯地看着他，说，高国庆，你是怎么进来的呢？高国庆说，我爬窗子进来的。妈妈说，可是我们家的窗子上装了栏杆，你钻不进来啊。高国庆说，噢，我记错了，我是从你们家的门进来的。妈妈说，可是那天晚上门是我锁的，到第二天早上也是我开的锁，钥匙一直在我手里，你怎么进来的呢？高国庆说，我是隔天就躲在你们家床底下的，等第二天你们都出去了，我再爬出来。妈妈点了点头，她相信了高国庆的话，说，那你把我们家的钱还给我们吧。高国庆说，可是我已经用掉了，我请小三二毛他们去溜冰，送了一个蟋蟀盆给大块头，买了三块夜光毛主席像。妈妈无奈地摇了摇头，说，既然已经用掉了，就算了，我也不去告诉你的爸爸妈妈了，但是以后不可以了，听到了没有？高国庆说，听到了。高国庆走了以后，妈妈说，姐姐你以后少和高国庆来往，从小偷偷摸摸的孩子，长大了没出息的。

其实大家都知道高国庆是姐姐让他来的，高国庆说的那些话，都是姐姐教他的。看起来妈妈是相信了高国庆的话，可妈妈是假装的，她还让姐姐少和高国庆来往，完全是为了迷惑姐姐，千万不要相信妈妈，妈妈根本就不相信钱是高国庆偷走的。因为高国庆走后，妈妈又以迅雷不及掩耳之势，再一次搜查了女儿们的皮夹子。皮夹子里仍然空空荡荡，头一次检查时，小妹妹还有五分钱，现在连那五分钱也没有了。

那张失窃的钞票，就像在人间蒸发了，始终没有出现在任何人的眼里。

许多年之后，妹妹已经是一位检察官了，她负责审理一件受贿案，贪官的家属用了一个自以为巧妙的办法给被关押的贪官传递东西，她将一只新脸盆敲出一个洞，然后用橡皮膏粘上，她要传递的东西，就被夹在两层橡皮膏中间带了进去。当然她要传递的不是钱，而是信息。但是这种自以为巧妙的做法，在检察官眼里，简直是雕虫小技，当场就可以被揭穿。那天下午，妹妹撕开粘在脸盆上的橡皮膏，发现了那张纸条，妹妹的思绪忽然就飘忽到了从前，妹妹想，这一招，当年姐姐有没有用过呢？可她很快否定了自己的这个想法，她还记得，那时候脸盆漏了不是用橡皮膏粘的，而是到街角拐弯处的生铁铺，请修搪瓷家什的人熔化一小块锡将这个洞搪起来，所以，那时候姐姐还不能从洗脸盆或洗脚盆里想出些什么办法来。

妈妈终于彻底失败了，妈妈日益暗淡下去的目光让女儿们预感到，妈妈不想再斗下去了。催促妈妈回五七干校的通知已经来了三次，妈妈说，他们在我的床头上贴了揪出历史反革命的标语，不知道是不是贴的我。

妈妈终于上路了，她走出院子的时候，还回头向里边挥了挥手。望着妈妈远去的背影，妹妹心里终于有一块石头落地了，她不再心慌意乱，不再手心里出汗，笼罩了多日的阴云终于散去了。

中午家里吃了姐姐从面馆里下回来的面条，一碗猪肝面，加两碗光面，拌在一起，就都是猪肝面了。姐姐吃得很少，姐姐说，婆婆，你多吃点猪肝，猪肝有营养。妹妹和小妹妹都分到了猪肝。吃过面，婆婆又开始了她这一天的第二次坐便，姐姐在洗碗，妹妹和小妹妹在等姐姐喊，她们不知道今天姐姐会喊谁出去。姐姐最后决定带妹妹去，姐姐说，小妹妹，今天我们要去采桑叶，会走得很远，还要摆渡，你就别去了。小妹妹说，好的，我陪婆婆大便。当然，如果反过来，姐姐喊了小妹妹去，叫妹妹不要去，妹妹也会像小妹妹一样听话，因为姐姐就是她们的灵魂，姐姐说的任何话，姐姐做的任何事情，都是至高无上的。

姐姐牵着妹妹的手，她们去开门了，可就在这一瞬间，门却从外面被推开了，姐姐和妹妹一抬头看到了站在门口的那个人，吓得魂飞魄散。

是妈妈。

谁也没想到妈妈杀了回马枪。

妈妈微微笑着，可她的眼睛却尖利而警惕地盯着女儿，妹妹顿时听到心里"咯噔"一声，只是她一时间辨别不清，是谁的心在狂跳，是自己的，还是姐姐的，或者，所有的人心都在狂跳？

可妈妈还是扑了个空，临出门的姐姐，身上竟然没有钱。妈妈的回马枪就像是铁拳砸在棉花上，棉花没有疼，铁拳却打疼了。

妈妈闷声不响，在床沿上坐了半天，妈妈的眼睛里，渐渐地有了一种近似疯狂的东西，只是孩子们还小，看不出来。妈妈呆坐了一会之后，开始在家里翻箱倒柜，我就不相信，妈妈说，我就不相信，它能藏到哪里去。妈妈反反复复地说着这句话，一直坐在马桶上的婆婆终于看不下去了，别找了，婆婆说，是我拿的。妈妈说，你别搅和进来。婆婆说，你说给我配开塞露回来的，你没有配回来，我就自己去买了，我大便大不出来，我要胀死了。妈妈说，那你为什么不报账。婆婆说，我回来用了开塞露，大便大出来了，我就轻松了，我就忘记了。妈妈说，你大便大得出来也忘记，大便大不出来也忘记，你是存心跟我作对。妈妈这么说，看起来她是相信了婆婆的话，但是大家都知道妈妈并没有相信，警觉性仍然在大家的心里坚守着，不敢离开半步，果然，片刻之后，妈妈说，开塞露多少钱一个，你买了几个？婆婆说，我买了三个。妈妈冷笑一声，说，你以后把账算清楚了再跟我说话好不好。婆婆说，你到底丢了多少钱？妈妈说，两元钱，是一张绿色的两元钱，我清清楚楚记得，我放在抽屉里，最上层。婆婆说，我买了三个开塞露，药店里的人说，吃猪头肉滑肠，好大便，多下的钱，我买猪头肉吃了。

可能绝大多数人都相信钱是姐姐拿的，但谁也不知道姐姐到底把钱藏在哪里了，后来妈妈也真的走了，没有再杀第二个回马枪。妈妈也许真觉得是自己搞错了，冤枉了姐姐，或者，她已经不想再为了那一张两元的钞票和女儿无休无止地斗下去了。

这件事情最后到底被大家淡忘了。那时候很多人家的小孩都偷偷摸摸拿大人的钱，被大人捉到了算倒霉。但是无论捉到捉不到，也无论捉到了会受怎样的惩罚，会丢多大的脸，会吃多痛的皮肉之苦，这样的事情还是经常发生，生生不息。当然也有一些人是例外的，许多年以后，妹妹曾经问过一个和她年龄相仿的朋友，妹妹说，你们小时候，偷家里的钱吗？可怜的他，想了半天，仍然一脸茫然，说，钱？那时候我们根本看不到钱，不知道钱是什么样子，到哪里去偷的？但他也不甘落后，说，虽然偷不到钱，但是我们偷其他东西。他就说了偷萝卜和偷茶杯盖子的事情，这些事情后来就算是高国庆干的了。也就是说，小孩能够偷家里的两块钱，这种人家在当时也算是比较富裕的了。

不知道是不是妈妈的一再盘查，不善罢甘休，把姐姐吓着了，一直到妈妈走了很长时间，姐姐也始终没有拿出钱来花。妈妈丢失的那张绿色的两元钱始终没有出现，到后来连姐姐都怀疑起来，姐姐说，到底有没有那张钱啊？大家听姐姐这样说，无疑都会想，难道连姐姐自己都忘记了，难道姐姐自己都不记得那张钱到底藏在哪里了？或者，姐姐早就花掉了它，所以妈妈永远也找不到它了。

倒是小妹妹活得轻松，她好像完全不知道在姐姐和妈妈之间，曾经发生了惊心动魄的布满计策的拼搏，小妹妹这一阵的全部心思都集中在她的一件宝物上。这是一个彩色的绒线团，比鸡蛋小一点，比鸽蛋大一点，是用各种颜色的绒线接起来，然后绕成线团，这些绒线都是小妹妹精心收集起来的，张家织毛衣，她去讨一段，李家织围巾，她去讨一段，一段一段的，竟然就绕成了一个绒线球了。小妹妹说，等到再多一点，她要学着织一副彩色的手套，是没有手指的那种手套，她要送给姐姐，因为那种手套，又暖和，又不妨碍劳动，婆婆年纪越来越大，家务事大半都是姐姐做的。

绒线球小妹妹是不离身的，有时候她高兴起来，把它拿出来，当成毽子踢两下，又赶紧收起来，但后来绒线球不见了，小妹妹急疯了，一边哭一边趴在地上到处找。姐姐说，小妹妹你放心，我一定帮你找回来。姐姐的感觉灵敏准确，她带着妹妹和小妹妹找到了那几个男孩，他们正在河边把小妹妹的绒线球当皮球一样扔来扔去。姐姐说，把绒线球还给小妹妹。男孩子中的一个就是高国庆，他把绒线球拿在手里，一会儿扔上天空，一会儿又抛到另一个男孩子手里，一会儿又拿回来，当球踢它两下，他每玩一次，小妹妹就喊一声，我的绒线球。他再玩一次，小妹妹又喊一声，我的绒线球。高国庆说，姐姐你上次还叫我承认偷你妈妈的钱呢，你说送我一副癞壳乒乓板的，你说话不算数。姐姐说，可是我给你买过很多东西吃。高国庆说，那不算，我又没有叫你买给我吃，是你自己要给我吃的，但乒乓板是你答应我的。姐姐说，乒乓板我会给你的，你先把绒线球还给小妹妹。高国庆狡猾地说，我才不上你的当，你拿乒乓板来换。姐姐不说话了，她咬了咬嘴唇，就上前去抢高国庆手里的绒线球，高国庆把绒线球高高地举起来，姐姐够不着，她急了，张嘴就咬了高国庆一口，高国庆被咬疼了，也被咬愣了，愣了好一会他回过神来，气急败坏地说，你咬人？让你咬，让你咬。他一边嘀咕，伸手一甩，就把小妹妹的绒线球扔到河里去了。小妹妹"哇"的一声大哭起来，她的哭声又凄惨又尖利，她边哭边喊，我的绒线球啊，我的绒线球啊。一直到许多年以后，当时的感受还一直萦绕在妹妹的灵魂深处，妹妹当时就觉得，小妹妹反应过度了，一个小小的绒线球，值得她这么嚎吗？绒球绕得不紧，所以分量不够重，没有一下子沉下去，姐姐赶紧拣来一根树枝去打捞，可树枝够不着它，反而使绒线球在水里越荡越远了，大家乱七八糟地说，快点，快点，要沉下去了，沉下去就拿不到了。姐姐急了，往前一冲，整个人就扑到河里，扑下去的时候，她的手正好抓住了绒线球，姐姐笑了，她"啊哈"一声，就呛了一口水，这时候她才发现河很深，她的脚够不着河底，姐姐慌了，姐姐一慌，就吃了更多的水，很快就沉下去了。留在妹妹最后印象中的是混浊的河水里姐姐漂起来的几缕头发。姐姐沉下去的整个过程，妹妹看得清清楚楚，她想去跳下河去救姐姐，她又想大声地喊救命，她还想转身跑去喊大人，可是她像中了魔似的，一句话也说不出来，身子一动也不能动，就这样妹妹和岸上一群吓呆了的孩子眼睁睁地看着姐姐沉下去，水面上咕噜咕噜地冒出泡泡，冒了一阵以后，水面就平静了，姐姐好像藏了起来，就像孩子们藏起从家里偷来的钱一样，藏到了水底。不多久姐姐又出来了，她是浮起来的，那时候，姐姐已经死了。

后来姐姐被大人打捞起来，她手里攥着绒线团，本来就绕得松松的绒线团，被水一泡，就彻底地松散开来了，里边露出一张折叠得很小很小的纸头，差不多只有大人的指甲那么大，因为被绒线绕着，绒线湿了，纸头却没有湿。妹妹慢慢地将这张纸头展开来，竟是一张纸币。只是这张纸币肯定不是妈妈一直在追查的那张绿色的两元钱，因为那张绿色的两元的钱是我偷的，而且早就被我藏起来了。你们已经知道了，我是这个家里的老二，我就是"妹妹"。

那一天妈妈疯了，她没有参加劳动，也没有去开会，而是一直躲在五七干校的床上，她放下蚊帐，两只手紧紧地揪住帐子的门缝，不断地说，我是日本特务，我是日本特务，我是日本特务。妈妈的同事说，冯同志，你出来吧，没有人说你是日本特务。但是妈妈始终没有出来。

姐姐的死讯正走在去往五七干校的路上。

后　记

妈妈的疯其实是有预兆的，只是那时候我们还小，看不出来，婆婆也许是有感觉的，可是婆婆被便秘折磨得痛苦不堪，生不如死，许多事情就被忽略了。

妈妈从来都是一位和蔼可亲的妈妈，她看我们的目光从来都是那么的慈祥温和。可是那一段日子，妈妈把我们当成了她的敌人，她用尖刻的、警觉的、甚至仇恨的眼光盯着我们，使我们不寒而栗。她不折不挠地和我们作斗争，尤其是和姐姐斗智斗勇，她还其乐无穷，这肯定就是妈妈疯的预兆。但是妈妈真正的预兆还不在这里，其实那天晚上，抽屉里丢失的不止是一张绿色的两元的钱，还丢了一张黄色的五元钱和一张红色的一元钱。也不用猜了，五元的钱是姐姐偷的，一元的钱是小妹妹偷的，我们连偷钱也都按照年龄的大小顺下来，真是人有多大胆有多大。

姐姐的五元钱早在妈妈搜查的日子里就已经花掉了，但她仍然没有独自一人花这笔钱，她已经不敢带上妹妹小妹妹或者带上其他任何一个小孩，她带上了院子里那位孤老奶奶，她陪着孤老奶奶上公园，下馆子，给孤老奶奶买了一顶绒线帽子。老奶奶后来说，可怜的姐姐，她自己就吃了一包龙虾片。姐姐其实最喜欢吃雪糕，但是妈妈关照过她，月经来的时候，不能吃凉的。

那一阵我在专心地做一件事情，把我收集的许多烟壳纸，一张一张地粘到一本书上，不言而喻，我是为了藏我偷的那两元钱。我的行动引起了姐姐的怀疑，她问我，你为什么要把烟壳纸粘到书上，我说，怕人家偷，粘上去人家就偷不掉了。姐姐比我看得远，她说，要是想偷，干脆连一本书都偷掉。我把两元钱粘在其中的一张烟壳纸下面，我相信谁也不会发现这个秘密。可是后来我始终没有找到它，我把粘到书上的烟壳纸，一张一张地揭下来，最终也没有看到它。我知道，是姐姐拿走了。

姐姐已经去世好多年了，这件事情是死无对证的，请姐姐原谅我，但我知道是你拿的。小妹妹虽然会把一块钱绕在绒线团里，但她不会偷我的钱，她很怕我。一直到现在，她已经很著名了，看见我还是有点畏畏缩缩的，我不知道为什么，这和我当检察官没有关系，她从小就是这样，这是与生俱来的。虽然我比她大三岁，姐姐比她大六岁，但她不怕姐姐却怕我。小妹妹后来进了演艺圈，她演了很多角色，成为实力派演员，也就是大家所说的，演什么像什么。一转眼她也四十出头了，她说，剩下来的时间，我要找一个制片人，请他做一个片子《我的妈妈》，我演妈妈。四十岁的小妹妹，和四十岁的妈妈，简直就是同一个人。我的外甥女今年十四岁，和我十四岁的姐姐一样大。

妈妈后来写了《干校日记》，看了妈妈的日记，我才知道，那时候妈妈为什么忽然对钱抠得那么紧，妈妈写道："我那时候，一心想买一条羊绒披巾送给工宣队长的太太，这条披巾要花去我整整两个月的工资，我决心从全家人的嘴里抠出来，我对孩子很苛刻，我老是怀疑她们偷我的钱，老是翻她们的皮夹子，我甚至对自己的母亲也很苛刻，她买两个开塞露我都要叫她报账，我到底是凑够了那笔钱，可是我到底没有买成羊绒披巾，因为我疯了。"

我
们
的
朋
友
胡
三
桥

　　父亲的后事是堂叔代办的。堂叔在白鹤山公墓买了一块地，受堂侄儿的委
托，葬下了堂哥。然后他写信告诉王勇，他的父亲王蔺缃葬在白鹤山，他说，
王勇如果回来，他会带他去的。可是后来事情发生了一些意外，堂叔死了，他
没有来得及把一些事情交代清楚就急急忙忙走了，其中包括王蔺缃在白鹤山的
具体位置。这样王勇回来，要去祭扫父亲的坟，就得先到公墓管理处的登记册
上去找。那一天天色尚早，公墓管理处还没有开门，一个年老的农村妇女坐在
银杏树下，她的跟前搁着一张竹榻，上面放着一些花、纸钱和香烛，她朝王勇
点了点头，说，买花，买香烛。

　　已经没有什么扫墓的人了，清明一过，扫墓大军顷刻间烟消云散，更待明
年了。墓地上只有扫墓的人留下的枯残的花，那也不是一束完整的花，是将花
朵摘下来，再把花瓣揉散开来，洒在墓地上，如果是整束的花放在那里，就被
附近的农民拣去再卖给另一个来扫墓的人。农民就是这样的，你要是生气说他
是拣来的，他却不生气，还笑，笑着说，不是拣来的，不是拣来的，你看这花
多么新鲜。其实花早已经蔫了，他在上面洒了点水，就以为人家会觉得新鲜。
可农民就是这样，他们老实，骗人的时候也是老实的。也有的人不在乎是拣来
的不新鲜的，他们比较潇洒，扫墓本来就是一种寄托，睡在墓里的人并不知道，
只是自己心里的感受罢了。

　　公墓管理处的门始终关着，年老的妇女说，你买点花吧，是我自己摘的，

不是从坟墩上收来的。王勇看她的那些花，是一些细碎的小花，长在山间野地里的，有几点白色紫斑，几点黄色，还有几点蓝色的小碎花，闪烁在浓密的绿叶中，它们显得更细小更暗淡，没有鲜艳和灿烂，像无边无际的深蓝的天空上，只有几颗星星那样孤单。

公墓管理处的门始终没有开，他们可能想不到今天还会有人来上坟。王勇决定独自地往山里走了，他先是沿着西侧往上走一段，每一个墓碑上的名字，他都认真地看一看，有几次他看到一些名字，心跳了起来，比如有一个叫王季祥，还有一个叫王霁乡，他都驻足了半天，然后继续往上走。墓区很大，一眼望不到边，要想在这么大的墓区里找到父亲的坟，几乎是大海捞针，王勇正在考虑是不是应该放弃独自寻找父亲的念头回到公墓管理处去，就在这时，他看到了胡三桥。胡三桥穿着一件旧迷彩服，手里拿着一个装着红漆的瓶子，好像是从地底下冒出来的，忽然间就没声没息木呆呆地站在了王勇面前，说，这个公墓大，有的人来过好几趟都找不到。王勇说，我是头一趟来。胡三桥说，你找谁？王勇说，找我的父亲，他叫王甋绲。胡三桥说，是三横王吧，后面是哪两个字？王勇顿了顿，一边在手上画着给胡三桥看，一边说，那个甋字很难写，上半边是个文字，下半边呢，中间是个韭字，两边还有一撇一竖，绲呢，就是搅丝旁加个相信的相字。胡三桥想了一会，没有想明白，他脑子里的概念和王勇在手上画来画去的东西对不上号。王勇拿出笔和纸，将父亲的名字写下来交给胡三桥，胡三桥看了一眼，马上就说，我知道了，我知道了，是几年前的一个坟，姓王，后面那两个字很复杂。胡三桥的普通话说得不错，虽然也有本地的口音，但基本上可以算是普通话了，他至少没有把王念成黄。胡三桥又说，这个坟在东区，我走过的时候，一直念不出那个甋字，那个绲呢，我也不认得，就念相了，所以我在心里念着的时候，这个人就念王某相。王勇说，这个绲字你蒙对了，是这么念的。胡三桥说，那个甋字我蒙不出来，我文化不高，只念到初中一年级就去当兵了。王勇说，初中一年级还不到当兵年龄吧。胡三桥说，我留过级，小学念了八年，初中一年级也念了两年。王勇笑了起来，说，你倒蛮诚实的。胡三桥说，只有你说我诚实，人家都说我狡猾，我是本地最狡猾的人。王勇说，可能人家觉得你当过兵，在外面见过世面。胡三桥说，人家就是这么说。王勇说，你见过我父亲的坟？胡三桥说，当然，我天天在坟堆里走，所有的坟都在我心里。昨天我经过你父亲那里我还在想,这个人的小辈都到哪里去了呢?
怎么老是不来呢? 结果你今天就来了, 好像心有灵犀。

　　胡三桥带着王勇往东边去, 登了十几级台阶, 再往东走一段, 就到了王裔
缃的坟前, 坟地周边很干净, 没有杂草, 树长得壮, 也长得直, 明显是有人在
修护着的, 只是墓碑上的字已经依稀不清, 只有一个王字是看得出来的, 裔缃
两字都成了模模糊糊的一团, 胡三桥说, 我想替你描的, 可是我不认得这两个
字, 怕描错了, 这几年, 我一直没有见到你们来上坟, 就更不能描了, 万一描
错了, 你们来了, 就找不到他了。王勇掏钱给胡三桥, 胡三桥说, 你不用给我钱,
我就是公墓管理处的工作人员, 这就是我们的工作。王勇说, 你就收下吧, 这
是我的一点心意, 我不能来给父亲送终, 也不能亲手葬自己的父亲, 这几年里,
我一直在忙一直在忙, 没有来看望父亲, 却是你天天在陪着他, 我的这种心情,
你应该理解、应该接受的。胡三桥说, 我理解的, 我把你这张纸条留下来, 我
会用心替你描, 你下次再来的时候, 就是清清楚楚的王裔缃了。胡三桥向王勇
要了一张纸, 也写下了自己的名字交给王勇, 他说, 以后有什么事情, 你就到
山脚下的公墓管理处找我。王勇接过那张纸看到"胡三桥"三个字, 王勇"咦"
了一声, 说, 胡三桥? 你也叫胡三桥? 胡三桥说, 你认得我吗? 王勇说, 不是,
是另一个人, 是画家, 他也叫胡三桥。前些天, 王勇刚刚收购了一副胡三桥的画,
是一幅古木高士图, 松秀飘逸。胡三桥说, 怪不得, 我也一直想, 是不是也有
个什么人叫胡三桥, 因为有时候扫墓的人也会像你这么说, 咦, 你也叫胡三桥?
我就猜想, 肯定有个有名的人叫胡三桥, 可惜我不知道他是谁, 我们这个地方
比较闭塞, 听不到外面的消息, 从前当兵的时候, 也从来没有听到过有人也叫
胡三桥的。要是哪天碰见那个胡三桥, 倒蛮有意思的。王勇说, 胡三桥是清朝
时的人。胡三桥说, 那我在这里碰不到他了。

　　王勇在父亲的坟头点了香, 烧了纸钱, 然后三鞠躬, 他鞠躬的时候, 胡三
桥就默默地站着, 跟在他身边。等王勇做好了这一些仪式, 胡三桥说, 你不是
本地人, 本地人都要带点菜啦点心啦, 都是家里烧了带来的, 这是风俗习惯。
王勇确实不是本地人, 他的家乡在遥远的北方, 很多年前的一个黑夜, 父亲抱
着妹妹, 母亲牵着他, 他们逃离了自己的家乡, 父亲说, 逃吧, 逃吧, 再不逃
走, 我们都没命了。他们扒上了南下的火车, 中途被赶下来, 又扒上另一辆火车,

他们不是漫无目标地逃亡，他们有方向，有目标，他们的目标就是父亲的堂弟王长贵。

可是他们最后找到的王长贵不姓王，姓黄，叫黄长贵。只不过在南方的乡下，王和黄的发音是一样的，所以当父亲领着衣衫褴褛的一家人在村人的指点下找到王长贵时，王长贵虽然承认自己叫王长贵，但他实在记不起来自己有这么一位来自北方的叫王甭绌的堂兄。父亲说，你是叫王长贵吗？王长贵说，我是叫王长贵呀。父亲说，那没有理由你不认得我，我是王甭绌。两个月前我们还通过信，我说我的日子不好过，你叫我过不下去就来投奔你，我才拖家带口地来了，你还说乡下人好弄，不管从前的那些事，地主也和贫下中农一样参加劳动拿工分，所以我才来的。王长贵说，冤枉啊，我家祖祖辈辈都是当地人，堂的表的什么的亲戚也都是当地人，没有人远走他乡，连嫁到他乡的也没有。

一直到最后小学里的赵老师来了，他说，这位王同志，你是哪个王，三横王还是草头王？父亲说，当然是三横王，草头的怎么是王呢，草头的是黄呀。赵老师一拍巴掌，于是大家才搞明白了，王长贵叫黄长贵，也才弄明白这个地方王和黄是不分的，曹和赵也是不分的，赵老师说，就像我吧，大家都叫我曹老师，哪一天要是到外面开会，有人喊我赵老师，我不会答应的，我已经习惯我叫曹老师了。王勇的父亲找到的这个人不是父亲的堂弟王长贵，他是一个陌生人，父亲找错了地方。他们应该继续去寻找王长贵，可黄长贵说，既然错了，将错就错吧，反正王黄不分，不分是什么？不分就是一家人，你们就住下来吧，我就是你的堂弟王长贵。父亲提心吊胆，他担心万一有人问起来这算什么呢，可是王长贵很坦然，他说，这有什么奇怪，要是有人问我，我就说，你们知道王黄不分的，当年报户口本的时候你们写错了，要怪，也只能怪你们办事没道理。黄长贵真的就成了王长贵，成了王勇的堂叔。

很多年以后，王甭绌去世了，王长贵替他办了的后事，买了墓地。料想不到的是，等到王勇终于回来祭拜父亲的时候，王长贵也已经躺在墓地里了。

现在站在父亲的坟前，王勇的思绪走出去很远很远，他听到胡三桥说，你是北方人吧，我部队里的战友，也有很多北方来当兵的，也跟你这样，个子高，你们喜欢说，咱家乡那旮旯。旮旯那个两字，很奇怪的，一个九在上，日在下，一个日在上，九在下，不知道是什么意思。王勇说，那是东北人，我们是华北。

胡三桥说，华北我也知道的，华北大平原。胡三桥又说，你们华北的风俗是怎样的呢，上坟的时候上些什么？王勇说，我们从小就离开家乡了，我爸爸没有跟我说起过风俗的事情，也可能他是想告诉我的，但是没有来得及。我一直在外面忙，很多年都没有回老家了。胡三桥说，我也出去好多年，我在老山前线打仗的时候，家里人都以为我死了，其实我没有死，但是我的好多战友死了，他们就葬在那个地方了，再也回不来了。我那时候想不通，思想上有点不正常，老是钻牛角尖，昨天还好好地活着的人，活蹦乱跳的，今天就没了，就躺到地底下去了，我想不通。我在他们的墓地里走来走去，我想也许他们没有死，会爬起来，那个墓地很大，我走来走去，看到的名字都是我的战友，都是熟悉的名字，但这些名字，后来被风雨吹打，渐渐地看不清了，我就拿了笔和红漆，去替他们描名字。后来他们就叫我复员了，我知道，他们以为我的神经出了问题，其实我心里清楚，不是神经问题，只是思想上有疙瘩，后来我就回来了。我离开家乡的时候，白鹤山还是一座长满了树的山，我回来的时候，它已经做了公墓，我当公墓管理员，替住在这里的人描他们的名字，其实你大概能猜到，我可能是在完成我的一个心愿。王勇说，你还是惦记着你的战友。胡三桥说，你猜对了。

王勇要走了，让父亲永远地孤独凄凉地躺在这里，胡三桥明白王勇的心思，在墓地里胡三桥经常看到这样的人，他看得多了，就能猜到他们的心思，所以胡三桥说，你放心去好了，我会在这里陪着他们，我会拔草修枝描字，让这个坟看上去很清爽，明年清明的时候，你有空再过来看看，没有空的话，也不用年年来的，过几年来看看也行。王勇的心，忽然就放了下来，踏实了，胡三桥就是他的一个朋友，一个亲人，一个可以把任何事情托付给他的可靠的人。

王勇回去以后，渐渐地安定下来，又回到繁忙的工作中，在工作之余，他的爱好是欣赏书画作品。但自从去扫墓归来，王勇每次都会不由自主地从许多藏品中独独地挑出胡三桥的那幅古木高士图。王勇收购的这幅胡三桥，算不上他收藏中的珍品，价格也不贵，是一幅比较一般的画，胡三桥也不是个名头很大的清朝画家，王勇这里，有扬州八怪，还有更古时代的画家的作品，也还有近来很看涨的一些人，比如陆俨少等等，但是王勇忽然对胡三桥有了兴趣，研究起胡三桥来，好像有一个任务在等着他去完成似的。王勇觉得，可能是因为惦记着墓地里的那个胡三桥，好像老是有话要跟他说，当时忘记向他要一个电话，现在跟他联系不上。他也曾花了些时间和精力，几经周折查到了白鹤山公墓管理处的电话，查到号码后，王勇就把电话打了过去，找胡三桥，接电话的人不是胡三桥，王勇听到他在电话那头喊，老胡，老胡，电话。但是没有胡三桥的回音，接电话的人对王勇说，对不起，胡三桥走出去了，你哪里，找他有急事吗？王勇愣了愣，他没有急事，甚至也没有不急的事，什么事也没有，所以他一时说不出话来。电话那头的人又说，你是客户吧，有什么事情跟我说一样的，或者，你改天再打来找胡三桥都可以。电话就挂断了。王勇没有再打胡三桥的电话，却把惦记的心情转到画家胡三桥身上了。

但是胡三桥的资料并不多，王勇先上从网上查了一下，只有如下的内容：胡锡珪（1839～1883），初名文，字三桥。江苏苏州人。胡三桥的基本情况就这些，倒是他的名号和印章特别地多。从这些名号和印章中也许能够了解一点胡三桥一百多年前的某些想法，但王勇总觉得不够，还差些什么，王勇又去买了其他一些书和词典，但那里边写到胡三桥的，都只有很小的一段。比如有一本书上介绍，胡三桥是苏州吴县人，画过《除夕钟馗图》，现在收藏在故宫博物院。仅此而已。在故宫博物院藏品《明清扇面书画集》第二册中，看到他的一幅寒江独钓图，但介绍的文字就更少了：胡锡珪，号三桥，苏州人。工人物，花卉。

王勇的工作助理说，王总，你要买什么资料，你把单子开出来，我们替你跑书店。王勇说，还是我自己找吧，我也不知道我要什么样的资料，要看起来才知道。王勇经常出差，逛了全国许多大书店，也仍然没有找到更多的关于胡三桥的东西。

王勇寻找胡三桥和了解胡三桥的想法搁浅了，他的事业蒸蒸日上，越来越忙，他以为胡三桥渐渐从他心里走开了。不久以后他有个项目在苏州投资，和以往的谈判不同，宴席上除了政府领导和企业家，还来了一位特殊的人物，他是这个镇文化站的老站长，早已经退休了，现在却频频出现在乡镇的经济项目谈判中。他是来讲文化的，他要向大家证明，这个地方有丰厚的历史沉淀和文化底蕴，是可持续发展的风水宝地。五十年前，老站长还是城里一名年轻的小学老师，有一个星期天，他在朋友那里借到了一辆自行车，就骑着它出发了，他走呀走，最后就在这个离太湖不远的小镇上停了下来。老站长自己都没有想到，这一停，他就再也没有离开过。他被这个地方吸引了，走不了了，他从一个城里人变成了乡下人，在以后的几十年里，大家都知道文化站有个城里来的站长，但是很少有人见到他，老站长永远在乡下跑，他从这个村跑到那个村，又从那个村跑到这个村，寻找名人遗迹，了解风土人情，搜集历史留下来的点点滴滴。老站长退休以后，更如泥牛入海，遁无踪影。可是忽然有一天，老站长被找到了，被请了出来。在从前的漫长的岁月里，老站长将那些东西一点一滴地装进自己的肚子里，现在到了他将它们大把大把还出来的时候。老站长像一尊珍贵的出土文物，被供到乡镇的每一个宴席上，他怀揣着几十年里拍下的几百幅黑白和彩色的照片，告诉大家，这是吴王井，这是古里桥，他还讲了一件又一件的名人轶事，讲了一个又一个的民间故事和民间传说，他喝了酒，脸颊通红，两眼放光，他的话多得超过了乡镇的主要领导，但领导始终兴致勃勃，他并不因为老站长喧宾夺主没有了他说话的余地而显得情绪低落，他是一位年轻的有水平有作为的干部，他知道，这是科学发展观。

　　其实一到苏州，王勇就已经明白了，固执的胡三桥并没有走，他仍然盘踞在他的心底深处。现在王勇再一次动了打听胡三桥的念头，可是老站长的话语像放了闸的江水，滔滔不绝，汹涌澎湃，没有任何人能够插到他的话里边去。后来王勇终于等到了机会，那时候镇领导的手机忽然响了，因为他的手机铃声比较奇怪，是一个东北口音的人在讲话，有人找你了，有人找你了，而且声音还特别响亮，一下子把老站长愣住了，老站长没有发现桌上有人说话，但怎么会听到有人用东北方言说话呢，就在这时候，王勇抓住了机会，说，老站长，我刚才听你说到这地方的地名，许多是王家浜，李家湾，都和水有关系吧，那有没有胡家浜或者胡家湾之类呢？老站长已经回过神来，因为他已经弄清楚插进他的密不透风的话语中说东北话的是手机，所以他很快调整了思绪，迅速地回答说，有，有个胡家浜，就在太湖边上。王勇说，会不会是胡三桥的家乡？老站长愣了愣，奇怪地看了看王勇，说，胡三桥？你是说胡三桥？你知道胡三桥？王勇说，我一直在找胡三桥。老站长说，你没有搞错人吧，胡三桥不是现在的人，是清朝的人，他是画家，可惜名头不大，很少有人知道他的。而且，而且，他的名字并不叫胡三桥，三桥是他的号，他的名字叫胡锡珪，生于道光年间，死于光绪年间，你找的是他吗？王勇说，是他，这个胡家浜，有胡家的后人吗？老站长说，没有，胡家浜没有姓胡的人家。从前也有人到这里来找胡三桥，我带他们去胡家浜，可是胡家浜的人都不姓胡。王勇说，那胡家浜不是胡三桥的家乡？老站长说，胡家浜的人说，从前太湖常闹水灾，一闹灾，许多人家就连根带枝整个家族都迁走了，其中很可能就有胡家。王勇说，有什么可以证明的吗？老站长说，没有，没有证明，也没有家谱，也没有后人，甚至没有野史，没有传说，没有民间故事，什么也没有，可能因为胡三桥名头不大。可是胡家浜的人不在乎什么证明，他们说胡三桥就是他们的人，要不然，他们村怎么会叫胡家浜呢？前两天我去的时候，他们正商量着要到外面去寻找胡三桥的线索和资料，他们说，虽然现在我们没有人姓胡，但是我们不会忘记先人，没有先人就没有我们的今天。

在王勇听到这地方有个胡家浜村的那一瞬间，王勇是决定要到那里去的，可是后来王勇改变了主意，从苏州回去后，王勇划掉了工作日程上的所有计划，决定回一趟老家。很多年前王勇离开家乡，他其实早就应该回一趟家乡了，但他总觉得自己还做得不够，他又继续努力，日积月累地把事业做大做强，但他还觉得不够。本来他的还乡计划还要往后拖，但是现在王勇忽然说，我要回家了。

王勇是个果断的人，做事情从不拖泥带水，有时候，他去欧洲的某一个城市谈工作，一来一去也不过两三天时间，这许多年他在世界的上空飞来飞去，也有无数次经过家乡的上空，但他始终没有停下来。王勇决定回家的第二天，就已经到了家乡所在的镇子。其实家乡离他并不算很远，但在他感觉中，家乡是远的，远到回来一趟，竟花去了他几乎半辈子的准备时间。

王勇在家乡受到隆重的接待，大家都猜王勇会带回一些钱来，为家乡做点事情，修一条路，造一座桥，建一所小学。事实也果然如此，王勇决定资助家乡的钱，比大家的事先猜测估算的还多一点，结果是皆大欢喜。

最热闹最高潮的是最后的宴席，摆了好几桌，把附近的老人都请来了，还有家族里的远远近近的亲戚。王勇小的时候，他们是看着他怎么长起来的，现在王勇长大了，回来了，他们都很高兴，他们还记得王啬绌携全家逃走的那个夜晚，有一个人说，你们走了以后，就下雪了。

后来王勇的一位堂叔喝了几杯酒，脸红起来，他拉住王勇的手说，小勇啊，我经常在电视里看到你。另一位表叔说，可是你比电视里瘦多了。大家都看着王勇，研究着他和电视里的王勇的不同之处。王勇有些发愣，他一直就是这个样子，胖也胖不起来，瘦也瘦不下去，电视他是很少上的，只有一次，是做一个关于清代画家画品的欣赏节目，请到他，他去了，与他的工作是没有关系的，纯粹是业余爱好，而且也不是新闻节目，是一个纯艺术的节目，想不到家乡的人竟也看到了。至于胖和瘦的差别，王勇想，也许是拍摄角度的关系吧。一个表兄有点担心地说，王总，你身体怎么样，不是突然瘦下来的吧，突然瘦下来，就要当心了。这个表兄的话，让大家的兴奋情绪有些低沉下去，所以另一个表兄不乐意地说，你不懂就不要胡说，从前都说千金难买老来瘦，现在年纪不大的人，也都喜欢瘦，瘦一点身体反而好，反而有精神。叫王勇要小心的那个表兄也知道自己说了不该说的话，就赶紧扯回来，说，是呀，一看就知道王总身体很好，要是身体不好，他能造那么多的高楼大厦吗？大家就轮着说楼了，一个说，怎么不是，我们看到电视里拍出来，你造的那些楼，真棒。另一个说，听说你已经把楼造到北京去了。再一个说，还北京呢，王勇已经在美国造楼了。

王勇这才明白了，乡亲们把他当成了另一个王勇，那个王勇是南方的一位房产大鳄，他胖而高大，在圈内素有"巨鳄王勇"之称。他个性鲜明，不喜欢低调生活，经常在各种媒体露面，乡亲们在电视上看到的，就是他。这是一个和王勇的名字一样但经历和从事的事业完全不一样的另一个王勇。

起先王勇还想跟大家解释一下，但他很快就放弃了这个念头，对乡亲们来说，他是哪一个王勇其实并不重要，只要他是王勇就行。

清明时节，王勇带着女儿来白鹤山扫墓。正是扫墓的高峰时候，公路上车辆堵塞，公路两边摆满了摊子，卖鲜花、卖纸钱，还卖各种各样的冥品，豪华轿车，漂亮姑娘，别墅，钻石项链，都做得很精致，还有一个壮汉在喊，伟哥伟哥，便宜的伟哥，一块钱一打，一块钱一打。伟哥也是纸做的，在阴间的人，使用的物品，全都是纸做的，而且要在他的坟前焚化，不然他就用不上。王勇的女儿看着这些冥品，笑得弯下腰，掉出了眼泪，许多扫墓的人，不知她在笑什么，都拿奇怪的怀疑的眼神看着她，又看那些冥品，他们没有从那里边看出什么好笑来。

王勇的车堵在了一个妇女的摊前，这个妇女的摊上，没有那么多东西，她只卖纸钱和香烛。中午时间，一个孩子来给妇女送午饭，午饭装在一个搪瓷罐子里，是白米饭和一些青菜，但妇女并没有吃，她正在做生意，她说，买点香烛吧，买点纸钱吧。王勇买了纸钱香烛，他还想买一束鲜花，妇女说，这里买不到真正的鲜花。王勇说，我知道，他们卖的花，都是从坟上拣来的。妇女说，你要鲜花，其实可以到地里去摘，你往山上走的时候，沿路都有花，虽然是细碎的小花，但它们是新鲜的。王勇说，你可以摘一点来卖的。妇女说，我婆婆从前是摘来卖的，但是人家不要，人家嫌这花太小，夹在叶子里，看也看不到五颜六色。他们宁可去买人家用过的花，那样的花朵好大。后来我婆婆老了，人家不买她也仍然去摘花，不过这没有什么，人老了，脑子都不好，后来她更老了，把鞋子放在锅子里煮汤给我们喝。妇女不说话了，她的小孩说，后来婆婆死了。

王勇和女儿往山上去，他们果然沿路看到一些很细碎的花，女儿告诉王勇，白色紫斑花叫萝藦，又名芄兰，黄色小花叫旋覆花，是旋覆花中的线叶旋覆花，所以它的花形比较小，蓝色的小花又叫什么什么，因为名字太专业，王勇记不住，他只记得女儿说，它们都是草本花卉。女儿学的专业，在美国大家管它叫包特捏，翻译成中文意思就是植物学。

他们往东，登上台阶，找到了王甫缃的碑，石碑上的字已经描过了，很醒目，很鲜艳，也刚劲有力。女儿说，我一直以为爷爷叫王季湘呢，原来是王甫缃。为什么爷爷自己的名字这么复杂，给你却起了个再普通不过的名字，我从幼儿园起，班上就有同学叫王勇，在初中的那个班上，有两个王勇呢，现在在美国的那个学校里，居然也有叫王勇的。王勇说，现在中国的孩子去美国念书的好多。

女儿登高望远，露出了一些怀疑的神色，她说，我以为这里有大片的水，有湖，或者有很宽的河，可是没有。鹤应该生活在水边，它要吃鱼，可是这里没有水，怎么会有鹤呢？女儿并不需要王勇的回答，她自己完全能够解释自己的怀疑，她说，谁知道呢？也许从前不是这样子的，也许从前这里有很多的水。王勇也并没有把女儿的话听进心里去，他心里装着另外一个人，他的名字叫胡三桥。可是胡三桥始终没有出现，今天扫墓的人太多，胡三桥一定忙不过来了。最后王勇来到公墓管理处，跟办公室里的那个人说，我找胡三桥。这个人就跑出去喊胡三桥，他大声道，胡三桥，胡三桥，有人找你。后来胡三桥就跟着那个喊他的人一起进来了，问道，谁找我？喊胡三桥的那个人指了指王勇，他找你。

胡三桥就站到了王勇面前，说，你找我吗？可王勇说，我找胡三桥，不是找你。胡三桥说，怎么不是我，我就是胡三桥。王勇说，那这里还有没有另一个胡三桥。胡三桥说，开玩笑了，这个名字，人家都觉得很少见的，有一个已经不容易了，还会有几个？王勇说，你是什么时候进管理处的？胡三桥说，开始筹建时我就在这里了。那个去喊胡三桥进来的人说，胡三桥是三朝元老。王勇说，就奇怪了，那年我来的时候，碰到胡三桥，他还替我描了字。胡三桥说，他收你钱吗？王勇说，他是公墓管理处的，就是做这个工作，不能额外再收钱，但是我硬给了他，这是我的一点心意，我不能陪着父亲，却是你们天天陪着他，应该收下的。胡三桥和那个去喊他的人交换了一下眼神，胡三桥说，老金，你觉得会是哪一个呢。老金说，唉，猜也猜不到，捉也捉不尽。他们告诉王勇，附近的一些农民，老是冒充公墓管理处的工作人员，在坟地里拔几根草骗人的钱。因为这个公墓大，我们想管也管不住，我们一上山吧，他们就四散溜开了，我们一走吧，他们又围聚过来。王勇说，可我见到的那个胡三桥，是个复员军人，他穿着迷彩服。胡三桥说，这地方的农民都穿迷彩服的，他们觉得穿迷彩服人家就会相信他了。王勇说，可他是从老山前线回来，他一直惦记着牺牲在前线的战友，因为在公墓管理处工作，他好像还天天陪伴着他的战友。他说他叫胡三桥。胡三桥和老金又对视了一眼，胡三桥说，你上当了，他不是胡三桥，我才是胡三桥。王勇心里明白，他应当相信眼前的这个胡三桥是真的胡三桥，但是在他的意识深处，却又觉得他不应该是胡三桥，那个在墓地里描字的人才是胡三桥。可胡三桥说，他不仅不是胡三桥，也不是复员军人，穿迷彩服也没有用的。王勇说，他不仅穿迷彩服，他的气质也像军人，他还讲了许多老山前线的故事，他的战友都埋在那里，他就在那边的墓地里转来转去，喊着战友的名字，拿了笔和红漆把战友的名字描了一遍又一遍，后来他就复员回来了。胡三桥说，是他编出来的故事，事实不是这样的。王勇说，事实是怎样的呢？胡三桥说，事实么，事实就是，我是胡三桥。王勇说，那他是谁呢？胡三桥摇了摇头，说，对不起，这时节好多农民都跑到公墓里去，满山遍野都是，我们猜不出他是哪一个。

　　王勇心里像是被掏空了，因为墓地里的那个胡三桥已经深深地印在他的心里，甚至已经和他的心连在一起了，要将胡三桥从他的心里拿出来，赶走，他的心，忽然间就空空荡荡了。他无论如何也不能接受那个穿着迷彩服用红漆描字的人不是胡三桥，王勇甚至觉得，只要自己能够见到他，他就还是胡三桥。
但是王勇见不到他，他也许正在墓地里，但是墓地太大，王勇找不到他。

女儿在农民的摊子上买了做成蜜饯的梅子和杏子，农民给了她一张名片，
叫她下次来的时候还找他买梅子。女儿拿那张名片过来给王勇看，女儿说，笑
死人了，他说他姓万，我一看这上面，明明是姓范，他非说姓万，这里的人，
范和万分不清的？

就在这一瞬间里，在王勇沮丧灰暗的心头忽然地闪过了一点光亮，这一点
光亮将他的混沌的思想照耀得透彻通明，王勇又惊又喜，大惊大喜，他知道了，
公墓管理处的那个人一定是叫吴三桥，穿迷彩服的才是真正的胡三桥！王勇早
在三十多年前就知道了，这个地方，吴和胡是不分的。

这时候王勇的手机响了，一个朋友发来短信，短信的内容是这样的："壐
奝戙笫籔戙卂旫璑榘勻畡孩资蒀歺醨莃髁呴甴奋醢歘嚚鹽駴乏，你个文盲，你
认得几个字？还好意思笑呢。"

爱情彩票

一

　　父亲去世以后，母亲开始阅读父亲的日记。那一年母亲已七十六岁，母亲用放大镜吃力地辨认着父亲潦草马虎的字体，尤其是父亲晚年写下的东西，除了母亲，没有人能够认出来。

　　关于父亲和母亲的婚姻，众说纷纭。但是人们从来没有从父亲或母亲口中听到过，几十年来，他们守口如瓶，一日复一日地生活在人们的猜测之中，现在父亲已经故去，将一些东西带进了坟墓。父亲去世以后有父亲的老友写的纪念文章里，也曾提及这桩当年轰动一时的婚姻。

　　那一天三丫在书摊上买新一期的《时尚》杂志，但是杂志还没有到，三丫无意间看到《故人》杂志封面上的一个标题，她就随手买了一本丢在车篓里，她正在下班的路上，先去车行换了新的电瓶，又到超市买了牛奶和薯片，最后经过老顾那里，三丫把车篓里的杂志拣起来扔给他，老顾，这是写你爹你妈的事情吗？她说。

　　老顾正在电脑上替人出彩票，他还没有来得及看杂志，三丫又说了，写你爹你妈什么呢，你爹你妈有什么好写的呢？老顾说，我怎么知道，我又没有看。三丫说，咦，你怎么不知道，是你们家的事情嘛。

　　这是半个多世纪前的一桩名人婚姻，早已经淡去了，又有人把它写出来，登在杂志上，可是谁会要看呢，老顾说，你要看吗？你要看你自己拿回去看好了。三丫说，是写你爹妈，又不是写我爹妈，我是替你买的，我才不要看。

买彩票的那个人，从老顾手里接过彩票，认真核对着自己手里拿着的号码和彩票上的号码，还一个字一个字地念出来。三丫说，狗头，这么认真干什么啊？狗头说，差不得的，我排了大半年才排出来的，光白纸就排满了三百张。三丫说，排三万张也没有用，看你张脸，就不是中奖的脸。狗头"呸"了她一声，乌鸦嘴，他恨恨地骂道。

三丫不买老顾这里的彩票，她觉得这种彩票没有意思。先前老顾刚开始做彩票销售的时候，她也在老顾这里买过的，但是买了以后，要等到下星期二才摇奖，买彩票时兴兴然的念头，到那时都没有了，三丫有好几次买了过后就忘了，等别人中了百万千万的大奖，她的彩票也不知扔到哪里去了。三丫喜欢现场刮奖的形式，她喜欢用手指甲刮开涂料那一瞬间的感觉，耳边更有一片"哎呀""喔哟"的叫喊声，此起彼伏，三丫在那样的现场会兴奋得无与伦比。她带了一千元，二百二百地买，二百二百地刮，最后的二百元被小偷给偷去了，三丫便抱着两个洋花布的床单和一瓶色拉油回去了。

三丫这一点与老顾很像，所以后来凡是有现场刮奖的活动，老顾走不开，就让三丫替他将奖券买回来刮。三丫自己买的，已经在现场刮光了，现在她看着老顾用指甲刮奖时的痛快，心里痒得不得了，求老顾给她两张刮刮。可是老顾说，这是我买的。三丫说，那你卖两张给我。老顾说，那不行。老顾很小气，他刮奖时的神情，和替别人出彩票时判若两人。后来三丫干脆也不在现场刮了，她将老顾的奖券和自己的奖券一起拿回来，老顾刮老顾的，她刮她的，老顾每刮一个，就会念一声：茄子。再刮一个，再念一声：冬瓜。三丫是不出声的，闷着头刮，所以她的速度，要比老顾快一点。

刮到最后，老顾和三丫你看看我，我看看你，他们笑起来，没有，一张也没有，老顾说。

我这里有一张的，是个什么，三丫一边嘀咕，一边将那一张找了出来，是一朵梅花，可以再去换取一张价值两块钱的奖券，但是路太远了，三丫有点丧失信心了。

算了，不见得就这么巧，三丫泄气地说。

　　那不一定啊，老顾说，芝麻还掉在针眼里呢，说不定大奖就等在这一张呢。他反正坐着不动，反正不要他跑路，他当然这么说，而且他还没有过足瘾呢，如果三丫去兑换那一张梅花，他就让三丫再替他买一点回来刮。

　　三丫后来还是去了，不仅换了，不仅替老顾买了，自己也又买了，他们又刮了，但仍然没有。

　　本来嘛，哪有这么容易的事情啊，老顾整理着厚厚一叠刮过了的奖券，感叹地说，哪能想什么就有什么啊。

　　三丫说，是呀，下次再买吧。

　　老顾说，下次再买吧。

　　他们住在一条街上，是老邻居，老顾是名人之后，顾吉有和余晼町从前是很有名的，但是后来大家都不怎么知道他们了，老顾是他们唯一的孩子，现在也已经五十多岁了。

　　杂志上的那篇文章里披露了一些鲜为人知的历史，说余晼町其实是很后悔这桩婚姻的。她曾经说过，这是毕生一大憾事，老顾简简单单地浏览了一下，他把杂志带回家，就扔在一边了。

　　后来杂志和一些旧报纸一起被收旧货的收走了，那个外地人来收旧货的时候，在院子里过秤，老顾问他的秤有没有问题，他赌咒发誓说自己是凭良心吃饭的人，他的口音很杂，听不出到底是哪里人。

　　余晼町正在阅读顾吉有的日记，她坐在窗口，窗子正对着院子，但是院子里的说话声并不影响她，晚年时她的耳朵已经失聪。

　　杂志后来被小江买去了，小江是替他的女朋友千禧买的，千禧在历史博物馆工作，开始她不安心工作，一直想跳槽，但没有跳成，后来时间长了，却对工作有了兴趣，尤其是对历史上的一些传奇人物，她喜欢读他们的传记，和一些纪念他们的文章，她常常沉浸在对往事的向往中，或者把自己想象成从前的女主角。

　　她的男朋友小江因此就变成了一个有心人，他走在路上的时候都会有意无意地关注那些沿街而设的旧书摊，他替千禧买过不少旧书旧杂志，每次给她的时候，她都欣喜若狂，这又使得他有些失落，他想，她看到我的时候，也没有这样兴奋呀。不过，他虽然有这样的想法，但并不影响他继续热心地替她搜集这些旧日故事。

千禧读了顾吉有和余畹町的故事，故事中并没有具体描写余畹町的形象，但是从此以后，却有一个影子一直浮现在她的心头，这就是余畹町的影子，在千禧眼前飘来飘去，千禧挥之不去。千禧后来在下一期的杂志上又看到了另一篇文章，那是针对前一期的文章写的，是反驳的文章，说余畹町始终很满意这桩婚姻，她曾经在某一个场合说过，能够嫁与顾先生为妻，是她此生最大的满足。但是写这两篇文章的作者是同一个人，他想起了一些往事，就写了第一篇文章，写了第一篇文章以后，他又想起了另一些往事，他又写了第二篇文章。杂志社的编辑看到第二篇文章的时候，开始有点莫名其妙，甚至有点生气，以为这个作者在搞什么鬼，捣什么乱，他们议论了一阵，但后来他们统一了思想，决定立即刊登第二篇文章。

千禧有一阵一直在两种事实面前犹豫徘徊，接着她又找到其他一些回忆顾吉有余畹町的文章，这些文章所写的事实同样出入很大，评价也相去甚远，有一天千禧终于忍不住问小江，小江，你说，余畹町到底是什么样的人？

小江愣了一愣，过了好一会他才支支吾吾地说，过去的事情，过去的事情，就不谈了吧。

千禧不高兴了，因为她觉得小江不像从前那样在意她所关心的事情了，这种变化往往是从小事情开始的，千禧生气地说，你不想谈你就不要谈，但是我一定要弄清楚余畹町是谁。

小江说，你搞错了，不叫于畹丁，她叫于畹珍。

千禧拿那本杂志举到小江面前，说，小江，你认不认得字啊，你不是文盲吧，这个字，是念"珍"吗？

小江开始以为千禧要谈他从前的女朋友呢，现在才发现根本不是，小江心里窃喜，赶紧说，你要找余畹町，这好办，你把杂志给我，上面有杂志社的电话，我帮你打过去问一下。

但事情并不像想象得那么简单，先要找到写文章的这位作者，他是一位居住在北京的老人，他的文章是自由来稿，他在文章的最后留下了通讯地址却没有留电话，这样就要根据他的地址给他发信，等他的回信来了，却说他五十多年没有和顾吉有和余畹町联系了，也只是在报纸上得到顾吉有去世的消息后，萌发了思故乡思故人的念头，写了这两篇文章，所以亦不知余畹町如今人在何方，他还希望杂志社如果找到余畹町，能够通知他一下，他也要和她联系呢。这样作者的这条线就断了，但是后来又绝路逢生，有个读者看了杂志上的文章后，写了读者来信到杂志社，说他曾经和顾吉有余畹町的儿子顾余生同事，记得顾余生家当年是在吉余巷，不知后来有没有搬迁。但是当年的吉余巷已经拆除，而且在老吉余巷派出所的旧名册上，吉余巷里根本就没有顾吉有和余畹町的名字，线索又中断了。接着又有了新的说法，有两个吉余巷，拆除了的这个叫吉余巷，另一个尚存的叫积隅巷，看起来是不一样的，但读起来一样，会不会是那个积隅巷呢？后来又发生了其他的一些故事和产生出其他的一些线索，虽然都是些老掉了牙的宿旧的事情，但也是有人关心着的，因为这个地方，历来有尚古之风。

不管怎么说，最后千禧终于打听到余畹町的下落，那一天是小江陪着千禧一起来的，他们沿着老街往里走，一直走到小店门口，小江看到了老顾的彩票投注站，他高兴地说，哎，这里也有卖彩票的。

他每一期都在超市门口的电脑上买，但从来没有中过，小江说，我这一期换换运气，就在这里买。

他在老顾这里买了五张彩票，因为是临时起的念头，所以号码也不可能慢慢地细细地用心去琢磨了，是临时急想出来的，用的是他自己和女朋友千禧的生日及电话，还有一张是他前任女友的生日和电话综合起来的号码，他报出这个号码的时候，有一点心虚，他怕千禧问他这是什么号码。其实，她要是问了，他完全可以说个谎，就说是胡编乱造的号码，千禧也无从查起，但小江不习惯说谎，他一说谎，脸就会红，所以小江报出这个号码的时候，立刻就有点后悔了，幸好千禧根本就没有在意，那时候她正在跟老顾说话呢。

喂，千禧说，老师傅，跟你打听一个人。

二

老顾坐在小店门口销售电脑彩票。小店是顾丽萍退休后开的，顾丽萍从前一直在小学里做老师，教小学低年级的语文。她的嗓门很大，小孩子都怕她，那天校长找她谈话让她提前退休，她忍不住哭起来，学生正好下课，他们在走廊里跑来跑去地说，顾老师哭了，顾老师哭了。

小时候，老顾总是觉得自己会和顾丽萍结婚的，但是顾丽萍一直没有这样的想法，顾丽萍那时候一心想嫁一个军官，非常的执著。后来她果然和一个军官谈了对象，也果然结婚了，但是军官在部队上，两个人分居两地，没有感情，后来军官决定重新找一个当地的对象，就和顾丽萍离婚了，幸好他们没有孩子。

顾丽萍生病了，她不上班，坐在门口晒太阳，老顾走过去，又走过来，顾丽萍说，老顾你走来走去干什么？老顾先去买小菜，再去拷酱油，后来又去买葱。但是顾丽萍分明听见老顾在说，你婚也结过了，军官也嫁过了，现在可以跟我结婚啦。顾丽萍生气地道，老顾，你说什么？老顾说，我什么也没有说呀，顾丽萍说，你不说，我也知道你在想什么。

顾丽萍后来又结婚了，这回她嫁了一个采购员，采购员会赚钱，但是心思比较花，他包了一个二奶。顾丽萍忍气吞声，她对他说，为了孩子，也为了面子，我不跟你离婚。他说，我要什么面子，是你要面子。他说得不错，顾丽萍是老师，她是要面子的。顾丽萍的母亲也跟顾丽萍说，你就忍一忍吧，虽然家花不如野花香，但是野花比家花谢得快。可结果野花不仅没有凋谢，反而要结果实了，那个二奶挺着大肚子来找顾丽萍，你看着办吧，她说。

顾丽萍又离婚了。这一次以后，她对婚姻彻底地绝望了，我再也不结婚了，她说。她一心一意带大两个孩子，现在顾丽萍的两个孩子都已经长大成人，工作了，后来又各自成了家，寂寞的滋味爬了出来，结婚的念头，重新又滋生在顾丽萍的心头了。

顾丽萍登了一个征婚启事，应征的人就来了，他沿着小街走到店门口，张望着，他看了看坐在店门口卖电脑彩票的老顾，他看不出老顾是什么人。我找顾丽萍同志，他说，这时候顾丽萍出来了，将他迎了进去，后来她又把那个人送出来，那个人和她握了握手，就走了，顾丽萍生气地问老顾，老顾，你说什么？

老顾说，我什么也没有说呀。

顾丽萍说，你不说我也知道你在想什么。

还有一次顾丽萍原先学校的校长也找来了，他一看到顾丽萍就笑起来，我说呢，我说这名字怎么这么熟悉，原来就是你呀。校长丧偶，要求再婚，但是他没有想到介绍的对象是他从前的同事。

他们也没有谈成，过了些日子，顾丽萍就看到校长和一个女的一起走在路上。顾丽萍跟老顾说，这种事情，熟人熟事反而不好，最好原来不认得，新开始的最好。

顾丽萍一直等着的那个人后来终于出现了，大家听顾丽萍喊他老金，都以为他姓金，其实他不姓金，只是名字里有一个金字。他们已经开始商议婚宴的事情，规模啦，饭店啦，日期啦，等等。因为都是再婚了，尤其顾丽萍，已经是第三婚了，他们觉得还是低调一点的好，不要太张扬了，至爱亲朋请几桌意思意思就行了，但是在排名单的时候，就发现排不过来了，什么叫至爱亲朋，请的就是至爱亲朋，不请的就不是至爱亲朋？这不是要得罪很多人吗？于是就觉得名单还是应该稍稍放开一点，重新排，但放开来一排，人就很多了，十几桌都放不下，而且还会越排越多，多得他们都排不下去了，收不了场了，所以婚宴名单的事情就暂时先搁了一搁，但那天晚上他们商量得比较晚了，顾丽萍怕老金深更半夜回去不安全，老金自己也有点怕，就留在顾丽萍这里过夜了。

那天晚上，老金跟顾丽萍说，顾丽萍，明天我们去婚纱店吧。顾丽萍有点不好意思，她扭捏了一会，跟老金说，老金，你把我当小姑娘啦，拍婚纱，是小姑娘她们拍的呀。老金却认真地说，顾丽萍，你在我心目中，就是小姑娘嘛，再说了，你前两次婚姻都不幸福，这一次，我一定要让你做个最快乐最幸福的新娘。

顾丽萍从婚纱店回来，看到老顾，跟他说，老顾，你知道拍一套婚纱照要多少钱？老顾说，贵的八千，便宜的三千，顾丽萍奇道，咦，你怎么知道？

顾丽萍又说，不过我们还没有拍呢，我们先去打听一下，老金说，等领到结婚证就去拍，老金要拍八千的，我不同意，我们老金出手太大方。

可是老金到底没有和顾丽萍拍成婚纱照，顾丽萍开始还没有察觉事情的变化，倒是老顾先有了感觉，老顾说，你们老金，不会不来了吧？顾丽萍说，你是巴不得他不要来吧。老顾说，不是我巴得巴不得，事实上是他好几天不来了呀。顾丽萍说，他肯定是在筹备我们的婚事，老金说过，要给我一个惊喜的。老顾说，是吗？但是顾丽萍听起来，老顾分明在说，不是吧。顾丽萍生气地说，老顾，你的阴谋不会得逞的。

其实老顾能有什么阴谋呢，他只是感觉到老金那里发生了什么变化，顾丽萍感觉不到而已，都说恋爱中的人智商等于零，顾丽萍现在就等于零。

后来老金终于还是来了，老金哭丧着脸，低垂着头，嘟嘟囔囔含混不清地说，我对不起，我对不起，可是，可是，我现在后悔也来不及了，我跟她睡过了，她不依了，顾丽萍说，谁呀？她是谁呀？

老金睡的那个人，是婚纱店里的营业员，后来老金说，她是被老金对顾丽萍的态度感动了，才追老金的，她说，老金，你是个好人，你把那个老阿姨都当个宝似的，你是一个有良心的人。

顾丽萍说，谁叫你去跟她睡的，谁叫你去跟她睡的。老金快要哭出来了，我也不知道啊，老金说，她叫我到她家里去坐坐，我就去了，她就叫我睡在那里，我就睡了。

顾丽萍生气地说，总有个先来后到嘛，现在的人，没有什么道德品质，人家的东西都可以抢的。

老顾说，你们还没有办结婚证呢，他还不能算是你的东西呢。

顾丽萍说，老顾你多什么嘴，你懂什么。

不过顾丽萍气愤了一阵之后，她又能想得通了，她说，也好，像老金这种意志不坚强的人，幸好没有跟他结婚，跟他结了婚，他要是又看中人家了，我就要离第三次婚了。

中午天气比较热，没有人来买彩票，老顾就坐在那里听顾丽萍说话，他间或也会插上一两句，但只是替顾丽萍作陪衬，作点缀的，有时候顾丽萍忘记了一些细节，老顾也会提醒一下。

这一天顾丽萍回想了自己很多年以来的事情，说到后来，她生气了，脸涨红了，又白了，又红了，她狠狠地瞪着老顾。

老顾，你说什么呢？

老顾说，我什么也没有说呀。

顾丽萍气道，哼，你不说，我也知道你在想什么。

这时候走过来两个人，是千禧和小江，千禧在老顾这里打听余畹町，她说，喂，老师傅，跟你打听一个人，她是一个老太太，叫余畹町。

你找余畹町啊，老顾说，余畹町是我母亲。

她老人家在吗？千禧问。

在，老顾说，在家里读我父亲的日记。

她读到什么了？千禧问。

她没有说，老顾说，她耳朵聋了以后，就不再说话了。

那你，读不读你父亲的日记？

我父亲的字，除了我母亲，没有人看得懂。

又有一个人过来买彩票了，他今天要买两百块钱彩票，这是他省烟省下来的钱，他是个烟鬼，他说，中了大奖，我就开一个烟店，天天坐在烟堆里，天天看着那些烟。

两百块钱彩票，要打一百张，老顾不能再说话了，他要集中精力做工作，他和千禧的对话就结束了。

三

老顾的彩票投注站上，中了一个三万块的奖，老顾得到这个消息，就在小店门口贴了红纸报喜。不过老顾的喜报上并没有写是谁中了奖，对中奖人的身份，是应该保密的，老顾只是写出了中奖的号码和奖金数。走过的人，都会停下来，看一看老顾写的喜报，然后就开始讨论和研究这个号码，但是讨论来讨论去，研究来研究去，也发现不了这里边有什么规律，参考不出里边有什么道理。老顾嘲笑他们说，你们省省心吧，各人头上一方天，命里穷总是穷，拾到黄金也变铜，他们听老顾这么说，不高兴了，就要走了，他说，老顾你这是自己敲自己饭碗，你这么说了，我就不买你的彩票了。老顾说，你不买，你不买错过机会不要怪我啊。老顾这么说了，生气的人又停下来了，他已经坚持了三年了，而且他一直牢牢记住一位彩票专家说过的话，那位专家说，如果间断买彩，选号的灵性就会被减弱，他记住了这话，三年没有间断过一次，别人的打击嘲笑他都能承受，老顾还说他拾到黄金要变铜，但即便如此，他还是再继续坚持买彩票。买彩票了，就有一线希望，不买彩票，就什么也没有。

所以这一天老顾的投注站前，排起了长队。但是也有一个头脑比较清醒的人说，这不现实的，按概率讲，这个地方中过了，短时期内是很难再中的，但是话虽是这么说，就连他自己也比平时多买了几张。他后来又说，夏天是出巨奖的高峰期，他这么说了，等于在帮老顾做广告。

小江中奖后，过了几天热热闹闹的日子，但毕竟中的不是500万，所以很快日子也就平静下去了，一切又归于正常，即使偶尔还有人说起，也已经像是在说别人的事情了。又过些日子，就快到千禧生日了，小江要给千禧买一件礼物，那天小江去商场的时候，看到了于婉珍，她也是一个人，她起先并没有看到小江，是小江先看到她的，小江犹豫了一下，便上前喊了她。

于婉珍听到小江喊她，她回头也已经看到了他，她起先是想不理睬他的，但是想了想，还是没有那样做，但是她的脸色并不好看，眼睛也似看非看地并没有盯住他，嘴只是微微地动了一下，小江好像听到她说，是你，又好像没有听到她说什么。小江走近了，说，于婉珍，你瘦了一点。本来小江是讨好她的，他知道女孩子都喜欢人家说瘦，哪怕说她憔悴，也比说她胖好，可是于婉珍却不高兴，朝他翻了一个白眼。小江又说，于婉珍，你一个人出来逛？于婉珍更不高兴了，说，你不也是一个人？然后她皱了皱眉头，又说，小江，你喊我，有什么事吗？小江说，站在这里腿酸不酸，要不要到那边咖啡座歇一歇？于婉珍就冷笑了一声说，你跟我去喝咖啡，不怕你女朋友看见？小江说，嘿嘿。他们一边说，一边就往咖啡座过来了，小江要了两杯咖啡，小方糖每人是两块，但是小江拿了自己的一块给于婉珍，她喜欢甜，于婉珍气鼓鼓地说，你倒还记得？小江说，嘿嘿，反正没有忘记。

他们喝了喝咖啡，小江就说，于婉珍，本来，有件事情，一直想要告诉你的，但是一直没有机会。于婉珍的脸一下子就涨红了，她打断他说，是不是你要结婚？小江说，不是的，不是的，我一直想告诉你的，但是你的电话变了，今天正好看到你，巧了。于婉珍不耐烦地说，说啦说啦，什么事情？小江说，我上次中奖了。于婉珍说，你中奖？中了多少，500万？小江说，没有的，是三万。于婉珍"稀"了一声，说，你告诉我什么意思，要分我一半？小江说，也不是的，也不是的，不过，我是要谢谢你的，因为中奖的号码，是你出生的月日，没有用你出生的年份，女孩子的出生年份一般是不肯给人知道的，是不是？然后，再加上你的手机号码的前半段合起来的，后来就中奖了。小江一边说，一边就报出了那个中奖的号码，于婉珍听了听，又生气了，她气恼地说，小江，你是存心欺负我，你是有意来气我的，这哪里是我的号码？小江说，这怎么不是你的号码，前边几位，是你出生的月和日，不是吗？于婉珍说，我没有说这个错了。小江说，那是手机号错了？怎么错了呢，这不是你手机的前几位数吗？要不就是你换手机了？于婉珍说，我是换手机了，但是我现在的手机和从前的手机都不是这样的号码，你是不是记错了一个女朋友？小江脸都红了，说，哪有的事，我从前只你一个女朋友，现在只有千禧一个，哪里还有别的手机。于婉珍说，那我怎么知道，反正这不是我的手机。

事情虽然是搞错了，但是既然已经跟于婉珍说了，小江觉得还是应该谢谢她的，就把替千禧买的生日礼物送给了于婉珍。于婉珍说，哼，我才不稀罕呢。小江说，于婉珍，这也是我的一点心意，你就收下吧。于婉珍板着脸，很不情愿地收下了，她挑剔说，你真不会买东西，你把发票给我，我去换一件。

小江后来又重新买了一件礼物给千禧，他挑礼物的时候，想起于婉珍说他不会买东西，就犹豫不决了，结果左挑右挑也看不出哪个好哪个不好，最后还是营业员小姐笑着替他出的主意。

千禧过生日那天到省图书馆去查资料，她现在对余畹町顾吉有的婚姻已经有了深入的调查和全面的了解，她正准备写一篇文章来纠正以往各不相同的说法，她本来打算在吃晚饭之前赶回来，但是没有想到资料相当丰富，一投入进去就忘了时间，结果误了末班长途车，只能改坐火车回来，时间就很迟了，但小江一直在等她，半夜时分，小江在火车站的出口处接到了千禧，小江把千禧送回家，并把生日礼物交给千禧，千禧忍不住在小江脸上亲吻了一口，感动地说，小江，你真好。

千禧集中精力撰写余畹町顾吉有的文章，有一天小江给她打电话，小江说，千禧，我想过来一趟。千禧说，我正在赶文章。小江说，千禧，我又替你收集到一些资料。千禧说，是关于余畹町的吗？小江说，是的。千禧高兴地说，太好了，我正缺少一些关于余畹町的内容。

小江就过来了，但是他没有立即把收集到的材料交给千禧，却支支吾吾地想说什么，却好像又说不出口，连千禧也看出来了，千禧说，小江，你说呀。小江说，唉，我怎么说呢。但是小江最后还是说了，不过他没有直接地说出来，却先绕了个圈子，他说，千禧，那一天，我碰到于婉珍了。千禧想了想，想起来了，于婉珍？她说，是你从前的女朋友吧？小江说，是的，我那天正巧碰到她了。千禧说，哪天？小江说，就是给你买生日礼物的那天，她也在逛商场。千禧笑道，你们不是约好了一起去的吧。小江说，不是约好的，正巧碰上了。千禧笑道，本来嘛，人家都说世界很小，逛商场碰上个熟人是常有的事，这又不奇怪的。小江说，可是，可是。千禧说，可是什么呢，难道你们又重温旧梦重续旧缘了？千禧说着的时候，还笑眯眯地看着小江，她以为小江会涨红了脸，结结巴巴地解释什么，有时候看起来千禧是有点嘲笑小江的，但其实她内心很喜欢小江这种老老实实的样子。

小江的脸色果然红起来，但没有解释什么，人却愣在那里了。

千禧奇道，咦，小江，你怎么不说话了？你刚才说到哪里？说到碰见你从前的女朋友于什么了？

小江说，于婉珍。

千禧说，于婉珍，碰到于婉珍怎么啦，难道你们，难道你们那个什么啦？

小江的脸更红了，但是他终于鼓足勇气点了点头，低声地说，是的，我们是，是那个了。

千禧说，那个了？什么叫那个了？那个了是什么？

小江的声音更低更含糊，他嘟嘟囔囔地道，千禧，对不起，千禧，对不起，我们，我们——

我们？千禧道，你是说你们？你们是谁？是你和谁？

和于婉珍。小江说。

和于婉珍？你和于婉珍？你们到底怎么啦？

小江说，我们又、又好了。

又好了？什么叫又好了？千禧说，不会的吧，小江，你和于婉珍，你们又好了？

小江紧紧地闭了嘴，再也不说话了，他也不敢看着千禧，又不知道该看着哪里，他的目光和他的思维简直是无处投放了，幸好后来他一下子想到了余畹町。

小江取出他辛苦收集来的资料，小心翼翼地交到千禧手上，小江又内疚又惭愧地说，千禧，我对不起你。这是我替你收集的，有很多内容，看看对你会不会有所帮助。

千禧的手伸出去，她想去接那些资料，可是她的手忽然像被什么东西蜇了一下，疼得她一下子缩回了手，"啪"的一下，资料全掉在地上了，紧接着，就听到千禧"哇"的一声号啕大哭起来。

千禧边哭边用脚去踢掉在地上的资料，本来很整齐的资料，被她踢散了，乱飞乱舞起来。

小江说，千禧，你不要踢，这是余畹町的资料。

千禧哭喊道：我不要余畹町，我不要余畹町，余畹町不关我什么事，余畹町不关我什么事！

她的干净清爽的脸，被哗哗而下的泪水涂抹得像只脏兮兮的猫脸了。

收旧货的那个人，戴着一副眼镜，穿得也比较干净，看上去像个知识分子，大家这么说的时候，他总是笑笑，然后说，我什么知识分子，我小学毕业，初中只念了半年。

他脾气温和，举止也文雅，他总是将收来的旧货，认真地分门别类，然后小心地捆扎好，地下如果留下了杂物，他会借一把笤帚来，顺手替人家打扫一下，然后就把旧货扛出来，搁在停在门外的黄鱼车上，搁得平平整整。他说，放整齐了，可以多放一点货。

开始的时候他只是收旧货，然后将收来的旧货卖到废品收购站，慢慢地，时间长了，他也知道有些旧货可以不卖到收购站，它们虽然是旧货，但还不是废品，可以不到废品站去论斤论两，可以找一点其他的买主，比如一些开在小街上的旧书店，当他带着些旧书进去的时候，老板的眼睛亮起来，精神也振奋了，这时候灰暗的小书店里，就会发出一点光彩来，还有一些晚上沿街摆旧书摊的人，对有些尚有价值的旧杂志和旧书，也一样愿意按本论价，不过他们的眼光，肯定不如书店的老板，他们开的价格，也是相当低的，当然，这总比按斤论价要强一些，做过几次交易以后，他就学乖了一点，当然后来他又更乖了一点，因为有一次他亲眼看见摆书摊的人一转手，就赚了钱，所以以后他就自己来摆地摊，白天收旧货，晚上设摊，这样他抢了原来摆书摊的人的饭碗，那个人很生气。他自己也觉得这样不大好，就挪到另一个地方，但是晚上摆摊的事情是风雨飘摇，朝不保夕的，因为经常有城管的人或者其他执法的人来查处，常常偷鸡不着蚀把米，给罚了钱。碰到风声紧的时候，干脆就不敢摆出去了。

或者是在雨季，夜里总是阴雨绵绵，摊子摆出去，是得不偿失的，书刊被淋湿了，也不会有人在雨夜里去街头买旧书旧杂志的，在这样的时候，他就在自己租住的小屋里，整理那些收购来的旧货，他没有电视，也不订报纸，漫长的雨夜，他可以看看旧书旧杂志。

还有一些是学生用过的旧课本、旧作业本，他有兴致的时候，也会翻开作业本看看，看到学生做的练习题和老师批的分数，还有一个学生写道：某某是王八蛋，老师也没有批出来，估计是最后本子用完了不再交上去的时候才写的，他不知道这个"某某"是这个学生的同学还是他的老师，他想如果是老师的话，就很好笑了，他将课本和练习本精心地挑出来，留给自己的孩子，他们以后都用得着的，他这么想着。后来有一天，他收购到一大堆旧笔记本，这是一个人写的日记，他起先也没有怎么在意，因为他觉得这对他的孩子以后读书没什么用的，他将这些旧笔记本置到另一边，因为它们不能当旧书旧杂志卖，只能到废品收购站将它们称了。

可是第二天他来到废品收购站的时候，收购站的秤坏了，正在修理，他就坐在一边等待修理。他那时候没事可做，就把手边的旧笔记本抽出一本来翻一翻，浏览一下，看了其中的一段日记，但是看了看后，他想，这叫什么日记，他有些不以为然，便不想看了，他将笔记本重新塞好，就坐在那里看修秤。后来秤修好了，他却有些疑虑，这么快就修好了，你的秤准不准啊？他问道，收购员说，不准你不要来卖好了。其实他平时也是经常遭到别人的质问的，怀疑的口气和他自己今天说话的口气是一样的，所以他也体会收购员的心情，也没有计较，就将一捆捆扎着的笔记本提到秤上，一称，九斤。收购员说，喂，这只能算你废纸啊。他有些不服气，这怎么是废纸呢？这一本一本的，应该算是书吧。收购员说，你懂不懂什么叫书啊？他觉得收购员今天火气特别大，但是让他把笔记本当废纸卖，他觉得亏了，我不卖了，他说。收购员就一屁股坐下来，说，不卖拉倒。

他将这些废品重新又置到黄鱼车上，他可以再换一家废品收购站试试，要是运气好，说不定有人会当旧书收购他的，他的黄鱼车经过红绿灯的时候，躲躲闪闪地避进一条小街，因为有个交警站在那里。像他这样的黄鱼车，虽然是有牌照的，但上下班时间规定是不许走大路的，他平时也是知道的，但今天因为卖旧货不太顺利，这时候他有点分心，就走到交警的眼皮底下来了，幸好正是高峰时间，交警正在忙着，没有来得及注意到他，他就拐到小街上去了。

小街上有一个旧书店，刚刚开门，店主就看到一个收旧货的人骑着黄鱼车过来了。店主看了看他的脸，似熟非熟，但店主还是微笑了一下，说，师傅，今天早嘛，今天有什么货？

他摇了摇头，就是一些笔记本，他说。

笔记本吗，店主说，什么笔记本？

好像是一个人的日记，他说。

他是有些无精打采的，但是店主的精神却渐渐地起来了。日记？他问道，写的什么日记呢？

什么呀，他说，就是一些流水账，早上几点起来，起来了洗脸刷牙也要写，水太凉牙有点不舒服的感觉也要写，坐马桶坐多长时间也要写，早饭吃的什么也要写，早饭以后喝茶，是什么茶，哪里买来的，多少钱一斤，都写在上面，然后是什么，是来了一个送信的，送来一封信，他看了这封信，后来，有一个什么人也要看，他不给看，那个人生气了，反正，就是这些琐碎的事情。

店主有一种天生的职业的敏感，他的鼻子已经嗅到了历史的气息，他已经不再矜持，甚至有点急迫地说，能让我看看吗？

他就从一扎笔记本中抽出一本给店主看，他说，本来我已经到收购站了，他要当废纸收，我说这不是一张一张的，这是一本一本的，应该算是旧书，他不肯，我也不肯，又带出来了，再去试试其他收购站。

店主的心思早已经不在他身上了，他只是应付着他。是吗，啊啊，这么应付了两句，店主已经看过了一段日记，他知道笔记本里的内容，至少是六七十年前的生活了，店主决定把它们买下来。

他惊讶地看着店主将一叠钱交到他的手上，这是给我的吗？他差一点问，但毕竟没有问出来，当然是给他的，当然是因为这一扎笔记本，肯定店主喜欢这些笔记本，或者这些笔记本可以卖出更好的价钱，但他并不贪心，废品站的人，只肯给他几斤废纸的钱，现在他拿到这么多，他已经够满足了，至于店主可能会转手卖出多少，他无法想象，他也不再去想象，他知道那不是他的事情，他不懂这里边的规矩，也不懂行情，那钱不该他赚，所以他拿了店主付给他的钱，就可以走了。

但是店主转手的事情，并不是那么容易的，这些日记没头没脑，既没有写日记这个人的姓名和其他情况，他在日记中偶尔提到一些人名，都不是什么有名的人，也无从考察起的，如果是名人的话，那就好办多了，时间再长，也总会有人知道的。后来店主又看出来，这些日记，是这个人许多日记中的一部分，是 1936 年至 1939 年这三年中的日记，那么这个人到底记过多少年的日记，从他的三年的日记中也可以看出，他是记了很长很长时间的日记，而且从 1939 年往后，还会继续记下去的，那么他的更多的日记在哪里呢，等等，都是待解的谜。

店主花了很大的精力去考证，去寻找些什么，甚至还跑到外地去，但一直没有结果。后来店主重新又想起了收旧货卖笔记本的这个人，店主有一种如梦初醒的感觉，他说，我这真是守着和尚找和尚，指着赵洲问赵洲，舍近而求远了。于是他哪里也不去了，就守在店里等待收旧货的人再次出现。

不断有收旧货的人上门来问他收不收旧书，但是他始终没有等到卖笔记本给他的那个人。有时候他已经看到他进来了，但是经过一番盘问，才又知道这个人不是他要等的那个人。还有一次，他看到一个卖旧货的来了，他坚信这就是他要等的那个人，他还记得他的身形和基本的长相，他问他，师傅，你来过这里卖旧书吧。但是那个师傅摇了摇头，说，我没有来过，今天是头一回。

以至于后来他连那个人的长相都已经淡忘了，甚至模糊了，他一会记得他是瘦瘦高高的，一会又记得他是矮矮胖胖的。

晚报上，有一天登了一条寻人启事，寻找一个收旧货的外地人。登启事的这家人家，老保姆将不应该卖掉的笔记本卖掉了，是被一个外地口音收旧货的人收去的，现在他们寻找这个人，希望能够追回不应该卖掉的东西。

有不少人看到了这条启事，但是与他们无关，他们并没有往心上去。店主那天也看了晚报，但是寻人启事是夹在报纸中缝里的，他没有注意到，后来偶尔听人说起，但是谁也不记得那是哪一天的晚报，也记不清到底说的什么事，只记得是有人卖了不应该卖的东西，想找回来。店主想再去找那张晚报也找不到了，过了期的报纸，被收旧货的收走了，卖到废品收购站，然后又运到造纸厂，打成纸浆，再又变成新的纸头出来了。

现在卖错东西的事情多得很，有人将存折藏在旧鞋里，鞋被卖掉了，存折还到哪里去找啊，也有人把金银首饰放在旧衣服的口袋里，或者把情书夹在废纸里，这都是最怕丢失的东西，但是最怕丢失的又恰恰丢失了，而且都是很难再找回来的，所以，大家常说，有些东西，失去了就永远失去了。

店主的念头后来也渐渐地淡下去了，但他知道，这仍然是他的一桩心事。后来他生了病，不久就去世了。临终前，他还是把这桩心事交代给了自己的孩子，他希望孩子继续开旧书店，他说，只要书店仍然开着，就会有希望，那个人会回来的。

但是他的孩子觉得开旧书店没有意思，辛辛苦苦，又不能赚钱，他的女朋友也和他有一样的想法，他们商量了一阵，不久以后，他便将旧书店关闭了，开了个服装店，这是听他女朋友的主意开的，他们一起到浙江去进货，回来后就一起守在店里卖服装。后来他们渐渐地熟了，来来去去的路线熟了，事情该怎么做也都知道了，和那边批发市场里的批发商也认识了，有了交往，所以，有时候店里人手紧，就不必两个人一起去进货了，而是他一个人去，也有的时候他有事情走不开，就他的女朋友一个人去。

但是服装店的生意也不好做，做了半年，一结账，除去开销，也没有多少盈余的，他的女朋友说，这样做到猴年马月我们才能结婚。他们坚持了一年，他的女朋友就走了，她说这个地方发展不起来，她要到浙江那边去发展。

女朋友走了以后，他也不再开服装店了，他将店面转租给别人做房产中介，他坐收房租，比父亲在的时候日子还好过。

做房产中介的人，是个喜欢交朋友的人，所以他的眼线耳目比较多，这是做中介最重要也是最基本的一个条件，许多人都在有意无意中为他提供线索，这个人的朋友搬家了，老房子要出租，那个人的亲戚买了新房子，老房子要出手还新房子的货款，或者谁家来了个外地亲戚，家里住不下，要租房子，等等等等。这其中有许多线索是有价值的，在别人听来，只是一般的家长里短聊聊天，或者最多只是一个普通的消息而已，而到了房产中介人那里，一般的聊天，普通的消息，就变成了利润。

他租了这个店面以后，很快又和街上的左邻右舍建立了良好的关系，闲着的时候，总是在说话聊天，别人也知道他这一套，他们说，我们说话是白说，嚼白蛆，他不一样，他说话能够来钱的。当然，话虽这么说，但他那一套，他们看得见，学却是学不会的，有一次他只是听到一个人说某某街某某号有两室一厅，其他什么情况也不知道，但是过了三天以后，他就拿到了下家的定金，又过了十来天，他就转手赚了两万。

其实不仅仅是说说话就能挣钱，他还要用脑子，他还要有水平，他还要有相当的思想境界，水平和思想境界从哪里来呢，锻炼出来，还有，可以从书上学来，所以他是很喜欢读书的，不管什么书，他拿到手都要看，开卷有益，书中自有黄金屋，他觉得古人说的话很有道理。

有一次他读到一个人的日记，这是正式出版的日记，一套有几十本，这个写日记的人，他并不知道是谁，因为他不是个名人，他的日记也是在他去世以后，他的小辈为了了却心愿，凑钱替他出的。在小辈写的后记里，说了这样一件遗憾的事，就是这些日记，是他们的爷爷二十岁至四十岁的日记，四十岁以后，爷爷就再也没有写过日记，遗憾的是，其中缺少了三年的内容，1936年至1939年的日记，被当年伺候爷爷的老保姆当废品卖了，小辈曾经费了很大的周折，但始终没有找到，所以现在出版出来的日记，是不完整不齐全的日记。

他心里也替他惋惜着，他也曾想象过，那个遗失了的三年，这位老人的生活中曾经发生了什么，或者什么也没有发生，他还想象，这丢失的三年日记，现在到底在哪里。

他做梦也没有想到，这三年的日记，就在他的公司里边的那间小屋里，有一扇小门，拿一把大铁锁锁着，那是房主封闭隔开的。据房主说，是他的父亲留下的一些遗物，是一些旧书，留着也没有用，丢又舍不得丢，放在家里又放不下，反而使整洁的房间变得杂乱，所以在店堂靠里的角落，隔出一小间，存放着。

因为隔掉这一小间，他收的房租就要少一些，从前他的女朋友曾经劝他不要隔，可以使店堂的面积大一点，多派点用场，但是他想了半天，最后还是隔出来了。

这些日子，这条老街上原先的店面都纷纷地在改换门庭，过不多久，就是旧貌换新颜了，街也兴旺热闹起来，收旧货的人有一次经过，都认不出来了，他还在房产中介公司门口站了一会，也没有想起这就从前的旧书店。他毕竟不是这个城市的人，而且这个城市这样的老街小巷很多，在他看起来，这一条和那一条也都差不多，他只是感叹，怎么旧书店越来越难找，越来越少了，因为这个问题直接牵涉到他的利益。

但是后来发生的这些事情，收旧货的人并不知道。那一次他得到一笔意外的收获，非常高兴，他十分庆幸自己在各种艰苦的工作中确定了做收旧货的工作，现在他更坚定了自己的信心，收旧货的工作，说不定哪天就会有一种意外的收获。当然，他不会傻傻地坐等意外好运的到来，他仍然每天辛辛苦苦地挨家挨户上门收旧货，再送到废品站去卖掉，有时候一天只能赚很少的钱，有时候还分文无收，或者被人骗了，还要倒贴掉一点，比如有一回收了一箱旧铜丝，送到废品站时，才发现只有面上是一团铜丝，下面的都是泥巴砖块，他就白白地贴了一百多元给骗子。但是不管怎么说，他始终坚信自己的钱会积少成多的，有了这样的信念，他就能够不辞劳苦，日复一日地行走在这个城市的大街小巷。

有一天他骑着黄鱼车在街上经过，有一个人挡住了他，问他有没有收过一叠旧笔记本，他觉得这个人有点奇怪，他告诉他，他几乎天天收到笔记本，有小孩的练习本，也有人家家庭的记账本，甚至还有好多年前的记账本，上面写着，山芋粉两斤，共一角，他当时还觉得奇怪，城里人怎么也吃山芋粉，而且城里的山芋粉怎么这么便宜，后来他才发现，那是二十几年前的记账本。那个问他话的人，后来就失望地走了。

在以后的漫长的日子里，在一些无事可做的雨夜，他偶尔也会想到这个人，这个寻找旧笔记本的人，是谁呢？他肯定不是来寻找小孩的练习本的，这样他就依稀回忆起有关日记本的一些事情，但是更多的情节记不起来了，他只记得是有一些日记本，他还读过其中的一段，写的什么，忘记了，拿到哪里去卖了？也忘记了，反正，不是废品收购站，就是街头的书摊，或者旧书店，这些日记本是从哪里收购来的，那是一个什么样的人家，在哪条街巷里，他记不得了，这个人为什么要把笔记本卖掉，是有意卖掉的，还是无意卖掉的，如果是弄错了，他一定很后悔，日记是不能随便给人家看的，他虽然是个乡下人，但这个道理他懂，难怪那个寻找笔记本的人，一脸的焦急，如果他是记的和从前的女朋友的事情，流失出去，万一给现在的女朋友看见了，那就麻烦了。

想着想着，他睡着了。

他从遥远的贫困的家乡来到这里，他也干过其他的一些活，后来觉得还是收旧货比较适合他，他就干定了这一行。慢慢地，有耐心地积累着资金，等积得多一些了，他就到邮局去汇款，他的老婆和两个孩子在家里等着他汇钱回去。他的老婆将他寄回去的钱藏起来，准备以后造房子用，两个孩子以后还要念书呢，他希望他们都能考上大学。

到邮局汇过款后，他怀揣着收据往回走的时候，经过洗头房，他就进去了。珠珠也知道他这几天该来了，他来的时候，珠珠说，来啦；如果她正闲着，她就会站起来说，走吧，如果她手里有客人在洗头，她就说，你等一等。

他总觉得珠珠对他和对别人不一样，有一些特殊的感情，珠珠却不这样想，珠珠说，哪里呀，我对他们都是一样的。

只是那一回有些不同，因为卖了日记本，他发了一笔财，提前来了，那天珠珠看到他进来，奇怪地说，咦，你前天才来过嘛。

不过这件事情也和记着日记的笔记本一样，他已经记不清了。

老画家陈白渔有个癖好，爱到超市去买东西。其实家里也不缺什么，但是他走到超市门口就忍不住要进去，走进去，就忍不住要买，看着货架上花花绿绿的商品，陈白渔像个没有见过世面的乡下人，眼花缭乱，购买的欲望总是控制不住。其实陈白渔在购物的时候，心里也是明白的，什么东西，家里还有多少，什么东西，就是半个月不买一个月不买也不会断档，但是他仍然要伸手到货架上去拿。他想，就再买一点吧，万一过一阵有事情，来不了超市，也是放着备用。

陈白渔的家本来是在老城区的，后来老城区那一片拆迁了，他们就搬到新区来了。从前陈白渔住在老城区的时候，是个喜静不喜动的人，除了作画，其他的时间，多半就坐在藤椅上发呆，也不听音乐，也不看电视，也不看书，也不说话，知道的人了解他的脾气，不知道的人，还以为他干什么呢。他的太太祁连贵跟他说，你要出去走一走，年纪大了，坐着不动对身体不好。但陈白渔不听祁连贵的话，他说，我的养生之道，跟别人不一样的。其实在老家那里，街巷里，倒是有许多可以走走看看的地方。这是一个遍地遗珠的地方，连美国人都知道，在这地方，随便一踩，就踩到了明砖清瓦，随手一抓，抓到的空气都有千百年的历史。但陈白渔是不要看的，因为他坐在家里，就能听到它们的呼吸。

反而是搬到了新区以后，陈白渔要出来走走了。祁连贵说，外面什么也没有，你倒要去走了。陈白渔说，什么也没有才要去看看有什么呢。

这里确实没有什么东西，除了他们居住的这个新建的小区，还有一座新建的公园，公园里种了一些年轻的树，开了一些幼稚的花，有一些郊区口音的妇女在公园里说话。街道是宽阔的，车子不多，街道两边零零落落开着一些小店，比如有一个供纯净水的水站，一个干洗店，一个快餐店等等，是给小区居民生活配套的，这些店简单和马虎得有点说不过去。

陈白渔起先是在公园里散步，散着散着，门口的超市就开出来了，他就走进了超市，就开始买东西了。

但是他家里只有他和太太祁连贵两个人，还有个下岗女工康一米在他家做钟点工，干半天活，吃一顿中饭，不住他家，算半个人，加起来也不过两个半人。他们的孩子不和他们住在一起，逢年过节才来看看他们。所以他们需要的日用品不是太多，何况他们又都是老人了，能怎么消费呢？比如卫生纸吧，现在的卫生纸，很便宜，一大捆，有十几卷，只要几块钱，陈白渔拣好一点的买，也不过稍贵一点点，但这一大捆，用了很长时间也用不了。他就跟祁连贵说，你不要节省啊，多用点纸好了。祁连贵说，够用了就可以了，这又不是什么好吃的，要多吃点，用多了，屁股都要擦破的。又比如餐巾纸，一盒里有好多张，陈白渔抽来抽去，也抽不完一盒纸，他说，怎么这么经用，怎么这么经用。那盒子上还写着，100张加20张，还加20张干什么呢，陈白渔说。他吃过饭，抽了一张用了，又抽一张用。康一米说，爷爷你用过了。陈白渔说，我用过了吗？嘴上怎么还有油啊。他又用了一张，但盒子里还有厚厚的一叠。

如果是吃的东西呢，陈白渔也一样希望大家多消费，吃呀，你们吃得下就多吃，吃得下身体才会好。康一米刚来的时候，面黄肌瘦的，做了几个月，就胖起来，脸红嘟嘟的，总是拍着肚子，说，我要减肥了，我要减肥了。有一些食品，还不到保质期，陈白渔就不让她们吃了，他说，反正也快过期了，就不要吃了吧，万一吃了拉肚子什么的，反而不合算。

他们的孩子有空，打电话说要回来看看老人，陈白渔就到超市去，给他们买了一大堆的东西，叫他们带走，弄得孩子们以后都不敢事先说要回来了。

超市里的营业员都认得陈白渔，看到陈白渔就跟他打招呼，陈老，来啦。陈白渔说，来了。他就到一排一排的货架间去了。别的顾客来买东西，营业员会留神看着点，也有的营业员刚来上班，不懂人情世故，甚至会紧紧跟在人家顾客身边，弄得人家很不自在，心里很不舒服。但是她们不会这样对陈白渔。

时间长了，去超市买东西几乎成了陈白渔的精神寄托了，他期盼着每天下午的散步，就像从前小孩子盼过年一样，但现在他可以天天过年。祁连贵对他有意见，后来连康一米也觉得陈白渔太过分了，她忍不住说，爷爷，你的钱也不是偷来抢来的，也是辛苦来的，干什么要这样乱花乱用呢。陈白渔说，阿姨你别看这一大包，才十几块钱。

哪天如果有什么会议，或者什么应酬，要出门，要在外面吃饭，没有时间散步了，陈白渔心情就不太好，他说，没有意思的，没有意思的。第二天他又去超市的时候，走在路上，他的心情就特别的好，看到一只在小区里散步的狗，他都会去跟它打招呼，哈啰。祁连贵在家里跟康一米议论他，他有毛病，祁连贵说。

但是说到底，陈白渔喜欢逛逛超市，买点东西，也不算什么大不了的事情。首先，陈白渔是个老人了，人一老了，就会变得奇怪，甚至变得不可思议。从前人家说老小老小，意思就是，老人老了，会变得像小孩子一样。其次，也是更重要的一点，陈白渔是个艺术家，艺术家有一点怪毛病算不了什么，甚至是正常的。要是一个艺术家，一切都很正常，一点问题也没有，人家反而会觉得他有点毛病。就说画家吧，画家里奇奇怪怪的人也多得是。比如一个画家头发剪得和平常人一样，别人就会想，咦，他是画家吗，不像个画家呀。比如古时候有个画家，很小气，有个人求他的画，却只给了一半的银两，他就画了一块石头，半只螃蟹，那个求画的人说，你怎么只画半只螃蟹，画家说，那半只在石头低下还没有爬出来呢。另一个画家，年轻的时候就到美国去，到老了回来，却连一句英语都不会说。

但康一米是不了解他们的，在到陈白渔家做钟点工之前，她从来没有接触过画家。她觉得祁连贵是对的，但是陈白渔不听太太的话，她看不惯，她觉得祁连贵太好说话，就跟祁连贵说，奶奶，你要跟爷爷讲，你要跟爷爷讲，你不跟他讲，他会越来越厉害，你看看他，昨天买了多少盐，要腌什么呢，腌一头猪都够了。

她这样说的时候，毕竟有点心虚，好像她是在挑拨爷爷奶奶了，但是她又是个直脾气的人，也是个好心肠的人，到了他们家，她几乎是拿自己当自家人的，有什么话，都要说出来。倒是祁连贵不在意，她虽然嘴上要说说陈白渔，但她说的时候，根本也没有往心上去，现在她看到康一米倒往心上去了，就反过来劝她了。

祁连贵告诉康一米，在平常的时候陈白渔看起来是平平常常的，但是他会犯神经。他们这样的人，有时候就是这样，也许一辈子大风大浪都过来了，从来都不犯错，但却不知会在什么时候在什么地方冲一桩小事发了神经。为了说得更清楚一点，她还举了例，说了陈白渔的一件事情。

康一米听完了，点了点头，说，噢，是这样的。其实她并没有完全听懂是怎样的，尤其是祁连贵说的，有些人表面看起来正常但骨子里不正常这句话，她不能完全领会。

陈白渔名气大了以后，向他求画的人越来越多，陈白渔是个好说话的人，几乎有求必应，价钱也是好商量的，甚至高兴的时候，不谈价钱也可以，尤其是托了人情关系来的、要求有上款的，也就是要他写下某某同志、某某先生雅正的画，他都可以不收钱，人家一定要给，他就说，你买条烟来吧。不像有一个画家，在家门口贴一张纸，叫"无价免谈"；还有一个，他的太太把他的章系在裤腰带上，有人说是他太太厉害，也有人认为是画家的伎俩，恶人让太太做了，是他比太太厉害。但陈白渔没有这样的事情，也有人觉得他太随便，太滥，反而会降低身价，但陈白渔不会听别人的劝。

有许多求陈白渔画的人，虽然陈白渔给了上款，写过他们的名字，称过他们先生，但陈白渔并不认得他们，在写名字的时候，也许别人会告诉他，这是谁谁谁，那是谁谁谁，他们多半是有些名头的人，普通的老百姓，也不会有人来替他们求画的，但陈白渔记不得那么多的人。

但有一次陈白渔在写别人名字的时候，这个人的名字陈白渔却是知道的，因为是知道的，陈白渔就将笔放了一放。虽然画已作成，只是提一个名字而已，但是知道一个人和不知道一个人，感觉是不一样的，不知道的时候，他是不知道的写法；知道的时候，则是知道的写法，在先前不知道的情况下，现在突然地知道了，陈白渔要让自己调整一下心情再写。

这个人的名字叫李书常，他是改革开放以后发展起来的企业家，他经常上电视，上报纸，所以这个城市里很多人都知道他，陈白渔也是这样知道他的。

有一次陈白渔还看到过有关他的介绍，说李书常喜欢收藏，但他不收藏现当代书画家作品，现在陈白渔想起了这件事情，就问那个替李书常来求画的人，那个人说，李先生收藏，不是附庸风雅，他是真正的内行，他说当代画家中，唯陈先生的画是有风骨的，所以破例地要求陈先生的画。

这话，也不知是不是李书常说的，或者是替李书常求画的人自己说的，反正陈白渔听了后，就点了点头，重新拿起笔来，他说，既然如此，我就提了。李书常，这个名字，也还有点书卷气的。但是后来事情又发生了一点变化，那时候祁连贵正在旁边看电视，恰好电视上有李书常，祁连贵说，咦，就是这个人吧。

陈白渔和求画的那个人，就一起转过头去看电视，李书常正好在电视上说，有人说，富人富得只剩下钱了；有人说，钱多了不是好事情。但我不这样看，我觉得还是钱多的好，只要有了钱，没有办不成的事情。

就是这句话，却使一桩已经办成的事情办不成了，陈白渔的脸色马上就变得很不好看，他对替李书常求画的人说，那就让他试试吧。

其实李书常也是有点冤枉的，因为他后面的话还没有说出来呢，后来他接着说，问题的关键是，我们有了钱办什么事，只是陈白渔没有听见后半段，他只听到了他的前半段发言，就生气了。李书常后面说的什么，他也不要听了。

这件事情，一时被大家传来传去，说什么的都有。虽然陈白渔有点生气，但李书常并没有生气，在以后很长的一段时间里，他一直想方设法，想得到陈白渔的画。有一次他托人给陈白渔送来了羊腿，陈白渔把羊腿煨烂了吃了，说，送是白送，吃也是白吃。又有一次，李书常帮助陈白渔的孙子进了重点小学，他们家的人开始都不知道是谁帮的忙，后来才打听到是李书常。但陈白渔说，你让他叫陈小奇不要念那个小学好了。陈小奇的妈妈听老公公说这样的话，哭起来了。但是李书常并没有这样做。

直接的路走不通，李书常又从外围做工作，比如他资助书画家协会活动经费，又赞助年轻的画家举办个人画展等等，他就这样做了许多事情，简直是不择手段了。但陈白渔以不变应万变，陈白渔说，没有用的。

后来陈白渔也听说，李书常本来只是求他一幅画，但因为没有求到，结果反而收藏了他许多画，甚至还有他早年没成名时候的画。陈白渔说，他要收就收好了，反正他收不到我落的"李书常先生雅正"这款。后来时间长了，提这件事情的人也不多了，偶尔提起，也不那么认真了，有个人还说，老陈，其实现在现代化的手段很多，要你亲笔的那几个字，也不难的，电脑合成就可以做。陈白渔说，让他去做好了，但那不是他要做的事情，那个人说，李书常要做什么呢？陈白渔说，李书常那样做了，他就不是李书常了。

这还是陈白渔住在老城区时候的事情，现在也过去很长时间了，李书常也不再像从前那样隔三差五地会在陈白渔的生活中出现一下，生活又恢复了往日的平静。

但是后来生活又出现一些变化，是关于超市的。开始也只是康一米从外面听来一些消息，说超市经营得不好，可能要关门了。但陈白渔是不相信的，他觉得超市经营得很好，附近的居民都到超市去买东西，怎么会不好呢，哪里不好呢？康一米说，我也不知道哪里不好，我是听他们说的。陈白渔说，小道消息我向来不听的。

但是说着说着，超市真的关门了，那天早晨康一米来上班，进来就说，超市关门了。陈白渔嗓子口"咯噔"了一下，好像有什么东西掉了下去，堵在心口，心口就闷闷的。他到超市去看了，果然是在搬东西了，把超市里的货物都在往卡车上装。陈白渔说，你们要到哪里去？你们要到哪里去？超市里已经是杂乱一团了，废纸盒子，塑料袋扔得到处都是，有两个夹着包的男人踩着这些东西在超市里看来看去，有人问他们，你们要来开什么店呢？他们说，看看，看看。

超市就这样在陈白渔的生活中消失了。开始的时候，祁连贵和康一米还议论说，关就关了，关了也好，也清爽，爷爷的毛病也没处去发作了。但是渐渐地就觉得不方便了，本来哪怕已经在起油锅了，发现没了酱油，到超市跑一趟，回来油锅还没烧烫呢，现在就要跑远一点，即便买个榨菜什么的，康一米也要事先隔天都盘算好，到菜场买菜的时候，一并带回来。虽然小区外的街上也有卖杂货的小店，但那个小店里的东西，好像都积着一层灰，包装袋上的颜色也是褪了色的，让人怀疑它们的来路，不像超市里的货物，永远都是那么的光鲜。有一次康一米去买了一袋米，打开来一看，米里爬满了虫子，有的虫子比米还大。

超市的店面，最后被一家外地的电器公司租去了，这个电器的品牌，大家都没听说过，但是他们的宣传力度很大，小区里家家户户的门上，都有他们贴的粉红色的广告纸，后来好歹卖出几台热水器，结果就出事故了，租赁合同没到期，就退房走了。后来又来了一家做铝合金门窗和防盗门窗的，后来又走了，接着就再也没有人租用了，空置了很长时间，来看房子的人倒是不少，但都嫌房子太大。他们说，这样的面积，做超市倒是合适的，做我们这个，要不了这样大的面积，我们要小一点。过了些时，房主就把房子隔成两半，租出去，但仍然不行，仍然嫌大，人家付不起房租，又再隔。到后来，房子被隔得七零八落了，大约有一半的面积，改改弄弄，添了一些卫生设备，就租出去给人家做宿舍了，剩下的部分，又分成四半，开了一个洗头房，一个房屋中介，还有一个室内装潢公司和一个花店，都是狭长的一条。

他们开张的时候，都放鞭炮，门口也摆着花篮，小区的老太太和妇女们都去看热闹，觉得现在兴旺一点了，洗头房那一天是免费的，里边坐满了排队等候的人。但是没几天，它们又都门庭冷落了，洗头房里的外来妹，成天趴在那里打瞌睡。尤其是那个花店的鲜花，萎死了，就整桶整桶地倒到垃圾桶里，康一米有一次看到了，回来心疼地说，哎呀呀，这可怎么办，这可怎么办。

没有超市的不方便，居民们开始还忍耐着，各自想办法自己克服，但克服着克服着，渐渐地觉得这种困难不是一天两天能够克服掉，就没有了耐心。现在这个时代，是好的时代，应该是样样方便的时代，怎么到了他们这个小区，连个超市都没有，他们没有耐心等下去了。有一天陈白渔在小区的路上被一个人挡住了，那个人说，陈老，你要替我们大家说说话了。陈白渔说，我倒是想说话的，但是我找谁说话呢？那个人说，张局长，就是他分管的。陈白渔说，哪个张局长，我不认得他。那个人说，你不认得他，但是他认得你的，陈老你是名人哎。

这话倒是不错的，名人就是这样，他不认得人家，但人家认得他。连康一米都知道，康一米说，我现在知道了，爷爷你是名人哎，人家都认得你。陈白渔说，我什么名人啊。康一米说，怎么不是，我家那边的街坊，都认得你，我跟他们说，我在陈白渔家做，他们都知道你什么什么事情呢。

尽管如此，陈白渔还是觉得直接去找张局长有点冒昧，他就给张局长写了封信。张局长很快就回信了，信很长，他客气地称陈白渔为尊敬的陈老先生，说陈白渔的大名他早就如雷贯耳，想不到能够收到他亲笔写的信等等。又说，看到陈老龙飞凤舞的字，他简直就是一种享受等等，对于陈白渔代表小区居民提出的重新开设超市的希望，张局长负责地说，一定作为今年的工作重点，立刻放到议事日程上，一旦有了结果，他会立刻向陈老汇报的。

但是陈白渔一直没有等到张局长的汇报。他在路上碰到了小区里的人，都要避着点走了，因为他们总是拿探询的眼光看他，拿期待的眼光看他，有时候甚至还有一点怪他的意思。陈白渔一直想着再给张局长写封信，后来又想，干脆就直接去看看张局长，因为先前有了张局长那么热情的回信，陈白渔的一些顾虑也打消了。

陈白渔没有想到，张局长已经调动工作了，他升了职，到上一级的部门去了。陈白渔去见张局长的时候，他的办公室，已经是另一个局长坐着了。那个新来的局长，也很客气地请陈白渔坐，他不认得陈白渔，但是见他一大把年纪，不由生出几分敬意，陈白渔如果说，我是陈白渔，他一定会像张局长那样尊敬他的，但是陈白渔没有说我是陈白渔，他听说张局长调动了，就说，哦，那我就走了。

陈白渔的身体不如以前好了，老是胸口闷，他又像从前在老家时那样，会呆呆地在藤椅上一坐就坐几个小时，但从前坐着，心里是通畅的，现在心里是堵着的。堵着堵着，陈白渔就生病了，还病得不轻，住进了医院，祁连贵和康一米轮换着两头跑，祁连贵说，幸亏有康一米，幸亏有康一米。

康一米回家时，跟家里人说起陈白渔生病，家里人也说，老了老了，就不牢靠了，巷子顶头的那个何老太，头天还在打麻将，还杠头开花呢，第二天就去了。有一次祁连贵在陈白渔的病房外掉眼泪，康一米看到了，就跟祁连贵说，爷爷不会的，爷爷又没有什么绝症，医生也说，爷爷没有什么的。

在陈白渔住了大约半个月医院后，康一米告诉陈白渔，原先超市的房东，又在拆墙了，他又要把原先的格局恢复过来了，康一米说，这个人，烦也烦死了，折腾来折腾去，到底要干什么，本来就是因为大的不行，才隔小了，隔小了又不行，再弄大有什么意思，不还是不行么。

下次康一米来的时候，就带来一个好消息：又要开超市了。但是她自己显然也不怎么相信这个消息，她说，怎么会呢，怎么可能呢？陈白渔也觉得康一米的怀疑有道理，既然前边的超市开不下去，后面的超市又怎么开得出来呢，就算开出来了，也还是惨淡经营，说不定过几天又不行了。康一米说，我也不知道，我也是听他们说的，也许他们有别的办法呢。

　　令陈白渔没有想到的是，等他出院回家的时候，超市已经开出来了，虽然换了个名字，但和从前那个超市，格局几乎是一模一样的，连货架的排列、货物的堆放也都相差无几，而且大部分的货物，跟从前的也都是同一个牌子，陈白渔走在一排排的货架中，就像回到了故乡，回到了童年，那种温馨的感觉，就在他的心底里升起来了。

　　陈白渔好久没有作画了，今天他的情绪特别好，手痒痒的，心里也痒痒的，不画不行了。陈白渔也从来没有像今天这样一气呵成就画出一幅自己很满意的作品，而且，他不光是画了，还特别想给人题款，想把这幅作品赠送给一个人。但是，这一阵，因为他病了，别人也不敢麻烦他打扰他，已经有一段时间没有人向他求画了，那么他写给谁呢？陈白渔的思维走到这里的时候，停顿了一下，但紧接着，他忽然就想到了一个名字：李书常。

　　李书常就是那个一心想得到他的画的人，但是他始终没有得到。陈白渔曾经发过狠，无论李书常玩什么花招，他都不会题给他"李书常先生雅正"这几个字，没有这几个字，李书常就算有再多的钱，他就算能弄到他陈白渔所有的画，李书常也仍然是什么也没有得到。但是今天奇怪了，陈白渔一想到李书常这个名字，他就觉得这个名字特别的好，甚至有一种奇怪的亲切的感觉，陈白渔不假思索地就写下了那几个字：李书常先生雅正。

　　写好以后，陈白渔就给羽飞打了一个电话，因为从前来替李书常求画的那个人，就是羽飞介绍过来的。但羽飞好像已经记不清了，陈白渔却还记得，说，那个人年纪不大，戴一副眼镜，文质彬彬的，羽飞仍然想不起来，他说，是吗，我怎么就记不起来了呢？陈白渔说，他是替李书常来求画的，我没有给。羽飞说，你为什么不给？陈白渔见羽飞真的都不记得了，就将事情的经过说了一下，羽飞听了，笑了起来，说，你真是个倔老头，也太不给人面子，不说别人了，把我的面子都丢尽了。陈白渔说，你就不说别人了，你又好到哪里去。羽飞说，那今天你怎么了，干什么又给人家提了？陈白渔说，人老了真是没弄头，羽飞你现在很莫名其妙的。羽飞说，你现在不莫名其妙吗？

　　羽飞说，你说的那个人，我真的记不起来了，但李书常的事情，我倒是知道一点，他破产了，听说在破产前，他的最后一笔投资，投到一个小超市去了，是在一个离市中心很远的新建的小区，谁也不知道他干什么要投资办小超市，因为这和他从前做的事业，是完全不相干的，听说他自己，就在超市上班了，坐在那里收银呢。

陈白渔说，你说的那个小区，是哪个小区？羽飞说，那我就不知道了。

但是陈白渔从来没有见过有男的收银员，他问祁连贵，祁连贵说，没有的。他又问康一米，康一米也没有见过，但康一米倒是知道超市内部的一些情况，她说，一直坐在柜台里的那个男的，是老板。

柜台设在超市进门的左边，柜台是一狭长条，放着香烟、电池、剃须刀等东西，这些东西不开架，陈白渔也没有想过，为什么这些东西不开架，要放在柜台里，还得有个人坐在那里守着。陈白渔朝坐在柜台后面的那个人看看，他不知道他是不是李书常。陈白渔想，就算他是李书常，我也认不出来，因为我从来没有见过他。其实陈白渔忘记了，他曾经在电视上见过李书常，但不知为什么，陈白渔心里，却始终认为自己没有见过李书常。

陈白渔仍然每天去散步，去超市走走，但他不再买那么多东西，需要的时候才买，家里还没有用完的，他不买，起先几次，祁连贵和康一米都拿奇怪的眼光看着他，后来她们也渐渐地习惯了。

可是陈白渔也仍然会有一些奇怪的行为，比如，他把题了"李书常先生雅正"的画挂在了自己家里，画挂起来的那天，祁连贵跟康一米说，他又来了。康一米说，这总比乱买东西好一点。

李书常的名字就这样在社会上消失了。但是许多年以后，李书常的名字又出现了，他已经是一个超市王，他的连锁超市，几乎开遍了这座城市。有人到陈白渔家坐坐，看到墙上那幅画，再看画上题的字，就问陈白渔，陈老，这个李书常，就是那个李书常吗？陈白渔说，我写这个李书常的时候，也不知道他是哪个李书常呢。

人家听不大懂他的意思，但也不觉得很奇怪，因为陈白渔老了。老人的思维，你不能要求他跟年轻人一样的清晰正常和有逻辑性。

$$\vdots$$

科 长

$$\vdots$$

　　这些年社会上流行的新名词总是层出不穷，变化多端，当然多半是应运而生的。比如先有了下岗的说法，后来下岗的数字越来越大，就多了一个待岗，将下岗的一部分叫作待岗，感觉就好些了。待岗和下岗，虽只一字之差，意义却大不一样，一个待字，就给了人无限的希望。就像从前的待业青年，叫着叫着，就不待业了，总会有人替他们找到工作，安排去处，哪怕是居委会这样的无权无势的小单位，也是一心一意帮助待业青年就业的。

　　又比如在干部中间，从前只是说离休退休，一个人，不管你在岗位上干了多少年，也不管你是干得好还是干得一般，到了年龄，都得走人。开始的时候，许多人也可能不习惯，心态调整不过来，闹过一阵子情绪，甚至还闹过一些风波，但后来渐渐地接受了现实，因为人人都这样，眼看着今天张三下来了，明天李四下来了，他们可都是曾经显赫一时的大人物，他们都下来，我们还有什么想不通的。

　　后来在干部的离休退休之外，又出现了一个新名词，叫离岗。离退休了，意味着再也不用上班了，除了每个月领工资可以到单位去一趟，如果工资已经划到卡上，根本这一趟也用不着跑了，效益好的单位吃年夜饭的时候可能也会带上他们吃一吃，其他时间，他们就从单位里消失了。离岗的干部不一样，他们虽然"离"了，却没离得干净彻底，班还是要上的，但最重要的东西却没有了，所以这班又上得叫人心里不好受。对于单位的那些事，从前是你说了算的，现在你说了不算，也轮不到你说话了，这种令人尴尬的处境，本来眼不见为净也就罢了，偏偏又要让你天天眼见着，天天经历着，这不是难为人吗？但是政策摆在那里，难为不难为，你离岗了，说话不算数了，没人听你的了，但你还得来上班，这就是现实。

离岗的原因，跟离退休一样，不是犯错误，不是身体不好，不是表现，也不是能力，不是其他任何可以努力、可以改变的问题，而是年龄，这是不可动摇的。也有人将自己的年龄改了，但是即便改了，也总有到年龄的那一天。有一个单位的领导让人事干部替他改过三次年龄，后来怕人事干部说出去，就把他调走了，结果人事干部就说出来了。这个领导的做法愚蠢不愚蠢我们不去管他，就算他改了三次都成功了，让他的工作延长了三年或者更多几年，就算他在这本来应该下来的时候反而又升上去了，但他到最后也还得下来呀，他不能再改第四次第五次第六次吧，就算他还能改，他能一直改到八十岁不退休吗？他就是这期间做了国家领导人最后也一样退下去了。

有人说，在如今这个公平的社会里，也就剩下最后的两道公平线了，一道就是干部年龄的一刀切，还有一道是考大学的高压线。虽然这两道线也不是铁板一块，但毕竟在老百姓心目中，觉得它们还相对是可靠的。毕竟改年龄的人，是少数的，做这样的事情也是心虚的，不像有些人干了坏事还理直气壮，还往自己脸上贴金呢。

有一个机关的科长叫贵和生，快到年龄了，但身体很好，他不想离岗，就在单位里放风，说，其实，我的年龄，是弄错了的。副科长老阎正等着坐他的位子呢，老阎的年纪也不小了，在副科长的位子上也熬了有些年头，一直是陪着小心伺候贵和生的，也就是希望贵和生下的时候，能够推荐他，哪知现在贵和生不想下，老阎怎么不急？他虽然比贵和生小一点，但也小不了多少，如果贵和生不离岗，他就上不了岗，如果这个机会不抓住，他也就失去最后一次机会了。老阎一急，也顾不上态度了，忘记了自己这么多年是怎么在贵和生面前赔小心的。怎么可能错呢，老阎说，怎么可能错呢，这么多年你都是这个年龄，怎么到了这时候，你就年龄错了，这算什么？再说了，你的身份证、户口簿我都看过。贵和生说，我的身份证和户口簿都是错的，是我结婚的时候改的，我老婆比我大两岁，她怕难为情，不想让别人知道，就叫我改成跟她一样大，我就改了，现在我要去改回来了。老阎涨红了脸说，哪有这种事，哪有这种事，哪能说改就改,你要几岁就几岁啊?贵和生说,不是我要几岁就几岁,是我应该几岁就几岁。老阎说,那也不是你想应该就能应该的,要有证明的。贵和生说,我会弄到证明的。

贵和生就去跑证明了,但这也不太容易,结婚二十几年了,婚前的户口簿以及能够证明贵和生真实年龄的有关材料,早已经丢失了,现存的所有档案资料,都证明贵和生是现在的年龄。贵和生唯一的办法,就是回到老家,去自己出生的那所医院寻找出生证明。

贵和生的老家在乡下,他出生的时候,乡卫生院还没有专门的妇产科,但是大家还是到医院去生孩子,贵和生也是生在那里的。现在那个医院已经转制了,是私人的医院,院长从前也是这个医院的医生,他亲自到档案室帮助贵和生寻找出生证,结果找出来的是一个叫贵何森的人,贵和生说,那就是我,那就是我,我爹把我的名字报给护士的时候,护士就这么写了。院长说,那你爹怎么没有纠正护士呢,贵和生说,我爹不认得字。院长把贵何森的出生证复印了一份交给贵和生,贵和生想了想,也觉得这样不太牢靠,他想请院长再重新写一张证明,院长说,那我也只能写上那个贵何森,而不是你这个贵和生。贵和生磨了院长半天,最后院长写道:贵和生同志坚持说,出生证上的贵何森就是贵和生。特此证明。

贵和生回老家的这两天,老阎坐立不安,有点生死在此一举的凛冽感。等到贵和生拿着出生证来了,在老阎面前扬了扬,老阎几乎觉得是世界末日了,他眼睁睁地看着贵和生把那张纸放到抽屉里,说,明天就交到人事处去。老阎想说什么,但嗓子眼硬是堵住了,什么也说不出来。贵和生放好了出生证,就跑到隔壁的办公室去张扬了,老阎听到他在说,嘿,我的出生证明搞到了。此时的老阎,只觉灵魂出窍,脑子里一片空白,过了不知多少时候,老阎鬼使神差地爬起来,去打开了贵和生的抽屉,去看那张出生证。一看之下,"嗖"地一下,出窍的灵魂又回来了,老阎不由"啊哈"了一声,正巧贵和生回进来了,听到他啊哈,贵和生问,老阎你啊哈什么?老阎扬着那出生证说,贵何森,这不是你哎。贵和生一把把出生证抢夺过去,怎么不是我,贵何森,贵和生,一样的,就是我。老阎说,贵何森和贵和生怎么是一样的呢,就像我,是老阎吧,你要是看到哪里写着老严,或者老颜,或者老言,你会想到就是我吗?贵和生说,那我不管，反正这个贵何森就是我，就是贵和生。

贵和生这件事情分明做得不大好，甚至还起了一点反作用，人事处的干部说，贵科长你开什么玩笑。虽然人事处并没有向上报告，但后来还是传到局长那里去了，局长看到贵和生，说，都是老同志了，都是有觉悟的，有些事情，你们都知道怎样正确对待嘛。

贵和生受到了批评，却没有接受批评，他又跑了一趟乡下，不过没有再到乡医院去，而是回到村里，给村长塞了烟，村长就给他写了一个证明，证明贵和生和村里的谁谁谁、谁谁谁都是同年生的，都是属什么的。贵和生拿证明回来时，在老婆那里就没有通过，老婆说，医院的证明都没有用，村里的证明有屁用。贵和生说，怎么没用，这还有村委会的公章。老婆说，村委会有什么用，村党支部也没有用，有个村党支部书记，连党员都不是。你叫人家相信谁？

贵和生泄了气，他不再跑了，只是在办公室里唉声叹气，说，现在的社会，无理可说，现在的社会，无理可说。贵和生的牢骚，和他这一次证明自己比自己小两岁的行为，给单位上上下下留下了不好的印象，背后都议论他，结果他不仅没有留得住自己，反而加快了办理离岗手续的速度。

贵和生很后悔去证明什么，羊肉没吃到，反倒惹了一身羊膻气，早知道，跑也不用跑，冤枉钱也不用花，还能留个好名声。老婆说，后悔就别后悔了，伸头一刀缩头也一刀，早晚是一刀，你躲得过初一躲不过十五。贵和生听了老婆的劝，心情好多了，他想，也罢，离岗就离岗吧，好歹比离退休的强一点，至少还能每天来上班，多少还能做点事情。

贵和生却不知道自己把事情想简单了。他离岗以后，老阎顺理成章地当了正科长，另两位副科长不动，名次往前排，另外再提一名科员当第三副科长，仍然符合一正三副的要求。这样，科里头一件事情，就是贵和生搬办公室。其实办公室都是两人一间，单位条件不错，没有那种好些人混杂在一起的大办公室，无论科长还是科员，甚至刚刚参加工作的年轻人，甚至司机班的司机，也都是两人一间办公室，而且办公室也是一样大小一样规格，并不存在科长的办公室比科员的大一点，或者豪华一点的问题，里边的办公用具也是统一办理，一模一样的，不像那些公司，老板用的老板桌，大得能撑下半边屋子。尽管如此，贵和生也还是要搬办公室的，因为他原先的这间办公室的门外，有一块科长室的牌子，现在他不做科长了，就不能再坐在这里边，而那个提了副科长的人，就应该进来。再说了，科长和副科长，都带一个长字，他们是一个级别的，就应该坐在一个办公室里办公，这也是没有什么道理但却是约定俗成的，就像到外面开会，分配房间，一样都是两人一间，都是每人一张床，床的大小也一样，但安排的时候，就得让两个级别差不多或者身份差不多的人住同一间，不能相差太大，相差大了，大家就会觉得怪怪的，不舒服。

贵和生搬办公室那天，脸一直挂着，单位里能躲的人都躲着不出来，好心出来帮他搬的两个人，倒受了他的一番指责，贵和生指桑骂槐地说人走茶凉，又说什么势利眼等等。倒是老阎态度特别好，虽然贵和生离岗、他上了贵和生的岗当科长，这是贵和生的年龄造成的，也是组织上的决定，不能算是他挤走了贵和生，但事实上，毕竟是他坐了贵和生的位子，又要叫贵和生挪办公室，老阎心里觉得有点对不住贵和生，所以这一天他的脾气特别好，无论贵和生说话怎么不好听，他都赔着笑脸。但这一种赔笑脸，却和从前的赔笑脸是不一样的意思了。

贵和生搬办公室时的激动心情，后来逐渐地平和下去了，他整理了文件，清理了一些事情，就等着老阎分配工作给他，但老阎总是很忙，都腾不出工夫来替贵和生安排工作。贵和生原来的工作，老阎已经接上手了，其他的工作，单位里的人也都是一个萝卜顶一个坑，安排得井井有条，如果贵和生要插一杠子帮哪个做点事，就变成两个萝卜挤一个坑，反而乱了秩序。

贵和生等着等着，又发牢骚了，他在单位里到处放风说，搞清楚了，我又不是退休，我只是离岗，离岗不离班，不让我做事情，这不符合党的政策。这话传到老阎耳朵里，老阎就在背后说，其实别的部门离岗的人，都不干事情了，就我们贵科长认真。老阎说的也是实在话，离岗的人又不止贵和生一个，机关里还特意开了离岗干部活动室，添置了运动健身器械、乒乓球桌、阅览室、棋牌室等等，他们等于提前在单位里就安度晚年了，上午喝茶看报，中午公款吃饭，下午扑克麻将，晚上回家抱孙子。就这样，工资奖金也一分不少，福利待遇也照发不误。有个三十几岁的麻将迷对贵和生说，贵科长，我真羡慕煞你。但贵和生却不高兴，贵和生说，我最讨厌打牌打麻将，胸无大志。机关也有多事的人，喜欢写信的人，觉得上班时间玩扑克玩麻将这实在太过分了，写了一封揭发信寄给上级领导，说机关里的风气怎么怎么差，不仅上班搞娱乐活动，还有赌博行为，上级领导批示说，希望你们认真调查一下，要杜绝一切以赢利为目的赌博行为。下面经过认真的调查，汇报说，机关里的娱乐活动，都是以娱乐为目的的。这件事情也就过去了。写信的人后来也明白了，领导要的是安定团结，从此以后，他也不再写信，就安安心心地做自己的工作了。

关于老阎说贵和生太认真的话，后来又传到贵和生的耳朵里，贵和生就跑到老阎的办公室去了，那一天正好老阎在接待客人，这两个客人贵和生也认得，是他们的老关系户，从前来的时候，都是贵和生接待的，所以看到贵和生，也很高兴，拉着手，就像久别重逢的亲人。到了吃午饭的时候，老阎见贵和生不走，就客气了一句说，贵科长，要不，你就一起陪陪吧。贵和生说，好呀。

到了预定好的饭店，进了包厢，贵和生就说，老阎啊，位子怎么坐，你安排一下。老阎说，贵科长你是老领导，你别客气。贵和生笑着点头，就很自然地坐到了主位上，然后热情地拉着两位客人，让他们一左一右坐在他旁边。老阎一时有点犯闷，僵了一会，脸上虽然不太自在，但还是坐到了贵和生对面的买单的位子上去了，坐下去的时候，老阎说，今天贵科长请客我买单。贵和生呵呵地笑着，和客人聊个没完，客人呢，也是贵科长贵科长地喊个不停，酒也喝了许多，都有了七八分的醉意，皆大欢喜地散了席。

从这一次以后，贵和生的情绪好多了，他见人就说自己的酒量又长了，那天他怎么把那个李一瓶和王一缸搞倒了等等。以后，贵和生上了班，就把办公室的门打开着，听到老阎接待客人的声音过来了，贵和生就迎出来，打上招呼，和客人拉着手，就跟着到老阎的办公室了，老阎跟客人谈工作，他也发表自己的意见，弄得很多客人都搞不清这个单位到底是怎么回事，到底谁当家。老阎不好弄了，就在单位里立法，说大家上班时，最好不要把办公室的门都开得直通通的，影响工作。以后，办公室的门就都关上了，贵和生也不能不遵守纪律，但在快到中午的时候，他把门打开一条逢，早早地就站在那里，守候着，基本上是一守一个准。无论是熟悉或不熟悉的客人，他都上前握手寒暄，一直跟着走到楼梯口，老阎面子上下不来，只好又带上他。但是一带上贵和生，这一顿饭，就没了老阎的世面，搞得老阎很没面子不说，以后再谈事情，人家就不太拿他当回事，好像他作不了主似的。老阎觉得这样下去不是个事情，自己的面子事小，影响单位的工作就不好了。以后老阎再有客人来，就尽量不带到办公室，不经过贵和生那里，但也有的客人，还非得上你单位看看，这样老阎就得偷偷摸摸，蹑手蹑脚，溜过贵和生的办公室。开始也有一两次给他溜成了，但是一两次以后，贵和生就掌握了他的特点，他到底还是溜不出贵和生的守候。贵和生到后来，甚至有了一种特殊的敏感，他的门虽然关着，外面也没有动静，他虽然看不见也听不见老阎和他的客人，但他能感觉到老阎什么时候会带着客人经过，这种感觉，到最后越练越准确，几乎是百发百中了。

老阎又出招了，这回他想出了调换办公室的主意。机关里有个不成文的规定，官越做得大，办公室就越是在走廊最深处，在老阎的科里，老阎最大，他的办公室就是最顶头的一间。现在老阎提出来，他在走廊顶头办公，给大家造成麻烦，每天大家要穿过长长的走廊到他办公室来汇报工作，来来往往要多走很多路，不如他换出来一点，也好减少大家的负担。老阎的话虽然没有道理，但他是科长，他说了算，就搬办公室了，把两个普通的科员换到了最里边，老阎的办公室换到外面，就不要经过贵和生那里了。但是老阎这样的做法，别人都觉得不可理解，有一回上级领导来检查工作，连问了老阎两遍，这是你的办公室？这是你的办公室？虽然别的没说什么，但眼睛里分明有了疑问，弄得老阎好几天心里都不踏实。

老阎的办公室调出来之后，果然逃过了几次，但是很快贵和生又有了对策，他到吃饭前，就跑到走廊最外边的值班室去看报纸，这是老阎不得不经过的地方，老阎的办公室再搬，也不能搬到值班室来，更不能搬到值班室前头，因为值班室的前头，就是楼梯了。老阎一气之下，跟值班室说，贵科长要看报纸，你们不能给他送过去么？值班室给贵和生送报纸去，贵和生生气地说，这怎么行，报纸是给大家看的，怎么能光送到我这里来，我都离了岗了，你们就别让我再担个官僚主义自私自利的名声了。

总之老阎是拿贵和生没有办法，单位里有人也看不过去，觉得老阎太软弱，背后甚至也有议论，以为老阎有什么把柄抓在贵和生手里呢。这种风言风语被老阎听到了，老阎批评那个乱说话的人，老阎说，你不了解情况不要乱说话。那个人说，不是我说的。老阎说，那就有则改之无则加勉。虽然老阎还能注意自己的态度，但他心里的气却是越憋越多了，有一次在酒上贵和生又是那样喧宾夺主，根本不把老阎放在眼里，老阎就气鼓鼓地先离了席，最后贵和生酒足饭饱时，饭店把账单拿过来了，贵和生挥笔就签了自己的名，饭店却不认账，说他签的单不算。贵和生和人家吵起来，最后闹得自己下不来台，几个客人也面面相觑，说，贵科长，对不起，我们以为你还是科长呢。那天饭店居然把贵和生押在那里不让走，最后叫了老阎来签过字，才把贵和生放走。老阎去的时候，贵和生在那里很失态地说，你们这是绑架人质，你们这是绑架人质，把110都惊动来了，连客人都跟着他丢脸。

这件事情倒是给了老阎一个启发，让老阎想通了一个道理，他觉得自己不应该和贵和生争一时的长短，你要坐主位你去坐好了，你要在客人面前摆老资格你去摆好了，你要发表意见你去发表好了，反正科长是我不是你，反正大权在我手里，最后的字是要我签的，签的也是我老阎的名字，而不是你贵和生的名字。与其这样整天耗在和贵和生作无谓的斗争上，还不如腾出精力，好好地干出一点成绩来，让大家看看，毕竟老阎的水平，是在贵和生之上的。

老阎的这个科，是局里最大的一个部门，管着全局几百口人的衣食住行吃喝拉撒，本来局里另外还有个基建科，机构精简的时候，也合并到老阎这里来了。贵和生当科长的时候，科里就想办一件事情，想谋一块地皮，重建行政大楼，然后把现在的办公楼拆了建商品房，再以优惠的价格卖给局里的职工。这是一件大事情，于上于下，都是欢欣鼓舞的，但是做起来非常难，先前科里也商量过几次，都有畏难情绪，就作罢了，现在老阎重新拾起来，他要将贵和生没有办成的事办成。

拿到批文的那一天，老阎在路上碰到了贵和生，老阎一下子就停下来了，但贵和生急冲冲的，好像根本就没有注意到老阎从对面经过，也没有看到老阎停下来要跟他说话，差不多已经交叉而过了，老阎赶紧叫住了贵和生，他说，贵科长哎。贵和生这才看到了老阎，说，喔哟，是老阎。老阎说，贵科长，告诉你个好消息，地皮跑下来了。他从皮包里把批文拿出来，递给贵和生看，但是贵和生并没有接过去，他的手向前扬了扬，好像要告诉老阎他是急着要到哪里去，但是因为太急，他连话都没来得及说出来，就走过去了，留下老阎在他背后，手里还扬着那张批文呢。

拿到批文，还只是万里长征走出了第一步，下面的事情还多着呢，老阎因为忙，压力大，脾气也变坏了，他本来是个笑弥陀，现在变得凶神恶煞，说话没个好声气，一开出口来，不是批评就是教训，一点面子也不给，科里的同志都躲着他，有时候看他忙得手脚并用，他们也就这么忍心地看着，也不愿意伸出一只手帮一帮他，老阎没办法的时候，就大声喊冯大军。因为只有冯大军，是老阎一喊就到的。到后来，走廊里整天就荡着"冯大军冯大军"的回音。

冯大军是部队转业过来的，他老婆是本地人，当年因为爱情，就随了军，后来爱情过去了，老婆嫌部队驻地太艰苦，闹着要回来，冯大军就跟着回来了。那时候冯大军已是一名副团级干部，安置的时候，至少得安排个科长，但是没有现成的空位子。冯大军本来是不愿意的，但老婆不依他，老婆说，宁愿做平头百姓，也不要再在那穷山沟里待下去了。冯大军就做了一个普通的科员，其实领导上也是考虑这个问题的，跟冯大军谈话时，对他说，大军同志，你的位子，我们是放在心上的，迟早要考虑的，只是现在没有空位子，只等这位子一空出来，就是你的。

但是冯大军左等右等也没有等到这个位子空着的时候，因为不等前一任科长调任或者退休，后面的继任早已经把工作做到家了，差不多人家的屁股还没有抬起来呢，他的屁股就挤上去坐着了，哪里轮得到冯大军这样的外来户。冯大军就这样等了一年又一年，只能眼睁睁地看着那个位子换了一人又一人，就是没有他的份。后来时间长了，冯大军也认了这个命，随遇而安心平气和了。刚进单位的时候，冯大军也是不适应的，这个看不惯，那个也看不惯，要发发牢骚，甚至还要骂骂人，但后来他的脾气却越来越好了。他本来是分管组织人事的科员，后来差不多成了一个办事员、勤杂工，单位里有什么难办的事，或者一些很小很琐碎的事，别人不肯办的，都叫他，冯大军不推辞，叫他办，他就去办，办好了，也不张扬，如果办得不太理想，别人还要怪他，他也不分辩。他就这样在单位里被大家差来差去，甚至连司机也可吩咐他做什么做什么，他止好和老阎走了个反道，本来火爆脾气的他，变成了一个笑弥陀，一点火气也没有了。有一次有人提起冯大军的往事，说他是老虎团的副团长，在部队的时候，咳嗽一声，团里的战士听到了，都会自动立正。那天大家像在说一个遥远的笑话，好像那个威风凛凛的团长，根本就不是眼前的这个冯大军。冯大军也跟着大家一起说笑，也好像根本不是说的他。

老阎在自己的办公室里喊冯大军，有时候冯大军正在接电话或者忙别的事情，没有听见，其他人就会替老阎补喊冯大军，冯大军听到了，就赶紧跑到老阎办公室，他至今还保持着部队的习惯，进去以后，会不由自主地双脚一并，立正一点，开始老阎觉得这样不好，有几次说了他，叫他不要这样，他也答应了，但下次进来，又来了，老阎也懒得再说他了。冯大军进来得迟一点，老阎如果情绪不好，会怪他几句，冯大军不吭声，老阎说了几句，也就不再说了，便布置他去做什么做什么，打印一个文件，或者通知一个会议，冯大军应声而去，就把事情做了。还有一次老阎办公室的饮用水没有了，也大喊冯大军，冯大军冯大军，马上给我搬桶水来。尽管单位里其他人觉得老阎有点过分了，但他们都没有吭声，冯大军自己都不说话，他们多什么嘴呢？再说了，这一阵老阎脾气这么臭，像个更年期的妇女，他们躲都躲不及，还管别人什么闲事呢？

等到老阎把筹建行政大楼的事情都忙得差不多了，一称体重，整整掉了五公斤肉，单位里一个女同志说，这倒是减肥的好办法哎。另一个有糖尿病的同志说，老阎你小心啊，突然消瘦，是糖尿病的典型症状。老阎说，我才不是糖尿病，我是忙瘦的。

新行政大楼打桩了，机关里都谈论老阎的功劳，嘴快的人，看到老阎，都已经说，老阎啊，快提了啊。老阎虽然板着脸叫他不要乱说，但喜滋滋的心情还是爬了出来。过了几天，局长办公室果然打电话来了，马局长要找老阎谈话了。谈话的头一天晚上，老阎一夜都没有好好睡，考虑着见了局长该怎么说话，不要表现得急吼吼的，那样会给领导留下不好的印象，但又得让领导知道自己的心思，是想干的，也是能干的，太谦虚太清高了，会让领导误会，以为你不想干呢，老阎前思后想，最后还决定要穿西装，打领带，以示重视。结果，临去之前，老阎还被科里几个女同志拦住，硬是被敲竹杠，买了巧克力来请她们吃。

马局长自己是不抽烟的，他也不允许别人在他的办公室里抽烟，但那天老阎来了后，马局长却拿出早就备着的烟来敬老阎，老阎起先还不好意思抽，马局长一定让他点上，看老阎点上了烟，抽上了，马局长才说，老阎啊，这件事情呢，文件也是刚刚下来，还没有传达到群众，所以，本来还可以再迟几天告诉你，但我想，还是早一点让你知道，也好让你有个心理准备。老阎说，局长，我有心理准备。马局长奇怪地看看老阎，说，怎么，老阎，你已经知道了？老阎被马局长一问，立刻意识到自己操之过急了，赶紧想解释，却解释不清，结果结结巴巴地道,不是的,局长,不是的,我是说,我不知道。马局长点了点头,他的眼睛里,已经控制不住地流露出对老阎的深深的同情,好像有事想说又无法开口的样子,完全不是局长平时雷厉风行的作风了。最后马局长还是没有直接说出来,他从抽屉里拿出一份文件推到老阎面前,说,老阎啊,我也不知怎么跟你说,这文件是昨天刚刚到的,你先看一看文件再说吧。老阎拿起来想看一看,但眼前模模糊糊一团,才发现忘记戴老花镜了。

马局长叹息了一声,唉,时间过得真快,老阎也要戴老花镜了。他又把文件拿了回去,指着那上面的一条款说,老阎啊,全拨款事业单位的事业编制人员,这一次,全退。

老阎心里"咯噔"了一下,紧接着就扑通扑通乱跳起来,他在自己的心跳声中,只听得马局长用责怪的口气说,老阎,不是我说你,你怎么糊里糊涂,进机关这么多年了,连个公务员都不想着早点去转一转?你就看不上个公务员?老阎说,马局长,情况不是这样的,当初我进机关的时候,是可以转成公务员的,但是蒋局长说,你急什么,转不转都一样当干部,早转晚转都一样,我就没有抓紧转,想等空闲一点再去办手续,哪知道一进来就忙到现在,都没有空下来的时候。马局长说,那就是老蒋耽误你了。马局长又说,唉,也怪我,消息不灵通,要是灵通一点,早一点得到内部消息,去年就帮你转了公务员,就没这事了。老阎说,那,那就一刀切了?马局长说,我是跟上面据理力争的,我说别人我不管,该怎么改革就怎么改革,但是老阎你们不能改掉他,老阎是个人才,再说了,他手里抓着个大项目,他走了谁抓得了啊?但是他们说,老马你这就不对了,你这是本位主义思想,体制改革是党和国家的大事,你的项目是你们一个单位的小事,你怎么能抓小丢大呢?再说了,党的政策就是铁板一块,你的单位要留老阎,他的单位要留老王,这么留下去,还改什么革?老阎,你听这话,你不能说他说得不对啊。

老阎差一点闭过气去,眼前也是一片模糊,只看见马局长的嘴还在一张一合地说话。他说,不过老阎,我已替你查过档案了,你年龄虽然没到杠子,但你工龄长,刚好够上了工龄的杠子,这样你就可以办退休了,工资一分不少你的,你运气还算是不错,那些没到年龄又没满工龄的人,就要买断了,跟下岗工人一样待遇。马局长的声音,在老阎耳边响着,但老阎听不真切,好像来自很远的地方，嗡嗡嗡的，好像耳朵里飞进了一只蜜蜂。

老阎办了退休，回家就生病了，到医院一查，果然得了糖尿病，医生说，你的病已经很严重了，你看看，消瘦、贪吃、口渴，都是糖尿病的典型症状，你都这么长时间了，怎么拖到今天才来检查？危险不危险？老阎说，单位里忙，实在抽不出空。医生说，那你今天不忙了？老阎说，我退休了。医生说，那你的意思，你要是不退休，今天还不来查啊？老阎嘿嘿地笑，医生说，亏你还笑得出来。

单位里那位患糖尿病的同志听说老阎真查出有糖尿病，他就在单位里说，我说的吧，我说的吧，老阎还不相信呢。那天单位里大家议论起糖尿病，有人说糖尿病是吃出来的，也有人说是累出来的，还有人说是气出来的，大家想，这三条，老阎倒是都沾得上边。

老阎住院期间，贵和生来看望他，老阎说，贵科长，这段时间也不见你人影子，你到哪里去了。贵和生说，老阎你官僚主义了吧。老阎的老婆说，贵科长现在是我们业主委员会的主任，天天忙着给小区的住户维护利益呢。老阎说，难怪好长时间没见你了。贵和生说，我们还缺一个副主任，等你病好了，选你怎么样？老阎说，那我还是做你的副手。贵和生说，等我退，你就拨正。说着说着，他们都笑起来了。

老阎退了以后，单位里原先几个可能顶上来的副科长都没有顶上来，一个调到外单位去了，一个和老阎一样是事业编制，退了，还有一个最惨，早不犯错误晚不犯错误，这时候犯了点错误，虽然不大，但提拔是不可能的了，结果老阎的位子倒真是空了下来，正有一个合适的人选等着呢，这人就是冯大军。

冯大军提起来了，刚开始他还不习惯，下级进来报告事情，他会一下子站起来，双脚一并立正，但是很快也就适应了，以后有人进来，不说屁股了，连眼皮都不抬一抬。他原本是个工作认真负责的人，因为单位里扯皮的事情麻烦的事情多，下面七翘八裂的人也多，渐渐地就把他早已经改掉的火爆脾气又惹回来了，下面的事情办得不好，他一拍桌子就骂人。平时冯大军是努力学着说本地话的，学了几年也没有学像，他老婆骂他笨，说他是江北驴子学马叫。但冯大军在单位里骂人的时候，骂的却是家乡口音。下面的人说，到底是老虎团的团长，工作有魄力的。

　　郭大从乡下出来，进城打工，一直是颠沛流离，经历种种曲折，一直到后来他找到一家纯净水公司当送水工，穿着公司统一的蓝色工作服，郭大的心情才渐渐地稳定下来。

　　开始的时候郭大以为公司很大，他领到工作服时，看到胸前那里印着工号，是三十八号。可后来他才知道，公司连经理在内总共才五个人，三个送水工，一个专门接电话的女的，还有就是经理自己。工号是按照八的顺序排的，老金头一个来，是八号，那个脸一天到晚沉着的本地下岗工人是十八号，中间还有过一个二十八号，可后来他走了，走的时候把工作服也穿走了，这样排到郭大，是第四个，就是三十八号了。郭大想，如果再来一个送水工，他就是四十八号了。

　　公司的经理是个女的，叫薛丽华。她用自己的名字做公司的名字，叫丽华纯净水公司。有一次老金和郭大一起经过一个地方，老金指了指那个很大的门面说，喏，这就是经理原来的店。原来薛经理是做红木家具的，后来做不下去了。她的店变成了银行，墙上贴了像石头一样的墙砖，看上去很庄严。

　　郭大还是个新手，但是他比老金年轻，力气大，动作也利索，忙起来的时候，他的自行车可以带上六桶水，老金就只能带四桶，带多了就要闯祸。其实郭大也闯过祸，有一次连人带车倒下来，水桶都砸烂了。薛经理说，这不行的，我要叫你赔的。可郭大还没拿到工资，没有钱赔她。薛经理说，那我就要从你工资里扣。但是到发工资的时候，薛经理没有扣郭大的钱，薛经理在背后说，算了算了，算我倒霉。

　　负责接电话的是薛经理的表姐，薛经理不在的时候，她常常说，我是不肯来的，这种工作，我是不肯做的，她一定要我来帮她撑场面，看在亲戚的面子上，我就帮帮她而已，帮一阵我就要走的，这种地方我是待不长的。但是有一次，薛经理叹着气说，要是生意还不好做，我就要开人了。表姐生气了，说，我是不走的，我为了到你这里来，辞掉了原先的工作，你开谁也不能开我。薛经理说，我又没说要开你。其实在郭大看起来，表姐的那份活薛经理自己完全可以做，就是接一下电话，记一下用户的卡号而已。可是后来郭大渐渐地发现，薛经理为什么要专门请个人接电话，是因为薛经理自己坐不定，她总是不在店里，就算出现在店里了，待不过几分钟又要走了，也不知道她在忙些什么。郭大问过表姐，表姐翻了个白眼，说，我怎么知道她忙什么。

　　薛经理的丈夫很花，拿了薛经理赚的钱，和别的女人出去玩，钱没有了，就回来向薛经理要，薛经理很生气，跟他离婚了。离婚以后，她的前夫还来找她要钱，薛经理给了几次，后来就不肯给了。她说，我不能再给你了，再给你我自己也没有钱了。她的前夫说，早知道这样，我就不跟你离婚了。不过后来他也没有再来找过薛经理。

　　薛经理离婚后找过几次对象，都不成。过年前，刚刚吹掉一个，那个人叫小钟，看上去文绉绉的，他不大到店里来，难得来一次，看到人他就会脸红，那时候大家都觉得这一回薛经理要成了，可不知为什么又没成功。每次薛经理谈对象，她都会胖一点，以后又瘦回去了，大家就知道，没有谈成。

　　年后的一天，郭大送水，在路口等红灯，就听到身边有人"哎"了一声，好像是喊他的，郭大回头一看，是一辆小车上的一个人，那小车也在等红灯，这个人从车窗里探出头来，朝郭大微笑，后来他下了车，走到郭大身边，朝郭大的工作服看了看，说，你是丽华纯净水公司的？他拿出烟来派给郭大一根，还替郭大点着了。这时候红灯换绿灯了，这个人朝车上的司机挥挥手说，小刘你先走吧，一会儿我自己打车过来。郭大觉得这个人好面熟，但想不起来在哪里见过，努力地想了想，还是想不出来，郭大有点不好意思。这个人好像猜得出郭大在想什么，他说，你别想了，你不认得我，我们是头一次见面，但是我这个人，可能有点自来熟的脾气，好多人头一次见我，都说以前见过我，其实根本就没有。郭大听了他这话，更觉得这个人可亲。果然，这个人又说，你们丽华纯净水公司我知道的，名声好，客户很多的。郭大很高兴，他又注意到这个人在看他的工作服，郭大说，我们的工作服，看上去硬，摸上去软，是很好的料子做的。这个人点着头，说，看得出来的。他又说，你是三十八号。后来他就打的走了，走之前他又给了郭大一根烟，郭大手里那根，还没有抽完呢。郭大望着那辆出租车远去，心里忽悠忽悠的，竟有点留恋这个人了。

薛经理瘦了一阵以后，又有点胖了，她又谈上一个了，这个人叫小史，小史看上去比小钟老一些，但是薛经理叫他小史，他自己也说，我那边朋友，都喊我老史，到你这儿，就是小史了。

小史头一回来供水站，正好和郭大碰了个照面，郭大"咦"了一声，认出小史就是他在路上碰到的那个人，薛经理看出来了，说，你们认得？小史说，认得认得，我还跟他打听你们丽华供水站呢。郭大心里有点紧张，他觉得自己那一天可能让小史有了错觉，小史会不会和他刚来的时候一样，以为公司很大，排到他的工号就已经是三十八了，万一小史发现真实情况不是这样的，会不会影响到什么？但郭大很快就发现他的担心是多余的，因为他听见小史跟薛经理说，你真聪明，工号这样的排法，换了我，我也算是聪明人了，我都想不出来。郭大这才放了点心。

薛经理和小钟谈的时候，郭大就来了，他也见过小钟，现在换了小史，郭大就觉得小史的作风和小钟的作风不大一样，比如他给薛经理买了一条铂金项链，他跟薛经理说，我本来是给你买白金项链的，但是挑来挑去，都觉得不好看，式样都太老气了，我就想，我们小薛人那么漂亮，气质那么好，带假的，都比人家带真的耀眼，假的戴在你身上，人家肯定都说是真的，是不是，是不是？小史这样说了，薛经理比拿了白金项链还开心。薛经理说，是呀，现在人家都戴假的，戴真的还怕被抢呢。小史说，小薛你可别说这样的话，我听了心里抖乎乎的，现在外面乱，你以后一个人走在路上，不管白天还是晚上，都要小心一点。薛经理说，我知道的，包要夹夹紧，小史说，包倒不是什么大事，人要紧。

小史第二回来店，就用专业的眼光，里里外外地看了看，跟薛经理说，你这个店面，旧了，灰秃秃的。薛经理还以为小史是挑剔她，她有点不高兴。小史也没有多说什么，但过了一天，就来了两个工人，带着材料和工具，帮薛经理把墙面处理得焕然一新。等工人做完活的时候，薛经理问他们要不要结账。工人说，也可以结，也可以不结，结的话，就结了，不结的话，就到史老板那里结总账。和小史先前关照的话是一样的。不过薛经理还是跟他们结了账。小史回头来才知道人家已经把账结走了，小史很生气，打电话把他们臭骂了一顿。倒让薛经理在一边不好意思听下去了。薛经理说，小史你不要骂他们了，他们做得辛辛苦苦，抓得也很紧，我叫他们吃点心他们都没有吃，我给他们买烟，他们还说，你不要买这么好的烟给我们抽，养刁了嘴，麻烦的，他们蛮实在的。小史说，还实在呢，现在外面像你这样实在的人，还有几个啊？说得薛经理脸都红了。

小史每次来，都要给在场的人派香烟，哪怕是一个陌生人来打听水价，他也会热情地递上烟去，有时候小史还特意跑到隔壁，送一支烟给音像店的小郑。小郑总是说，小史是个人物，小史是个人物。小郑又说，小史不仅有派头，他还见多识广。薛经理说，是呀，小史跑过很多码头的。他们这么议论小史的时候，郭大很开心，他总觉得小史跟他特别亲，从那天在路上碰到的时候，就有这种感觉了。小史每次来，看到郭大，都会拍一拍他的肩，说，郭大好。

供水站的电话本来是不带传真机的，后来为了工作方便，换了一部带传真机的电话，薛经理将它设置在自动的位子上，她说，店里没有人的时候，它也能传过来。这么说了，过了几天，早晨上班时，还真的有一份传真自动过来了，一页连一页，拖得很长。这是一份关于采购一批进口医疗器材的情况说明，上面有各种医疗器材的详细介绍和报价等，都是外国的品牌。薛经理看了看，说，什么啊，管型消化道吻合器？干什么的？郭大也拿过去看了看，说，我不知道。薛经理说，我又没有问你。她又拿回去看了看，说，还有什么，直线型缝合器？是医院里开刀用的吧，肯定是人家传真传错了。就随手把传真件丢在抽屉里了。

第二天小史来了，给大家派过烟后就说，这两天我很郁闷，情绪有点低落，怎么想也想不通，怎么会有这样的事情，一个重要的传真件，我明明没有收到，可对方一定说传给我了。薛经理说，那你让他们重新再传一份就是了。小史说，是呀，我也这么跟他们说，这不是小事一桩么，可他们硬说我收到了，说我是假装没有收到，是想骗他们。我就不知道了，多收一份传真件能骗什么东西呢。如果我真的收到了第一份，我还想要第二份的话，我完全可以去复印嘛，别说两份，二十份二百份要多少都可以。薛经理说，是呀，你就这么跟他们说嘛。

小史说，我说了，可他们就是不相信，这样我就怀疑起来了，他们明明没有传过来，硬说传过来了，他们也许想玩点什么花招？但再想想，又不对，说他们不想做这笔生意吧，又不像，可你说他们想做吗，为什么明明不肯传过来却硬说传过来了。小史说到这儿，薛经理"啊哈"了一声，说，我知道了，传到我们这里来了。小史又惊讶又不相信地看着薛经理，说，怎么会，怎么会？薛经理说，你大概错把我的电话给了人家。薛经理把传真件拿出来，小史接过去一看，立刻喜笑颜开，说，正是它，正是它，哎呀，我都为它急死了，谢谢你，谢谢你！薛经理说，你怎么把我的电话当成你的电话了呢。小史有点不好意思地说，嘿嘿，我的心里好像只有你的电话，连自己的电话都忘记了，就搞错了。小史又说，怪不得，那天我问了算命先生，算命先生说，我今年会碰到一个有帮夫命的女人，会喜结良缘，原来就是你哎。薛经理脸红红的，说，你说什么呀。小史说，真的，真的，我都要失去信心了，你又帮我找回来了，不是帮夫命是什么？薛经理说，可你又不在医院工作，你搞装修公司，跟医疗器材的采购有什么关系呢？小史说，帮一个朋友的忙，顺带着做做的，进一二十台机器而已，一笔小生意而已。其实这笔生意很大的，传真件上的报价都是几千几万一台的机器。小史见大家有点发愣，立刻就明白了，他笑了笑说，对不起对不起，我这个人有个毛病的，说话经常只顾自己的感受，对你们来说，这样的生意可能是大生意了，可是我却没有从你们的角度考虑问题，就说是小生意。我这个人就是这样的习惯，我不喜欢张扬，我习惯低调地生活和做事情，这是我的风格，你们看得出来吧。后来小史要请薛经理去吃日本料理。薛经理说，哎呀不行的，我盘腿坐下去，只能坐一会会，时间长了腿要发麻，站也站不起来。小史说，我们找那种下面有洞的位子坐好了。小史说话的时候，薛经理一直笑眯眯地看着他，爱情从薛经理的内心深处流了出来，光芒四射，连郭大也体会到了，他的心里也甜甜的，满满的，很想和谁说说话。可是小史带上薛经理走后，就没有人跟他说话了，老金送水去了，表姐呢，她正在生气，她的儿子找的对象，明明就是超市里的一个小组长，却非说自己是白领，还瞧不起她。表姐生气地说，哼，白领？现在外面多脏，白领穿一天就变成黑领了。

郭大出来打工的时候，和他的一个同乡换错了身份证，他到派出所去重办身份证，民警说，你先等一等吧，我这里正有个诈骗案报过来了，我得先处理诈骗案。郭大坐在派出所的长椅上等待，几个跟诈骗案有关的受害人在民警的办公室里说话，虽然他们七嘴八舌地说着本地话，但郭大基本上听明白了事情的经过，好像是说有一个冒充装修公司老板的人，骗了他们的定金，却不来给他们做装修。警察说，你们跟他联系了吗，打电话打得通吗？还是人已经溜走了？受害人说，溜也没有溜走，打电话他也接的，接了电话他也承认的，可就是今天推明天，明天推后天。警察说，那你们找到他，当面跟他说，是不是他只接手机找不见他个人？受害人说，找他也不难，他也不躲不藏，可找到他也没用，他见了你就点头哈腰，递香烟，我不抽烟，他也硬要给我点上，临走了还硬塞给我一包香烟。警察说，这就有点犯难了，你们说他是犯罪嫌疑人，他又跟你们这么客气，哪里像个犯罪嫌疑人呢？一般是骗了钱逃走的，我们才立案侦查，可现在他又没有逃走，他也没有抵赖不承认你们付了定金，这个案件不能成立的，这是民事，你们一定要处理，就找法院吧。受害人不服，说，他肯定是犯罪嫌疑人，你们警察不能推脱责任，因为他明明不是搞装修的老板，却骗我们他是老板，这不是诈骗是什么？警察说，你们有证据证明他不是搞装修的老板？受害人说，当然有证据，他的公司地址是个空门牌，根本就没有这个地方。

郭大听了听，觉得这事情和他也没有关系，打起了瞌睡。正迷迷糊糊，就听到有人从外边一边喊，一边进来了，他喊道，来了来了，你们要找的嫌疑人来了。大家让开一条路，让这个自称嫌疑人的人走进来，里边的人激动起来，七嘴八舌地道，说，就是他，就是他！另一个人说，他知道逃不过的，来投案自首了。郭大听到吵吵，也睁眼一看，这一看，他的七魂顿时吓掉了六魄，这个人不是别人，正是小史。

郭大心慌得两腿发软，站都站不住了，跌跌冲冲地逃了出来，好像那个被派出所叫去的人不是小史而是他自己，他逃回店里，呆坐了半天也没有喘过气来，越想越紧张，越想越害怕。他去试探老金，老金，你知道小史吗？老金说，小史怎么不知道，不就是经理的男朋友吗？郭大又说，那你知道小史就是那个小史吗？老金奇怪地看了看郭大，说，你发什么毛病，好好的人就站在那里，不是小史还能是谁？但后来老金拍了拍后脑勺，好像想到了什么，说，难道你是说他整过容？郭大说，我不是这个意思。老金说，那我就不知道了。郭大去问表姐，郭大说，你知道小史吗？表姐翻了个白眼，说，那么老了，还叫小史，扮什么嫩。郭大说，我不是这个意思，我是说，你知不知道小史的事情。表姐说，有个人电话打到这里来找老史，我说，就是史老板吧？那个人"呸"一声，说，屁，屁老板。郭大紧张地说，他还说了什么？表姐说，我就不高兴地挂断了电话，我怎么知道他还说了什么。郭大说，那你觉得小史是什么人？从来不说话、也从来不笑的那个下岗工人，破天荒地笑了起来，又破天荒地说，你以为小史是机器人？

郭大心里不踏实，又跑到隔壁去问小郑，你不是说小史是个人物吗？小郑说，怎么啦，我说错了吗？小史不是个人物吗？不是个人物你们薛经理会跟他谈朋友吗？郭大无言以对，可薛经理来的时候，他就心慌意乱，不敢正眼去看她，他怕薛经理看穿他的心思，低着头，垂下眼睛，能逃出去的时候就逃出来，尽量不和薛经理正面接触。弄得薛经理奇奇怪怪，说，郭大，你怎么啦，鬼鬼祟祟。郭大一想到他要把事情说出来，他就满脸涨得通红，害得所有认得郭大的人，都以为郭大犯了什么事情。薛经理说，郭大，你别害怕，也别遮遮掩掩，是什么就说什么，真要有事情了，我扛得起的，我替你扛起来，我扛不起的，你也要自己勇敢地扛起来。郭大感动地说，薛经理，你对我真好。因为薛经理对他好，郭大更觉得不能再隐瞒下去，可他实在是鼓不起勇气，开不了口，最后终于给他想出了一个迂回曲折的主意，郭大说，经理，有个人打电话来找小史，叫他屁老板。薛经理一听，顿时"哈"的一声笑了起来，哈哈哈，哈哈哈，她笑了半天，忽然想到了什么，抓起电话就打到小史的手机上，说，小史哎，人家说你是屁老板哎。小史在那边不知道说了什么，薛经理笑得更厉害了，她弯着腰，捧着肚子，说，哎哟哟，哎哟哟，笑死我了，笑得我肚子疼死了。郭大心里火烧火燎似的焦急，说，经理你别笑了，经理你别笑了，小史不是做装修的老板。薛经理仍然笑着，可笑着笑着，她好像有什么事情不明白了，停下来问道，小史是做装修的老板？谁跟你说小史是做装修的老板？郭大说，他上次让人家来替你粉刷店面的。薛经理又笑了，说，粉刷一下店面就是装修老板，那我唱一句歌就是林忆莲了。郭大说，我不是这个意思，我是说，小史其实没有做项目，他收了人家的钱，不给人家做装修。薛经理终于停止了笑，她瞪着眼睛看着郭大，说，郭大，你说什么？郭大看薛经理顶真了，他倒慌了，又想抵赖，想把话收回去，就赶紧说，我没有说什么，我没有说什么。薛经理说，你明明说了，我明明听见你说小史做项目怎么怎么的，你说了就不要赖。郭大说，我是说，我是说小史做项目，做得很大。薛经理听了，撇了撇嘴，又"呲"了一声，说，做得很大？你说小史做项目做得很大？你听他瞎吹，他哪里有什么大项目，小项目也没有。郭大呆呆地看着薛经理，好像没有听懂她说的什么。薛经理又说，郭大，说你老实你还不承认，说你乡下人脑子不转弯你还不高兴，小史的话，你也信得？表姐在一边翻了翻白眼，说，上次的那个什么传真件，还法兰克什么呢。薛经理说，是呀，什么法兰克曼吻合器，你问他法兰绒他也不知道的。

郭大听了她们的话，急了，赶紧说，那么经理，你跟小史，你们怎么了呢？薛经理说，什么怎么了？郭大说，你们那个，是不是吹啦？薛经理开始听不懂，说，吹？吹什么？可她后来想了想，还是想明白了，立刻生气地说，吹什么，吹你个头，郭大你乡下人，真是没良心，我对你还不够好吗，你打烂水桶我也没要你赔，你送水送错人家我也没有扣你工资，你还希望我谈不成对象？郭大说，不是的，不是的，我不是这个意思。薛经理说，你不是这个意思，那你是什么意思，我跟小史谈得好好的，你为什么说我们吹了？你脑子里有屎啊？

过了两天，小史又来了，仍然给大家派烟，还到隔壁小郑那里也去派了，回过来后，小史拍了拍郭大的肩，说，郭大好。又说，嘿，那天在派出所，我看见你的，你慌慌张张干什么？干什么要逃走啊？郭大慌得说，我没有啊，我没有啊。小史笑道，还没有呢，看你慌得那样子，肯定干了什么坏事吧？找小姐了？郭大说，我没有我没有。小史说，找小姐就小姐，可千万小心，别被逮着了，逮着了就是五千。

五一的时候，薛经理和小史去旅行结婚了，郭大心里空落落的，很不踏实，连老金也看出来了，老金说，郭大，你干什么呢，失魂落魄的，丢什么东西啦。郭大说，我也不知道，好像是丢了什么，但想来想去也没丢什么。

郭大去送水，有一个老太太拿东西给他吃，还用旧报纸包着。郭大回来打开一看，是几个韭菜饼。他给了表姐一个，剩下的自己吃了，老金一直还没有回来，他的路远一点，动作也慢一点。包韭菜饼的旧报纸郭大也没有扔掉，报纸的中缝里有"鹊桥会"专栏，郭大喜欢看这样的栏目，只要看到有报纸，他都会去看这个栏目的。他看的时候老金会说，你爸爸妈妈又催你了吧。郭大不承认，跟他们没关系的，他说，我就是喜欢看人家写的这种介绍。

有一个征婚的人也叫薛丽华，郭大一看到薛丽华这个名字，就"咦"了一声，是我们经理哎。但郭大认真地看了征婚内容，却跟薛经理的情况不一致。郭大想，原来是另一个薛丽华。她的年纪也比薛经理小几岁，她的相貌也比薛经理漂亮，因为征婚启事上写着：双眼皮，瓜子脸，而薛经理不是，薛经理是单眼皮，圆圆的脸，还有许多不一样的地方，只是这个名字看上去太眼熟了，真是一模一样。郭大不由自言自语地说，这里也有个薛丽华哎。没有人听见他说话，薛经理还没有回来，郭大想跟表姐说，可表姐又在生气，她说，哼，白领，现在谁还穿白领，乡下人也不要穿。郭大就没有跟她说薛丽华的事情。他后来想，这有什么稀奇，现在同名同姓的多呢，有一次居委会主任说，一条小巷里，叫张军的就有八个。

后来又过了一两天，薛经理回来了，她满面春风给大家派糖派烟，又说旅行结婚的见闻，等说过旅行结婚，她又说小史这个人，其实小史这个人，大家也早就认识了，甚至都很熟悉了，但薛经理说起来，好像他们都不知道小史，她是从头说起的。

后来薛经理终于说得累了，她要歇一会了，郭大也终于等到了他说话的机会，他说，经理，报纸上有个女的征婚，跟你的名字一模一样，也叫薛丽华。薛经理说，是吗？我也做过征婚的，就是我吧？薛经理把报纸拿过去看了看，点了点头，说，就是我哎。郭大却有点急了，说，这不是你，这不是你。他想把报纸再拿回去，但是薛经理不肯给他了。薛经理说，怎么不是我，不是我是谁，小史就是看到我的这个征婚启事来找我的，我们就是靠这张报纸结了良缘的，这张报纸对我们是有纪念意义的，我本来是收藏好的，后来找不到了，原来在你这里。

薛经理把已经揉皱了的报纸小心地摊平了，折成四四方方，放进抽屉。等小史下午来了，薛经理把藏在抽屉里的报纸拿出来，给小史看。她说，小史你看，这张报纸我找到了。小史说，当初我就是看到这张报纸，才来找你的。那一天薛经理和小史，就这张报纸说了很多话，他们的情绪，好像很长时间都沉浸在对这张报纸的感激之中。后来听说小史特意去买了一个镜框，把这张报纸夹在镜框里，挂在新房的墙上，到他们家看新房的人，都感叹说，原来以为征婚征不出什么好姻缘，但你看看小史和薛经理，就是征婚征出来的。

古里是江南的一个小镇，看她的名字你就猜到她是一座古镇，是有故事的，是有文化的，有一条小河许多年来一直缓缓地淌过古里，还有一首曲子许多年来也一直回荡在古里镇，郦雪琴就是那个唱曲子的人。郦雪琴早已经过世了，但是她有传人，郦亚琴，郦小琴，郦幼琴，还有更年轻更小的郦什么什么琴，都是郦雪琴的学生和学生的学生。马大军至今也没有搞清楚，他刚到古里镇的时候，在曲场里唱曲子的那个人是郦什么琴，他问过一些人，他们也说不清楚，因为年代久了，也因为他们并没有认真地替马大军回忆古里镇的历史，他们觉得没有这个必要，马大军又不是古里人，他甚至都听不懂这里的方言。

马大军是北方人，他在古里镇是很孤独的，除了在床上他和老婆在一起，其他的时间，他永远是一个人。在单位，同事都是说的方言，他听不懂；在家里，老婆一家人说话，也是方言，他听不懂，老婆和他说话，用的是夹杂着方言的普通话，他虽然勉强能听懂，但总觉得有点别扭；他走在古里的街上，大家都是说的方言，他感觉耳边是一片鸟叫声，好听，但是听不懂。马大军也曾细细地研究过，为什么古里镇的人说话像鸟叫，后来他发现了这个秘密，因为他们说话时，发音的部位是在舌头尖上，而不是从嗓子里出来，更不是从胸腔里出来的。发现了这个秘密之后，马大军也偷偷地尝试了一下，想让自己的声音从舌尖上滚出来，结果他把自己吓了一跳，还差一点咬着了自己的舌头。

下晚的时候，老婆一家打麻将，如果凑来凑去还少一个，就临时拉上马大军。马大军学的北方麻将，和古里镇的打法不一样，总是出错牌。他听不惯他们把"条子"喊成"索"，把"万"喊成"迈"，把"饼子"喊成"同志"，明明看到有一个人扔下一张条子，嘴里却说的是另一个声音，他就要努力地去适应，要想一想才能想明白。更有一些他们自己约定俗成的叫法，马大军也得慢慢地适应起来，比如将一饼喊作"肚皮眼"，将二饼喊作"二奶"或者"胸罩"，类似这样的叫法马大军想一想之后尚能够接受，但比如将"二万"喊成"客人"，将五条喊成"唱歌"，马大军就不理解其中有什么必然的联系，有时候想半天也想不明白，出牌就更慢了。老婆总是嫌他笨手笨脚，说他是鸭脚手，你还团长呢，她说，也不知道你那团长是怎么给你混上的。这时候缺少的那个搭子赶到了，他们就不由分说把马大军赶走，走吧走吧，你走吧，鸭脚手。在大家的笑声中，马大军起身离席，听到身后的他们在他们自己的方言中完全融成了一片，把马大军严严实实地挡在了气氛的外面。

马大军一个人走了出来，走在异乡的老街上，街是用小石子铺成的，洁净而光滑，没有尘土，没有泥沙，和北方不一样。黄昏的时候，街上行人不多了，街的一边是河，街的另一边是人家，人家透出的灯光不明亮，映在水面也是昏昏沉沉的。就在这昏沉灰暗之中，那个曲子，忽然间就唱响起来了，叮叮咚咚的琴声和咿咿呀呀的唱腔，飘荡起来，在宁静的夜空中忽悠着，也在马大军的心里忽悠着，往前，往后，往左，往右，往上，往下。

曲调是古里的，琴声是古里的，唱词也是古里的，像古里镇的一切，马大军是一无所知的陌生，但他却有一种奇怪的感觉，这个陌生的声音好像要带他回家，带他回到很远很远的北方的家乡。马大军不由自主追着这个陌生的声音，走进一座老式的宅院。曲子就是在这里唱响的，这是古里镇的文化站，房子是旧的，院子是破落的，但因为有了那个曲子，因为有了和曲子一起传递出来的灯光，破旧的院子和房子，就变得鲜活起来，亮堂起来。

听众大都是老年人，演员却是一位年轻漂亮的姑娘，她扮相美丽，嗓音清丽婉转，神情专注投入，所以那时候站在门口的马大军一眼看过去，这台上台下简直就是两个世界。老年人有的微微闭眼，跟着曲子轻轻摇晃脑袋，有的窃窃私语，好像根本不在听曲，也有一些人，看上去已昏昏欲睡，马大军也不知道他们是不是真的睡着了。马大军想起小时候在自己的家乡听戏，那可是热闹的场面，喝彩的，骂娘的，有人打起来，也有人嫌演员唱得不好，就自己上台去唱几句，小孩子在场子里跑来跑去，总之与这里是不一样的，马大军想，他娘的，古里镇，他娘的，古里的曲子。

马大军拿出一块钱，领了一杯绿茶，就坐下来了。散场的时候，马大军已经睡着了，文化站的老金把他推醒了，说，散场了，明日请早。马大军走了出来，他回想着一句也没有听懂的曲子，自言自语道，下次不来了，怪里怪气的，一句也听不懂。

第二天晚上，老婆一家又打麻将了，他们旁若无人地投入进去，说笑、洗牌，连稀里哗啦的洗牌声，也像他们的方言一样从他们的指尖滑出来。我们洗牌，是用掌心搓的，马大军说，你们用手指尖抓一抓，这样洗不透的。但是没有人听到他说话。

马大军又出来了，他出来以后又往唱曲子的地方去了，他进去以后，拿一块钱，领了一杯茶，就听起曲子来，后来，他睡着了，再后来，他在睡梦中被老金推醒。老金说，散场了，明日请早。马大军想，他娘的，听了两夜，还是一句也听不懂，这也叫曲子？以后再也不来了，打死我也不来了。他回家的时候，家里的麻将还没有散场，他睡下去，外间稀里哗啦的洗牌声和他们的鸟语渐渐地淡去，但那个曲子的声音却一直盘旋在他耳边，一直跟他到了梦里，又一直跟着他从梦中醒来，一直跟到下一天的晚上，家里摆麻将桌的时候，马大军就走了出来，他又去听曲了。

后来文化站的老金认出了马大军，你是镇长哎，老金说，我认出你来了，你是新来的马副镇长，太好了，太好了，马镇长来听曲，太好了。马大军勉强听懂了老金的古里普通话，但他不大明白老金的意思，为什么马镇长来听曲就"太好了"？老金告诉马大军，这几年镇上增加了好些部门，像农工商、外贸、外经、工业办、发展办，改革办等等，都挤在一起办公，外面来了客人，领过来一看，好没面子，所以镇长就到处打主意，要弄别的房子来办公，这主意后来也打到文化站这里来了。这个老宅院，虽然老了，但好歹有三四间屋，还有院子，拿来整修一下，办公也是可以的，放个文化站在里边，也是白白地浪费了。只是，老金讲这件事情的时候，他说不出普通话来，因为他急了，一急，他就只会拿古里的方言说事，说得又溜又快，马大军只看见老金舌尖打着滚，利索地吐出了一串又一串的清脆悦耳的鸟语。结果，马大军除了听到一阵鸟叫，什么也没有懂。

开镇政府会议的时候，这个问题就在议事日程上了。政府班子里的人，是知道要照顾马大军的，所以他们尽量用普通话谈工作，使得马大军好歹能弄懂一点意思。但想不到的是，马大军一旦听懂了他们的意思，便一个立正站起来，字正腔圆地说，这不行，一个文化古镇，怎么能不要文化站。他卷着舌头，带着儿化音和后鼻音，听起来像中央人民广播电台的播音员，显得特别严正。一个同事说，嘿，马镇长的普通话很标准哎。另一个同事说，那是，北方人嘛，都这样说话。其他同事也都跃跃欲试要和马大军议论议论方言和普通话的问题，但是镇长急了，你们别瞎扯了，镇长说，普通话和方言和我们的工作有什么关系？我们要谈大事要事，要作出决议。他耐心向马大军解释，我们没有说不要文化站，只是让文化站搬个地方而已。马大军紧皱眉头，费力地听着镇长的普通话，最后，他渐渐地舒展开了眉头，一脸明白过来的样子，说，我听懂了，我听懂了，你是要让文化站搬家，但是那也不行，文化站搬了地方，曲子到哪里去演呢？镇长说，这曲子唱了一年又一年，听了一辈子又一辈子，还有什么唱头，还有什么好听的。马大军说，我倒觉得挺好听的。镇长说，马镇长你听得懂吗？马大军说，我听不懂。听不懂还说好听，大家都觉得马大军这个人太好笑，又觉得跟马大军说话太吃力，交流不起来。下面的讨论，不知不觉就偏离了马大军的思路，因为他的同事说普通话很吃力，应付了一阵子就再也说不出来了，有一个人甚至失了语，等了他半天，他结结巴巴地道，我不行了，我不行了，再叫我说普通话，我就不会说话了。另一个同事说，马镇长你也算是笨的，结婚都这么多年了，你老婆天天在枕头边给你吹风也吹会了呀，就算是外语也应该懂了呀。马大军说，外语是能够懂的，但是鸟叫你听得懂吗？我叫你们去听鸟叫，你们听得懂吗？下面讨论的事情就进行得很顺利，因为同事们畅快地恢复了鸟语方言，再也不顾虑马大军了，因为顾虑了马大军，他们就别指望讨论出什么名堂来。最后一项是表决通过决议，大家都举了手，马大军见大家笑眯眯地看着他，很感动，自己是新来乍到的，同事们都能支持他的想法，马大军心里高兴，也赶紧举起了自己的手。

过了一天，上级领导来古里镇视察工作，由镇长汇报工作。镇长在汇报之前按惯例先向领导介绍今天到会的镇政府一班人，因为马大军是新来的，镇长在介绍的时候特意多说了一两句，可马大军没听明白，他看到大家的目光都期待地注视着他，以为是镇长让他作汇报，马大军"嘿嘿"了一声，说，让我先发言？不好意思，不好意思，那我就先说了。马大军汇报了古里镇重视传统文化，大力支持和扶持地方戏曲的指导思想和具体做法，他还将文化站的事情说了出来，镇政府宁可自己挤在很小的地方办公，也不去动文化站老宅院的一寸地方，等等，领导听着频频点头，满脸笑容。可坐在旁边的镇长着急了，他向马大军使眼色，马大军看不懂，他又去拉扯着马大军的衣服，马大军仍不明白，镇长急得说，不对，不对，马镇长，你说反了。马大军茫然地看着他，说，我说反了？不会吧，昨天不是刚开过会，还投票表决了，是全票通过的呀，难道不是全票吗？谁投的反对票呢？我看到大家都举了手，没有看到有人反对呀。镇长更急了，大声说，错了错了，马镇长你错了。马大军这才注意到镇长的脸色很不对，他估计自己是犯错了，可他不知道自己错在哪里，更不知道该怎么收场，事情就有点尴尬有点僵了。好在这时候，上级领导说话了，他说，马镇长说错了吗？错在哪里？我看他不是说错了，而是说得非常好，非常有水平，现在我们有些同志，就是不重视文化建设，同志们你们知道不知道，文化是经济的底蕴，没有丰厚的底蕴，经济建设最终也只能成为没有基础的空中楼阁，你们说是不是这个道理？好了，今天没有时间了，下次我再来古里，就要去看看你们的文化站，去听听你们的曲子。

镇长为这件事很生气，给马大军摆了好几天脸色，他说，马镇长，班子明明是作了安排的，明明是安排由我先汇报的，你为什么不执行班子的决定，抢先讲话？马大军觉得好冤，他忍不住辩解说，镇长，你也不能全怪我，谁让你们说地方话，像鸟叫一样，会议室里一片鸟叫声，就像早晨公园里那样，我听不懂。镇长说，你还表了决、举了手的，你要是听不懂，乱举什么手呢？马大军更冤枉了，他说，镇长，我也不知道你们表的什么决，我看你们举手的时候都笑眯眯地看着我，我还以为你们支持我的想法呢，要不然，我怎么可能举手投赞成票呢？镇长哭笑不得了，哎呀，马镇长，你怎么这么笨，你要是再不学古里话，要烦死人了。

马大军也觉得自己老是学不会古里方言，给工作给生活都带来许多不便，尤其是对不住同事们，他们辛辛苦苦地工作，有时候就让自己的误会给弄坏了事情，他下决心好好学习古里方言，开会的时候，他用心地听同事们的鸟叫，认真作记录，散会以后，虚心向同事请教，哪里错了就立刻改正；回家了，吃饭睡觉，哪怕倒个开水，他都利用一切机会向老婆和老婆一家人求教，甚至走在路上，看到小孩子，他也拦住他们问，喂，教教我，吃饭怎么说，走路怎么说，睡觉怎么说。大家说，这下子马镇长有希望了。

马大军依旧每天晚上去听曲，曲调是古里的，琴声是古里的，唱词也是古里的，马大军听不懂，但他也像古里的老年人一样，跟着曲子摇头晃脑，最后他睡着了。

可是好景又不长，这个老院子又被一个人看中了。他是从前从古里出去的，后来发了财，成为一个大商人，现在又回来投资，又想到自己年老后，能常回家乡的小桥小河边住住，但他家的老宅已经没有了，就要重买一个老宅来顶替。于是，平安无事了一阵子的文化站老宅院，又被推到了台前。

这件事情很大，涉及古里镇能不能拉到大投资，镇委刘书记亲自接待亲自谈判。为了把主动权抢在手里，刘书记专门召开了动员大会，把让出一个老宅院、吸引多少大投资这件事作为一个典型事例来说，要全镇的干部群众，一切都以发展古里镇的经济为重。

回乡的商人如愿以偿了，他高高兴兴地来到月亮街的老宅院门口，欣赏这座即将成为他的新宅的老院子，但是他突然愣住了，老宅的墙上，赫然写着许多通红通红的"拆"字，远远地望过去，就像是在白墙上画了许多盛开的喇叭花。他愣了片刻之后，生起气来，他觉得家乡人在骗他，用一座即将拆掉的宅院来骗他的投资，骗他的感情，他不能容忍，不能接受。

拆迁的事情很多，而且越来越多，但是没有人知道拆迁月亮街老宅院的事情，也没有任何一个人和任何一个单位承认这个"拆"字是自己写的，更不知道是谁让谁去写的，刘书记把镇规划办的同志找来细细地研究，查看了镇上的规划图纸和总体拆迁计划，可无论是大规划还是小规划，无论是远规划还是近规划，都与文化站所在的这座老宅院无关，刘书记说，无中生有？为什么要无中生有？刘书记想了想，他明白了，这是有人在搞破坏。

镇上请来县公安局搞刑侦的专家，还动用了高科技的刑侦手段，人头倒是不难排查的，肯定是不想文化站搬家的人。首当其冲是老金，他是老文化站，许多年来都是一心护着文化站的，他最可疑。但是字迹核对下来，与老金无关。接下来的可疑分子就是那些老听客了，这些老年人，许多年来，天天在文化站听曲，他们已经离不开文化站，也离不开这样的生活，他们也和老金一样可疑。可是，他们年事已高，平时又不喜欢运动，早上孵茶馆，下午孵浴室，晚上孵曲场，个个孵得手无缚鸡之力，说话哼哼唧唧，哪里写得出如此刚劲有力的字来，更何况，那些拆字，按它们的高度看，都是要搭了梯子爬上墙去写的，谁相信七老八十的人爬得上墙去写字呢？可疑的人就这样一一被排除了，下面的事情就让人头疼了，没有了怀疑对象，去哪儿查呢，何况又是这么一件叫人哭笑不得的事情，如果真是个重大刑事案件，杀了人，放了火，立案侦查是无话可说的，但这件事情不说立案不好立，就算最后查出来，能够告他什么呢，乱涂乱写？造谣惑众？

后来镇上的一个疯子跑来了，他对大家说，是我写的，我是疯子，哈哈，我是疯子，不信你们到精神病院去查我的档案。他确实是个疯子，他说这话的时候好像一点也不疯，但他确实是疯子。

事情好像是结束了，但紧接着却又转折回来，镇政府的行政干事小钱外出回来，听同事们笑谈疯子的事情，小钱急得叫了起来，错了错了，他说，不是疯子写的，是我写的，是马镇长叫我写的。去问马大军，马大军说，是我叫小钱去写"拆"字的呀，这是会议决定的嘛。马大军拿出了他自己做的会议记录，记录上明明白白地写着："第三十七次政府会议决定，拆迁弯弯街（注：弯弯就是月亮，弯弯街就是月亮街）的老宅院。"马大军说，我说不会错的吧，我说不会错的吧。其实我开始还不知道这弯弯街是什么意思呢，散会的时候，我问你们，你们是不是管月亮叫弯弯，你们都说是的，我一下子就明白了，啊哈，原来弯弯街就是月亮街，为了慎重起见，我还特意在记录上补作了注解和说明，你们看，这括号里，就是我特意写上的："弯弯就是月亮，弯弯街就是月亮街。"后来我就叫小钱赶紧去月亮街把"拆"字写出来，也好早点安民告示嘛。同事们面面相觑，愣了半天，才有一个人回过神说，马镇长，月亮是叫弯弯，但是弯弯不一定是月亮啊，弯弯的还有镰刀，还有那种漂亮的眼睛，还有虾米，还有好多好多东西都是弯弯。另一个同事也回过神来说，我的妈，月亮叫弯弯，也只是在月初月底的时候呀，要是月半时分，还得叫圆圆呢，幸亏古里镇上没有一条圆圆街，要是有，我们到哪里再去找第二条月亮街啊。再一个同事说，你们别跟他说了，说了也没有用，马镇长脑子里缺根筋。又一个同事说，不是脑筋里缺根筋，是舌头上缺根筋。马大军不服，说，我怎么缺根筋了，我已经学会好多了，我知道吃饭叫掐娃，走路叫转驴，睡觉叫揩脚。大家说，你就行行好别学了吧，江北驴子学马叫，越叫越难听。马大军说，我不会受你们打击的，你们越打击，我学语言的积极性越高，只要功夫深，铁棒磨成针，我一定要学好古里方言，你们等着瞧。

马大军知道自己又犯错了，他赶紧将功补过，扛着梯子跑到月亮街老宅院，把那些"拆"字用红漆一一涂掉，他涂得又认真又细致，远远地看过去，就像白墙上开满了一团一团的红牡丹。

虽然"拆"字被涂掉了，但投资商却不要这个老宅了，他气鼓鼓地说了一些有关政策像月亮，初一十五不一样的话，就要走了。后来他好歹看在家乡的面子，还是投了点资，但没有原先他允诺的那么多，办了一个小厂，就走了。后来有知道他的底细的人说，他是吹牛的，他没有做那么大，他本来也就准备投这一点点。这话也不知是真是假。

马大军误了事，他吃不香，睡不稳，唉声叹气。同事说，马镇长，你也别唉声叹气了，嘴巴练不起来，不如练练左脑吧，左脑是管语言的。另一个同事却不同意，说，不是左脑吧，管语言的是右脑吧，应该练右脑。马大军说，我左脑右脑一起练，可是怎么练法呢？同事说，你到网上去查，网上什么都有。马大军上网查了查，他大笑起来，啊哈哈，你们看，一条牧羊狗还学会了200个词汇呢。他越想越觉得好笑，回去告诉老婆，他说，你说好笑不好笑，一条牧羊狗学会了200个词汇，它还知道哪个是袜子哪个是鞋呢。老婆说，是呀，要不怎么说你猪狗都不如呢。老婆的姐夫是个热心人，他建议马大军吃点核桃，他说，马大军，你吃核桃吧，核桃补脑子。马大军说，你才吃核桃呢。马大军真是不识好人心，好心当成驴肝肺，还说驴肝没有味。

日子还在过，曲子还在唱，只是演员又换了，换了一个更年轻的郦什么琴，唱的仍然是老曲子，千百年都没有变过的。唱了几天，她又走了，因为唱曲的收入实在太低，听众也永远就是那些个老年人，他们甚至都闭着眼睛，不知道到底在不在听她唱。她去县里的歌舞剧团，唱流行歌曲，也可以到歌厅陪歌，那样收入就比较高了。她走了没关系，还会有比她更小的郦什么琴来唱。有时候，小的郦什么琴断了档，就会有早已经不再唱了的老一些的郦什么琴出来救场子。不用着急，不用担心青黄不接，总是能够接上的，古里镇有好些业余唱曲老师，他们正在家里收学生，不断地收学生，总会有许多热心的家长，把自己的孩子送到老师家里，古里镇不断地培养着一代又一代的郦什么琴。

风雨飘摇的老宅院，在风雨中走过了一年又一年，再过两个月，马大军就要从副镇长的位子上退下来了，以他的年龄，如果在城市里，他还可以干好多年，但在基层就不一样，还没到五十的马大军，就快成为离岗干部了。老金却没有退，他是老文化站，一辈子也没有级别，反倒可以干到六十呢。马大军不服，说，哪有这样的道理，当官的倒要半途而废先下来，当群众倒能干到底。

有一天晚上曲子唱尽要散场的时候，场子后面站起一个人来，他是新上任的年轻的副镇长，副镇长说，其实我早就来了，其实我已经来了好几天了，只是你们没有注意到我，你们的情况我看得清清楚楚，你们其实根本就不在听曲子，睡觉的睡觉，说话的说话，根本没人听。副镇长说，我还做了认真的调查研究，你们听的这个曲子，已经唱了几百年几千年，还唱，人也只能活一百岁，一个曲子唱这么多年，听这么多年，烦不烦？所以呢，这个曲子不唱也罢，这个场子要不要也无所谓。如今新时代了，古里镇开发旅游，要将这条月亮街的老宅和旧院子都拆掉，建成统一的门面房，做旅游纪念品的商店，这样过不了多久，你们的口袋就会满起来。

年轻镇长的话肯定是引起了大家的议论，他们叽叽喳喳地说着鸟语，从舌尖上滚出许许多多正面和反面的意见，但是马大军没有听见，马大军一直在睡觉，自始至终也没有睁开眼睛。一直到最后，人散尽了，老金推他说，散场了，明日不请早了，他才醒过来。

就在文化站准备搬家的时候，刘书记收到一封群众来信，是控告马大军的，说马大军身为分管文化的副镇长，专断独行，竟想扼杀传统文化，借发展旅游为名，强行搬迁文化站，停演传统曲目。这个群众还特别说明，这封信他是一式两份的，一份给镇委刘书记，另一份已经寄给县委李书记，如果刘书记包庇马大军，他相信李书记会为古里镇的老百姓作主。

　　刘书记把马大军找来，把控告信也给他看了，刘书记好言好语地安慰了他，表扬他为镇上的经济发展呕心沥血，又声色俱厉地批评了他，说他心里没有老百姓。马大军大喊冤枉，他说，这个群众告错人了，他连情况也不了解就乱写信，他怎么可以告我呢，我现在已经不是分管文化的副镇长了呀。刘书记说，马大军，不管他告没告错，反正这封信已经来迟了，我们的整体方案县里已经批准了，一切都已经不可挽回了。马大军说，可是，可是，我多冤啊，虽然刘书记您了解我，知道我没有扼杀传统文化，但问题在县委李书记，李书记也会看这封信的，李书记看了这封信，他肯定认为是我扼杀传统文化。刘书记说，这你就不要多虑了，李书记新来不久，连你的面也没见过，他怎么知道马大军是谁呢？

　　当天下午，刘书记听说马大军到县里去找李书记了，一急之下，立刻追赶过去，可惜迟了一步，他赶到的时候，马大军已经心满意足地从李书记的办公室出来了。刘书记满脸通红地批评马大军，他说，马大军，这么一件小事，你干什么要捅李书记那里去？马大军满腹疑惑，他又觉得冤了，他说，刘书记，明明是您让我去找李书记的，要不是您给我鼓足勇气，我还真不敢去呢。刘书记说，我鼓足你的勇气，你有没有搞错？马大军说，没有搞错，没有搞错，就是您，您跟我说，李书记不知道我是谁，我知道您是一片好心提醒我，我要是不去找李书记说明我是谁，这个黑锅我是背定了，那多冤啊。现在好了，有您的指点，我找到李书记，把事情说清楚了，李书记也知道了，那个群众告错了人，他要告的不是我。刘书记目瞪口呆地看着他，过了好半天，刘书记终于明白了，他说，马大军，你肯定又听错了我的话，活该，谁让我拿古里话跟你说事情呢。马大军眨巴着眼睛，他知道自己又犯错了，但他还想扳回一点面子证明自己没犯错，他强词夺理地说，不会吧，不会吧，不至于吧，我现在已经听得懂古里话了，我还会说古里话呢，你不信吗，你不信我说给你听，比如吧，比如吧，就说过日子吧，过日子就是过娘脚，过娘脚就是过日子，对不对，对不对，我没有说错吧？刘书记气道，日你娘脚？还日你娘头呢。马大军大笑起来，啊哈哈，啊哈哈，他说，刘书记，你怎么也学会了我的家乡话呀，我家乡的人就是这样说话的：日你娘个头！

　　月亮街工程改变了方案，将文化站的老宅院保留下来，旅游的人经过这里的时候，曲子就唱响起来了，有一个人循声而去，走进了院子，走进了曲场，他被这个奇怪的曲子吸引住了，坐下来，听起来，但他听不懂，他就问老金，她唱的什么？老金说，曲子。旅游者说，我知道是曲子，是什么曲子？老金说，是古里曲。旅游者说，我知道是古里曲，但这是古里的什么曲，说的什么，内容是什么？老金说，你听吧，听下去就会知道的。但是旅游者没有听下去，因为集合的哨音响了。我们要走了，旅游者说，如果有机会再来，我会再来听的。然后，他走了。他回去告诉别人，我去了古里镇，听到一个奇怪的曲子，听不懂。别人说，听不懂你还听？他说，是呀，听不懂我还听，要不是出发时间到了，我还要听下去呢。别人说，那下回我也要去听听，看到底能不能听懂。

旅游的人听不懂古里话这是很正常的事情，但是马大军的行为却终于引起了大家的怀疑，他们无论如何不能相信马大军至今不懂古里方言，他们觉得马大军是装出来的，他要听得懂就能听得懂，要听不懂就能听不懂，这也太便宜他了。他们决定试探一下马大军的虚实，走在他身后，他们大声地说他的坏话，用鸟语一样的方言骂他，但马大军听不见，他们又走到他面前说，马大军，你是狗嘴里长不出象牙，你是臭手捏不出香饼，破甏里腌不出好咸菜，你精精精，裤子剩条筋；你穷穷穷，拣到黄金也变铜；你是一村出个惹事精，搅得黄河水不清，等等等等，他们用了许许多多古里的方言俚语嘲笑他，攻击他，然后问他，马大军，是不是，是不是？马大军满脸是笑，点头哈腰，开心地说，是呀，是呀，正是这样的。

这么看起来，马大军还真是听不懂古里方言，马大军真够笨的。

老金受了风寒，病得很重，医生说老金一时三刻不能出院，马大军就暂时接替了老金的职务，当文化站代站长。他老婆生气地说，马大军，你是张公养鸟，越养越小。马大军说，我可不敢养鸟，都是满耳的鸟语让我一再地犯错误，升不上去，要不然，凭我的能力和水平，当个县委书记也绰绰有余。他老婆道，你才鸟语，你是乌鸦叫，你是癞蛤蟆叫，我看你是大脑有毛病，你小时候生过脑膜炎吧，要不，就是你的脑袋被人狠狠地揍过。马大军摸着自己完好的脑袋，奇怪地说，没有呀。

刘书记也退了，一次老干部聚会，放在文化站的曲场，大家听着曲子，刘书记说，马大军啊，上次那封控告你的群众来信，是你自己写的吧。马大军说，上次我还听疯子说，是你叫他承认"拆"字是他写的。刘书记说，疯子的话，你也听得么? 马大军说, 自己告自己的事情, 你也信么?

他们一起笑, 又一起听曲。

这首曲子的词是这样的:

> 说什么生同罗帐死同坟,
> 说什么为爱牺牲为爱死,
> 说什么卿须怜我我怜卿。
> 到如今海誓山盟都决裂,
> 宛如陌路不相认。
> 言犹在耳心已变,
> 曾几何时冷如冰。
> 人人说道秋云薄,
> 君情还比秋云薄几层。
> 这真是落花有意随流水,
> 流水无情待怎生!
> 休道王魁多薄幸,
> 君比那王魁胜几分。
> 奴是满腹伤心满腹恨,
> 欲哭无泪不成声。
> 倒不如抛却红尘地,
> 皈依佛教入空门,
> 早晚勤念观世音。

这是《离恨天》的唱词, 传统曲目, 许多剧种都拿去唱, 喜欢听戏的人都能背出来。这个曲词其实很直白, 它通俗易懂, 还特别能够引起共鸣, 有点像现在的流行歌曲, 比如周杰伦的《借口》:"翻着我们的照片, 想念若隐若现, 去年的冬天, 我们笑得很甜, 来不及听见, 你已走得很远, 也许你已经放弃我, 也许已经很难回头。"比如萧亚轩的《爱是个坏东西》:"到头来呼天不应, 爱是个坏东西, 让我歇斯底里像生病, 我关掉了电视机, 关掉了电话录音, 关掉了电灯，也关掉了你。"

只是，在古里镇演的时候，他们是用古里的古曲和古里的方言唱的，所以马大军听不懂。他从来没有听懂过，到现在也仍然没有懂。

科学研究结果表明：语言能力强的人，在他的大脑与语言联系部位，灰质即神经细胞数量比较多。

如此说来，马大军大脑里的那个部位，灰质肯定要比一般人少。因此，毫无疑问，马大军是一个有语言障碍的人。